U0120814

William Somerset Maugham

Of
Human Bondage

人性的枷锁

上

[英] 威廉·萨默塞特·毛姆 著 冯涛 译

 译林出版社

图书在版编目（CIP）数据

人性的枷锁.上/（英）威廉·萨默塞特·毛姆
（William Somerset Maugham）著；冯涛译.—南京：
译林出版社，2023.5
（毛姆精选集）
书名原文：Of Human Bondage
ISBN 978-7-5447-9600-2

Ⅰ.①人… Ⅱ.①威…②冯… Ⅲ.①长篇小说－英
国－现代 Ⅳ.①I561.45

中国国家版本馆 CIP 数据核字（2023）第 037381 号

人性的枷锁（上） ［英国］威廉·萨默塞特·毛姆／著 冯涛／译

责任编辑	鲍迎迎	
装帧设计	韦 枫	
校 对	梅 娟	
责任印制	董 虎	

原文出版	Vintage Books, 2000
原版插图	John Sloan
出版发行	译林出版社
地 址	南京市湖南路 1 号 A 楼
邮 箱	yilin@yilin.com
网 址	www.yilin.com
市场热线	025-86633278
排 版	南京展望文化发展有限公司
印 刷	江苏凤凰新华印务集团有限公司
开 本	787 毫米 ×1092 毫米 1/32
印 张	34（上、下册）
插 页	8
版 次	2023 年 5 月第 1 版
印 次	2023 年 5 月第 1 次印刷
书 号	ISBN 978-7-5447-9600-2
定 价	118.00 元（上、下册）

目 录

720　八十三

727　八十四

736　八十五

745　八十六

752　八十七

766　八十八

778　八十九

784　九十

794　九十一

800　九十二

810　九十三

818　九十四

831　九十五

841　九十六

853　九十七

860　九十八

869　九十九

873　一〇〇

884　　一〇一

890　　一〇二

895　　一〇三

902　　一〇四

910　　一〇五

918　　一〇六

930　　一〇七

938　　一〇八

949　　一〇九

960　　一一〇

967　　一一一

977　　一一二

985　　一一三

994　　一一四

1002　　一一五

1010　　一一六

1020　　一一七

1029　　一一八

作者前言

　　这是一部篇幅很长的小说，而写这么一篇前言无疑会使它变得更长，这使我深感惭愧。作者可能是最没办法恰如其分地评论自己作品的那个人。关于这一点，罗歇·马丁·杜·加尔[①]，一位杰出的法国小说家，曾讲过一个有关马塞尔·普鲁斯特的颇有教益的故事。普鲁斯特想让法国的一家杂志发表一篇评价他那部伟大小说的重要文章，他觉得没有人能比他写得更好了，就坐下来自己写了一篇。然后他请一个年轻朋友，也是位作家，署上自己的名字，把文章交给杂志的编辑。这位年轻人就按他的要求做了，可是几天以后，杂志的编辑派人把他给叫了去。"你的文章我绝不能发表，"他对他说，"这篇对普鲁斯特作品的评论写得如此敷衍草率，如此冷漠无情，我要是把它登出来，他是绝不会原谅我的。"尽管作家对自己的创作非常敏感，容易对那些负面的评论心

[①]　罗歇·马丁·杜·加尔（Roger Martin du Gard，1881—1958），法国小说家、剧作家，代表作为长篇小说《蒂博一家》（八卷），获一九三七年诺贝尔文学奖。

怀怨恨，他们却极少会自鸣得意。他们知道一部花费了他们大量时间和心血的作品与他们最初的构想存在多大的差距，每念及此，他们因自己未能完满地表现出自己的构想而感到的恼火，要远甚于因这里那里让他深感满意的那几段文字而心生的愉悦。他们的目标是完美无缺，而他们满怀苦涩地意识到这个目标他们并没有达到。

对于我这本书本身，我不打算说什么，不过我倒愿意跟读者大致地说说，一部迄今为止寿命已经算是相当长了的小说（就小说的标准而言）是如何写成的；而如果读者对此并不感兴趣，我只能请他原谅。小说的第一稿写于我二十三岁那一年，经过在圣托马斯医院①五年的学习已获得医学学位后，我来到塞维利亚，决定从此靠写作谋生。我写的那本书的原稿现在还在，不过自从我把打字稿校正过以后就再没有看过它，我毫不怀疑它是极不成熟的。我把它交给费希尔·昂温②，我的第一本书就是由他出版的（学医期间我写了一本叫《兰贝斯的丽莎》③的小说，还算成功），可他拒绝付给我要求的那一百镑预付金，而后来我接触的其他几位出版商就算一分钱不预付也不愿意拿去出版。这让当时的我非常难过，但现在我知道，那实在是一种幸运；因为如果有任何一

①　圣托马斯医院（St. Thomas's Hospital），伦敦市中心一家历史悠久的大型教学医院，毛姆曾于一八九二至一八九七年间在此学习，也即小说中圣路加医院的原型。
②　费希尔·昂温（Thomas Fisher Unwin, 1848—1935），英国著名出版商，一八八二年成立费希尔·昂温出版社，也是一八九六年成立的出版商协会的合作创立人。
③　《兰贝斯的丽莎》（*Liza of Lambeth*），毛姆的长篇小说处女作，出版于一八九七年，毛姆时年二十三岁。

位出版商接受了我的那本书（书名叫作《斯蒂芬·凯里的艺术气质》），我就会失去一个由于太年轻而无法充分利用的主题了。当时我与我所描述的那些事件尚未拉开足够远的距离，而且后来继续丰富了我终于写成那本书的很多经历也是当时的我并不具备的。而且那时我也还没有明白，写你熟悉的东西要比写你不熟悉的东西更加容易。比如说，我把我的主人公送去鲁昂学法语（我对鲁昂的认识只限于一个游客的一知半解），而非送去海德堡学德语（而这是我的亲身经历）。

被这样断然拒绝以后，我就把原稿束之高阁了。我又写了几部小说，都得以出版，然后我开始写剧本。如我所愿，我成为一名非常成功的剧作家，并决心把余生都献给戏剧舞台。但我忽略了内心的一种力量，是它让我的决心落了空。那时的我非常快乐，非常成功，非常忙碌。我脑袋里充满了我想写的剧作。不知道是因为那种成功并没有带给我期望的一切呢，还是这本来就是大获成功以后的自然反应，反正是我刚刚确立了当时最受欢迎的戏剧家的地位，无数对于往昔人生的回忆就又开始揪住我不放了。它们无比迫切地出现在我眼前，在睡梦里，在散步时，在排练中，在聚会上，它们变成了我的一个沉重的负担，我最终认定，只有一个办法才能摆脱它们的纠缠，那就是在纸上把它们都写下来。在自愿忍受了多年戏剧界急如星火的工作节奏以后，我无比渴望小说创作的那种无限的自由。我知道我脑子里的这本书会是一部很长的作品，我想不受干扰地把它写完，所以我拒绝了剧院经理们无比热切地提供给我的剧作合同，暂时从舞台引退了。那年我三十七岁。

在成为职业作家以后的很长时间之内，我曾花费大量的时间学习如何写作，并自觉进行了一项异常烦难的训练，力图提升我的文字风格。不过这些努力在我的剧作开始上演后我就放弃了，当我再次开始写作时，我已经有了不同的目标。我不再寻求一种镶金嵌玉的行文和华丽富赡的肌理，这些东西之前我白白浪费了大量苦工却并无所得；相反，我开始力求平实和简洁。我有那么多内容想在合理的篇幅限制内诉说，我觉得再去无谓地废话是我负担不起的，所以这次我是带着这样的理念开始写作的：只使用能把我的意思表达清楚所必需的文字。我没有装点修饰的余裕。我在戏剧界的经验也教给了我简洁明快的价值。我毫不松懈地整整工作了两年。我不知道该给我的这本书取个什么名字，在颇经过一番大肆搜寻以后，偶然碰到了"烬余之华"这个说法，出自《以赛亚书》，在我看来相当贴切①；但我得知这个标题最近已经有人用过了，只得另寻他途。我最终选定斯宾诺莎《伦理学》其中一卷的标题，把我的小说叫作《人性的枷锁》。我倒是认为在发现我最初想到的那个标题不能使用的时候，我又交了一次好运。

《人性的枷锁》不是一本自传，而是一部自传体小说；事实和虚构密不可分地交织在一起；情感是我自己的，但并非所有的事件都是据实讲述的，有一些并不是从我自己的生活，而是从我熟

---

① "烬余之华"（Beauty from Ashes）典出《圣经·旧约·以赛亚书》第六十一章第三节："To appoint unto them that mourn in Zion, to give unto them beauty for ashes ..."（钦定英文版《圣经》）中文和合本修订版译作："为锡安悲哀的人，赐华冠代替灰烬。"

悉的某些人那儿移植到我的主人公身上的。这本书实现了我的初衷，它出版发行的时候（它所面对的那个世界正处在一场恐怖战争的阵痛中，只顾关心自身的苦难，无暇去旁顾一个虚构人物的历险了[①]），我发现自己已经从过去一直折磨着我的那些痛苦和不愉快的回忆中彻底解脱出来了。这本书得到了非常好的评价。西奥多·德莱塞为《新共和》杂志写了一篇长评，他以睿智和同情讨论了这本小说，而正是这两点使他无论写什么都不同凡响；不过在当时看来，这本书极有可能像绝大多数小说那样，在出版几个月后就被人遗忘了。不过，我不知道是出于什么样的机遇，几年以后它还能引起不少杰出的美国作家的关注，他们不断地在报刊上提到它，终于引起了公众的注意。这本书由此而获得的新生都应归功于这些作家，而对于随着时间的流逝它继续取得的越来越大的成功，我也必须感谢他们。

---

① 《人性的枷锁》（*Of Human Bondage*）出版于一九一五年，正值第一次世界大战。

一

天已破晓，但阴沉昏暗。彤云低垂，天气阴冷，眼看着就要
下雪了。一个女仆走进有个孩子正在里面睡觉的房间，拉开了窗
帘。她机械地朝路对面的房子瞟了一眼，那是幢带有柱廊的拉毛
粉饰的建筑，然后来到孩子的床边。

"醒醒啦，菲利普。"她说。

她掀开被子，抱起孩子，把他抱下楼去。他还半睡半醒的。

"你母亲想见你。"她说。

她推开楼下一个房间的房门，把孩子抱到躺着一个女人的床
前。那是他母亲。她伸出双臂，让孩子依偎在她身边。他没问为
什么要把他叫醒。那女人吻了吻他的眼睛，用瘦削的小手隔着白
色的法兰绒睡衣抚摸着他温暖的身体。她把他搂得更紧了。

"你还困吗，宝贝儿?"她说。

她的声音是那么微弱，就像是从很远的地方传过来的。孩子
没有回答，但舒心惬意地笑了。他很高兴待在这张巨大、暖和的
床上，还有温柔的手臂搂着他。他挨着母亲蜷起身子，尽量把自

1

己缩得更小一些，并睡意蒙眬地吻了吻她。不一会儿，他就闭上眼睛沉沉睡去。医生走过来，站在床边。

"哦，先别把他抱走吧。"她呻吟道。

医生没有答话，神情严肃地看了看她。那女人也知道医生不会允许她让孩子继续待下去，就又吻了吻他；用手从上到下抚摸着他的身体，一直摸到他的脚；她把孩子的右脚握在手里，抚弄着那五个小小的脚趾；然后又慢慢地用手握住他的左脚。她发出一声呜咽。

"怎么了？"医生道，"你累了。"

她摇摇头，说不出话来，泪珠从脸颊上滚落下来。医生俯下身来。

"把他交给我吧。"

她太虚弱了，无力抗拒医生的意愿，只得把孩子交了出来。医生把他递还给了保姆。

"最好还是把他送回到自己的床上去。"

"好的，先生。"

还在睡着的小男孩又被抱走了。他母亲心碎肠断地啜泣起来。

"他以后可怎么办啊，可怜的孩子？"

产褥护士尽力地安抚她，没过多久，因为精疲力竭，哭声也就停了下来。医生走到房间另一头的一张桌子前，桌上有个用毛巾蒙着的死婴。他把毛巾掀起来看了看。他被一道屏风给挡着，不过那女人仍猜到了他在干什么。

"是个女孩儿还是个男孩儿?"她低声问护士。

"又是个男孩儿。"

那女人没再说话。不一会儿,孩子的保姆又回来了。她走到床前。

"菲利普少爷一直都没醒。"她说。

一阵沉默。然后医生又试了试病人的脉搏。

"我想现在也没什么可做的了,"他说,"早饭后我再来。"

"我送您出去,先生。"孩子的保姆道。

他们沉默地下了楼。到了门厅,医生站住了。

"你们已经派人去请凯里太太的大伯了,是不是?"

"是的,先生。"

"你知道他什么时候能到吗?"

"不知道,先生,我正在等电报。"

"那小男孩怎么办?我觉得最好先让他回避一下。"

"沃特金小姐说她愿意照看他一下,先生。"

"她是谁?"

"她是孩子的教母,先生。您觉得凯里太太的病还能好吗,先生?"

医生摇了摇头。

二

一个星期过去了。菲利普正坐在翁斯洛花园沃特金小姐家客厅的地板上。他是独生子，习惯了自娱自乐。房间里摆满了结实厚重的家具，每张长沙发上都有三个大靠垫。每把扶手椅上也都有个靠垫。他把这些靠垫都拿下来，又借助几把易于挪动的轻便宴会椅子，搭成了一个精密复杂的洞穴，他藏在里面就不怕那些埋伏在窗帘后面的印第安人了。他把耳朵贴在地板上，静听野牛群在大草原上飞奔的蹄声。没过多久，他听到门被打开了，赶紧屏住呼吸，免得被人发现；但一只手粗暴地把一把椅子拉到了一边，那些靠垫都倒在了地上。

"你这个淘气的孩子，沃特金小姐**会**生气的。"

"哈喽，爱玛！"他说。

保姆弯下腰吻了吻他，然后把软垫都抖抖干净，一一放回原处。

"我该回家了吧？"他问。

"是的，我就是来接你的。"

"你穿了身新衣服嘛。"

那是一八八五年，她穿了件带裙撑的长裙，面料是黑天鹅绒的，窄袖削肩，裙摆上镶了三道宽宽的荷叶边；头戴黑色软帽，帽带也是黑天鹅绒的。她犹豫了一下。她期待的那个问题小男孩并没有问，所以她早就预备好了的那个回答也就无从出口了。

"你不打算问问你妈妈怎么样了吗？"最后她这么说。

"哦，我忘了。妈妈怎么样了？"

现在她准备好了。

"你妈妈现在很好，也很快活。"

"哦，我很高兴。"

"你妈妈走了。你再也见不到她了。"

菲利普不知道她什么意思。

"为什么？"

"你妈妈已经在天堂了。"

她哭了起来，菲利普虽不完全明白是怎么回事，也哭了起来。爱玛是个高个头、大骨架的女人，一头金发，浓眉大眼。她是德文郡人，虽在伦敦帮佣多年，仍不改乡音。她这一哭动了真感情，把小男孩紧紧搂在自己怀里。她对这孩子模糊地感到一种怜悯，因为他已经被剥夺了这世间唯一算得上无私的爱。他必须被交给陌生人监护，这感觉很可怕。不过不一会儿，她就振作了起来。

"你威廉大伯正等着见你呢，"她说，"去跟沃特金小姐道个别，咱们就回家了。"

"我不想去道别。"他回答说，本能地不想让人家看见他的眼泪。

"那好吧，赶快上楼去拿你的帽子吧。"

他拿了帽子，下来的时候爱玛正在门厅里等他。他听到餐厅后面的书房里有说话的声音。他犹豫了一下。他知道沃特金小姐和她姐姐正在跟几位朋友闲谈，他感觉——他九岁了——如果他进去的话，她们会为他感到难过的。

"我想我还是应该去跟沃特金小姐道个别。"

"最好是这样。"爱玛道。

"那你进去跟她们通报一声。"他说。

他希望能充分地利用好这个机会。爱玛敲了敲门，走了进去。他听到她说：

"菲利普少爷想跟您道个别，小姐。"

之前的谈话声戛然而止，菲利普一瘸一拐地走了进去。亨里埃塔·沃特金是个矮胖的女人，面色红润，头发是染的。那个年头，染头发还是颇遭物议的出格行为，他教母刚把头发染成别的颜色的时候，他在家里就听到过不少闲言碎语。她跟她姐姐一起住，她姐姐已经心满意足地安心养老了。有两位菲利普不认识的女士正在这儿做客，她们颇为好奇地打量着他。

"我可怜的孩子。"沃特金小姐道，张开了双臂。

她哭了起来。菲利普这才明白她为什么没有下来吃午饭，为什么穿了一身黑。她语不成声。

"我得回家去了。"菲利普最后道。

他从沃特金小姐的怀里挣脱出来，她又吻了吻他。然后他走向她姐姐，也向她道别。他不认识的女士当中有一位问他，她可不可以也吻他一下，他一本正经地表示了许可。虽说一直都在哭，他对由自己造成的这一轰动场面还是非常满意的；他很乐意待的时间再长一点，好更充分地享受一下这种乐趣，但感觉到她们已经在等着他离开了，于是他就说爱玛正在外面等着他。他走出了那个房间。爱玛已经下楼到地下室跟她的一个朋友说话去了，他就在楼梯平台那儿等她。他听到了亨里埃塔·沃特金的说话声。

"他母亲是我最好的朋友。一想到她就这么死了我真是受不了。"

"你本来就不该去参加葬礼，亨里埃塔。"她姐姐道，"我就知道这会让你很难过的。"

下面是一位女客的声音。

"可怜的小男孩儿，想到他就这么孤苦伶仃地活在这个世上，真是可怕。我看到有点儿瘸呢。"

"是呀，他生来有只畸形足。这一直都是他母亲的一块心病。"

爱玛这时候上来了。他们叫了辆出租马车，她把地址告诉了车夫。

三

凯里太太在里面去世的那所房子坐落在肯辛顿一条沉闷而又体面的大街上，地处诺丁山门和高街之间，他们到了以后，爱玛就把菲利普领进了客厅。他大伯正在给送过花圈的亲友写信致谢。有个花圈送来得太迟了，没赶上葬礼，现在仍装在一个纸板箱里，搁在门厅的桌子上。

"菲利普少爷来了。"爱玛说。

凯里先生慢吞吞地站起身，和小男孩握了握手。转念一想，又弯下腰去在他额头上亲了一下。凯里先生的个头中等偏下，有了发福的迹象，头发留得很长，往头顶上梳过去以遮掩他的秃头。他脸刮得很干净，五官挺齐整的，可以想象，他年轻的时候应该还挺好看的。他的表链子上挂着一枚金十字架。

"你现在就要跟我住在一起了，菲利普，"凯里先生道，"你喜欢吗？"

两年前出水痘的时候，菲利普曾被送到大伯的牧师公馆里住过一段时间；但留在他记忆里的就只有一个阁楼和一个大花园，对他伯父伯母倒没有什么印象。

"喜欢。"

"你得把我和你路易莎伯母当自己的父母一样。"

孩子的嘴微微哆嗦了一下，他脸涨红了，但没有搭腔。

"你亲爱的母亲把你托付给我照看了。"

凯里先生不大善于表情达意。一得到他弟媳病势垂危的消息，他就马上动身来到伦敦，可他这一路上就没想别的，只是在担心万一他弟媳真有什么不测，他不得不承担起照顾她儿子的重任的话会给他带来多大的负担。他已经五十大几，结婚三十年来，妻子并没有为他生下一儿半女；对于家里面平白会出现一个小男孩，而且很可能既吵闹又粗野，他是绝没有半点期待的心情的。他也从来就不怎么喜欢他这位弟媳。

"明天我就带你去黑马厩镇。"他说。

"爱玛也去吗?"

孩子把手伸进她的手里，她把它紧紧握住了。

"恐怕爱玛得离开你了。"凯里先生说。

"可我想要爱玛跟我一起去。"

菲利普哭了起来，保姆也忍不住哭了。凯里先生无可奈何地看着他们。

"我想你最好让我单独和菲利普少爷待一会儿。"

"好的，先生。"

尽管菲利普紧紧拉住她，她还是温柔地挣脱开来。凯里先生把孩子抱到膝头上，用胳膊搂住他。

"你不能再哭了。"他说,"你已经是个大孩子了,不该再用保姆了。我们必须考虑送你去上学了。"

"我想要爱玛跟我一起去。"孩子重复道。

"这样开销太大了,菲利普。你父亲并没有留下多少钱,不知道现在到底还剩下多少。以后,每个便士你都得好好算计着花了。"

凯里先生前天已经拜访了家庭律师。菲利普的父亲是位医术高明的外科医生,他在医院里担任的各种职务表明他在医学界已经确立了自己的地位;所以在他猝死于败血症,结果发现他留给遗孀的不过是一笔人寿保险,再有就是将他们在布鲁顿街的房子出租后能够得到的租金时,大家都还觉得挺意外的。这是半年前的事,当时凯里太太的身体已是非常虚弱,又发现自己怀了身孕,情急失措,一有人提出要租他们那幢房子她就同意了。她把自己的家具存起来,以她的牧师大伯认为贵得惊人的价格租住了一幢带家具的房子,租期一年,这样她就能在直到孩子出生这段时间免受任何不便的困扰。不过她从来就不习惯于经管钱财,也不懂得随机应变、量入为出。本就不多的那点钱财就这么东一点西一点地从指头缝里漏掉了,到如今,在所有的开销全都付清以后,只剩下两千英镑出头,在孩子能独立谋生以前,就得靠这笔钱来过活了。这些内情都不可能向菲利普解释清楚,而且他还在呜呜地哭个不停。

"你还是去找爱玛吧。"凯里先生道,觉得她安慰孩子的本事比谁都强。

菲利普不发一言地从他伯父的膝头上溜下来，但凯里先生又叫住了他。

"我们明天就得走，因为礼拜六我还得准备我布道的讲稿，你必须告诉爱玛今天就把你的东西都准备好。你可以带上你所有的玩具。你要是想留一点你父亲和母亲的遗物作为念想，可以各保留一样。其他的东西都得卖掉。"

男孩溜出了房间。凯里先生不习惯劳作，不无怨愤地转头又继续去写他的感谢信了。书桌的一头放着一沓账单，这让他怒火中烧。其中有一张显得尤其荒唐。凯里太太刚咽气，爱玛就从花店里订购了大量的白花，摆满了死者的房间。这纯粹是乱花钱。爱玛实在是太不知分寸、太自作主张了。就算是并无撙节开支的必要，他也会辞退她的。

但菲利普却跑到她跟前，把脸埋在她怀里，哭得肝肠寸断。而她也几乎就把他当自己的亲生儿子看待——他只有一个月大的时候她就开始照顾他——软语温存地安慰他。她向他保证日后有空一定去看他，说她永远都不会忘记他；她跟他讲就要去的那个地方的情况，还给他讲她德文郡自己的老家——她父亲在通往埃克塞特的公路上负责看守一个税卡，家里的猪圈里养了几头猪，还有一头奶牛，那头奶牛刚下了崽——一直说得菲利普忘了伤心落泪，而且想到这次远行都不由得兴奋了起来。之后不久，她就把他放下来了，因为还有很多事要做，他帮她把自己的衣服都在床上摊开。她把他送到育儿室，让他把玩具收拾到一起，不一会儿，他就玩得很开心了。

不过最后，他一个人玩腻了，就回到了卧室，爱玛正把他的东西都往一个大铁皮箱里装；这时候他想起他伯父说过他可以拿一点父母的遗物留作念想。他就把这话告诉了爱玛，并问她自己该拿什么。

"你最好到客厅里，看看有什么是你真心喜欢的。"

"威廉大伯还在那儿呢。"

"没关系。那些东西现在都是你的了。"

菲利普慢吞吞地下得楼来，发现客厅的门开着。凯里先生已经离开了那个房间。菲利普慢慢地转了一圈。他们在这幢房子里住的时间太短，里面没什么是他特别感兴趣的。那是个陌生人的房间，菲利普没看到一样他真正喜欢的东西。不过他知道哪些东西是她母亲的，哪些是房东的，之后不久，他的目光停留在一只小钟上面，他曾听他母亲说过她很喜欢它。拿着那只小钟，他又郁郁不乐地上了楼。在他母亲卧室的门外，他停住脚，侧耳细听。虽然没有人跟他说过不能进去，他还是觉得不该贸然进去；他有点害怕，心脏怦怦地跳得很难受；可同时内心里又有某种东西，驱使他去转动门把手。他转得非常轻柔，像是怕里面的什么人听到，然后就慢慢地把门推开了。他在门口站了一会儿，这次鼓起勇气走了进去。他现在不感到害怕了，但里面显得有些陌生。他随手把门关上。百叶窗拉下来了，在一月份的午后那清冷的光线下，房间里很暗。梳妆台上放着凯里太太的几把发刷和一面手镜。一个小盘子里放着发卡。壁炉架上摆着一张他自己的照片，还有一张他父亲的。以前，她母亲不在房间里的时候他经常到这儿来的，可现在像是不一样了。那几把椅子看着像是有些奇怪。床收拾得很齐整，像是晚上就有人要睡在上面似的，枕头上有个小袋子，里面装着件睡衣。

菲利普打开挂满了母亲衣服的大衣橱，跨进去，伸出胳膊抱住一满抱的衣服，把脸埋在里面。衣服上散发出她母亲生前惯用的香水的香味。然后他又拉开抽屉，里面满是母亲的东西，看了看它们：内衣中间放着几个薰衣草的香袋，香气清新宜人。房间里那种陌生的感觉不见了，他恍惚觉得他母亲只是刚刚外出散步去了。她很快就会回来，然后就会到楼上的育儿室和他一起用茶点。他嘴唇上像是已经感觉到了她的亲吻。

说他再也见不到她了，这不是真的。这不是真的，仅仅是因为不可能是这样子的。他爬上床去，头枕在枕头上。他一动不动地躺在那儿。

四

　　菲利普眼泪汪汪地和爱玛分了手，不过前往黑马厩镇的旅途还是挺让人愉快的，来到镇子上的时候，他已经是听天由命、开开心心的了。黑马厩镇距伦敦有六十英里。把行李交给脚夫以后，凯里先生就和菲利普一起走向牧师公馆；也就走了五分钟多一点，到了以后，菲利普猛然间想起了那扇大门。那是扇红色的栅门，装有五根铁栏杆：门的转轴很活络，朝里朝外开都行；尽管不允许这么做，其实完全可以攀在门上像荡秋千一样来回摆动。他们穿过花园来到正门前。这个正门是只有在有客人来访以及礼拜天或某些特别的场合，比如牧师要前往伦敦或是从伦敦回来时才会使用的。平常的出入都走一个侧门，还有个后门，那是专供花匠、乞丐和流浪汉出入的。公馆是一幢相当巨大的黄砖红顶的楼房，是大约二十五年前建造的，带有教堂建筑的风格。正门颇像是教堂的门廊，客厅的窗户是哥特式的。

　　凯里太太知道他们会乘几点的火车回来，正在客厅里等着他们，留神听着开门的声音。一听到声响，她就来到了门前。

"这就是路易莎伯母，"凯里先生看到她以后就说，"跑过去亲亲她。"

菲利普拖着那只畸形足跑了起来，步态非常笨拙，然后就站住了。凯里太太是个瘦小枯干的女人，跟她丈夫同样岁数，脸上布满极深的皱纹，一双淡蓝的眼睛。她灰白的头发依照她年轻时的时尚，梳成一绺绺的小发卷。她一身黑色衣裙，唯一的装饰是一条金链子，上面挂着个十字架。她举止羞怯，话语温柔。

"你们是走过来的吗，威廉？"她说，几乎语带责备，吻了吻她丈夫。

"我没想到这一点。"他回答道，瞥了他侄子一眼。

"这么一路走来你的脚疼不疼？"她问那孩子。

"不疼。我一直都走的。"

他对他们之间的对话感到有点奇怪。路易莎伯母让他赶快进屋去，他们就一起走进了门厅。门厅里铺着红黄相间的瓷砖，上面交替地印有希腊式十字架和上帝的羔羊①的图案。一道相当气派的楼梯一直延伸到门厅里来。楼梯是用抛光的松木做的，有一种很特别的气味，当初更换教堂的座椅时剩下了不少的木料，牧师公馆的楼梯就捡了这么个便宜。楼梯的栏杆上装饰着四福音书作

---

① 《圣经·新约》中对耶稣基督的称呼。

者的标志①。

"我已经叫人把火生起来了，因为我想你们这一路风尘仆仆，一定觉得冷了。"凯里太太道。

门厅里有个黑乎乎的大火炉，只在天气非常恶劣以及牧师伤风感冒的时候才把火生起来。如果是凯里太太伤风感冒就不特意生火。煤太贵了。再说，女仆玛丽·安也不喜欢屋里到处生火。要是把每个炉子都生起来，那就得再请一个女仆才行。冬天，凯里先生和太太就在餐厅里起坐，这样只需要生那里的一个火炉就行，习惯成自然，就是到了夏天也照样只待在餐厅里，于是客厅就只用来供凯里先生礼拜天下午去那儿睡个午觉。不过每个礼拜六，他总让人把书房的火生起来，他好在那儿撰写他的布道词。

路易莎伯母领着菲利普上楼，带他走进一间面朝车道的很小的卧室。紧挨着窗子有一棵大树，菲利普现在想起来了，因为这棵大树的枝杈很低，能攀着它爬到很高的位置。

"小男孩儿住小房间。"凯里太太道，"你一个人睡不会怕吧？"

"哦，不怕。"

菲利普头一次来牧师公馆做客的时候有保姆陪着，凯里太太

---

① 《圣经·新约》中的四福音书分别为《马太福音》《马可福音》《路加福音》和《约翰福音》，这四位作者的象征分别是人（天使）、狮子、公牛和雄鹰：人象征耶稣基督的降生，牛象征动物的牺牲，狮子象征耶稣基督的复活，鹰则象征耶稣基督的升天。《圣经·旧约》中即载以西结见到的异象：耶和华的灵由四个"活物"卫护，他们分别生着人、狮子、牛和鹰的脸（《以西结书》第一章第四至第十二节）。在《新约》中遂以这四个"活物"对应四福音书的作者。

用不着为他操什么心。可现在看着他，她心里难免有些打鼓。

"你自己会洗手吗？要不要我来帮你洗？"

"我自己能洗。"他回答得很坚决。

"那好，等你下来吃茶点的时候，我可要看一下的哦。"凯里太太道。

她对小孩是一无所知。在决定菲利普要来黑马厩镇和他们一起生活以后，凯里太太已经想了很多到底该怎么对待他；她很想尽她的义务，可现在他已经来了，她却发现自己对他就像他对自己一样畏畏葸葸的。她希望他不会吵吵嚷嚷、举止粗野，因为她丈夫不喜欢吵吵嚷嚷、举止粗野的男孩。凯里太太找了个借口，把菲利普独自留在他的房间里，可不一会儿又回来敲了敲门；她没有进来，就在门外问他自己会不会把水倒出来。然后就下楼去打铃让仆人上茶点了。

餐厅很大，结构均衡，两面墙上都有窗户，挂着沉重的大红棱纹平布的窗帘，当中摆着一张巨大的餐桌；餐桌的一头是一只很气派的桃花心木大餐具柜，上面镶了面镜子；角落里有一架小风琴。壁炉的两侧各有一把皮靠椅，皮面上有压印的商标，椅背上都罩着椅套；一把有扶手，叫作"丈夫"椅；另一把没有扶手，叫作"妻子"椅。凯里太太从来不坐那把扶手椅；她说她宁可不坐太舒服的椅子；家里总有那么多的事情要做，要是她的椅子有扶手的话，她一坐下可能就不想起来了。

菲利普进来的时候，凯里先生正在把炉火拨旺，他指给侄儿看共有两根拨火棍：一根又粗又亮，光可鉴人，没有用过，叫作

"牧师"；另一根要细小得多，显然经常用来通火，被叫作"副牧师"。

"咱们还在等什么呢?"凯里先生道。

"我吩咐玛丽·安给你煮了个鸡蛋。我想你这一路辛苦，肯定饿了。"

凯里太太以为从伦敦到黑马厩的旅程肯定相当累人。她自己难得外出旅行，因为他们一年的收入就只有三百镑，她丈夫需要休假的时候，因为负担不起两个人的旅费，他就总是一个人去。他很喜欢每年一度的牧师大会，每年总设法去伦敦一次；他曾去过一趟巴黎，参观那个博览会①，还去过两三次瑞士。玛丽·安把鸡蛋端上来，大家就在餐桌前就座。可是那椅子对菲利普来说实在是太低了，凯里先生和太太一时间竟完全不知如何是好了。

"我来在椅子上垫几本书。"玛丽·安说。

她从风琴顶上把那本巨大的《圣经》和牧师读祈祷文时经常用到的那本祈祷书拿下来，垫在菲利普的椅子上。

"哦，威廉，他可不能坐在《圣经》上。"凯里太太惊恐万状地说，"你就不能从书房里给他拿几本书来吗?"

凯里先生把这个问题考虑了一会儿。

"我想如果仅此一次，你把那本祈祷书垫在椅子上也没多大关

---

① 应指一八七八年在巴黎举办的世界博览会。

系，玛丽·安。"他说，"《公祷书》①也是像我们这样的人编写的。其作者并没有什么神圣性。"

"这一点我倒没想到，威廉。"路易莎伯母道。

菲利普高踞在那几本书上，牧师做完了感恩祈祷后，把鸡蛋的尖头切了下来。

"给你，"他说着把它递给菲利普，"你高兴的话可以把我的蛋尖吃掉。"

菲利普希望自己能吃一整只鸡蛋，可既然没人给他一整只，也只能有多少就吃多少了。

"我走的这几天，鸡下蛋的情况如何？"牧师问道。

"哦，糟得很，每天只有一两只鸡下蛋。"

"你喜欢你的蛋尖吗，菲利普？"他伯父问道。

"非常喜欢，谢谢您。"

"礼拜天下午你还可以吃上这么一块。"

凯里先生总是在礼拜天用茶点的时候吃上一个煮鸡蛋，这样才有足够的精力应付晚礼拜。

---

① 《公祷书》(*The Book of Common Prayer*)，基督教安利甘宗（英国国教）各教会所用的礼仪书，一五四九年为英国圣公会正式采用，一五五二年大事修订，一五五九、一六〇四、·一六六二年又先后几次修订，一六六二年版的《公祷书》现仍为安利甘宗各教会的标准礼仪书。

五

　　菲利普渐渐熟悉了他要与其一起生活的这些人，而且通过他们日常交谈的只言片语——有些并不是说给他听的——也知道了很多他自己和他已故双亲的情况。菲利普的父亲比黑马厩镇的牧师要小好多岁。他在圣路加医院实习期间成绩卓著，被院方聘为正式的医生，不久就有了可观的收入。他花起钱来大手大脚。牧师在开始修缮教堂的时候，曾向自己的兄弟募捐，竟出乎意料地收到了两三百镑捐款：凯里先生生性节俭，又因为阮囊羞涩而不得不撙节用度，收下那笔款子的时候不免百感交集，心情极为复杂。他对弟弟心怀嫉妒，因为他能拿得出这么一大笔钱，他为教区的教堂感到高兴，同时又因这种迹近铺张卖弄的慷慨行径隐隐有些恼火。后来亨利·凯里和自己的一个病人结了婚，一个美丽动人却身无分文的姑娘，一个无亲无故却出身名门的孤女；婚礼上高朋贵友如云。牧师每次去伦敦的时候总会去拜访他这位弟媳，不过态度总有些矜持，有所保留。他在她面前总感到有些畏葸，而在心里面则对她那非凡的美貌暗怀怨怼：身为一位兢兢业业的外科医生的妻子，她的穿着未免过于华丽了；而她家里那些精美迷人的家具，那些即使在冬天也四处摆满了的鲜花，更表明一种他无比痛恨的奢侈无度。他听她说起她要去参加的那些游宴娱乐；正如他回家以后跟自己妻子所说的，既然接受了人家的款待，那就总要设宴回请的。他在她的餐厅里曾见到过的葡萄至少也得卖八先令一磅；午餐吃到的芦笋在牧师自家的菜园里至少还得两个月后才能食用。现如今，他所预料到的一切都已经成为现实；牧师不禁感到一种满足，就像那位预言家，亲眼看到那个无视自己的警告而不肯悔改的城市被地狱的硫黄火吞噬一样。可怜的菲利普实际上已经一文不名，她母亲的那些高朋贵友现在又有什么用呢？他听人说，他父亲的奢侈浪费是真正的犯罪，而万能的上帝及早把他母亲招回自己身边也实在是一种慈悲：对于金钱，她并不比小孩子更有见识。

　　菲利普来到黑马厩镇一个礼拜以后，发生了一桩似乎使他伯父大为恼火的事情。有一天早上，他发现餐桌上有一小包邮件，是由已故的凯里太太在伦敦的寓所转寄过来的。收件人是她本人。牧师打开一看，原来是凯里太太的十二张照片。都是只拍肩膀位置的半身像，她的发式梳得比平常更朴素，低垂在前额上，使她显得有些不同寻常；她的脸瘦削而又憔悴，但无论什么疾病都无法减损她美丽的容颜。她那双乌黑的大眼睛里流露出一种哀伤之情，这种表情是菲利普非常陌生的。乍一看到这个已经死去的女人，凯里先生不免有点震惊，不过紧接着就是困惑不解。这些照片似乎是最近刚拍的，他无法想象到底是谁找摄像师拍的。

"你知道这些照片是怎么回事吗,菲利普?"他问道。

"我记得妈妈说过她去拍过照,"他回答道,"沃特金小姐还为此责怪过她……她说:'我想给孩子留下点他长大后能记起我来的念想。'"

凯里先生看了菲利普一会儿。孩子是用清楚的高音说这番话的。他想起了妈妈说过的话,却并不明白话里的意思。

"你还是挑一张,保存在你的房间里吧,"凯里先生道,"其余的就先让我收起来。"

他寄了一张给沃特金小姐,她回了封信,解释了拍摄这些照片的缘由。

有一天,凯里太太躺在床上,觉得比平常的状况要好一点,而且医生早上过来的时候像是也对她的病情抱有一些希望;爱玛带着孩子出去了,女仆们都在楼下的地下室里;凯里太太突然间感觉在这个世上孑然一身,无比凄凉。她不由得感到一阵巨大的恐惧:原本以为不过半个月就能康复的一点小病,极有可能就要死在这上头了。儿子今年才九岁,怎么能指望他记住自己呢?想到他日后长大成人后会把她忘掉,把她完完全全忘掉,她就心如刀绞,无法忍受;她如此深情地爱着他,是因为他体质柔弱,又有残疾,是因为他是自己的亲骨肉。她自打结婚以后就再没拍过照,而她结婚到现在已经有十年了。她想要儿子知道自己最后是个什么样子。那样他就不会忘记她,不会忘得一干二净了。她知道,如果她把使女叫来,跟她说自己想起床的话,使女肯定会阻拦她,也许还会把医生也叫来,她现在可没有力气去挣扎和分辩。

她下了床，开始自己穿衣服。她已经在床上躺了这么久，两腿发软，几乎支撑不住身体，然后脚底又是一阵刺痛，几乎没办法踩到地上。但她咬牙坚持。她不习惯于自己梳理头发，抬起胳膊梳头的时候，感到一阵晕眩。她怎么也梳不成使女平常给她梳的那种发式。她的头发很漂亮，发质很好，是一种富有光泽的深金色。她的眉毛又直又黑。她穿上一条黑色的裙子，但选配了一件她最喜欢的晚礼服紧身胸衣：是当时正在流行的白色锦缎质地的。她照了照镜子。她脸色苍白，不过皮肤很光洁：她素来就没有多少血色，这总是衬得她那美丽的嘴唇更加红润。她忍不住呜咽了一声。但是她没时间在这儿顾影自怜，她已经觉得极度疲倦了；她穿上去年圣诞节亨利送给她的裘皮大衣——当时她曾为此而无比骄傲、无比开心——悄悄溜下楼去，一颗心怦怦直跳。她安全地溜出大门，叫了辆马车去了照相馆。她付了拍摄十二张照片的钱。拍到一半的时候，她撑不住了，不得不要了一杯水喝；摄影师的助手看出她有病在身，就建议她改天再来，但她坚持这一次一定要拍完。终于拍完以后，她又叫车回到肯辛顿的那幢阴暗的小房子，她打心底里厌恶这个住处。死在这样一幢房子里简直太恐怖了。

她发现房子的大门开着，她乘坐的马车停下来的时候，爱玛奔下台阶来搀扶她。先前她们发现她不在房间里了，都吓坏了。起先还以为她肯定是去沃特金小姐家了，就打发厨娘去看看。结果沃特金小姐和厨娘一起回来了，万分焦急地等在客厅里。这时候沃特金小姐也满怀焦虑地下楼来，一个劲儿地责怪她不该这么任性；但凯里太太经过这番折腾已是劳累过度，再加上需要她咬牙坚持的时刻也已经过去，就再也支撑不住了。她一头倒在爱玛的怀里，被抬上楼去。她昏迷了一小会儿，但对守在她身边的那些人来说简直长得难以忍受，赶紧派人去请的医生又一直都没来。一直到第二天，她多少恢复了一点以后，沃特金小姐才从她嘴里得知了事情的原委。当时菲利普正在他母亲卧室的地板上玩耍，两位女士谁都没有去注意他。她们说的在他听来只是似懂非懂，他也不知道那些话为什么深深地印在了他的记忆中。

"我想给孩子留点儿念想，让他长大以后还能记得我。"

"真不明白她干吗非要拍十二张，"凯里先生说，"两张也就尽够了。"

六

牧师公馆里的生活日复一日，绝少变化。

早饭吃过不久，玛丽·安就把《泰晤士报》拿进来。报纸是凯里先生和两位邻居合订的[①]。十点到下午一点归他看，然后由花匠送到利姆斯公馆的埃利斯先生手上，整个下午都归他看；到七点钟再送交领主大宅的布鲁克斯小姐，她因为拿到的最晚，就拥有了把报纸留下来的权利。夏天凯里太太制作果酱的时候，经常向她讨几张报纸来覆瓿。每天牧师坐下来看报的时候，他妻子就戴上软帽上街购物去了。菲利普陪着她。黑马厩镇是个渔村，镇上只有一条大街，商店和银行都在那里，医生和两三位运煤船的船主也住在那儿；小渔港的周围都是些穷街陋巷，渔民和穷人都住那儿；不过既然他们只去非国教的小教堂做礼拜，他们也就无足轻重了。凯里太太在街上一看到非国教的牧师就赶紧躲到街对面去，以避免跟他们打照面，要是实在来不及闪避，她就目不斜

---

① 当时的报纸订阅费用还比较昂贵，邻里们通常都是共同订阅一份报纸，相互传看。

视，紧盯着人行道的路面。就在这一条大街上居然有三座非国教的小教堂，这简直是牧师视之为奇耻大辱的丑闻：他总觉得法律应该出面干涉，明文禁止建造这样的教堂。在黑马厩镇购物可并不简单，因为不信国教的相当普遍——教区的教堂远在两英里之外也是个重要原因，而必须只跟国教派教友打交道；凯里太太心里非常明白，牧师家的人光顾哪家店铺，对店主的信仰会有举足轻重的影响。镇上有两位肉铺掌柜的，都是去教区教堂做礼拜的，可是他们不明白牧师是不可能同时惠顾他们两家肉铺的；而且对于牧师想到的那个简单的解决办法——上半年买这家，下半年买那家的肉——也都不满意。轮到哪家不能再定期往牧师公馆送肉了，那店主就威胁以后不再去教区教堂了，有时候牧师也不得不报之以威胁：不去教区教堂已经是大错特错，如果他竟然敢错上加错，当真跑去非国教的小教堂做礼拜，那么就算他铺子里的肉再好，他凯里先生迫不得已，也只能永远都不再买他们的肉了。凯里太太路过银行的时候，经常进去给经理乔赛亚·格雷夫斯捎个口信，他是唱诗班指挥、教堂的司库和堂区俗人委员。他人长得又高又瘦，面色灰黄，一个长鼻子，满头白发，在菲利普看来真是老得无以复加了。他负责管理教区的账目，负责组织和张罗唱诗班和主日学校的远足活动；虽然教区教堂里并没有管风琴，由他主持的唱诗班却被公认为（在黑马厩镇）全肯特郡最好的唱诗班；每逢要举行什么仪式，诸如主教大人要来观摩坚振圣事，乡村主任牧师秋收感恩节要来讲道之类大事小情，都由他负责做好必要的准备。可是无论什么事情他都独断专行，从不跟牧师认真进行磋商，而牧师虽一贯怕麻烦，乐得清闲，对这位俗人委员的行事作风也是颇为怨愤。看来他是当真认为自己是整个教区最重要的人物了。凯里先生经常告诉他妻子，如果乔赛亚·格雷夫斯再不小心收敛的话，早晚他要好好敲打他一顿；不过凯里太太总是劝他还是宽忍为上：他本意是好的，就算他缺少一点绅士风度，也不宜太过苛责。牧师由于采取了忍让的高姿态，因践行了基督的美德而颇感自慰；不过背地里总是把这位俗人委员骂作"俾斯麦"，给自己出出气。

　　这两个人曾经有过一次真正严重的争执，凯里太太想起那段令人焦虑不安的日子，至今仍心有余悸。事情的经过是这样的：保守党的候选人宣布要在黑马厩镇举行一次竞选集会，乔赛亚·格雷夫斯就把集会的地点安排在了布道堂里，然后跑去找凯里先生，说希望他到时候能在会上说几句话。看来那位候选人已经邀请乔赛亚·格雷夫斯主持会议了。这种僭越行径，让凯里先生如何能忍？牧师的圣职理应受到尊重，这一点容不得半点含糊，一个有牧师出席的集会，居然由俗人委员来主持，这成何体统！他提醒乔赛亚·格雷夫斯，所谓"教区即人"，也就是说，牧师是整个教区的灵魂。乔赛亚·格雷夫斯则回敬说，没有人比他更能体认教会的尊严了，但这一次纯是政治事务，他反过来提醒牧师，不要忘了救主基督曾教导我们要把恺撒的事务归于恺撒[1]。牧师对

---

[1]　典出《圣经·新约·马可福音》第十二章第十七节，和合本修订版译作"凯撒的归凯撒"，下半句是"神的归神"。

此的回击是：魔鬼为了自己的目的总是可以引证《圣经》的，他本人是布道堂独一无二的主人，如果不请他担任主席，他就拒绝将其用于政治集会。乔赛亚·格雷夫斯告诉凯里先生，他要真想这么做他也拦不住，不过在他看来，卫斯理宗[①]的教堂是个同样合适的集会场所。然后凯里先生说，如果乔赛亚·格雷夫斯胆敢踏入一个并不比异教的庙宇好多少的地方半步，他就不再适合担任一个基督教教区的俗人委员了。乔赛亚·格雷夫斯一气之下辞去了所有职务，当晚就派人去教堂取回了他的黑白两种法衣。替他管家的妹妹格雷夫斯小姐也辞去了产妇会的书记职务，这个组织旨在向教区内的贫苦孕妇发放法兰绒孕服、婴儿衣、煤以及五先令的救济金。凯里先生说，这么一来他终于可以真正地当家作主了。不过不久他就发现，他得去处理各种他实际上一无所知的繁琐事务；而乔赛亚·格雷夫斯呢，在最初那阵激愤过后，也发现他丧失了生活中最主要的乐趣。这场争执使凯里太太和格雷夫斯小姐深为苦恼；她们先是谨慎地通信，继而碰头商议，下定决心要把这个疙瘩解开：她们一个劝解自己的丈夫，一个说服自己的兄长，从早一直说到晚；而既然她们好言相劝的正是这两位绅士真心所愿的，在经过令人焦虑悬心的三周以后，两人终于前嫌尽弃、重修旧好。这是符合双方利益的，不过他们都将其归于对

---

① 卫斯理宗（Wesleyans），基督教新教主要宗派之一，由约翰·卫斯理（John Wesley，1703—1791）和查理·卫斯理（Charles Wesley，1707—1788）兄弟创立于英国，不久即传入美洲的英国殖民地，原为英国国教圣公会内的一派，后逐渐成为独立的宗派，主张社会改良，并着重在下层群众中传教。

救世主共同的热爱。那次集会仍旧在布道堂举行，不过改请医生来做主席，凯里先生和乔赛亚·格雷夫斯都在会上讲了话。

凯里太太办完了和银行家的正事以后，通常会到楼上去和他妹妹拉几句家常；两位女士在闲话教区的事务、副牧师或者威尔逊太太的新帽子时——威尔逊先生是黑马厩镇的首富，被认为每年至少有五百镑的收入，而威尔逊太太原是他的厨娘——菲利普就故作庄重地端坐在气氛拘谨的客厅里，这间客厅只在接待客人时才使用，忙于观看鱼缸里游来游去的金鱼。窗户一直紧闭，只在早上开几分钟透透气，屋里有股沉滞的气息，在菲利普看来这可能和银行业具有某种神秘的关联。

这时候凯里太太想起她还得去趟杂货铺，他们就继续往前走了。东西都买好以后，他们经常会沿着一条边街来到一处小海滩那儿，边街两旁大都是些渔民居住的木头房子（随处可见渔民坐在自家门口织补渔网，渔网就挂在门上晾晒），海滩被仓库夹在当中，不过仍能看到海。凯里太太会在那儿站上几分钟，看看海，海水一片浑黄（谁知道她心里到底在想些什么？），这个时候菲利普就去找那种扁平的石头，拿了来打水漂玩儿。然后他们就慢悠悠地往回走。路过邮局的时候探头朝里面看看准确的时间，冲坐在窗口做女红的医生的妻子威格拉姆太太点头打个招呼，这样也就到家了。

正餐在一点钟吃：礼拜一、二、三吃牛肉，烤牛肉、牛肉饼和牛肉丁；礼拜四、五、六吃羊肉。礼拜天吃一只他们自家养的鸡。下午菲利普做功课。拉丁文和数学由他大伯教，其实牧师对这两门功课也是一窍不通；法语和钢琴由他伯母教，她对法语也是所知甚少，不过钢琴还是能弹两下，可以为自己已经唱了三十年的几首老歌伴伴奏。威廉大伯经常对菲利普说，他还做副牧师的时候他伯母就有十二首歌曲烂熟于心，无论什么时候请她表演，她随时都能唱得出来。就是现在，牧师公馆举行茶会的时候，她也经常能露上一手。凯里夫妇看得上的客人寥寥无几，能有幸出席茶会的也不外乎以下这几位：副牧师、乔赛亚·格雷夫斯和他妹妹、威格拉姆医生和他妻子。用完茶点后，格雷夫斯小姐会演奏一两首门德尔松的《无词歌》，而凯里太太会唱一首《当燕子飞回家的时候》或者《跑吧，跑吧，我的小马》。

不过凯里夫妇并不经常举行茶会：准备工作已经让他们颇为耗神了，客人们走了以后，就更是感觉筋疲力尽。他们更喜欢自己用茶点，用罢茶点后再玩一两局十五子棋。凯里太太总有意地让她丈夫赢，因为他不喜欢输棋。八点钟的晚饭他们就吃一顿冷餐。这顿饭很凑合，因为准备了茶点以后，玛丽·安就什么都不高兴做了，凯里太太还得帮着收拾碗碟。凯里太太经常只吃点面包和黄油，随后再吃点炖水果，牧师则再加一片冷肉。一吃完晚饭，凯里太太就会打铃召集大家一起做晚祷，随后菲利普便该上床睡觉了。他不肯让玛丽·安替他脱衣服，在经过一阵子坚决的反抗后，成功地确立了自己给自己穿衣和脱衣的权利。九点钟，玛丽·安把盛着鸡蛋的盘子端进来，凯里太太在每个鸡蛋上都写上日期，再把鸡蛋的数目登记造册。然后，她亲自挎着餐具篮上楼。凯里先生继续拿出一本旧书来读一会儿，但钟一敲十点他就站起身，熄了灯，继妻子之后上床睡觉。

菲利普刚来的时候，一时间竟难以决定他到底该哪天晚上洗澡。由于厨房的锅炉一直有毛病，热水供应始终是个大难题，同一天内不可能安排两个人洗澡。在黑马厩镇，只有威尔逊先生家有单独的浴室，而大家都认为他这是有意摆阔。玛丽·安礼拜一晚上在厨房里洗，因为她喜欢干干净净地开始新的一周。威廉大伯不能在礼拜六洗，因为礼拜天任务繁重，而他在洗过澡以后总会觉得有点累，所以他就礼拜五洗。凯里太太出于同样的原因礼拜四洗。这样看起来，安排菲利普在礼拜六洗就是顺理成章的了，可玛丽·安说礼拜六她不能让炉子一直烧到晚上：因为礼拜天她要做那么多菜，还得做糕点以及说不清的这事那事，再要在礼拜六晚上给孩子洗澡，她实在是有些吃不消，而显然他又不能自己洗。凯里太太对于给一个男孩子洗澡觉得有些怪害臊的，而牧师当然得忙着准备他的布道。但牧师又坚持认为，菲利普应该干干净净、整整齐齐地迎接主日[①]的到来。玛丽·安说她宁愿一走了之，也不想被人压榨欺负——她已经干了十八个年头，不应该再承担额外的工作，他们也总该体谅体谅她——而菲利普则表示，他不想让任何人给他洗澡，他自己就能洗得很好。这样一来问题就解决了。玛丽·安说她相当肯定他是不可能把自己洗干净的，而与其就让他这么不干不净的——倒不是因为怕他面对天主时有什么不妥，而是因为她不能忍受那种洗得不干不净的孩子——她宁肯活活把自己累死，哪怕是在礼拜六晚上。

---

① 即礼拜天。

七

礼拜天这一天要做的事情实在是不少。凯里先生总是说，整个教区里每周工作七天的人就他一个。

全家人都比平常要早起半个钟头。玛丽·安准八点来敲门的时候，凯里先生免不了要抱怨一句：一个可怜的牧师连休息日都别想能睡点懒觉。凯里太太穿衣打扮的时间要比平常更长一点，她九点钟下来吃早餐，有点喘吁吁的，只比她丈夫提前了一步。凯里先生的靴子立在炉火前，事先把它烘暖。饭前的祷告比平常要长，早餐的内容也更丰盛。用罢早餐，牧师开始把面包切成薄片，准备圣餐，菲利普相当荣幸地负责把面包皮切掉。然后他被差到书房去把一块大理石镇纸拿来，凯里先生拿它来压在切好的面包片上，直到被压得又薄又软了，再把它们切成许多小方块。数量的多少要视天气而定。天气太糟，就没几个人肯去教堂；天气很好的话，来的人虽然很多，却也没多少人会留下来领受圣餐。只有在天不下雨，步行去教堂尚不至于是件苦事，但又没好到风和日丽的程度，去了教堂后尚不至于巴不得赶紧溜掉的情况下，留下来领圣餐的人才最多。

　　然后凯里太太从餐具室的纱橱里取出圣餐盘，牧师用块麂皮把盘子擦一下。十点钟，出租马车就停在了门前，凯里先生把靴子穿上。凯里太太要花几分钟的工夫才能戴好帽子，这当儿，身披一件宽大的斗篷站在门厅里的牧师，脸上的表情活像是早期的基督徒就要被领进斗兽场了[①]。这也真是够奇怪的，结婚都三十年了，他妻子在礼拜天上午出门前仍然不能及时地准备好。最后她总算是出来了，一身黑缎子衣服。牧师无论什么时候都不喜欢教士的妻子穿红着绿的，而在礼拜天，他更是认定了妻子的着装非得是黑色才行；有那么几次，她在和格雷夫斯小姐串通好了以后，斗胆在帽子上插上一根白色的羽毛或是一朵粉色的玫瑰，但牧师总是坚持要她拿掉；他说他不能和一个荡妇一起去教堂：凯里太太身为女人不禁感慨叹息，而身为妻子则被逼无奈只能服从。他们就要登上马车的时候，牧师突然记起来还没有人给他吃过鸡蛋。她们明明知道他必须吃个鸡蛋才有力气发声布道，这家里有两个女人，可没有一个对他的舒适有丝毫的关心。凯里太太就埋怨玛丽·安，而玛丽·安则回嘴说，她也不可能事事都考虑周全。她匆忙跑去拿来一个鸡蛋，凯里太太把它打在一杯雪利酒里。牧师一仰头把它吞下肚。圣餐盘也送上了马车，他们这才算是正式动身。

[①]　罗马帝国曾经对早期基督徒，即公元一世纪到四世纪初期（64—312）的基督徒，有过十次大迫害，成千累万的基督徒被赶到斗兽场，他们齐唱赞美诗，死在狮子猛兽的撕咬之下。

这辆单马马车是从红狮车行雇来的，有一股子稻草发霉的怪味儿。一路上两面的车窗全都关得紧紧的，以免牧师伤风感冒。教堂司事在门廊上等着把圣餐盘接过去，牧师朝法衣室走去，而凯里太太和菲利普则在牧师公馆的座席上坐定。凯里太太把她每次都往圣餐盘里放的六便士硬币先拿出来放在自己面前，又给了菲利普三便士派同样的用场。教堂里渐渐坐满了，礼拜仪式开始了。

菲利普对牧师的讲道渐渐厌烦起来，但如果他开始动来动去，凯里太太就会把手轻轻地按在他的胳膊上，责备地看他一眼。在最后的赞美诗唱完，格雷夫斯先生端着圣餐盘分发圣餐的时候，他的兴致就又来了。

等大家都走了以后，凯里太太会到格雷夫斯小姐的座位那儿跟她闲聊几句，一边等着那两位绅士出来，菲利普则径自跑进了法衣室。他大伯、副牧师和格雷夫斯先生身上都还穿着白色的法衣。凯里先生把剩下的圣餐面包给了他，说他可以吃掉。本来都是他自己吃掉的，因为扔掉的话感觉有点亵渎神明，而菲利普由于食欲旺盛，正好由他来代劳。然后他们就开始清点募到的钱数。基本上都是一便士、六便士和三便士的硬币。每次总有两枚一先令的硬币，一枚是牧师，另一枚是格雷夫斯先生放进去的；有时候还会冒出个弗罗林①来。格雷夫斯先生就告诉牧师这是谁给的。总是某个来黑马厩镇的外地人，而凯里先生就开始琢磨这究竟是个什么人。不过格雷夫斯小姐早已将这一轻率的举动看在了眼里，

---

① 弗罗林（florin），英国于一八四九年首次铸造的两先令银币。

而且能告诉凯里太太这外地人是从伦敦来的，已婚已育。在乘车回去的路上，凯里太太就把这些信息传递给丈夫，于是牧师便决定要去登门拜访，请他为"编外副牧师协会"慷慨捐款。凯里先生问起菲利普在教堂里是不是守规矩，凯里太太则说起威格拉姆太太披了件新斗篷，考克斯先生没来做礼拜，以及有人认为菲利普斯小姐已经订了婚等等闲话。回到牧师公馆以后，他们都觉得理应吃上一顿丰盛的正餐。

饭后，凯里太太回自己的房间休息，凯里先生在客厅的沙发上躺下来打个盹儿。

他们五点钟用茶点，牧师多吃一个鸡蛋为晚祷积蓄精力。凯里太太留在家里，以便于玛丽·安能去参加，不过她照样把礼拜的祷文和赞美诗全都念诵一遍。凯里先生是步行前往教堂主持晚祷的，菲利普就一瘸一拐地跟在他身边。在黑暗的乡间道路上行走给他留下了新奇而又深刻的印象，而远处那灯火通明的教堂，慢慢地越来越近，显得非常温暖亲切。一开始他和大伯在一起的时候还有点怯生，后来渐渐地也就习惯了，他会把手悄悄伸进大伯的手掌里，因为有了一种受到保护的感觉，走得也就更加轻松自在了。

他们回到家就吃晚饭。凯里先生的拖鞋已经准备好，放在炉火前的脚凳上烘着，旁边放着菲利普的拖鞋，其中的一只和小男孩的鞋子没什么两样，另一只却显得畸形丑怪。菲利普上床睡觉的时候已经累坏了，只好听凭玛丽·安为他把衣服脱掉。她在给他盖好被子以后又亲了亲他，他已经开始喜欢上她了。

八

　　菲利普一直就过着独生子的那种孤独生活，来到牧师公馆以后，他也并不比他母亲在世时更加孤独寂寞。他和玛丽·安成了朋友。玛丽·安是个渔民的女儿，是个胖乎乎的小个子，自打十八岁上就来到了牧师公馆；这是她帮佣的第一户人家，她丝毫无意于离开这里，但她经常拿自己可能出嫁这个法宝来吓唬胆小的男女主人。她父母住在离港口街不远的一幢小房子里，碰到晚上外出的时候她经常去看看他们。她讲的那些海上发生的故事让菲利普颇为心驰神往，而港口周边的那些窄街陋巷在他年轻旺盛的想象中都蒙上了浓厚的浪漫色彩。有天晚上，菲利普问他能不能跟玛丽·安一起回趟家，但他伯母怕他染上什么病症，而他伯父则说近朱者赤近墨者黑，不良的交往会败坏良好的德行[①]。他不喜欢当地那些渔民，嫌他们粗鲁不文，而且还去

[①]　原文"evil communications corrupt good manners"，出自《圣经·新约·哥林多前书》第十五章第三十三节，和合本修订版译作："滥交朋友败坏品德。"

非国教的教堂做礼拜。可是菲利普待在厨房里比在餐厅里感觉更自在，只要一有机会，他就会带上他的玩具到那儿去玩。他伯母倒也并不觉得有什么不妥。她不喜欢家里混乱无序，而她也知道小男孩总免不了邋里邋遢，既然如此，就不如让他到厨房里瞎闹腾去。平常只要他稍有点坐立不安，他大伯就会变得很不耐烦，说真该送他上学去了。凯里太太觉得这时候就送菲利普去上学还太小，她还真是很心疼这个没娘的孩子；但她一心想赢得孩子好感的各种尝试却又相当笨拙，而孩子这方面又觉得有些害臊，总是绷着脸嘟着嘴，像是没办法才接受她的亲热和爱抚似的，使得她非常难堪。有时候她听到菲利普在厨房里尖着嗓门咯咯大笑，可是她一进去，他立马就不作声了，而且在玛丽·安解释他为什么大笑的时候，他的小脸总是涨得通红。凯里太太也听不出有什么可笑的地方，只得勉强地微微一笑。

"他和玛丽·安在一起像是比跟我们在一起更开心，威廉。"她回屋重新拿起女红的时候说道。

"你能看得出这孩子一直都很缺家教。非得好好管教管教才行。"

菲利普来到这里的第二个礼拜天，碰上了一件倒霉事。正餐以后，凯里先生像往常那样去客厅小睡片刻，但他那天心情烦躁，怎么也睡不着。那天上午，乔赛亚·格雷夫斯对牧师用来装饰圣坛的几个烛台提出了坚决的反对。这几个烛台是他从特坎伯雷①买的二手货，他觉得它们看起来很有档次。但乔赛亚·格雷夫斯却说那都是天主教的玩意儿。而这种奚落总能引得牧师勃然大怒。当年运动②兴起的时候，他正在牛津念书，后来那场运动以爱德华·曼宁③脱离国教而告终。他对罗马公教颇抱有几分同情。他很愿意把黑马厩镇这个低教会派④教区的礼拜仪式搞得比通常的标准更为隆重一些，对于那种香烛成行、辉煌亮堂的场面私心不胜向往。他反对焚香，他讨厌新教徒这个称呼，他自称天主教徒。他常说，那些教皇党人无非是需要一个尊号，才自称罗马天主教徒的；而英国国教才是最完美、最全面、最高贵意义上的天主之教。他一想到自己的仪容就不禁暗自得意：他那刮得很干净的脸让他看起来颇像个天主教的教士，而他年轻时那种禁欲主义的气质更是加强了这样一种印象。他经常讲起自己在布洛涅⑤度假时的一段经历，那次度假他妻子同样是出于经济原因没有和他同行，

① 特坎伯雷（Tercanbury）应系对坎特伯雷（Canterbury）的故意反写。坎特伯雷是英格兰肯特郡的区和城市，是英格兰最早的基督教传道中心。六世纪末坎特伯雷的圣奥古斯丁即来此传道，他在阿尔勒受封英格兰大主教神职以后又返回坎特伯雷，并建成著名的天主教大教堂，此教堂至今仍是英格兰最重要的处理教会事务的中心。

② 指牛津运动（Oxford Movement），十九世纪英国基督教圣公会（英国国教）内部以牛津大学为中心兴起的运动，旨在反对圣公会内的新教倾向，恢复天主教思想和惯例。

③ 爱德华·曼宁（Henry Edward Manning，1808—1892），改信天主教的英国基督教圣公会牛津运动派教士，一八五一年被天主教会接纳，后任威斯敏斯特教堂大主教（天主教在英格兰的首席大主教）和枢机主教。

④ 低教会派（Low Church），英国基督教圣公会中的一派，主张简化仪式，反对过分强调教会的权威地位，较倾向于清教徒，与高教会派（High Church）相对。高教会派则要求维持教会较高的权威地位，主张在教义、礼仪和规章上大量保持天主教的传统。

⑤ 布洛涅（Boulogne），全称"滨海布洛涅"（Boulogne-sur-Mer），法国西北岸海港，临加来海峡。

他正坐在某个教堂里的时候，curé① 走到他面前，请他上台讲经布道。他坚决主张，尚未正式领受圣职的神职人员应禁欲独身，所以他手下的副牧师只要一结婚就会被他辞退。可是在某次大选中，自由党人在他花园的篱笆上涂了几个蓝色的大字：此路通往罗马，他却勃然大怒，威胁要上法院去控告黑马厩镇的自由党首脑们。现在他则打定主意，不管乔赛亚·格雷夫斯说什么，都休想让他把那几个烛台从圣坛上拿走，而且气哼哼地嘟囔了几遍"俾斯麦"。

突然他听到一个出乎意料的声音。他把手帕从脸上拿掉，从沙发上起来，走进了餐厅。菲利普坐在桌旁，周围堆满了他的积木。他刚才搭了一座巨大的城堡，由于地基有点不稳，导致整个建筑哗啦一声倒下来，成了一堆废墟。

"你在拿这些积木干什么呢，菲利普？你明知礼拜天是不许玩游戏的。"

菲利普用一双惊恐的眼睛瞪了他一会儿，然后就习惯性地脸涨得通红。

"我以前在家的时候总是玩游戏的。"他回答道。

"我敢肯定你亲爱的妈妈是绝不会允许你做出这样邪恶的事来的。"

菲利普并不知道这竟然是邪恶的；不过若是果真如此，他可不愿意人家以为他母亲会同意他这么做。他耷拉着脑袋，默不

---

① 法语：本堂神父。

作声。

"你难道不知道礼拜天玩游戏是非常、非常邪恶的吗？你认为这一天为什么叫休息日？晚上你还要去教堂，当你在下午已经触犯了造物主的律法的时候，你还有什么脸去面对祂呢？"

凯里先生叫菲利普赶紧把积木都收起来，而且在菲利普这么做的时候还站在旁边监督他。

"你是个非常淘气的孩子，"他重复道，"想一想你这么做，你可怜的母亲在天堂里该多伤心吧。"

菲利普忍不住要哭了，可他出于本能不想让别人看到自己掉眼泪，他咬紧牙关，硬是把呜咽强压下去。凯里先生在他的扶手椅上坐下，开始翻阅起一本书来。菲利普站在窗前。牧师公馆距离通往特坎伯雷的公路有相当一段距离，从餐厅的窗口望去，可以看到一块呈半圆形的长条草坪，再远处就是直达地平线的绿色的田野。羊群在田野里吃草。天色孤凄灰暗。菲利普感觉自己无比不幸。

没过多久，玛丽·安就进来摆放茶点，路易莎伯母也从楼上下来了。

"你的午觉睡得可好，威廉？"她问。

"不好。"他回答道，"菲利普弄出那么多响声，闹得我都没法合眼。"

这话说得并不准确，因为他是自己有心事才睡不着的；菲利普阴沉着小脸听着，不禁暗想：他只不过弄出来了一下响动，在这之前和之后他大伯睡不着觉可不能怪他。在凯里太太细问端详的时候，牧师把事情的经过讲了一遍。

"他连一声'抱歉'都没说。"凯里先生最后加了一句。

"哦，菲利普，我相信你一定感到抱歉了。"凯里太太赶紧说，生怕这孩子在他伯父眼里显得比实际上更为邪恶。

菲利普没作声。他继续用力咀嚼抹了黄油的面包片。他也不知道自己内心深处是哪儿来的一种力量，硬是阻止他做出任何歉意的表示。他觉得自己耳朵里隐隐作痛，他有点儿想哭，但就是不肯吐露只言片语。

"你用不着再摆什么脸色了，这只会变本加厉。"凯里先生说。

茶点在闷声不响中吃完了。凯里太太时不时偷偷摸摸地瞟菲利普一眼，牧师则故意对他置之不理。菲利普见他伯父上楼更衣准备动身去教堂以后，他也跑到门厅去拿自己的帽子和外套，可是牧师从楼上下来看到他的时候却说：

"今晚我不想让你再去教堂了，菲利普。我觉得以你现在的这种精神状态，是不适合进入上帝的圣堂的。"

菲利普一句话都没说。他觉得自己受到了奇耻大辱，两颊腾地红了。他默默地站在那里，眼看着他伯父戴上宽边帽，披上宽大的斗篷。凯里太太一如既往地来到门口，送丈夫出门。然后她转向菲利普。

"没关系的，菲利普，下个礼拜天你就不淘气了，是不是？这样的话你大伯晚上就会照样带去你教堂了。"

她为他摘下帽子、脱掉外套，把他领进餐厅。

"咱们一起来念祈祷文好吗，菲利普？咱们还要一起弹着风琴唱赞美诗，你喜欢吗？"

菲利普坚决地摇了摇头。凯里太太大吃了一惊。他如果不愿意和她一起念诵晚祷文，她就不知道该拿他怎么办了。

"那在你大伯回来之前，你想干点儿什么呢？"她无助地问道。

菲利普终于打破了沉默。

"我想一个人待着。"他说。

"菲利普，你怎么说出这么不厚道的话呢？你难道不知道，你伯父和我完全是为了你好吗？难道你一点都不爱我吗？"

"我恨你。巴不得你死了才好。"

凯里太太倒吸了一口冷气。他这话说得这么野蛮残忍，她真是大吃了一惊。一时间她什么话也说不出来。她一屁股坐在丈夫的椅子上，想到她是多么殷切地想去爱这个孤苦伶仃的瘸腿的小男孩，她又是多么热切地希望能得到这个孩子的爱——她自己不能生育，虽然她认为自己无儿无女无疑就是上帝的旨意，但她有时候看到别人家的孩子，心里仍免不了深感痛苦——她忍不住热泪盈眶，接着一颗颗泪珠就慢慢地从面颊上滚落。菲利普看到这一幕，也不由得惊呆了。她掏出一块手绢，不再有任何顾忌地大放悲声。菲利普突然意识到她哭是因为他的话伤了她的心，他感到非常抱歉。他悄悄地走到她跟前，亲了她一下。这是他头一次没有经过要求而主动地吻她。这个可怜的小老太太——在那身黑缎子衣服里显得那么瘦小，那么枯干，脸色那么蜡黄，头上梳的螺旋形发卷又是那么滑稽——一把将小男孩抱到自己膝上，紧紧搂住他，哭得心碎肠断。不过那一半却是幸福的泪水，因为她感觉他们之间的隔阂已经冰消瓦解了。她现在是以一种新的爱来爱他，因为他让她尝到了痛苦的滋味。

九

　　下一个礼拜天，牧师正准备去客厅睡午觉的时候——他生活中的一切活动都像是举行仪式一样按部就班——凯里太太也正打算上楼去，菲利普问道：

　　"如果不许我玩，那我该做什么呢？"

　　"你就不能安安静静地坐一会儿吗？"

　　"我不能就这么一直坐到吃茶点吧？"

　　凯里先生看了看窗外，外面又阴又冷，他实在没办法建议菲利普去花园里待着。

　　"我知道你能干点什么了。你可以把今天专用的那段短祷文背诵下来。"

　　他把那本专用的祈祷书从风琴上拿下来，翻到他要找的那一页。

　　"祷文不长。我来吃茶点的时候，你要是能一字不差地背出来，我就把我的鸡蛋尖奖给你吃。"

　　凯里太太把菲利普的椅子拖到餐桌前——他们已经为他买了

一把高脚椅子——把书放在他面前。

"无所事事最易为恶。"凯里先生说。

他往壁炉里添了些煤，这样等他进来用茶点的时候，炉火就会烧得很旺了，然后就走进了客厅。他松开衣领，摆好靠垫，舒舒服服地在沙发上躺下。而凯里太太想到客厅里有点冷飕飕的，就从门厅那儿拿来一条小毛毯给他盖在腿上，把他的两只脚也都裹在里面。她把百叶窗拉下来，免得光线晃眼，看到他已经闭上了眼睛，便蹑手蹑脚地走出了房间。今天的牧师内心平静，不出十分钟就睡着了。他轻轻地打着鼾。

那天是主显节①后的第六个礼拜天，当天要念的短祷文一开头是这样的：**主啊，圣子已经证明他可以破除魔鬼的邪术，使我们成为上帝之子，成为永生的承继者。**菲利普把它读了一遍。他弄不懂是什么意思。他开始大声朗读，可是有很多词儿是他不认识的，句子的结构也很怪。他顶多能记住两行。而且他的注意力不断被分散：牧师公馆的墙边种了不少果树，一根细长的枝条时不时地便会拍打一下窗玻璃；羊群在花园外面的田野里漠然地吃着草。菲利普的脑子里像是打了结一样。他突然间一阵恐慌：要是到了吃茶点的时候他还记不住可怎么办？他继续低声地念诵，念得飞快；他已经不再试图去理解话里的意思，只想着能鹦鹉学舌般硬把这些字句记住。

那天下午凯里太太却总睡不着，挨到四点钟她还是一点睡意

---

① 主显节（Epiphany），基督教纪念耶稣向世人显现的节日，天主教和新教在一月六日，东正教在一月十八日或十九日。

都没有，就索性从楼上下来了。她想着先听菲利普背一遍祷文，免得他背给大伯听的时候出什么差错。他大伯就会高兴了，就会明白这孩子的心地是纯正善良的。可是凯里太太在来到餐厅门口，正要进去的时候，突然听到的一个声音却让她一下子又站住了。她的心猛地一跳。她转过身去，轻手轻脚地从正门溜出去。她沿着墙根一直绕到餐厅的窗下，然后小心翼翼地朝里看去。菲利普还坐在她端给他的那把椅子里，但身子却趴在桌子上，头埋在两只手臂当中，哭得伤心欲绝。她看到他的两个肩膀在猛烈地抽搐。凯里太太吓坏了。这孩子给她留下的印象一直都是非常镇定自持的。她从来就没见他哭过。现在她认识到，他的不露声色原来是某种耻于流露感情的本能的表现：他躲开人以后才肯哭！

她顾不上她丈夫素来讨厌被人突然叫醒了，猛地冲进了客厅。

"威廉，威廉，"她说，"那孩子哭得可伤心了。"

凯里先生坐起身来，把盖在腿上的小毯子掀开。

"他干吗要哭？"

"我不知道……哦，威廉，咱们可不能让这孩子过得不舒心啊。你不觉得这是咱们的错吗？咱们要是有孩子的话，就会知道该怎么做了。"

凯里先生茫然失措地望着她。他感觉特别地束手无策。

"他不可能是因为我让他背诵祷文才哭的。总共还不超过十行。"

"我去拿几本图画书给他看看，你看行吗，威廉？有好几本画的都是圣地①。这里面应该不会有任何不适宜的东西。"

"好吧，我没意见。"

凯里太太走进了书房。藏书是凯里先生唯一的爱好，每次他到特坎伯雷，总要在旧书店里泡上一两个钟头，带回四五本发了霉的旧书。他从不去读它们，因为他早就丧失了阅读的习惯了，不过他喜欢随便翻翻，有插图的就看看插图，还喜欢修补残旧的封面。他喜欢阴天下雨，因为碰到这样的天气，他就可以心安理得地待在家里，调点蛋清、熬点胶水，花上一下午的时间修补几册四开本旧书的俄罗斯皮子封面。他收了好多种旧时的游记，附有不少的钢版插图，凯里太太很快就找到两本讲述巴勒斯坦的游记。她在门口故意咳嗽了一声，好让菲利普有时间镇定下来；她感觉如果菲利普正眼泪汪汪的时候被自己撞见，他一定会觉得很没面子的，然后她咔嗒咔嗒地转动门把手。她进去的时候，菲利普正专心致志地研读那本祈祷书，用手把眼睛遮住，不让她发现他刚才一直都在哭。

"短祷文记住了吗?"她问。

他一时间没有答话，她觉得他是怕露出哭腔来。奇怪的是，感到尴尬的反倒是她。

"我就是背不过。"他终于说，喘了口粗气。

"哦，我说，没关系的。"她说道，"你不用再背了。我拿了几本图画书来给你看。来，坐到我腿上来，咱们一起看。"

---

① 基督教的圣地（Holy Land）指巴勒斯坦。

菲利普从椅子上下来，一瘸一拐地朝她走过来。他低头望着地面，这样她就看不到他的眼睛了。她伸出双臂搂住他。

"你看，"她说，"这就是耶稣基督降生的地方。"

她给他看一座东方的城池，城里满是平顶、圆顶的建筑和尖塔。前景是一排棕榈树，有两个阿拉伯人和几峰骆驼在树下歇息。菲利普用手抚摸着那幅画，仿佛想触摸到那些房屋和游牧人身上那宽松的衣衫似的。

"念念书上写的是什么吧。"他请求道。

凯里太太用平和的声音念出了对页上的文字部分。那是三十年代某位东方旅行者写下的富有浪漫气息的描述，也许有些浮夸，但富有馥郁丰沛的感情色彩，对于拜伦和夏多布里昂[1]之后的那代人而言，东方世界就是焕发着这样的色彩展现在他们面前的。过了一会儿，菲利普打断了她的朗读。

"我想看张别的图画。"

当玛丽·安进来的时候，凯里太太站起来帮她一起铺好桌布，菲利普则捧着那本书，匆忙地翻看着所有的插图。他伯母费了不少口舌才劝说他把那本书放下，先吃茶点。他已经忘了之前为了背下祷文费的那九牛二虎之力，他已经忘了他方才流下的那痛苦的泪水。第二天是个下雨天，他又提出来要看那本书。凯里太太满心欢喜地给了他。她曾和她丈夫商量过孩子的前途问题，发现

---

[1] 夏多布里昂（Vicomte de François René Chateaubriand，1768—1848），法国早期浪漫主义作家、外交家，著有反映北美印第安人生活的小说《阿拉达》和卷帙浩繁的《墓畔回忆录》。

他们夫妻俩都希望他将来能接受圣职，而菲利普如今对这本描写耶稣降生圣地的书表现出这么大的兴趣，无疑是个很好的兆头。看来这个孩子的心灵是自然而然地专注于那些神圣事物的。一两天后，他又提出要看更多的书。凯里先生把他带进自己的书房，指给他看那排专放插图书籍的书架，并为他挑了一本讲罗马的书。菲利普贪婪地接了过去，书中的插图带他进入了一片新的乐土。他开始阅读每一幅版画前页后页的文字叙述，以弄清楚那幅画的确切内容，很快，他对玩具就再也没有一点兴趣了。

　　后来，只要旁边没有人，他就把书拿出来自己看；也许是因为给他留下最初印象的就是一座东方的城池，他发现他最喜欢看那些描述黎凡特①地区的书籍。一看到那些画着清真寺和富丽堂皇的宫殿的插图，他的心就兴奋得怦怦直跳；不过在一本讲述君士坦丁堡②的书里，有一幅插图特别激发了他的想象。那幅插图的标题叫作"千柱厅"，画的是拜占庭的一个大水池子，借助人们奇情异想的加工，已经变成了一个魔力十足、浩瀚无比的魔湖。文字部分还讲述了这样一个传说：在这个魔湖的入口处，总停着一叶扁舟，专门引诱那些轻率的莽汉，而凡是冒险闯入这片神秘水域的游人，就再也无人能见到他们的影踪。菲利普很想知道，那一

---

① 黎凡特（Levant），第一次世界大战前地中海东部诸国及岛屿的统称，即包括叙利亚、黎巴嫩等在内的自希腊至埃及的整片地区。

② 君士坦丁堡（Constantinople），即古希腊殖民城市拜占庭，位于博斯普鲁斯海峡西岸，公元三三〇年罗马帝国皇帝君士坦丁大帝迁都于此，改名"君士坦丁堡"。三九五年罗马帝国正式分裂为东、西两部分后，成为东罗马帝国（拜占庭帝国）都城，一四五三年为奥斯曼土耳其人占领，土耳其语名为"伊斯坦布尔"。

叶扁舟到底是在那一道道柱廊间永远穿行呢，还是最终抵达了某座陌生的府第。

有一天，好运降临到他头上，因为他偶然发现了莱恩[1]翻译的《一千零一夜》。他先是被插图所吸引，然后就开始阅读：先是读那些描写魔法的故事，然后又读了其他各篇；对自己喜欢的，他是一读再读。他完全沉浸在这些故事中，把周围的一切全都忘了。总要被叫上两三遍，他才想起要去吃饭。不知不觉间，他养成了这世上能给人带来最大乐趣的习惯：阅读。他并不知道，如此一来，他就给自己找到了一个逃避人生所有忧患的避难所；他也不知道，如此一来，他正在为自己创作出一个虚幻的世界，而这个世界又会使得日常的现实世界成为苦痛和失望的源泉。不久，他又开始阅读其他的书籍。他的智力过早地成熟起来。他大伯和伯母见他全神贯注于书本上，既不缠磨人也不吵闹，也就不再为他操心劳神了。凯里先生的藏书多得连他自己都不知道他都有些什么书，他又极少真正翻开来阅读，对那些贪图便宜陆陆续续买回来的左一本右一本的旧书他也早就忘得一干二净了。在一大堆讲道集、旅行记、圣徒和长老传记、教会史当中，也夹杂着一些旧小说，这些书也终于被菲利普给发现了：他是根据书名把它们挑出来的，最初读的是《兰开夏的女巫》，然后是《令人钦慕的克里奇顿》，然后又读了很多小说。每当他翻开一本书，读到两个孤

---

① 莱恩（Edward William Lane, 1801—1876），英国著名东方学家、阿拉伯语学者、翻译家和词典编纂家，由他英译的《一千零一夜》在英语世界影响深远。

独的旅人如何在悬崖峭壁上策马行进的时候，他总能感觉到自己是多么安然无虞。

夏天到了，一位老水手出身的花匠给他做了一张吊床，挂在一棵垂柳的枝干上。他就一连几个钟头躺在这张吊床上，躲开所有可能来到牧师公馆的人，阅读，如饥似渴地阅读。时间过得很快，已经是七月了，八月又来了：礼拜天的教堂里总挤满了陌生人，奉献给教堂的捐款经常会有两镑之多。在这段时间里，无论是牧师还是凯里太太，都轻易不走出自家的花园；因为他们不喜欢看到那些陌生的面孔，对那些来自伦敦的游客侧目而视。牧师公馆对面的一幢房子被一位有两个小男孩的绅士租下，租期六周，他派人来问菲利普是否高兴去和他们家的孩子一起玩；但被凯里太太婉言谢绝了。她生怕菲利普会被伦敦来的小男孩给带坏了。他将来可是要做牧师的，所以一定不能让他沾染上不良习气。她喜欢把他看作一个小撒母耳[①]。

---

① 撒母耳（Samuel），《圣经》中的人物，希伯来的领袖和先知，《旧约》中有两卷《撒母耳记》。

十

　　凯里夫妇决定送菲利普去特坎伯雷的国王公学念书。相邻教区的牧师都把他们的儿子往那儿送。这所学校具有和当地的大教堂紧密联系的悠久传统：它的校长是大教堂的名誉教士，有位前任校长还曾是大教堂的领班神父。学校鼓励学生们立志献身圣职，提供的教育也是旨在为诚实的孩子将来终身为上帝服务做好准备。学校有一所附属的预备学校①，打算送菲利普去就读的就是这所学校。九月底一个礼拜四的下午，凯里先生带着菲利普去了特坎伯雷。这一整天，菲利普都一直既兴奋，又颇为胆战心惊。他对学校的生活几乎一无所知，只从《男童报》②上读到的几个故事里约略了解到一点点。他还读过《埃里克：点滴进步》那本书。

　　他们在特坎伯雷从火车上下来的时候，菲利普紧张得都快吐

---

① 　预备学校（preparatory school），学生为升学做准备而进的学校，在英国特指为进入公学或其他中学做准备的私立小学，以收费高和比较贵族化为特征。

② 　《男童报》（The Boy's Own Paper），英国一八九七年至一九六七年出版的一种专供男孩子阅读的插图冒险故事杂志。

了，在进城的途中，他面色煞白，一声不响地坐在马车里。学校前面那堵高高的砖墙看起来就像座监狱。墙上有扇小门，他们打了铃后才打开；一个举止笨拙、衣衫不整的校役出来，把菲利普的铁皮行李箱和他的个人玩具用品箱拎了进去。他们被领进会客室；里面摆满了笨重、丑陋的家具，沿墙摆着一套座椅，带有一种令人生畏的死板气息。他们静候校长大驾光临。

"沃森先生是个什么样子的人?"菲利普过了一会儿问道。

"马上你就亲眼看到了。"

又一阵沉默。凯里先生奇怪校长为什么还没出现。不久菲利普再次鼓起勇气，又说道：

"跟他说我有一只畸形脚。"

凯里先生还没来得及说话，门一下子就被推开了，沃森先生昂首阔步走了进来。在菲利普看来，他简直是个巨人。他身高超过了六英尺①，肩宽背阔、膀大腰圆，一双大手，一部大红胡子；讲起话来声若洪钟，兴高采烈；可他这种咄咄逼人的快活劲儿却使得菲利普胆战心惊。他和凯里先生握了握手，然后又把菲利普的小手握在自己的掌心里。

"喂，小伙子，来上学觉得高兴吗?"他嚷嚷道。

菲利普脸涨得通红，窘得答不出话来。

"你几岁了?"

"九岁。"菲利普说。

———————————

① 约合一米八三。

“你必须称呼‘先生’。”他大伯说。

“我看你还有很多需要学习的东西。”校长快活地吼道。

为了给他鼓鼓劲儿，他开始用粗壮的手指胳肢起他来。菲利普是既难为情又不舒服，给他胳肢得扭来扭去。

“我暂且把他安排在小宿舍里……你会喜欢那儿的，是不是？”他又对菲利普补充道：“你们一共才只有八个人。在那儿你是不会太认生的。”

这时候门开了，沃森太太走了进来。她是个肤色黝黑的女人，乌黑的头发从正中间整齐地分成两半。她嘴唇厚得出奇，一个又小又圆的鼻子，眼睛又大又黑。她的神情冷若冰霜，很少开口说话，脸上的笑容就更难见到了。她丈夫把凯里先生介绍给她，然后又亲热地把菲利普往她身边一推。

“这是个新来的男孩，海伦。他姓凯里。”

她一言不发地和菲利普握了握手，然后就坐下来，在校长询问凯里先生菲利普都学过些什么都看过哪些书的时候，仍旧一言不发。黑马厩镇的牧师对沃森先生咋咋呼呼的热乎劲儿有点不太适应，没过多久就起身告辞了。

“我想我最好现在就把菲利普托付给你照应了。”

“那好呀，”沃森先生道，“他跟我在一起你就放心吧。我们很快就会打得火热的。是不是，小伙子？”

也没等菲利普会怎么回答，这大块头就迸发出一阵哈哈的大笑。凯里先生吻了吻菲利普的前额，就走了。

“跟我来，小伙子，”沃森先生喊道，“我带你去咱们的教室。"

他昂首挺胸大踏步走出会客室，菲利普急匆匆地跟在他后头。他被带进一个长长的、光秃秃的房间，只摆了两张和房间一样长的桌子，桌子两边各有两排没有靠背的长板凳。

"现在这儿还没什么人，"沃森先生道，"我这就带你去看看我们的操场，然后我就要请你自己去随机应变了。"

沃森先生头前带路。菲利普发现自己来到了一个大操场上，三面都是高高的砖墙，还有一面横着一道铁栏杆，透过栏杆能看到一大片草坪，草坪那边就是国王公学的几幢楼房。有个小男孩正郁郁不乐地在操场上转悠，一边踢趿着脚下的砾石。

"哈喽，文宁。"沃森先生喊道，"你什么时候回来的？"

那小男孩走上前来跟他握了握手。

"这是个新来的同学。他年龄比你大，个头也比你高，所以你可别想要欺负他。"

校长友善地瞪着这两个孩子，用他那雷鸣般的嗓音把他们给震慑住，然后就哈哈一笑，离开了他们。

"你姓什么？"

"凯里。"

"你父亲是干什么的？"

"他死了。"

"哦！你母亲洗衣服吗？"

"我母亲也死了。"

菲利普原本以为这个回答会使那个孩子有点尴尬，哪知文宁丝毫不为所动，仍旧嬉皮笑脸地胡说八道。

"那么，她生前洗衣服吗?"

"洗过。"菲利普激愤地回答。

"那她是个洗衣妇喽?"

"不，她不是。"

"那她就没洗过衣服。"

那小男孩因为自己的能言善辩大为得意。然后他看到了菲利普的脚。

"你的脚怎么了?"

菲利普本能地想把那只脚缩回来不让他看见。他把它藏在那只正常的脚后面。

"我有一只畸形足。"他回答道。

"你是怎么搞的?"

"我天生就这样。"

"让我瞧瞧。"

"不。"

"不让就算了。"

那小男孩嘴上虽这么说，却对着菲利普的小腿猛踢了一脚，这大出菲利普的意外，根本就没有防备。他疼得直吸冷气，但肉体的疼痛还及不上心里的讶异。他不知道文宁为什么要踢他。他惊魂未定，根本顾不上还手。而且那孩子还比他小，而他在《男童报》上得到的认识是：打一个比你小的孩子是不光彩的。菲利普在揉自己小腿的时候，操场上又出现了一个孩子，那个欺负他的孩子就离开了他。过了一小会儿，他注意到他们俩正在谈论他，而且他感觉他们正在打量他的脚。他觉得脸上发烫，很不自在。

不过别的孩子也都来了，先是有十来个，然后又来了几个，他们开始讨论开了假期都干了什么，去过什么地方，打过多么精彩的板球比赛。也来了几个新同学，菲利普不知不觉跟这几个孩子攀谈了起来。他又害羞又紧张，他急于给人家留下愉快的印象，可他又想不出什么可说的话题。那几个孩子问了他一大堆问题，他都很乐意地一一做了回答。有一个孩子问他会不会打板球。

"不会，"菲利普回答道，"我有一只畸形足。"

那孩子马上低头看了一眼，脸腾一下就红了。菲利普看得出来他感觉自己问了个很不得体的问题。他太害羞了，连句道歉的话都说不出，只是局促不安地看着菲利普。

十一

第二天早晨，菲利普被一阵叮叮当当的铃声惊醒的时候，吃惊地打量了一下他的那个小隔间。这时，又响起一声喊叫，他这才想起自己是在什么地方。

"你醒了吗，辛格？"

小隔间的隔板是抛光的油松木，正面挂着一幅绿色门帘。那个时候极少考虑通风的问题，窗户总是关得紧紧的，只在早上打开一会儿，给宿舍里透进点新鲜空气。

菲利普从床上起来，跪在地上做祷告。早上寒气逼人，他有点哆嗦；但他大伯曾教导他，穿着睡衣做祷告要比等穿戴整齐以后再做，更能被上帝接受。这并不让他感到意外，因为他已经开始意识到，他是一位更喜欢让祂的信徒们吃苦受罪的上帝的造物。然后他就开始洗漱。宿舍里有两个浴室供五十个寄宿生洗澡之用，每人每周可以洗一次澡。平常的洗漱就在一个脸盆架上的小面盆里完成，这个脸盆架，再加上床铺和一把椅子，便是每个小隔间里所有的家具。孩子们一边穿衣，一边快活地闲聊。菲利普竖起耳朵来听着。又一阵铃声响起，大家都跑下楼去，各自在教室那两张长桌后面的长凳上坐好。沃森先生走进来坐下，后面跟着他妻子和几个校役。沃森先生念起祷文来颇有威仪，那如雷鸣般的声声祷告，就像是针对每个孩子个人发出的威胁恐吓。菲利普满怀焦虑地听着。随后，沃森先生又选念了《圣经》中的一章，校役们鱼贯而出。不一儿，那个衣衫不整的年轻校役端进来两大壶茶，第二趟又捧进来几大盘涂着黄油的面包片。

菲利普的胃口历来就比较弱，面包上抹的那层厚厚的劣质黄油简直让他反胃，不过他看到别的孩子都把那层黄油刮掉，他也就有样学样。他们都有罐头肉之类的自备食品，是他们放在个人的玩具用品箱里带来的；有的还再添一样鸡蛋或培根的"加菜"，沃森先生从这上面可以赚一笔外快。在沃森先生问凯里先生要不要也给菲利普来一份"加菜"的时候，凯里先生回答说，他觉得不该把孩子给惯坏了。沃森先生对他的话颇为赞同——他认为对正在长身体的小伙子来说，再没有比面包和黄油更好的食物了——但有些做父母的就是过于娇惯自己的孩子，坚持要给他们"加菜"。

菲利普注意到，"加菜"给这些孩子额外挣得了几分脸面，于是就打定主意，等他给路易莎伯母写信的时候，也要求给自己来一份"加菜"。

早餐过后，孩子们都到外面的操场上去溜达。走读生们也陆续到校了。他们的父亲或是当地的牧师，或是兵站的军官，要么就是住在这座古城里的工厂主和商人。不久，上课铃就响了，孩子们全都成群结队走进课堂。课堂由一个巨大的长条形房间和里面的一个小套间组成；大房间的两头由两位教师分别教授第二、三班的课程，小套间归沃森先生使用，他教第一班。为了表明这所学校是附属于国王公学的预备学校，在每年的授奖演讲日[①]和成绩报告单上，这三个班都被正式冠名为预科高班、中班和低班。菲利普被安排在低班。他们的老师叫赖斯，是个面色红润、嗓音悦耳的年轻人；给孩子们上课时活泼而风趣，时间过得飞快，一转眼就到了十点三刻，要让大家都到外面去休息十分钟了，菲利普都感到很吃惊。

全校的学生都闹哄哄地冲进了操场。新入学的学生照吩咐来到操场中央，其他学生沿墙分立在左右两侧。他们开始玩起"逮猪"的游戏。老同学从一堵墙跑向另一堵墙，中间的新同学就设法抓住他们：如果有人被抓住，就念一声咒语"一二三，猪归咱"，那个被抓的孩子就成了俘虏，反过来帮新同学去抓那些还没被抓的人。菲利普看到一个男孩跑过来，想要抓住他，可他一瘸一拐的，根本就抓不住人家；那些来回跑的孩子看到他这儿有机可乘，全都直接跑向由他把守的区域。其中有个男孩灵机一动，干脆模仿起菲利普笨拙的跑动姿势。其他孩子一见之下都哈哈大笑，然后全都学起了第一个男孩的榜样，围着菲利普怪模怪样地瘸着腿奔跑，尖着嗓门又叫又笑。他们陶醉在这种全新的娱乐带

---

① 授奖演讲日（Speech-Day），英国学校的传统，一年一度，在这一天学校向优秀学生授奖，并特邀演讲者和校长做演讲。

来的欢快之中，乐得气都透不过来了。有个孩子故意绊了菲利普一下，他就像平常摔倒那样，重重地跌在地上，把膝盖都磕破了。他从地上爬起来的时候，他们都笑得更欢势了。一个孩子从背后推了他一下，要不是另一个孩子一把拉住了他，他肯定又摔倒了。大伙儿光顾着拿菲利普的残疾来取乐，把原来玩的游戏都给忘了。其中一个孩子更是发明了一种怪里怪气、一步三摇的跛行动作，让大家觉得特别滑稽可笑，有几个孩子甚至都乐不可支，笑得在地上滚来滚去；菲利普则完全被吓傻了。他不明白他们为什么要这般嘲弄于他。他的心怦怦乱跳，气都几乎透不上来了，他长这么大，还没受过这么大的惊吓。他呆若木鸡地站在那儿，任由别的孩子围着他奔跑，模仿他，笑话他；他们冲他喊叫，要他去抓他们，但他一动都不动。他不想再让他们看到自己奔跑的样子。他拼尽全身的力气，强忍着不哭出声来。

突然间铃声响了，他们都成群结队回到教室。菲利普的膝盖在流血，而且他衣冠不整、浑身是土。有好几分钟时间，赖斯先生都无法控制班上的秩序。他们仍然对刚才那套新奇玩意儿兴奋不已，菲利普看到有一两个同学还在偷偷打量他的脚。他把脚缩回到板凳底下。

下午，孩子们要去踢足球，菲利普吃过正餐往外走的时候，被沃森先生叫住了。

"我想你不会踢足球吧，凯里？"他问他。

菲利普羞得涨红了脸。

"不会，先生。"

"很好。你最好也到球场上去。这么远你还是能走得到的，是不是？"

菲利普不知道球场在哪儿，但他还是回答了一句：

"是的，先生。"

孩子们在赖斯先生的带领下正要出发，他一眼瞥见菲利普并没有换衣服，就问他为什么不去踢球。

"沃森先生说不用去踢球了，先生。"菲利普说。

他边上围满了孩子，都好奇地看着他，菲利普感到一阵羞耻。他垂下眼皮没有言语。别的孩子替他作了回答。

"他有一只畸形足，先生。"

"哦，我明白了。"

赖斯先生还很年轻，一年前刚取得学位，他一下子感觉很尴尬。他本能地想对菲利普表示歉意，可他又害臊得说不出口。他粗声粗气地喊了一句：

"那么，孩子们，你们还在等什么呢？快点走吧。"

有些已经走了，剩下这些看热闹的也三三两两地出发了。

"你最好和我一起走，凯里。"老师说，"你不认识路，是不是？"

菲利普猜到了老师的善意，喉头涌起一阵哽咽。

"我走不太快，先生。"

"那我就很慢地走。"老师说，微微一笑。

就为这一句体贴的话语，菲利普一下子就对这个红脸膛的普通年轻人产生了巨大的好感。他顿时不再感到那么难过了。

可是在晚上，回到宿舍都脱了衣服上床以后，那个姓辛格的男孩从他的小隔间里溜出来，把头探进菲利普的小隔间。

"哎，让我看看你的脚。"他说。

"不。"菲利普回答道。

他赶紧跳上床，盖上被子。

"不许对我说'不'字，"辛格说，"快来，梅森。"

隔壁的那个孩子正在角落里探头探脑，听到这话就溜了进来。他们朝菲利普走过来，想把他身上的被子掀开，可他紧紧地抓住不放。

"你们干吗老缠着我不放？"他叫道。

辛格拿起一把发刷，用背敲打菲利普紧抓住被子那只手。菲利普大叫起来。

"你干吗不乖乖地把脚伸出来给我们看看？"

"就不。"

绝望中，菲利普握紧拳头，打了那个折磨他的孩子一拳，可他势单力薄，那孩子抓住了他的胳膊，开始把它反扭过来。

"哦，别，别，"菲利普说，"你会把我的胳膊扭断的。"

"那就待着别动，把脚伸出来。"

菲利普抽噎了一声，倒吸了一口气。那孩子又使劲扭了一下他的胳膊。实在疼得无法忍受了。

"好吧。我给你们看。"菲利普说。

他把脚伸了出来。辛格仍旧攥着菲利普的手腕不放。他好奇地看着那只畸形足。

菲利普把脚伸了出来。

"真让人恶心。"梅森说。

又一个孩子也跑进来看热闹。

"哎哟。"他厌恶地说。

"哎呀，样子真怪。"辛格说，做了个鬼脸，"它是不是很硬？"

他用食指尖碰了碰那只脚，小心翼翼的，就仿佛它是个有自己生命的怪物似的。突然他们听到楼梯上传来沃森先生沉重的脚步声。他们赶紧把被子扔还给菲利普，兔子一样一溜烟跑回自己的小隔间。沃森先生来到了宿舍里。他只要踮一下脚，就能从悬挂绿色门帘的横杆上方看到里面的动静，他朝两三个小隔间里张了张。孩子们都安然躺在床上。他就熄了灯，出去了。

辛格在叫菲利普，但他没有应声。他用牙紧咬住枕头，不让别人听到他的呜咽。他哭并不是因为肉体上的疼痛，也不是因为他们硬要看他的脚给他带来的羞辱，而是在生自己的气，因为他受不住折磨，竟然自愿地把脚伸了出来。

此刻，他感受到了人生的苦难。在还是个小孩子的他看来，这种不幸肯定会永远持续下去，没有尽头了。不知什么原因，他想起了爱玛把他从床上抱起来，放到他妈妈身边的那个寒冷的早上。在此之前，他还从没想起过这一幕，可是如今，他像是重新感受到了挨着母亲的身体，被她搂在怀里的那种温暖。突然间，他迄今为止的人生经历都不过是一场幻梦：他母亲的去世，在牧师公馆的生活，以及这两天在学校里的不幸遭遇，明天一早醒来，他又会重新回到自己家里了。他想着想着，眼泪也慢慢干了。他实在是太不幸了，这一定只是一场梦，他母亲还活着，爱玛很快就要上楼来睡觉了。他睡着了。

可是第二天早上，把他叫醒的依然是那叮叮当当的铃声，他最先看到的，仍旧是他小隔间悬挂的那幅绿色门帘。

十二

时间一长，大家也就不再对菲利普的残疾大感兴趣了。就像是某个孩子的红头发和另一个孩子的过度肥胖一样，已经被大家所接受了。可与此同时，他却变得无比敏感起来。只要能不跑，他就决不会跑，因为他知道一跑起来，他就瘸得更其明显了，而且他还形成了一种很奇特的步态。他尽量站立不动，把那只畸形足藏在另一只脚后面，以免引起别人的注意，而且他时刻都在留神是否有人提到了他的跛足。因为他不能参加别的孩子玩的那些游戏、进行的那些运动，他们的生活在他看来一直都显得很陌生；他只能满足于站在一旁观看；他感觉在他们和他之间，似乎一直隔着一道屏障。有时候，他们似乎会认为他不会踢足球完全是他的错，他没办法让他们理解自己的处境。他经常都是独自一个人待着。他原本挺爱说话的，现在却渐渐变得寡言少语。他开始思考他自己和其他人之间到底有什么不同。

宿舍里最大的孩子就是辛格，他不喜欢菲利普，而就他的年龄而言，菲利普的个子又偏小，所以他就得忍受各种各样的虐待。

一个学期大约过了一半的时候，学校里兴起了一股玩一种叫作"笔尖"的游戏的热潮。这是两个人玩的，在桌子上或凳子上用钢笔尖来玩。你得用指甲推着你的笔尖，设法让它迎头爬到对手的笔尖上去，而你的对手则要想方设法阻止你这么做，同时也想让自己的笔尖爬到你的笔尖背上去；在你成功以后，你就在大拇指下面的掌根位置呵一口气，使劲按在这两个笔尖上，如果能把它们粘在上头一个不掉地带起来，那两个笔尖就是你的了。很快，触目所及，学校里就尽是玩这种游戏的了，那些心灵手巧的孩子就赢得了大量的笔尖。可是没过多久，沃森先生认定这是一种赌博，于是断然禁止了这种游戏，而且收缴了孩子们手里所有的笔尖。这种游戏菲利普倒是玩得挺得心应手，无奈也只好交出了全部战利品；不过他的手指还是难免技痒，总想能再玩玩，几天以后，他在前往足球场的路上，走进一家店铺又买了一便士的J形笔尖。他把这几个笔尖散放在口袋里，用手指摸着过瘾。辛格很快就发现他有这些笔尖了。辛格的笔尖也都交上去了，但他还是偷偷把一个很大的笔尖留下了，他称它为"大象"，几乎战无不胜，碰到能把菲利普的笔尖都赢过来的机会，他也实在抵挡不住这个诱惑。菲利普虽明知道用小笔尖来对阵，他完全处在下风，但他生性喜欢冒险，也很想背水一战；再说他也知道，他就是拒绝，辛格也绝不肯善罢甘休。他已经有一个礼拜没玩这种游戏了，现在坐下来重新上阵，心头止不住一阵兴奋。他很快就输掉了两个小笔尖，辛格不免欢欣鼓舞，可是第三次交锋时，辛格的"大象"不知怎的一下子滑到了一边，菲利普乘机把J形笔尖推到了它的背上。他不由得发出胜利的欢呼。正在这时，沃森先生走了进来。

"你们在干什么？"他问。

他的目光从辛格转到菲利普身上，但他们俩谁都没吱声。

"你们难道不知道，我已经严禁你们玩这种白痴游戏了吗？"

菲利普的心跳得飞快。他知道什么在等着他们，怕得要命，可是这害怕当中又掺杂了一丝兴奋之情。他从来没挨过杖笞。那当然会很疼，但事后也未尝不是可以吹嘘一番的资本。

"到我书房里来。"

校长转过身去，他们俩并排跟在后头。辛格悄声对菲利普说：

"这次咱们可逃不了了。"

沃森先生指着辛格。

"弯下腰去。"他说。

菲利普面色煞白，看到辛格每挨一下，身子就抽搐一下，三下以后，他听到他嚎哭起来。紧接着又是三下。

"行了。起来吧。"

辛格直起身来，满脸泪水。菲利普向前一步。沃森先生端详了他一会儿。

"我是不会杖笞你的。你刚来没多久。而且我也不能打一个瘸腿的孩子。走吧，你们俩，以后再不许淘气了。"

他们回到教室的时候，已经有一帮孩子在等着他们了，他们已经通过某种神秘的渠道知道出了什么事。他们马上就急切地向辛格问这问那。辛格面对着他们，脸因为疼痛涨得通红，面颊上还带着泪痕。他用脑袋冲站在他身后不远的菲利普一撇。

"他逃脱了惩罚，因为他是个瘸子。"他怒冲冲地道。

菲利普默不作声地站在那儿，脸也涨得通红。他感觉他们看他的目光中都带着轻蔑。

"你挨了几下？"一个男孩问辛格。

但他没回答。他因为受了皮肉之苦而憋了一肚子气。

"以后别再来找我斗笔尖了，"他对菲利普说，"对你来说倒是美得很。你是什么风险都不用担。"

"又不是我来找的你。"

"不是吗？"

他猛地伸出脚来，绊了菲利普一下。菲利普平常就站不大稳，这一下重重地摔在地上。

"瘸子。"辛格骂了一句。

后半个学期里，他变本加厉地折磨菲利普，尽管菲利普竭力躲着他，可学校就那么点地方，光靠躲是躲不掉的；他试图跟辛格搞好关系，甚至不惜卑躬屈膝地特意买了把小刀送给他，小刀辛格是收下了，但还是不肯假以辞色。有一两次，菲利普实在是忍无可忍，索性豁出去了，对这个比他大的男孩又踢又打，但辛格比他壮太多了，菲利普根本不是他的对手，总是在多少经受过一番拳脚相加后不得不求情讨饶。正是这一点尤其令菲利普痛心疾首：他最不能忍受的就是求情讨饶的屈辱，而在挨打受疼实在超过了他能忍受的极限以后，他又不得不求情讨饶。更糟糕的是，这种悲惨的生活根本就看不到头；辛格才十一岁，他得满十三岁才会升到中学部去。菲利普清楚地认识到，他还得跟这个折磨他的冤家对头同窗两年，而且休想能躲开他。他只有在做功课或是上床睡觉的时候，才能少许高兴一点。那种奇怪的感觉经常会重新回到他的脑际：眼前的生活，连同它所有的苦难都不过是梦一场，第二天一早醒来，他又会躺在伦敦老家的他自己的那张小床上了。

十三

　　一晃两年过去了，菲利普也快十二岁。他已经升到第一班了，成绩一直名列前茅，圣诞节后有几个学生要升到中学部，到那时候他就是最顶尖的优等生了。他已经获得了一大堆奖品，尽管都是些纸张低劣、没什么价值的图书，装订倒都很考究，封面上还镌有学校的纹章。他优等生的地位已经使他不会再受到欺负了，他也不再那么抑郁寡欢。由于他的残疾，他的同学倒也并不怎么嫉妒他的成绩。

　　"毕竟，他得奖还不是容易得很。"他们说，"除了死读书以外，他**还能**干什么！"

　　他已经不像一开始那样害怕沃森先生了。他逐渐习惯了他的大嗓门儿，当校长的大手掌重重地按在他肩膀上的时候，菲利普模模糊糊地领会到，这其实是种爱抚的表示。他记忆力很好，而对于学业成绩，记忆力其实比智力更有用。他也知道沃森先生很希望他在预科毕业时能获得一笔奖学金。

　　可是他的自我意识已经变得非常强了。新生的婴儿意识不到自己的身体与周围的物体有什么不同，他摆弄自己的脚指头就像摆弄身边的拨浪鼓一样，并不觉得脚指头是属于他自己的；只有通过感知疼痛，他才一步步地认识到自己身体的存在。对于个人而言，也非得经由同样种类的经验，才能意识到自我的存在；不过这里面存在着这样一种差别：尽管每个人都会同等地认识到他的身体是一种独立而且完整的有机体，但并非每个人都能同等地认识到他自己是个完整而又独立的个体。大部分人随着青春期的到来，都会产生一种与他人有所不同的孤独感，但并不总会发展到明显地感觉自己与他的同类截然不同的地步。只有像蜂巢里的蜜蜂那样绝少意识到自我的那种人，才是生活中的幸运儿，因为太忙最有可能获得幸福：他们的行为和活动是所有人共同参与的，他们的快乐也只有在与大家共享时才成其为快乐。你会看到他们圣灵降临节后的礼拜一①在汉普斯特德荒野②欢乐地起舞，在足球赛上呐喊助威，或者从蓓尔美尔街③俱乐部的窗口向皇家的仪仗欢呼致意。正是因为他们，人类才被称为一种社会动物。

经由他的跛足所激起的嘲笑，菲利普已经从童年的无知无识，获得了痛苦的自我意识。由于他个人的情况太过特殊，他无法沿用在通常情况下尚属行之有效的那些现成的处事法则来应付周围的环境，他不得不自己去想办法。由于博览群书，他脑子里

---

① 圣灵降临节后的礼拜一（Whit Monday），圣灵降临节（Whit Sunday）是复活节后的第七个星期日，节后的第一个礼拜一是英国的银行假日，三大洗礼季之一。
② 汉普斯特德荒野（Hampstead Heath），伦敦西北部最大的公园和绿地。
③ 蓓尔美尔街（Pall Mall），伦敦西区一条时髦的大街，以俱乐部云集著称。

塞满了各种观念，而正因为他对这些观念只是一知半解，反倒为他的想象提供了更为广阔的驰骋天地。在他痛苦的羞赧底下，有某种东西正在他心中成长起来，使他朦朦胧胧地认识到了自己的个性。不过有时候，这也会让他产生不解和意外；他的一些行为举止，连他自己也莫名所以，事后想起来的时候，他发现自己竟然如堕五里雾里，茫然不知何以如此。

班里有个叫卢亚德的同学，菲利普和他交上了朋友。有一天，他们在教室里一起玩的时候，卢亚德拿起菲利普的一支乌木笔杆耍起了把戏。

"别瞎摆弄了，"菲利普说，"你只会把笔杆给折断的。"

"我不会的。"

可是这孩子话音未落，那支笔杆就啪的一声折成了两段。卢亚德惊慌失措地望着菲利普。

"哎呀，我真是太抱歉了。"

泪珠滚下了菲利普的脸颊，但他没有吭声。

"哎呀，怎么啦？"卢亚德有些吃惊地说，"我会给你买一根一模一样的笔杆的。"

"我在乎的不是这支笔杆，"菲利普声音颤抖地说，"但那是我母亲临终的时候送给我的。"

"哎呀，我真是太抱歉了，凯里。"

菲利普拿着那断成两截的笔杆，出神地看着。他竭力抑制住喉头的哽咽，内心悲不自胜。可是他又不知道这到底是为了什么，因为他很清楚，这支笔杆是上次假期中他自己在黑马厩镇花一两个便士买的。他一点都不知道是什么使他编出了这么一个伤感的故事，可是他又确实非常难过，就好像确有其事似的。牧师公馆的虔诚气氛和学校班级的宗教氛围，使菲利普的良心变得异常敏感；不知不觉间，他已经形成了这样一种观念：诱惑者撒旦时刻都在留意着，一心要攫取他永生的灵魂；尽管他也并不比大多数男孩更加诚实，但每次撒了谎，事后总是悔恨交加。他把刚才发生的这件事仔细思量了一番以后，心里感到异常苦恼，他下定决心，一定要去找到卢亚德，告诉他那个故事是自己编的。虽然在这个世上他最怕的就是蒙羞受辱，然而在接下来的两三天里，一想到为了上帝的荣耀而甘愿羞辱自己的那种饱含痛苦的快乐，自己又忍不住沾沾自喜。但他并没有采取实际的行动。他满足于只向全能的上帝表达自己的悔恨之情，以这种更为轻松的方式来安慰自己的良心。但他还是无法理解，他为什么会如此真切地被自己编造的故事所打动呢？那沿着脏兮兮的脸颊滚落的泪水，确是真正的泪水。然后他又偶然联想到爱玛把他母亲的死讯告诉他时的那番情景：他当时虽然泣不成声，却仍坚持要进屋去向两位沃特金小姐正式道别，为的就是让她们看到他的悲伤，从而对他产生怜悯之情。

十四

然后，学校里掀起了一股过度虔诚的宗教热潮。再也听不到污言秽语了，低年级小孩子小小不言的调皮捣蛋被视若寇仇；高年级的大孩子们就像中世纪上院的世俗议员一样，依仗自己的膂力规劝那些更弱小的孩子弃恶从善。

菲利普的头脑一向非常活跃，渴望探索新的事物，这么一来就变得无比虔诚。不久，他听说可以加入一个叫作"圣经联合会"的组织，就写信去伦敦询问详情。回信说需要填写一份表格，写清楚申请人的姓名、年龄和所在学校；还要在一份誓言书上签字画押，郑重承诺每天晚上都要念一段指定要念的《圣经》，持续念上一年的时间；再有就是要交半个克朗①的会费；据解释，这一是为了证明申请者要求入会的诚意，再就是用来分担该会的办公开支。菲利普按要求把文件和会费寄了去，随后收到对方寄来的一本约值一个便士的日历，日历上注明了每天规定要念的那段经

---

① 克朗（crown），在英国旧币制中（一九七一年前），一克朗等于五先令。

文，还有一页纸，一面印了一幅好牧人①和一只羔羊的图画，另一面是一小段用红线框起来的祈祷词，每天在开始念《圣经》前，必须先念诵这段祷词。

每天晚上，他都尽快脱衣上床，以便赶在煤气灯熄灭前完成他的读经任务。他读得非常勤勉用功，就像他平常读书的态度一样，对于那些讲述残暴、欺骗、背恩负义、不守诚信和尔虞我诈的故事，他都不加评判地一气读下去。这样的所作所为如果出现在周围的现实生活中，肯定会使他惊恐万状的，但在阅读中就这么波澜不惊地在他的脑子里一掠而过，因为它们都是在上帝的直接授意下做出来的。"圣经联合会"采用的读经方法是交替诵读《旧约》和《新约》中的某一章，有天夜里，菲利普读到了耶稣基督的这样一段话：

> 你们若有信心，不疑惑，不但能行我对无花果树所行的事，就是对这座山说："离开此地，投在海里！"也会实现。
> 你们祷告，无论求什么，只要信，就必得着。②

这段话并没有给他留下什么特别的印象，但事有凑巧，两三天后的那个礼拜天，一位大教堂住堂牧师也选了这一段作为他布

---

① 好牧人（Good Shepherd），《圣经·新约·约翰福音》第十章第十一节耶稣基督的自称，后即用作其称号之一。
② 出自《圣经·新约·马太福音》第二十一章第二十一、二十二节，和合本修订版译文。

道的内容。但即使菲利普想听他讲些什么，他也不可能听得清，因为国王公学的学生坐在唱诗班的位置，而布道台设在十字形耳堂的角上，这么一来，布道人几乎等于是背朝着他们。而且距离又很远，要想让唱诗班那个位置听得清楚，布道人一定得有一副好嗓子，还得懂得演讲术才行；而按照长期以来的惯例，特坎伯雷大教堂的牧师得以选任，主要是依据他们的学识，而不大重视是否具备胜任大教堂具体事务的实际才能。不过经文中的那段话，也许是因为他前不久刚刚读过，倒是足够清楚地传到了菲利普的耳朵里，而且好像一下子具有了专门针对他个人的意义。在布道过程中，他大部分时间都在琢磨这段话，而且那天夜里，他上床以后，翻开《福音书》，又找到了那段话。尽管对书上印的一字一句他历来都深信不疑，他也已经知道《圣经》里说的明明是一回事，实际上却经常很玄奥地指的是另一回事。在学校里他没有一个乐意去讨教的人，于是他就把这个问题埋在心里，一直等到圣诞假期，才终于找了个机会提了出来。那是有一天吃过晚饭，晚祷也刚做完的时候，凯里太太正在照常点数玛丽·安拿进来的鸡蛋，并在每个蛋上都写上日期。菲利普站在桌边，假装有一搭没一搭地翻着《圣经》。

"我说，威廉大伯，这里这段经文，它真是字面的意思吗？"

他用手指按在那段经文上，就好像是无意中翻到的一样。

凯里先生抬眼从眼镜上方看了看。他正在壁炉前烘《黑马厩时报》，报纸是傍晚刚从印刷所送来的，油墨还未干，牧师在开始阅读前，总会先烘上个十分钟。

"是哪一段？"他问。

"呃，就是你有信念就能移山那一段。"

"如果《圣经》上是这么说的，那就是这个意思，菲利普。"凯里太太柔声道，一面挎起了餐具篮。

菲利普望着他大伯，等他给个回答。

"这是个信念的问题。"

"您的意思是说，只要你真的相信你能把大山移走，你就真能移走吗？"

"那要靠上帝的恩典。"牧师说。

"好了，该向你大伯道晚安了，菲利普。"路易莎伯母道，"你不会想今晚上就移走一座大山吧，啊？"

菲利普让大伯亲了一下自己的额头，然后就走在凯里太太前面上楼去了。他已经得到了他需要的信息。他那间小屋里冷得要命，他哆里哆嗦地换上睡衣。不过他总觉得他的祈祷越是在艰苦的条件下做的，就越是能赢得上帝的欢心。他那冰凉的手脚正是一种对万能上帝的奉献。今天夜里，他双膝跪下，双手掩面，竭尽全部的心力向上帝祈祷，恳求祂能把他的畸形足恢复正常。跟移动大山比起来，这是件不值一提的小事。他知道，上帝只要是愿意就能做到，而他自己的内心是无比忠诚的。第二天早上，在昨晚同样请求的祈祷以后，又为这件奇迹确定了一个日期。

"哦，上帝，愿您将恩惠与慈爱赐予我，请您在我返校的前夜把我的脚治好吧！"

菲利普很高兴能把他的祈求变成一套固定的词句，稍后在餐厅里他又重复了一遍：牧师在跪地念完祷文后总要静默片刻，这才起身，菲利普就是在这个当口默诵的。晚上睡觉前，他哆里哆嗦地穿着睡衣又祈祷了一遍。对此，他坚信不疑。破天荒头一次，他开始急切地盼望着假期早点结束。一想到大伯在看到他一步三级地从楼上跑下来时该有多惊讶，一想到吃过早饭后他和路易莎伯母就得赶紧出去给他买一双正常的新靴子，他就忍不住笑出声来。学校里的同学们也肯定会惊讶得目瞪口呆。

"哈喽，凯里，你的脚怎么了？"

"哦，它现在已经好了。"他会故作漫不经心地回答，就仿佛这是世上最自然不过的事儿。

那他就能踢足球了。他看到自己跑啊，跑啊，跑得比谁都快，高兴得心都快从嗓子眼里蹦出来了。复活节①那个学期结束的时候，学校里要举行运动会，他就能参加各种田径比赛了；他还特别想象着自己参加跨栏赛跑的情形。能和别的同学完全一样，那简直太棒了，那些不知道他的残疾的新来的同学，就再也不会好奇地盯着他看了；夏天去澡堂洗澡的时候也就不用在脱衣服的时候千般防备、万般小心，直到把那只跛脚伸进水里藏起来，那颗悬着的心才算是放到肚子里。

他将自己灵魂全部的力量，都倾注在他的祈祷中。没有遭受任何疑虑的困扰，他对上帝的话语充满信心。在返校前的那天夜

---

① 复活节（Easter），基督教会的重大节日，纪念耶稣基督在十字架上受刑死后第三天复活，据西方教会传统，在春分（三月二十一日或其后一日）当日见到满月或过了春分节见到第一个满月之后，遇到的第一个星期日即为复活节。

里，他上楼就寝时激动得浑身颤抖。地上积了一层雪，路易莎伯母也破例容许自己享受了一下在自己卧室里生起火来的额外奢侈；但在菲利普的小房间里，冷得连他的手指都给冻木了，他好不容易才把衣领解开。他的牙齿不住地咯咯打战。他突然心生一念：他必须以某种不同寻常的努力来引起上帝的注意。于是，他把床前铺的那块小地毯翻起来，好让自己跪在光秃秃的地板上；接着又想到他的睡衣是一种温软之物，可能使得造物主心生不悦，于是就干脆把睡衣脱了，光着身子做完了他的祷告。他钻进被子里的时候，冷得好半天都睡不着，可是一旦睡着了，又睡得格外沉酣香甜，第二天早上玛丽·安把热水送进来的时候，竟不得不把他摇醒。她一边把窗帘拉开一边跟他说话，但他并没有搭腔；因为他马上就想起，那天早上就是奇迹要出现的时刻。他心中充满了喜悦和感激。他的第一个本能动作，就是想伸手去摸摸那只现在已完好无缺的那只脚，但这么做又似乎是对上帝的慈爱的一种怀疑。他知道他的脚已经好了。不过最后他还是做出决定，用他右脚的大脚趾碰了碰他的左脚。然后又伸手去摸了一下。

就在玛丽·安走进餐厅准备做祷告的时候，他一瘸一拐地从楼上下来，然后坐下来用早餐。

"今天早上你不怎么说话嘛，菲利普。"过了一会儿，路易莎伯母说。

"他正在想他明天早上就要在学校里吃的那顿丰盛的早餐呢。"牧师说。

菲利普的答话跟眼前的话题毫不相干，这种答非所问的习惯总让他伯父大为生气，他称其为心不在焉。

"假如你请求上帝做某件事情，"菲利普说，"而且真心相信这件事一定会发生，就比如挪动一座大山这类的，我指的是，而且你有信念，结果这件事却并没有发生，这说明什么呢？"

"你这孩子可真怪！"路易莎伯母道，"三两个礼拜前你就问起过挪动大山的事儿啦。"

"那只说明你信念不坚。"威廉大伯回答道。

菲利普接受了这一解释。如果上帝没有把他的脚治好，那就是因为他并没有真正相信这个奇迹能够实现。可是他又不知道，他怎么才能比他现在信得更深。不过有可能是没有给上帝以足够的时间。他才给了祂十九天的期限。一两天以后，他又开始祷告了，这次，他把时间定在了复活节那天。那是祂的儿子荣耀复活的日子，上帝在高兴之余，也许会大发慈悲，乐于成全的。不过这次菲利普为了得偿所愿，又增加了很多其他的办法，真可谓无所不用其极：每逢看到一弯新月或是一匹花斑马的时候，他就马上开始许愿，他开始密切关注流星；有一次他短期离校，正赶上牧师公馆吃鸡，他就跟路易莎伯母一起扯鸡胸前的那根许愿骨①，又默念了一遍自己的期许：每一次都是但求自己的脚能够恢复正常。无意中，他也向自己的种族在信仰以色列的上帝之前就在信奉的那些神祇发出吁请。白天，只要有空，只要想得起来，他就

---

① 许愿骨（lucky bone 或 wishbone），禽鸟类脖子上的一根 Y 字型的骨头，西俗在吃到这根骨头的时候，两个人要各抓一头，一起拉扯骨头，扯到长一点骨头的人，可以许下一个秘密的愿望，所以这根骨头被称为"许愿骨"。

不厌其烦地一遍遍向万能的上帝祈祷，总是那完全相同的一句话，因为在他看来，用同样的词句做出请求是至关重要的。但很快，他又会感觉他这一次的信念还是不够坚定。他不断受到疑虑的困扰。他把自己的切身经验总结为这样一条规律。

"依我看，还没有人的信念达到了足够坚定的程度。"他说。

这就像是他的保姆过去曾跟他讲过的盐的妙用一样：只要你在它的尾巴上撒上一点盐，你就能抓住任何一只鸟；有一次他还当真带着一小袋盐去了肯辛顿公园。可他怎么也没办法距离一只鸟近到能把盐撒到它尾巴上的程度。还没到复活节，他就放弃了自己的努力。他对大伯生出了一股怨气，觉得是他骗了他。讲到挪动大山的那段经文不过是又一种说的是一码事，其实指的是另一码事的情况。他觉得他大伯对他说的话一直都是一种恶作剧。

十五

　　菲利普十三岁正式进入特坎伯雷的国王公学，该校颇以其悠久的校史而自豪。该校最早可追溯到一所修道院学校，在诺曼征服①前即已创立，由奥古斯丁②修会的僧侣讲授几门学问的雏形；如许多其他同类机构一样，在修道院遭到毁弃之后又由亨利八世的官员奉命重建，其校名即由此而来。自那以后，学校一直秉持比较务实的办学方针，旨在为当地士绅及肯特郡的专业人士的子弟提供足敷实际需要之基本教育。本校的杰出校友中包括一两位名闻遐迩的文人，先以写诗成名，其天赋非凡之诗才仅稍逊莎士比亚一筹，最后专事散文写作，其借以传达之人生观影响极为深远，流风所及，一直延续至菲利普这代人。校友中还有一两位杰

---

① 诺曼征服 (the Conquest, Norman Conquest)，一〇六六年诺曼底公爵威廉征服英国，自立为英王，称威廉一世（征服者）。
② （坎特伯雷的）圣奥古斯丁 (Saint Augustine of Canterbury, ? —604)，罗马本笃会圣安德烈隐修院院长，五九七年率传教团到英格兰，使英格兰人皈依基督教，同年任英格兰首任基督教大主教。

出的律师，不过杰出的律师如今到处都是，还出过一两位军功卓著的军人。但在脱离隐修会以后的三个世纪当中，学校培养的主要还是教会中人：主教、教长、大教堂牧师，尤其是乡村牧师。有些在校学生的父亲、祖父和曾祖父都在这儿念过书，并都当过特坎伯雷各主教教区的教区长，这些学生在踏进校门的那一刻就已决定将来要从事圣职了。但是就算是在这里，也已经出现了一些变化即将来临的迹象；因为有几个学生把从家里听到的一些话搬到了学校里，说教会如今也已经不再是昔日的教会了。主要的问题倒不在于报酬的多寡，而是现在进入这一行业的那些人的社会阶层已经跟过去不一样了，有两三个孩子都认识出身商人家庭的副牧师。他们宁肯去国外的殖民地找机会（那时候，殖民地仍旧是那些在英国找不到出路之人的最后希望），也不愿意在某个本人并非绅士的家伙手下当副牧师。在国王公学，就跟在黑马厩的牧师公馆一样，商人指的就是既没有足够的福分拥有田产（在这里，拥有田产的乡绅和一般的田产所有者之间尚存在细微的差别），又未能从事四大专门职业①的那些人（绅士能够从事的职业无非就这四种）。在学校的走读生里，大约有一百五十个是当地士绅和驻扎在兵站的军官子弟，至于老子是商人的那些孩子，则自觉身份卑微，抬不起头来。

学校的那些老师有时候也会在《泰晤士报》或《卫报》上读到一些教育方面的新思想，不过对其完全嗤之以鼻，没有一点了

---

① 一般指需要专业知识和特殊训练的律师、建筑师、医生和牧师这四种职业。

解的耐心，他们一心只希望国王公学永远保持其旧有的传统。对那些死语言^①的教授细致全面得无以复加，结果是学生们在毕业以后，极少有一想到荷马或维吉尔而不感到一阵厌烦和不安的。尽管在教员休息室里用餐的时候，有一两位胆儿大的教师也暗示说现如今数学已经越来越重要了，但大家仍普遍地感觉这门学科远不及古典学课程来得高贵。学校里既不教德语，也不教化学；法语则只由班主任教授，因为他们能比外国人更好地维持课堂秩序，而且他们对语法的掌握也并不比任何一个法国人差，而至于若非布洛涅餐厅里的跑堂的多少懂那么一点英语，他们就连一杯咖啡都喝不上，那就无关宏旨了。地理课主要是让孩子们画地图，这门课大家倒是都很喜欢上，尤其是讲到某个多山的国家的时候：画画安第斯或者亚平宁山脉可以消磨掉大量的时间。教师们都是牛津或剑桥的毕业生，都是接受了圣职而没有结婚的；如果有人想要结婚的话，那就只能接受大教堂全体教士大会的指派，去某个边远的乡村教区担任一个收入卑微的牧师职务；但这么多年来，还没有一位教师愿意离开特坎伯雷这个高雅的上层社会——除了浓厚的教会气氛以外，当地的骑兵站还为其增添了一抹尚武的色彩——去过乡村教区的那种单调的生活；而他们现在全都已经步入中年了。

而校长的情况却又自不同，他非得结婚才行；而一旦当上了

---

① 死语言（dead languages），只为研读古典学（古希腊和古罗马文献）而学习的、实际上已经不再有人使用的语言，在西方传统下指古希腊语和拉丁语。

校长，一切校务就全由他一人独揽，一直到年老体衰到无法视事为止。在退休以后，不但能获得一份一般的教师连想都不敢想的优厚俸禄以外，还会被授予荣誉大教堂牧师的尊衔。

不过就在菲利普升入国王公学的前一年，学校里发生了一项重大变故。已经有段时间，人们都注意到，担任校长二十五年之久的弗莱明博士已经耳聋得实在太厉害，显然已无法继续为上帝增光添彩的工作了；当城郊有一个年俸六百镑的肥缺出空的时候，教士大会就建议他接受这份营生，实际上也就是暗示他应该告老退休了。有了这么一份收入，他尽可以舒舒服服地调养病痛、颐养天年。有两三位一直满怀希望得到晋升的副牧师，免不了要在妻子面前抱冤叫屈，认为一个需要由年轻力壮、精力充沛的年轻人来主持的教区，却平白交给一个对教区工作一无所知、已经捞足了油水的老朽，实在是可耻之尤！不过这些尚未得到好处的小牧师们的抱怨，是传不到大教堂全体教士大会诸位大人先生们的耳朵里的。而至于教区的居民，他们在这一事务上没有什么可说的，所以也没有人会去征询他们的意见。卫斯理宗和浸礼宗[①]的教友在村子里又都有自己的小教堂。

在对弗莱明博士做出这样的安排以后，就有必要赶快物色一位校长的继任者了。如果从本校的教师中遴选，那是有悖学校的传统的。全体教师一致希望预备学校的校长沃森先生能得以选任；

---

① 浸礼宗（Baptists），基督教新教的一派，在基本信仰上与新教大多数教派一致，唯主张成年后始可受洗，坚持洗礼必须全身浸在水中，反对用点水或注水之法，故名。

因为既然是预备学校，他这个校长就很难说他已经是国王公学的教师了，而且大家认识他都有二十年了，用不着再担心他会成为一个讨人嫌的角色。但教士大会的决定却让他们大吃了一惊。他们选中了一个姓珀金斯的人。一开始谁都不知道这位珀金斯到底是何方神圣，这个姓氏没有给任何人留下什么好印象；但在震惊之余，他们已经明白过味儿来：这位珀金斯原来就是亚麻织品零售商珀金斯的儿子。弗莱明博士在正餐前才正式通知各位教师，从他的举止神态来看，他自己也不胜惶恐。那些在学校里用餐的教师，几乎是一声不响地把饭吃完的，一直到校役都离开了以后，这才渐渐议论开来。那些在场的教师究竟姓甚名谁其实无关宏旨，不过好几代的学生都把他们叫作"常叹气"、"柏油"、"瞌睡虫"、"厚脸皮"和"小黄油"。

他们都认识汤姆·珀金斯。关于他的首要的一点就是：他不是个绅士。他们都对他记忆犹新。他是个个子矮小、皮肤黝黑的男孩，一头乱蓬蓬的黑头发和一双大眼睛。看着就像个吉卜赛人。当初他在这儿念书的时候是个走读生，拿的是学校里最高的奖学金，所以他受的教育没有花他一个子儿。他当然是才华横溢、万里挑一。每年的授奖演讲日，他都能拿到很多奖。他是学校的活招牌，他们现在还不无难堪地记得，当年他们是如何提心吊胆，生怕他动了去拿那些规模更大的公学的奖学金的心思，溜出了他们的手掌心。弗莱明博士为此而不惜亲自跑去拜会他那位做亚麻织品零售商的父亲——大家都还记得他那家开设在圣凯瑟琳大街上的"珀金斯与库珀"店面——说他希望汤姆在进牛津大学之前能一直留在他们学校。国王公学是"珀金斯与库珀"的最大主顾，珀金斯先生自是巴不得地做出了校长要求的保证。汤姆·珀金斯继续一路高歌猛进，他是弗莱明博士记忆所及最为优秀的古典学学者，从学校毕业的时候，带走了学校能够提供的最为优厚的奖学金。他在莫德林学院①又拿到了一笔奖学金，从此开始了大学里的辉煌生涯。国王公学的校刊记载了他年复一年获得的各种荣誉，当他同时拿到两个第一的时候，弗莱明博士还亲自写了几句颂词，登在校刊的扉页上。他们现在能够以比较满意的心情来祝贺他学业上取得的成功了，因为"珀金斯与库珀"已经交上了霉运：库珀滥饮无度，就在汤姆·珀金斯即将拿到学位的时候，这两位亚麻织品零售商正式递交了破产申请。

汤姆·珀金斯顺理成章地接受了圣职，进入了这个简直是为他天造地设的职业。他先后在威灵顿和拉格比公学担任过副校长。

可是，为他在其他学校取得的成绩感到高兴是一回事，在自己的学校里在他手下供职又是另外一回事了。"柏油"曾经常罚他抄书，"厚脸皮"曾扇过他耳光。他们无法想象，教士大会怎么会犯下这样的错误。谁也不可能忘记他是个破产的亚麻织品商的儿子，而库珀的好酒贪杯似乎更让他颜面扫地。不必说，教长对自己提出的候选人自然是热情支持的，所以教长很有可能是会为他设宴接风的；可是如果汤姆·珀金斯成了座上客，教长在教堂庭院中举行的那种令人愉快的小型宴会还能保有同样的雅趣吗？

---

① 莫德林学院（Magdalen College），牛津大学的一个学院，创立于一四五八年。

兵站方面又会有何反应？他可别指望那些军官和士绅能把他当作自己人来接纳。而那将会对学校造成无可估量的伤害。家长们会大为不满，就算是有大批学生中途退学，也不会让人感到意外的。再说，还要恭敬地称呼他"珀金斯先生"，这可真是有伤尊严！教师们考虑过以集体递交辞呈的方式表示抗议，可是又实在害怕万一上面处之泰然，当真接受了他们的辞呈，那还了得？于是也只得作罢。

"没办法，咱们也只能做好处变不惊的准备了。""常叹气"说，五年级的课他已经教了有二十五年，颟顸无能到了无与伦比的程度。

等真正见到他，他们心里也并没有能踏实一点。弗莱明博士邀请大家在午餐桌上和新校长正式见面。珀金斯已经有三十二岁，高而瘦，可是那副狂放而又邋遢的样子仍和他们记忆中的那个小男孩一模一样。他那身衣服做工既差又破破烂烂，穿得也是极不齐整。他的头发还跟当初一样又黑又长，显然是从来就没学会怎么把它梳理一下，随着他的每个动作随意地披散到前额上，然后又被他猛一抬手撩回去，以免挡着眼睛。脸上胡子拉碴，都快长到颧骨上了，也不刮一下。他跟教师们谈起话来态度非常地从容自在，仿佛刚和他们分别了一两个礼拜似的，见到他们他显然很高兴。对于他的新职务，他好像一点都没感到有什么大不了的，对于被尊敬地称为"珀金斯先生"，也丝毫没觉得有什么好奇怪的。

他和他们道别的时候，有位教师没话找话说，说了句离火车开车的时间还早得很。

"我想四处转转，顺便看看那家店铺。"他高高兴兴地道。

大家都备觉尴尬。他们都觉得奇怪，他怎么会这么没轻没重，也不知道个避讳；而雪上加霜的是弗莱明博士没有听清楚他说的什么，他妻子于是冲着他的耳朵大喊大叫：

"他想四处转转，去看看他父亲的那家老店铺。"

唯有汤姆·珀金斯没有察觉大家全都感觉到的这话里明显的羞辱意味。他转向弗莱明太太。

"您知道那店铺现在是归谁所有啦？"

她差一点答不上话来。她简直怒不可遏。

"还不是另一个亚麻织品商嘛，"她语气尖刻地说，"姓格罗夫。我们已经不再去那儿买东西了。"

"不知道他肯不肯让我进去看看。"

"我想，只要你跟他说清楚你是谁，他会让你进去的。"

一直到晚上吃完晚饭，教员休息室里才有人提起了那件在大家肚子里憋了老半天的事儿。然后"常叹气"就问了一句：

"唉，诸位觉得咱们这位新上司到底如何呀？"

他们都想起午餐桌上的那场交谈。几乎也算不上是场交谈，就是一场独白。珀金斯一个人说个不停。他讲得飞快，滔滔不绝，嗓音低沉而又洪亮。他笑起来短促而又古怪，露出一口的白牙。他说起话来他们跟得很吃力，因为他的思绪不断地从一个话题跳到另一个话题，其间的联系他们往往不得要领。他谈到了教学法，这是自然不过的；但他却大谈特谈了一番德国的现代理论，他们是闻所未闻，听得也自然是满腹疑虑。他谈到了古典学，可又说他去过了希腊，于是就扯到了考古学，说他曾花了整整一个冬天进行考古发掘，他们实在是看不出这对于他辅导孩子们通过考试会有什么助益。他谈到了政治。听他把比肯斯菲尔德勋爵①拿来跟亚西比德②相比，他们都感觉莫名其妙。他谈到了格莱斯顿③和地方自治。他们这才意识到他是个自由党。他们的心为之一沉。他还谈到了德国哲学和法国小说。他们都认为一个兴趣如此广泛的人，其造诣是不可能深湛的。

最后还是那位"瞌睡虫"先生把大家的印象总结了起来，概括成了一句大家都感觉罪证确凿的话语。"瞌睡虫"是三年级高班的老师，生性懦弱，眼皮总是耷拉着。他个子太高，气力不足，举动迟缓乏力、没精打采。他终日给人一种萎靡不振的印象，他这个雅号起得是极为贴切的。

"此人乃狂热冲动之徒。""瞌睡虫"道。

狂热冲动就是缺乏教养。狂热冲动就是不够绅士。让人联想到吹着喇叭敲着鼓的救世军④。狂热冲动就意味着变动。一想到那

① 比肯斯菲尔德勋爵（Lord Beaconsfield）即迪斯累里（Benjamin Disraeli，1804—1881），英国首相，保守党领袖、作家。

② 亚西比德（Alcibiadēs，约前450—前404），古希腊雅典政治家、将领。

③ 格莱斯顿（William Ewart Gladstone，1809—1898），英国自由党领袖，曾四次出任首相，力主地方自治政策，曾于一八八六年和一八九三年两次提出地方自治法案，均遭上院否决。

④ 救世军（Salvation Army），基督教新教的一个社会活动组织，其组织和活动方式类似军队，一八六五年由循道会牧师W.布斯创立于伦敦，专在下层群众中宣传宗教并举办各种慈善事业。

些令人舒适愉快的传统积习已经岌岌可危，他们禁不住起了一身的鸡皮疙瘩。他们简直都不敢去展望未来了。

"他看起来越来越像个吉卜赛人了。"沉默了一阵以后，有一位这么说。

"我很怀疑教长和教士大会在选择他时，是否知道他是个激进分子。"另一位悻悻然道。

但是谈话已经无以为继。大家都心乱如麻，讲不出话来了。

一周以后，"柏油"和"常叹气"结伴一起前往牧师会会堂参加当年的授奖演讲日活动，在路上，一向语出尖刻的"柏油"不禁对他的同事感叹道：

"说起来，你我之辈参加这儿的授奖演讲日活动，次数也不算少了吧？谁知道这是不是咱们的最后一次呢。"

"常叹气"显得比平日更加愁绪满怀。

"只要还有个说得过去的营生可以去投靠，我倒是并不介意就此告老退休。"

十六

　　一年的时间过去了，等菲利普升入国王公学的时候，那些老学究们依然坚守着他们的地盘；不过，尽管有他们顽固的阻挠——这些阻挠丝毫都不因其掩藏在对新校长的主张唯唯诺诺的表面文章之下而更容易对付——学校里毕竟还是发生了很多的变化。现在，低年级的法语课虽仍由班主任来教授，不过学校已经另外延聘了一位教师，此人拥有海德堡大学的语言学博士学位，并在一所法国的lycée①有过三年的任教经验，由他来教高年级的法语，不愿意学习希腊语的学生也可以选修由他开设的德语课。学校还聘请了一位数学教师，由他来比较系统地讲授数学这门科目，而在此之前是一向都认为无此必要的。这两位教师都没有接受圣职。这称得上是场真正的革命了，这两位教师刚到学校的时候，那些老教师对他们都满怀戒心，侧目而视。学校新设立了实验室，还开设了军事课程；他们都说，学校的性质整个儿都

---

① 法语：公立高中。

变了。而且天知道珀金斯先生那颗杂乱无章的脑袋瓜里，还在盘算着什么新花样。国王公学和一般的公学一样，规模很小，最多只能招收两百来个寄宿生；而且因为紧缩在大教堂边上，很难再扩建；在大教堂的地界范围之内，除了有一幢房子住的是几位学校的教师之外，其余的房舍都被大教堂的教士们占据；已经没有地方再行扩建了。可是珀金斯先生却有一个煞费苦心的计划，如果得以实施的话，足可以得到将学校现有规模扩大一倍的空间。他想吸引伦敦的孩子前来念书。他觉得让他们接触一下肯特郡的少年应该不无好处，也可以使这边乡下孩子的才智得到打磨。

"这可是违背了我们所有的传统。""常叹气"在听了珀金斯先生的建议后说，"我们可是一直都加意提防，以免伦敦的孩子败坏了我们学校的风气。"

"哦，真是信口胡说！"珀金斯先生说。

以前可从来没有任何人当面跟这位班主任说他是信口胡说，他打算反唇相讥，也许在他的回敬当中夹枪带棒地提一下裤子内衣之类的，揭揭他的老底；可还没等他想出该怎么回答，珀金斯先生反倒以他一贯冲动鲁莽的行事方式再次凶残地对他发动了致命打击。

"教堂地界里的那幢房子——你只要一结婚，我就有理由让教士大会在上面再加盖个一两层，这么一来我们就又多了几间学生宿舍和书斋，而你太太到时候也可以帮你照应照应。"

这位年高德劭的教士倒吸了一口冷气。他为什么应该结婚？

他都五十七啦，哪有五十七的人还要结婚的？他不能到了人生的这个阶段再开始照管一幢房子啊。他不想结婚。要是非得在结婚和乡村教区这两者间做选择，他宁可辞去教职，息影乡野。他现在但求平和安静地颐养天年。

"我没打算要结婚。"他说。

珀金斯先生用他那双乌黑明亮的眼睛看了看他，如果说他的眼光里有过那么调皮的一闪，可怜的"常叹气"也绝不会有所察觉。

"那太遗憾啦！你就不能算是帮我个忙，就勉强结次婚吗？这在我向教长和教士大会建议增建你的住宅时可是大有帮助的。"

不过，珀金斯先生最不得人心的一项革新，还是他搞的那套跟他的教师间或交换上课的新办法。他口口声声是请求对方帮他个忙，可这个忙说到底你又是不能拒绝去帮的，而正如"柏油"，也就是特纳先生所言，这对双方来说都有失体统。他事先从不打招呼，通常在做完晨祷以后，就突然对某位教师说：

"今天的课我想跟你对调一下，由你来帮忙上一下十一点钟我那个六年级的课，未知尊意如何？"

他们不知道其他学校是否也时兴这种做法，但在特坎伯雷，这肯定是前所未有的。而这样做的结果也是极不寻常的。首当其冲的就是特纳先生，他赶紧把消息透露给班上的同学，说当天的拉丁文课将由校长来代班，同时借口学生们可能会问他一两个问题，在历史课下课前特意留出一刻钟的时间，把规定那天要学的一段李维^①的文章逐字逐句讲解了一遍，免得他到时候在校长面前过于丢人现眼。可是等他回到自己的班级查看珀金斯先生打分记录的时候，却不由得有些意外，因为他班上的两名尖子学生貌似表现很糟，而另外几个从不显山露水的学生却得了满分。他就问班上最聪明的学生埃尔德里奇，这到底是怎么回事，那孩子哭丧着脸说：

"珀金斯先生根本就没让我们解释课文。他问我对于戈登将军^②有什么了解。"

特纳先生吃惊地望着他。孩子们显然都觉得受到了错待，他不禁对他们这种敢怒而不敢言的不满情绪产生了共鸣。他也看不出戈登将军和李维到底能有什么关系。后来他还是忍不住旁敲侧击地提出了这个疑问。

"你问埃尔德里奇对于戈登将军都有什么了解，这可彻底把他给难倒了。"他对校长说，面带一丝强笑。

珀金斯先生哈哈大笑。

"我看到已经学到了盖约·格拉古^③的土地法，于是就想，不知道他们对爱尔兰的土地纠纷是否也有所了解。可他们对于爱尔

---

① 李维（Livy，前59—17），古罗马历史学家，著有《罗马史》一百四二十卷，记述罗马建城至公元前九年的历史，大部佚失。

② 戈登将军（Charles George Gordon，1833—1885），英国军官和殖民地行政官，曾参与英法联军进攻北京，指挥烧毁圆明园，后任"常胜军"统代，镇压太平天国，后任苏丹总督时在喀土穆战役中被起义军击毙。

③ 盖约·格拉古（Gaius Sempronius Gracchus，前153—前121），古罗马政治家，提比略·格拉古之弟，连续当选保民官，推行其兄之土地法，并提出多项制约元老院的改革方案，在与贵族派发生冲突时被杀身亡。

兰的了解，只限于都柏林位于利菲河畔。所以我就很想知道，那么他们是否听说过戈登将军呢？"

于是这个可怕的事实就公之于众了：新上司特别热衷于一般性的资讯。他对于目下学生们只靠死记硬背来应付的学科考试的真正用处颇为怀疑。他特别注重的是常识。

"常叹气"月复一月，越来越忧心忡忡；他怎么都没法摆脱这样的想法：珀金斯先生马上就会要他把婚期给定下来；而且他也深恨这位上司对于古典学所持的态度。毫无疑问，他确是位优秀的古典学者，而且正埋头撰写一篇完全合乎正统的论著——论拉丁文学的谱系；可是他谈起它来的口气相当轻率，就像这不过是种无关宏旨的余兴，比如说打台球，只合空闲时间消遣娱乐，无须严肃对待。至于三年级中班的"厚脸皮"，心绪的恶劣也是一天胜似一天。

菲利普自进校以来，就在他的班上。这位B.B.戈登牧师大人生性就极不适合做老师：他是既没有耐心，又暴躁易怒。由于无人追究他的责任，由于他面对的都是些小男孩，他早就失去了所有的自控能力。他的课以大发雷霆开始，以暴跳如雷结束。他中等个头，肥胖体型；浅棕色的头发剪得很短，已开始灰白，蓄着一撮猪鬃一样的唇髭。他其貌不扬，一双蓝色的小眼睛，那张大脸本来就红彤彤的，脾气一上来就成了猪肝色，而他又是动不动就要发火的。他的指甲被他一直咬到了肉根，因为只要有哪个学生在释读课文时有些哆里哆嗦，他坐在讲台后面就会怒不可遏，浑身发抖，同时狠咬自己的手指甲。同学们中间流传着不少有关他暴力行径的传闻，或许不无夸张之处，两年前有一桩曾在学校里轰动一时，听说一位学生的父亲威胁要正式起诉他，因为他用一本书狠命地扇一个姓沃尔特斯的孩子耳光，那孩子的听力都受到了影响，不得不中途退学了。那孩子的父亲就住在特坎伯雷，这在城里也激起了不小的民愤，当地的报纸都报道过这件事；不过，由于沃尔特斯先生不过是个啤酒商，对他的同情也就出现了分歧。至于班上其他的学生，尽管都讨厌这位老师，但出于不可告人的原因，在这件事上却都站在了他们老师这边，而且，为了表示对于外界干涉校内事务的愤慨，他们甚至还对也在学校里念书的沃尔特斯的弟弟百般为难。不过戈登先生也就只是侥幸才逃过了被撵到某个乡下教区的处罚，打那以后也再没揍过一个学生。教师们拥有的用教鞭打学生手心的权利随之被剥夺，"厚脸皮"再也不能用教鞭抽打讲台来发泄心头的怒火了。现在他最多只能抓住学生的肩膀，使劲摇晃两下。对于调皮捣蛋或是倔头强脑的孩子，他无论如何还是会罚他们把一只胳膊伸出来站上十分钟或半个钟头，而且骂起学生来，仍旧像过去一样不管不顾。

对非利普这样羞怯畏葸的孩子来说，再没有比"厚脸皮"更不适合做他的老师的了。其实他进入国王公学的时候，已经不像初进沃森先生的预备学校那样满心惊恐了。有很多孩子他都认识，是他预备学校的老同学。他觉得自己也更大了，而且本能地意识到周围的同学越多，他的残疾就会越少被人注意。可是从第一天开始，戈登先生就让他感到胆战心惊；而这位教师也很快就能识别出有哪些学生怕他，而且似乎因为这一点就特别地不喜欢他们。

菲利普原本是很喜欢用功学习的，可现在却开始把上课听讲视为畏途，真有些度日如年的感觉了。每次回答错误必会招致一顿臭骂，与其冒这个险，他宁可呆愣愣地坐在那儿一言不发；而每逢轮到他站起来释读课文的时候他都晕头涨脑，吓得面色煞白。只有碰到珀金斯先生前来代课的时候，才是他真正幸福的时刻。对于这位对常识满怀热情的校长，他颇能投其所好；他读过各种超越他小小年纪的奇书秘册，经常是珀金斯先生提出的一个问题在全班里兜了一圈都没人能够回答，这时候校长大人就会在菲利普身边站住脚，面带让这孩子心花怒放的微笑，然后说：

"那好，凯里，你来讲给大家听听。"

菲利普在这种场合得到的好分数，就更增加了戈登先生的愤恨不平。有一天，轮到菲利普翻译课文的时候，他就坐在那儿恶狠狠地瞪着他，一面怒冲冲地咬着他的大拇指。他正处在一种无比骇人的情绪当中。菲利普开始低声说起来。

"别咕咕哝哝的。"老师大叫一声。

菲利普的喉咙里像被什么东西给卡住了。

"继续。继续。继续啊。"

他一连尖叫了三次，一次比一次更响。其结果是把菲利普脑子里原本知道的东西都给吓跑了，他茫然失措地望着书上的文字。戈登先生开始沉重地喘起了粗气。

"你要是不懂，干吗不明说呢？你到底懂还是不懂？上次释读课文的时候你到底是听了还是没听？说呀，你这个呆瓜，你倒是说呀！"

戈登先生抓住椅子的扶手，紧紧地抓住，就像是防止自己朝菲利普猛扑过去似的。大家都知道，他过去经常一把掐住学生的脖子，一直到他们几乎要窒息才松手。他额上的青筋爆了起来，脸整个都黑了，着实吓人。他简直是疯了。

就在前一天，菲利普对那段课文还是完全都懂的，但此刻他却什么都记不起来了。

"我不懂。"他呼吸急促地说。

"你为什么不懂？咱们这就逐字逐句地来解释一下。倒要看看你是不是真的不懂。"

菲利普一声不吭地站在那儿，面色煞白，有点哆嗦，头都几乎垂到了课本上。戈登先生的喘气声越来越响，简直就像是打鼾了。

"校长说你很聪明。真不知道他是怎么看出来的。一般性的资讯吗？"他恶狠狠地笑道，"我不知道他们为什么要把你安排到这个班上来。呆瓜。"

他对这个词儿像是相当满意，以最大的嗓门重复了好几遍。

"呆瓜！呆瓜！瘸腿的大呆瓜！"

这让他稍稍消了一点气。他看到菲利普一下子脸涨得通红。他让他去把那本黑名录拿来。菲利普把手里的恺撒①放下，默默地走出了教室。黑名录是本颜色灰暗的本子，专用来记录调皮学生

---

① 指古罗马统帅恺撒的《高卢战记》或《内战记》等著作。恺撒的作品文体简洁，有拉丁文典范之称。

的不端行为，哪个学生被记录二次以后就会遭受一次杖笞。菲利普来到校长的住处，敲了敲他书房的门。珀金斯先生正坐在桌旁。

"我可以拿一下黑名录吗，先生？"

"就在那儿。"珀金斯先生回答道，朝着放黑名录的地方点了一下头，"你干了什么不该干的事啦？"

"我不知道，先生。"

珀金斯先生飞快地瞥了他一眼，不过没说什么，继续忙自己的工作。菲利普拿了那个本子出去了。下课以后，也就几分钟后，他又把本子拿回来了。

"让我看看。"校长说，"我看到戈登先生因为你'严重失礼'而记了你的过。到底怎么回事啊？"

"我不知道，先生。戈登先生说我是个瘸腿的呆瓜。"

珀金斯先生又看了他一眼。他不知道这孩子的回答是否暗含讥讽之意，但见他还是一副惊魂未定的样子。他面色苍白，目光中流露出惊恐、痛苦的神色。珀金斯先生站起身，把黑名录放下。然后他从桌上拿起了几张照片。

"我的一个朋友今天上午刚给我寄来几张雅典的照片，"他口气很随意地说，"你瞧，这就是雅典卫城。"

他开始把照片上的古迹解释给菲利普听。那些废墟经他这么一说都变得无比生动起来。他把狄俄尼索斯剧场[①]指给他看，并向

---

① 狄俄尼索斯剧场（Theatre of Dionysus），最早形式的古希腊剧场（狄俄尼索斯是希腊神话中的酒神），坐落于雅典卫城南侧。

他解释当时的观众是按什么顺序就座的，他们又是如何能够看到远处那蔚蓝的爱琴海的。然后，他突然说了一句：

"我记得当初我在戈登先生的班上念书那会儿，他经常叫我'站柜台的吉卜赛人'。"

一心在看那些照片的菲利普还没来得及领会他这句话的含义，珀金斯先生就又给他看了一张萨拉米斯岛的照片，并用手比画着当年希腊和波斯的战舰都是如何部署的[①]。他手指的指甲上还有一道小小的黑边。

---

① 公元前四八〇年秋在阿提卡半岛西面萨拉米斯海峡发生了一次著名的萨拉米斯海战，希腊军队大败波斯，是为波斯战争的转折点，希腊人由此而转守为攻，这也是历史上有记录的第一次大海战。

十七

　　菲利普在接下来的两年间，日子过得可说是既单调又自在。他并不比其他和他个头相仿的男孩受到更多欺负，而且他因为残疾而不能参加任何体育活动，那帮体格强健的孩子全都当他不存在，这也正中他的下怀。他默默无闻，他形单影只。他在"瞌睡虫"教的三年级高班里上了两个学期。"瞌睡虫"名不虚传，整天耷拉着眼皮，一副没精打采的样子，看起来对一切都无比厌烦。他算得上恪尽职守，只是干什么都心不在焉。他善良、温和而又愚蠢。他对男孩子们的荣誉感有极大的信赖；他认为要想使他们诚实无欺，首要的一点是你脑子里一刻也不应该产生他们有可能撒谎这种念头。"祈求得多，"他还引经据典地说，"给你们的就多。"①在三年级高班，日子很好打发。碰到释读课文，你预先就知道具体的哪几行轮到你来释读，再加上在同学们手里传来传去的对照译文，不出两分钟就能找到你需要的所有内容；在被轮流提

―――――――

① 此系化用《圣经·新约·马太福音》第七章第七节："你们祈求，就给你们；寻找，就找到；叩门，就给你们开门。"（和合本修订版）

问的时候，你可以把拉丁文的语法书公然摊放在自己膝头上；即使在十几个学生的作业本上发现一模一样匪夷所思的错误，"瞌睡虫"也从来都不会注意到这其中有什么可疑之处。他不怎么信得过考试，因为他注意到学生们的成绩从来都不像他们平日里在班上表现得那么好：这诚然令人失望，不过也没什么大不了的。到了时候，学生们照样一级级升上去，除了开开心心、厚颜无耻地歪曲事实、弄虚作假以外，几乎什么都没学到，不过在日后的生活中，这种本领也许倒是比读懂拉丁文的能力有用得多呢。

然后他们就落入了"柏油"手中。他真实的姓氏是特纳，是这帮老先生当中最富有生气的。五短身材，挺着个大肚子，一副大黑胡子已经开始灰白，黝黑的皮色。穿着那身牧师服色，倒确实能让人联想到一个大柏油桶；虽然如果他听到任何一个学生敢叫他这个外号，都照规矩会罚他抄书五百行，不过在教堂庭院里举行的餐会上，他自己就常常拿着个雅号开几句玩笑。在学校的教师当中，他算得上是最老于世故的，外出吃饭的次数比谁都多，而且他的社交圈子也不止限于教士这个阶层。学生们都把他看作一个卑鄙小人。一到假期，他就会把他的牧师服色全部卸下，有人曾在瑞士见他穿过一套花哨的花呢衣服。他喜欢杯中之物，贪图口腹之欲，有一次被人看到在皇家咖啡馆①里跟一位女士——

---

① 皇家咖啡馆（Café Royal），位于伦敦皮卡迪利广场摄政街六十八号，是一家著名的餐厅和聚会场所，于一八六五年开业，到一八九〇年代已经成为著名的风尚地标，王尔德、萧伯纳、弗吉妮娅·伍尔夫、丘吉尔以及伊丽莎白·泰勒和戴安娜王妃等各界名流都曾是这里的常客。

很有可能是他的近亲——一起用餐，打那以后，他就被好几代学生认作了耽于声色宴乐的典型，此中的种种细节正说明了人性的堕落之说是多么不容置疑。

特纳先生估计，要想把这些在"瞌睡虫"先生的三年级高班待过的学生们塑造成个样子，得花他整整一个学期的时间；他时不时就狡黠地在他们面前透个口风，表示对他那位同事班上的一切情形无不了如指掌，不过对此他都心平气和地接受。他把学生们都看成小无赖，只有在相当肯定若是撒谎就会被揭穿的情况下，才会稍许诚实一些；他们的荣誉感是只针对他们自身的，并不会适用于教师们身上，他们只有在明知调皮捣蛋不会有任何好处的情况下，才不会故意去惹是生非。他颇为自己的班级而自傲，在五十五岁上就跟他初来乍到时一样热切地希望自己班级的考试成绩胜过其他所有的班级。他也像一般的胖子那样属于容易上火的胆汁质，不过火气来得快去得也快，他的学生很快也就发现，尽管他经常对他们恶语相向，但在他疾言厉色的外表下面，却大有厚意仁心存焉。他对笨蛋没什么耐心，但对那些表面任性、内藏聪颖的孩子，他却肯于不辞劳苦地悉心栽培。他喜欢请他们去他那儿吃茶点，尽管他们赌咒发誓，在和他一起喝茶时从没看到过蛋糕或松饼的影子——因为大家都倾向于相信他的肥胖是因为他饕口馋舌，而他之所以饕口馋舌又是因为他肚里多了几条蛔虫——他们还是真心地乐意接受他的邀请。

菲利普的生活现在更自在了，由于空间有限，只有高年级的学生才有资格使用书斋。在此之前，他一直都住在一个巨大的厅堂里，他们吃饭也都在这里面，低年级的学生做功课也在这里面，那种乱哄哄的情形总隐隐让他感到不快。老跟别的人在一起，时不时地会让他有焦躁不安之感，他迫切地希望能单身独处。他经常一个人到乡间去漫步。那里有条小溪，两岸是截去树梢的大树，周围是郁郁葱葱的田野，沿着溪岸漫步总让他感到莫名的快乐。走累了，他就趴在岸边的草地上，看鲦鱼和蝌蚪忙碌地穿梭。在大教堂的地界里闲庭信步，总让他感到一种特别的心满意足。中央的绿地上，夏天有人在那儿练习打网球，但在其他的季节，那里都非常安静：经常有学生手挽着手在那儿闲逛，或是某个用功的学生视物不见地迈着慢吞吞的步子，反复念诵着需要背熟的功课。有一群秃鼻乌鸦栖息在那几棵大榆树上，空中充满了它们凄厉的哀鸣。那著名的大教堂就坐落在绿地的一侧，雄伟的中央塔楼直插云霄，菲利普对于"美"虽然还一无所知，但每次看到大教堂的时候，总油然而生一种莫名其妙的、令他不安的欣悦之情。等他有了书斋以后（那是一间俯瞰一个贫民区的四方斗室，由四个学生合用），他就买了一张那个角度望去的大教堂的照片，把它钉在自己的书桌上方。他还发现，他对于从四年级的教室外面那片景致产生了一种新的兴趣。从窗口望去是一片精心养护的古老的草坪，其间点缀着枝繁叶茂的美树佳木。这在他心头引起了一种奇怪的感受，他都说不清那到底是苦痛还是喜悦。那是他首次萌生的审美感受。相伴而来的还有其他的变化：他嗓音变粗了，好像不大能完全受他控制，喉咙里会发出一些奇怪的声响。

这时，他开始上校长在书房里开设的、专为孩子们施行坚振礼做准备的课程，时间定在下午刚用过茶点以后。菲利普的虔诚并没有经受住时间的考验，他早就放弃了夜读《圣经》的习惯；不过现在，在珀金斯先生的影响下，再加上身体内部出现的使他如此心神不宁的新情况，他旧有的感情得以复燃，而且痛切地责备自己灵性的倒退。他脑海中闪现出地狱之火熊熊燃烧的景象。他的所作所为并不比一个异教徒好多少，如果他在这个时候死去，他的灵魂就永堕地狱了；他暗地里相信永久苦难的存在，远胜于他对永恒幸福的信仰；一想到他所冒的危险，就禁不住不寒而栗。

　　那天他在班上受到最无法容忍的羞辱正心如刀绞之际，珀金斯先生有意地对他温言抚慰，打那以后，他对校长就有了一种忠犬般的敬慕之情。他绞尽脑汁，一心想讨他的欢心又终归徒劳。出于校长之口的褒奖之词，哪怕是最微不足道的只言片语，他也奉若珍宝。当他来到校长家里参加这门安静的研讨课时，他已经准备好把全身心都奉献出来了。他坐在那儿，目不转睛地望着珀金斯先生那双闪闪放光的眼睛，半张着嘴巴，脑袋微微前倾，唯恐听漏了一个字。周围无比平凡的家居陈设使他们讨论的重大课题显得分外动人。就连校长本人也经常会沉迷于他们课程主题的神奇，把面前的书往前一推，双手紧紧按住胸口，像是要平息怦怦乱跳的心脏，开始讲起他们的信仰的种种神秘之处。有时候，菲利普并不完全能够理解，他也不求能够完全理解，他模模糊糊地觉得，只要能够感受到那种气氛也就足够了。在这种时候，在他看来，他们那黑发凌乱、面色苍白的校长，就酷似那些直言斥责国王们的以色列先知；而当他想到救世主的时候，他看到的袖也只能长着同样黑色的眼睛和苍白的面颊。

珀金斯先生对待他这部分工作的态度极其严肃认真。在这个课堂上，从不带有半点会让别的教师怀疑他为人轻浮的幽默的火花。他一整天都忙碌无比，事无巨细都要处理好，还能够在间隙中为每个准备接受坚振礼的孩子都抽出二十分钟或一刻钟，单独地接待他们。他想让他们感受到，这是在他们的人生中自觉自愿地迈出的重要的第一步；他尽力想一直探测到他们灵魂的最深处；他想把自己那热烈的献身精神灌注到他们的心灵中去。在菲利普身上，透过他的羞怯，他感到一种其热烈程度可能跟自己不相上下的激情。在他看来，这孩子的性情本质上就是笃信宗教的。有一天，他在跟菲利普谈话的时候，突然撇开原来的话题径直问他：

"你可曾想过长大以后自己到底要干什么吗？"

"我大伯想让我接受圣职。"菲利普说。

"那你自己呢？"

菲利普避开了珀金斯先生的目光。他不好意思回答说他觉得自己还不配。

"我不知道还有什么样的生活能像我们的这样充满了幸福。真希望我能让你感受到这是一种多么美好的特权。一个人固然可以通过任何一种途径侍奉上帝，但我们站得离祂更近。我不想对你施加影响，但是如果你下定了决心，哦，你马上就会感受到那种再也不会将你离弃的喜乐和安慰。"

菲利普没有吭声，不过校长从他的眼神里可以看出，他已经认识到了想要指明的意思。

"只要你能像现在这样勤奋用功，要不了多久，你就会成为全校的尖子生，这样，等你毕业的时候，你应该就能稳稳当当地拿到一笔奖学金。对了，你有属于自己的财产吗？"

"我大伯说等我年满二十一岁以后，每年会有一百镑的收入。"

"那就算是很富有了。我当初可是什么都没有。"

校长犹豫了一会儿，然后随手用一支铅笔在吸墨纸上画着线，一面继续说道：

"恐怕你日后的职业选择会是相当受限的。那些需要体力活动的职业，你自然都是没法从事的。"

菲利普的脸一直红到头发根，每逢有人稍稍提到他的畸形足，他总是这种反应。珀金斯先生严肃地看了看他。

"我怀疑你对自己的不幸是否过于敏感了。你从来没有想过你该为此而感谢上帝吗？"

菲利普飞快地抬头看了他一眼。他嘴唇紧闭。他想起了他曾如何听信别人的话语，一连几个月祈求上帝治愈他的跛足，就像他曾治愈麻风病人、让盲人重见光明一样。

"只要你以抗拒的心理来接受它，它就只能给你带来耻辱。但如果你把它看作上帝只是因为你的双肩足够强壮，能够扛得起来才赐予你的一个十字架，把它看作上帝恩宠的一个表示，那么对你来说，它就是幸福而非痛苦的源泉了。"

他看到这孩子还是不愿意讨论这件事，就让他走了。

但当菲利普把校长说的每一句话都仔细考虑过以后，很快，他的心思就完全扑在了他即将施行的坚振礼上，一种神秘的狂喜油然而生。他的灵魂就仿佛已经摆脱了肉体的羁绊，他就像是开始了一种全新的生活。他以内心全部的激情，渴望达到完美的境地。他想把自己完完全全地奉献给为上帝服务的事业中，他已经无比明确地下定决心要接受圣职。当那个伟大的日子到来的时候，他的灵魂已经为之前所做的一切准备，为他所研读的所有书籍，尤其是为校长那压倒一切的影响所深深地打动，又是恐惧又是欣喜，几乎难以自持。但有一个念头一直折磨着他。他知道到时候他得一个人走过圣坛，他害怕在大庭广众之下暴露出自己一瘸一拐的步态，不但暴露给参加典礼的全校师生，而且还得暴露在那些陌生人——前来观礼的本城人士和学生的家长——面前。可是当那个时刻到来时，他突然觉得自己能够心情愉快地接受这种屈辱了；当他一瘸一拐地走上圣坛时，在大教堂那巍然高耸的拱顶下面显得是那么渺小，那么微不足道，他有意识地将自己的残疾当作一份祭品，供奉于爱他的上帝之前。

十八

可是菲利普没办法在山顶那稀薄的空气中生活得太久，他第一次沉迷于宗教热情时发生在他身上的情形又再次出现了。因为他是如此强烈地感受到信仰之美，因为自我牺牲的渴望在他心头熊熊燃烧，并迸发出宝石般的光彩，他的力量与他的雄心完全不匹配。他被自己激情的暴烈搅得心力交瘁。他的灵魂突然间像是遭逢了一场百年不遇的大旱。他开始忘记了那一直似乎无处不在的上帝的存在；而他那些宗教上的活动，虽仍旧按时按量地完成，却纯粹只是形式而已了。起初他还责备自己不该背弃了信仰，对于地狱之火的恐惧也促使他重新燃起热情；但那种激情已经死灭，而且一些其他的兴趣也逐渐分散了他的心思。

菲利普的朋友很少。他酷爱读书的习惯使他变得落落寡合：阅读已经成了他如此重要的需要，无论是和谁待在一起，过不了多久他就会感到厌烦，变得焦躁不安；他也颇为自己因博览群书而获得的广泛的知识面而骄矜自负，他思维敏捷，又不善于隐藏对同学们的愚昧无知所怀有的蔑视。别人都埋怨他自高自大，而且，由于他只是在他们并不觉得有什么了不起的方面胜人一筹，他们于是就含讥带讽地问他这有什么好自高自大的。他逐渐培养出了一种幽默感，而且发现自己有种语出辛辣的本事，颇能触到别人的痛处；他这么尖酸刻薄无非是逞一时之口快，极少想到这有多么伤人，而等他发现被他挖苦的人从此对他怀恨在心以后，他自己又非常恼火。他初进学校时蒙受的种种屈辱，使他对自己的同学避之唯恐不及，这种畏缩的心理他始终都没完全克服；他仍旧那么腼腆羞缩，那么沉默寡言。可是，尽管他千方百计躲避其他同学的同情怜悯，心底里却无比渴望受到大家的喜爱。这在有的孩子那儿简直易如反掌，对这些孩子他暗地里其实羡慕得无以复加；尽管对待他们他往往比对别人更加尖酸刻薄，尽管他对他们不惜讽刺挖苦之能事，其实他不惜付出任何代价，但求能跟他们交换位置。说真的，他会很高兴地跟学校里那个最迟钝的学生交换位置，只要能换得四肢健全就行。他养成了一种独特的习惯：他会把自己想象成某个他特别为之着迷的孩子，也就是说，他会把自己的灵魂灌注到那个孩子的躯体里，用他的嗓音说话，用他的方式大笑；他会想象着自己去做那个孩子所做的一切。这种想象是如此活灵活现，一时间他仿佛真的不再是他自己了。他就用这种方式，时不时地享受一小会儿异想天开的乐趣。

坚振礼之后的那个圣诞学期刚开学，菲利普就被安排到了另一间书斋。同屋的孩子里有个姓罗斯的，是他的同班同学，菲利普对他一直是妒羡交加。他长得并不好看，尽管他那一双大手和粗大的骨骼说明他以后肯定能长个大高个儿。他样子有些粗笨，不过一双眼睛倒是挺迷人的，他一笑起来（他笑声不断），那张脸围绕着那双眼睛就会整个儿皱起来，看起来非常喜兴。他既不聪明也不蠢，不过功课还不错，体育运动尤其擅长。他是老师和学生心目中的宠儿，他也喜欢所有的人。

菲利普搬进这间书斋以后，马上就发现同屋的其他人对他的态度相当冷淡；他们仨已经一起住了有三个学期，这让他感到相当不安，觉得自己成了个不受欢迎的外人。不过，他早就学会了隐藏自己的情感，他们也只是觉得他安安静静的，很安分守己。菲利普就跟别的孩子一样很难抗拒罗斯的魅力，正是因此，他在他面前表现得尤为羞涩和唐突；不知是因为看到他这副样子，不由自主地想在他身上试验一下他独有的魅力呢，还是纯粹出于一片好心，倒是罗斯主动出击，把菲利普拉进了自己的圈子。有一天，他相当突然地问菲利普是否愿意和他一起去足球场。菲利普涨红了脸。

"我走不快，怕跟不上你。"他说。

"蠢话。走吧。"

他们正要动身的时候，有人把脑袋探进书斋的门，招呼罗斯和他一起去足球场。

"不行，"他回答道，"我已经答应和凯里一起去了。"

"别为我操心，"菲利普赶紧说，"我不会介意的。"

"蠢话。"罗斯说。

他用那双好脾气的眼睛看了看他，呵呵一笑。菲利普感觉心头一阵难以名状的悸动。

没过多久，他们的友谊就像男孩子间的交情那样迅速地生根发芽，他们俩成了一对形影不离的好朋友。别的同学看到他们突然就变得这么亲密无间，不觉好生奇怪，就有人问罗斯他到底看上了菲利普的哪一点。

"哦，我不知道。"他回答说，"他一点都不坏呀，说实在的。"

很快大家也就习惯了：他们俩手挽着手一起去小礼拜堂，或者一边谈着讲着一边在大教堂的庭院里溜达；不论在哪儿，只要有一个在，你就会发现另一个必定也在，而且，大家好像已经承认了他的所有权，如果有事找罗斯，都会托凯里给他带个口信。一开始，菲利普还是有所保留的。他不允许自己完全沉溺于那充溢了他内心的自豪的兴奋当中，但很快，他对命运的不信任就完全让位于那如醉如狂的幸福了。他认为罗斯是他生平所见最了不起的人物。他的那些书现在已经无足轻重，那些不知道比它们重要多少倍的赏心乐事他还忙不过来，哪还有闲心顾得上它们。罗斯的朋友们在没有更重要的事情可做的时候，常常到他的书斋里来喝茶、闲坐——罗斯生性爱热闹，喜欢说笑打趣——他们也都发现菲利普其实是个挺体面的伙计。菲利普自然是高兴还来不及。

在学期的最后一天，他跟罗斯商量着他们返校的时候该乘哪班火车，这样他们在车站上就能碰头，可以先在城里用过茶点，然后再回学校。菲利普怀着沉重的心情回到家里，整个假期他都想着罗斯，脑子活跃得不得了，一直在构想到下学期他们都会一起做些什么事情。他在牧师公馆待得无比厌烦，到了假期的最后一天，他大伯照例用那种调侃的口吻问了他那个老问题：

"那么，就要回到学校里了，你心里高兴吗？"

菲利普开心地回答：

"非常高兴。"

为了确保在车站上就能见到罗斯，他特意改乘了更早的一班火车，在站台附近足足等了一个钟头。等那班从法弗舍姆开来的火车进站的时候，他激动地跟着火车奔跑了起来，他知道罗斯一定得从那儿转车过来。但罗斯竟然没有乘坐这班车。他向一个脚夫打听下一班车什么时候到，就继续等下去，结果再次大失所望。他又冷又饿，万般无奈，只得赶近道穿过一些边街陋巷和几个贫民区回了学校。他发现罗斯已经在书斋里了，正把两只脚搁在壁炉架上，跟六七个横倒竖坐的同学闲扯呢。他热情地和菲利普握了握手，可菲利普的脸却耷拉着，因为他意识到罗斯早把他们的约定忘到九霄云外去了。

"我说，你怎么到得这么晚？"罗斯说，"我还以为你压根儿就不来了呢。"

"你四点半不就到站了吗？"另一个同学说，"我下车的时候看到你了。"

菲利普脸有点红。他不想让罗斯知道他就像个傻瓜一样在车站等他来着。

"我得帮忙照看家里的一个朋友，"他随口编了套说辞，"他们要我送她一程。"

但他的失望还是让他有点生气。他默不作声地坐着，有人跟他说话，他也只嗯嗯啊啊地应付一声。他打定主意在他们单独相处的时候，要把话跟罗斯说个清楚。可是其他人一走，罗斯马上就走上前来，一屁股坐在菲利普懒洋洋地坐着的那把椅子的扶手上。

"我说，真高兴咱们这学期又住在同一间书斋。棒极了，是不是？"

见到他像是发自内心地感到高兴，菲利普心里的恼火也就烟消云散了。他们又开始热切地谈起他们感兴趣的千百桩事情，就像分开还没有五分钟似的。

十九

　　一开始，菲利普对罗斯的友谊唯有感激，不会想到还要向他提出任何要求。他随遇而安，尽情享受生活。可是没过多久，对于罗斯的无论对谁都亲切友善，他就不禁怨恨了起来；他想要一种更加非他莫属的恋慕之情；之前作为恩惠接受下来的，而今却要当作权利来要求了。他满心嫉妒地看着罗斯同别的孩子亲热地交往，尽管他也知道这很不明智，却总忍不住有时还是会跟他说几句尖酸刻薄的难听话。如果罗斯在别的书斋里嬉闹上个把小时，那等他回到自己书斋的时候，菲利普就会故意给他冷脸子看。他会一整天都闷闷不乐，而罗斯这边，要么根本没注意到他在耍脾气，要么故意视而不见，这就更让他感到难过了。虽然明知这么做愚不可及，他还是几次三番地赌气硬要跟他吵架，这么一来两个人就会一连好几天都互不理睬。但是菲利普又受不了长时间跟他怄气，哪怕是确信错不在自己，仍免不了要低声下气地讨饶道歉。这样一来，在随后的一个礼拜里面，他们又会像往常那样亲密无间。可是最好的时光已经过去了，菲利普看得出来，罗斯跟他一起散步，经常不过是出于旧习难改，或者是怕惹他生气；他们之间已经没有一开始那么多话可说了，而罗斯也经常会感到厌烦。菲利普觉得他的瘸腿已经开始让他感到不快了。

学期快要结束的时候，有两三个学生染上了猩红热，为了避免大面积传染，学校里一时风传要把他们全都送回家去；不过由于几位患者已经被隔离，也并没有更多的学生发病，大家也就认为疫情已经被阻断，不会再有大爆发了。菲利普也是患者之一，整个复活节假期都是在医院里度过的。夏季学期开始以后，他被送回牧师公馆，说是让他呼吸点新鲜空气。尽管医生已经担保菲利普的病已经不再具有传染性，牧师仍旧疑虑重重，认为医生建议他侄子的康复期应该在海边度过实属强人所难，而他之所以同意让他回家也只是因为除此以外也再没有别的地方可去了。

菲利普过了半个学期才回到学校。他已经忘了跟罗斯发生过的口角，只记得他是他最好的朋友。他知道自己过去的做法太傻了，下定决心以后要通情达理一些。他养病期间，罗斯曾寄来几封短信，每封信都以"赶紧康复，早日回来"这样的话结束。菲利普觉得罗斯一定也盼着他回去，那迫切的心情就跟他想见到罗斯一样。

他发现，由于六年级有个学生死于猩红热，书斋的人员安排相应地做了些调整，罗斯已经不跟他住在一起了。他真是大为失望。不过一到学校，他就冲进了罗斯的书斋。罗斯正坐在桌前，跟一个姓亨特的同学一道做功课，菲利普进来的时候，他怒冲冲地转过身来。

"到底是谁啊?"他叫道。然后,看到是菲利普:"哦,是你呀。"

菲利普难堪地站住了脚。

"我是想过来看看你这段时间可好。"

"我们正做功课呢。"

亨特插进话来。

"你什么时候回来的?"

"五分钟前。"

他们俩坐在那儿望着他,就好像他打搅了他们一样。他们显然是期望他赶快离开。菲利普脸红了。

"我这就走。等你做完功课,到我们这边来坐坐吧。"他对罗斯说。

"好的。"

菲利普把门关上,一瘸一拐地回到自己的书斋。他感到非常伤心。看到他,罗斯非但一点都不显得有什么高兴,看起来几乎都有些不快了,就好像他们一向都不过是泛泛之交而已。虽然他一直守在自己的书斋里一刻都没有离开,唯恐让罗斯扑个空,他的朋友却始终都没有露面;第二天早上他去做晨祷的时候,但见罗斯和亨特手挽着手,大摇大摆地从他身边走了过去。他自己没看到的,别人也都告诉了他。他忘了在一个人的学生时代,三个月可是一段很长的时光,这段时间他虽然是一个人度过的,罗斯可是生活在现实世界里。亨特已经走了进来,填补了那个空缺。

菲利普发现罗斯一直都在悄没声地有意回避他。可他又不是那种逆来顺受、一言不发地接受现实的孩子；他一直等到确信书斋里只有罗斯一个人的时候，这才去兴师问罪。

"我可以进来吗？"他问。

罗斯有些尴尬地看了看他，尴尬之余又不免有些恼火。

"你想进来就进来吧。"

"你可真是太好了。"菲利普含讥带讽地说。

"你想干吗？"

"我说，自打我回来以后，你怎么变得这么卑劣了？"

"哦，别说傻话了。"罗斯说。

"真不知道你看上亨特哪一点了。"

"这不关你的事。"

菲利普垂下了目光。一肚子的话却鼓不起勇气来说。他怕自取其辱。罗斯站了起来。

"我得去体育馆了。"他说。

他都走到门口了，菲利普这才硬逼着自己说出一句话来。

"我说，罗斯，别这么没人性吧。"

"哦，见你的鬼去。"

罗斯砰地把门一摔，把菲利普一个人留在屋里。菲利普气得浑身打战。他回到自己的书斋，脑子里反复回味刚才的那番对话。现在他已经恨起了罗斯，他想要伤害他，他想着刚才本可以向他说的那些伤人的话。他郁闷地琢磨着他们的友谊就这么彻底完了，想象着别人不定怎么议论他们呢。他由于无比敏感，就像是在同学们的言谈举止中间看到了种种嘲笑和惊讶的表示，其实他们的心思压根儿就没放在他身上。他想象着人家私底下都会说出什么难听的话来。

"说到底，本来也不可能维持长久的。我都怀疑他是不是当真跟凯里好过。那个讨厌的家伙！"

为了表示他的满不在乎，他突然跟一个姓夏普的同学打得火热，而原本他是一直都讨厌而且瞧不上这人的。夏普是个伦敦孩子，一副粗野相：身坯粗笨，嘴唇上面刚开始长出绒毛来，两道粗重的眉毛在鼻梁上头都连到一起了。他一双手软绵绵的，举止文绉绉的，跟他的年龄很不相称，说起话来带一点伦敦土腔。他是那种因为太懒散，什么体育运动都不参加的学生，为了逃避学校规定必须参加的体育活动，他不惜挖空心思编造出各种借口来。同学和老师都隐隐地有些不喜欢他，而菲利普如今主动去跟他结交，完全是出于狂傲自大，为了负气斗狠。夏普再过两个学期就要去德国，在那儿待上一年。他讨厌上学，只是把它看作长大成人、踏上社会之前不得不忍受的有伤尊严的苦差事。他真正感兴趣的就只有伦敦，说起他假期里在伦敦的所作所为，他有一肚子的故事好讲。从他的言谈当中——他讲起话来柔声细气，嗓音低沉——隐隐透出了伦敦夜晚街头的流言私语。菲利普听来，既感到心驰神往，同时又颇为排斥。凭着他活跃的想象力，他好像已经看到了剧院的正厅门外蜂拥的人群；看到了廉价餐馆和酒吧里灯光的闪烁，喝得半醉的男人坐在高脚凳上跟女招待攀谈；看到了街灯下面黑乎乎的人群神秘莫测地来来往往，一心想着寻欢作乐。夏普把一些从霍利韦尔街①买来的廉价小说借给他看，菲利普在他的小隔间里怀着一种既好奇又恐惧的心理埋头阅读。

有一次，罗斯想跟菲利普重归于好。他天生是个好脾气，不喜欢树敌结仇。

"我说，凯里，你干吗这么犯傻气呢？你就这么跟我断交，对你也没有任何好处呀。"

"我不知道你这话什么意思。"菲利普回答道。

"嗯，我不明白咱们为什么连话都不说了。"

"你让我觉得厌烦。"菲利普说。

"那就请便吧。"

罗斯耸耸肩膀，离开了他。菲利普脸色煞白——每当他情感激动时总是这样——心跳得厉害。罗斯走了以后，他突然感到痛苦万状。他不知道他为什么要那样回答他。为了能跟罗斯重归于好，他愿意付出一切。他为自己和他争吵悔恨不已，看到自己给他带来了痛苦，他感到万分抱歉。但在那个当口上，他简直没法控制自己，就像是被某个魔鬼控制住了，强迫他违背自己的意志说出那些难听的话来。即便就在当时，他也很想能握住罗斯的手，巴不得和他敞开心扉。但想要出口伤人的欲望实在太强了。他一心想为自己承受的苦痛、忍受的屈辱报仇雪恨。这是他的自尊心在作祟：这也其蠢无比，因为他知道罗斯根本就不会把这种事放

----

① 霍利韦尔街（Holywell Street），原本是条很短的马路，一九〇〇年斯塔兰德大街拓宽时已成为这条街的一部分，在维多利亚时代霍利韦尔街曾是伦敦售卖浪漫作品、言情小说和色情商品的中心。

在心上，遭受痛苦的反倒是他。他产生了这样一个念头：何不主动去找罗斯，跟他说：

"我说，真抱歉，我刚才简直是个畜生。我也是情非得已。咱们重归于好吧。"

可他知道，实际上他是无论如何都做不到的。他怕罗斯会耻笑他。他对自己非常生气，当夏普在一会儿之后走进来的时候，他抓住第一个机会就跟他大吵了一架。菲利普有一种揭人家伤疤的恶魔般的本能，他说出来的话特别招人恨，因为都是实情。可这次，倒是夏普把他给噎得哑口无言了。

"我刚还听到罗斯在和梅勒说你呢。"他说，"梅勒说：'你干吗不踹他？那还能教教他懂点规矩。'而罗斯回答说：'我才不屑于那么干呢。该死的瘸子。'"

菲利普一下子脸涨得通红。他一句话都说不出来，因为他的咽喉哽住了，几乎气都透不过来。

二十

　　菲利普升入了六年级，但他现在打心底里讨厌学校的生活；由于已经丧失了雄心和抱负，他一点都不关心成绩是好是坏了。他一早醒来就心情沉重，因为又得度过单调乏味的一天。他对必须要做的一切都感到厌倦，就因为这是规定他一定要做的；各种的规矩限制都让他心烦，并不是因为它们都不合理，而只是因为它们是各种限制。他渴望自由。他讨厌重复那些自己已经知道的东西，讨厌老师们为了照顾头脑迟钝的学生而反复强调那些他一开始就已经明白了的内容。

　　在珀金斯先生的课上，你听不听都随你的高兴。他上起课来既态度热切又心不在焉。六年级的教室设在一座经过修复的古修道院里，教室有一扇哥特式的窗户：菲利普为了消愁破闷反反复复地画它；有时候也凭着记忆画大教堂高耸的塔楼或者面向庭院的那个大门。他有画画的天分。路易莎伯母年轻时曾画过水彩画，她有好几本画册，里面全是她画的教堂、古桥以及具有诗情画意的村舍的写生。在牧师公馆举行的茶会上，这些画册常被拿出来请客人们观赏。有一年的圣诞节，她送过菲利普一盒颜料作为圣诞礼物，他就开始临摹她的画作。他临摹得非常出色，超出了所有人的期望，很快他就开始画他自己的小型画作了。凯里太太对此大加鼓励。这是防止他调皮捣蛋的一个好办法，后来，他的写生就都能在义卖的时候派上用场了。有两三幅还装上了框，挂在他自己的卧室里。

可是有一天，上午的课上完以后，菲利普正懒洋洋地往教室外面走的时候，珀金斯先生把他叫住了。

"我有话要跟你说，凯里。"

菲利普等着。珀金斯先生用他那细长的手指捋着胡子，看着菲利普。他像是在琢磨着他到底想说什么。

"你到底是怎么回事，凯里？"他劈头盖脸地问道。

菲利普红了脸，飞快地看了他一眼，不过因为已经很了解校长的为人了，并没有着急回话，而是等着他继续往下讲。

"近来我对你的表现很不满意。你一直都很懈怠，很粗疏。你像是对你的功课毫无兴趣。作业都完成得很马虎，很糟糕。"

"我很抱歉，先生。"菲利普说。

"你要说的就这一句吗？"

菲利普沉着脸，低下了头。他怎么能回答说他厌烦得要死呢？

"你要知道，这个学期你的学业非但没有长进，反倒是退步了。你的成绩单是不会很好看的。"

菲利普不禁暗想，他要是知道他的成绩单在牧师公馆里是被怎么对待的，不知道会作何感想。成绩单是早饭前寄到的，凯里先生漠不关心地瞥上一眼，就把它递给菲利普。

"这是你的成绩单。你最好看看上面都写了些什么。"他说了句，然后就继续去剥一本二手书目录的包装纸。

菲利普看了一遍。

"成绩好吗？"路易莎伯母问。

"没有我的实际水平好。"菲利普回答道，微微一笑，把成绩单递给她。

"过一会儿我戴上眼镜再看。"她说。

不过在吃过早饭以后，玛丽·安进来说肉铺的老板来了，她基本上也就把这件事给忘了。

珀金斯先生继续说：

"你真让我感到失望。而且我不明白这是怎么回事。我知道，只要你愿意，是能取得好成绩的，可你好像是不想再努力了。我本来还打算下学期让你当班长的，现在看来还是等等再看吧。"

菲利普涨红了脸。想到自己跟班长的荣誉失之交臂，他心里很不高兴。他双唇紧闭。

"还有件事。你现在就必须开始考虑奖学金的问题了。除非从现在就开始发奋用功，否则你根本就别想拿到。"

菲利普被这顿教训给惹恼了。他既生校长的气，又生自己的气。

"我不想去牛津读书了。"他说。

"为什么？我还以为你的理想就是从事圣职呢。"

"我改主意了。"

"为什么？"

菲利普没有回答。珀金斯先生摆出他那个惯常的古怪姿势，就像是佩鲁吉诺①画中的一个人物，若有所思地用手指捋着胡须。他看了看菲利普，像是要尽力理解他的真实想法，然后又突然告诉他可以走了。

显然他对此并不满意，因为一个礼拜后的有天傍晚，在菲利普到他书房里来交作业的时候，他又谈起了之前的那个话题；不过他这次采用了一种不同的方式：不像是校长跟学生谈话，而像是两个普通人之间的闲谈。他像是不再理会菲利普的功课是不是很差，或者面对众多强敌他能够得到进牛津必须的奖学金的机会是不是微乎其微：最重要的问题是他为什么改变了日后人生的追求。珀金斯先生决计要重新燃起他接受圣职的热望。他极有技巧地在菲利普的感情上下功夫，这就容易多了，因为他本人就真正动了感情。菲利普的改弦更张使他大为苦恼，他是真心认为菲利普莫名其妙地就把获得人生幸福的大好机会给白白糟蹋了。他的声音极有说服力。菲利普本来就很容易为别人的情感所打动，尽管外表不动声色——除了很容易红一下脸以外，他的内心感受极少溢于言表，这部分是源自天性，再有就是这些年来在学校里养成的习惯——实际上却很容易动感情，这次就被校长的一番肺腑

① 佩鲁吉诺（Perugino，1446—1523），意大利文艺复兴时期画家，著名画家拉斐尔之师，主要作品有罗马西斯廷礼拜堂的壁画《基督向圣彼得授钥匙》、宗教画《圣母与圣徒》等。

之言深深打动了。他非常感激校长对他表现出来的关心，对于自己的行为给校长带来的痛惜之情，他深感愧疚不安。得知得为整个学校操心的珀金斯先生居然还肯特意为他费心劳神，他也不免隐隐地感到荣幸和自得，但与此同时，他内心中又有某种东西，就像是个站在他身边的第三者，死命地紧抓住这两个字不放。

"我不。我不。我不。"

他觉得自己在不断地跌落。面对像是从他内心奔涌而出的软弱，他无能为力；那感觉就像是一个浸在满盆水里的空瓶子，水在不断地往里灌；他咬紧牙关，一遍又一遍地暗自重复着那几个字：

"我不。我不。我不。"

最后，珀金斯先生把手放在菲利普的肩头。

"我不想影响你，"他说，"你必须自己做出决定。向万能的上帝祈求帮助和指引吧。"

菲利普走出校长的寓所时，正有细雨在飘落。他走那条通向庭院的拱道，周围一个人都没有，秃鼻乌鸦无声地栖息在大榆树上。他慢慢地溜达着。他感觉浑身燥热，那雨淋在身上反倒可以清凉一下。他把珀金斯先生说过的每一句话都仔细掂量了一遍，现在既然已经从自己个性的热情当中解脱出来，他就可以冷静地思考一下了，他很庆幸自己并没有轻易让步。

在黑暗中，他只能模糊地看到大教堂那巨大的轮廓：现在他已经开始讨厌它了，因为他不得不参加的那些冗长的礼拜仪式实在令人厌烦。赞美诗一唱起来就没完没了了，在此期间你一直都得没精打采地站着；布道的声音嗡嗡嘤嘤，你根本就听不清；你想四处走动走动，却不得不正襟危坐，身体都难受得抽搐起来。这时，菲利普不由得想起了黑马厩镇礼拜天举行的两次礼拜活动。教堂里光秃秃、冷森森的，四周弥散着润发油和上过浆的衣服的气味。两次礼拜由副牧师和他大伯各做一次布道。随着他年龄渐长，他也逐渐认清了他大伯的为人；菲利普为人偏执、严厉，他无法理解一个人是可以身为教士真诚地讲上一大堆道理，而作为普通人却从来不会去躬身践行的。这种不诚实的行径让他大为愤慨。他大伯是个软弱而又自私的人，他首要的愿望就是别人都少给他添麻烦。

珀金斯先生向他讲起了将生命献身于侍奉上帝的美妙之处。菲利普却知道在他的家乡东英吉利①的一隅，牧师们都过着一种什么样的生活。距黑马厩教区不远有个白石教区，牧师是个单身汉，为了给自己找点事情做，近来居然开始务农了：当地的报纸不断地报道他如何在郡法院里一会儿跟这个一会儿又跟那个打官司的新闻，不是雇工告他不肯支付工资，就是他起诉商人对他进行商业欺诈；有流言说他让自家的奶牛挨饿，大家议论纷纷，认为应该采取一致的行动来对付他。还有费尔尼的教区牧师，一个蓄着大胡子、颇有几分男子汉大丈夫气概的人物，他妻子却不堪虐待，只得离家出走，左邻右舍流传着无数由她讲述的他的种种不道德

---

① 东英吉利（East Anglia），英格兰最东端的传统行政区，由诺福克、萨福克两个历史郡和剑桥历史郡、埃塞克斯历史郡的一部分组成。

行径的故事。苏尔勒是个滨海的小村庄，每天晚上人们都能看到它的教区牧师在距离牧师公馆只有一箭之地的小酒馆里厮混；他们堂区的俗人委员曾特意来找过凯里先生向他讨主意。对于这些牧师来说，除了农民和渔民以外，他们想找个人谈谈都不可得；在漫长的冬日夜晚，当寒风吹起的时候，在树木落光了叶子的枝杈间发出凄厉的呼啸，周围放眼望去，但见翻耕过的田地那一片光秃秃的单调景色；还有触目可见的贫困，看不到任何稍微像样一点的严肃工作；他们性格中的所有扭曲乖戾之处全都尽情地展现出来，没有任何东西可以稍稍对它们加以限制，结果就是他们都变得极为狭隘和古怪。凡此种种，菲利普都知道得很清楚，但出于年轻人不能容人的本性，他并不认为这种结果也情有可原。一想到要过这样的生活，他就不寒而栗；他想到广阔的世界里去闯一闯。

二十一

珀金斯先生很快就看出，他的话对菲利普并没有起到什么作用，那个学期他也就没再去理他。他写了份措辞尖刻的报告单。寄到以后，路易莎伯母问菲利普那学期成绩怎么样，他嬉皮笑脸地说：

"糟透了。"

"是吗？"牧师道，"那我得再看看。"

"你觉得我继续在特坎伯雷待下去还有什么好处吗？我想还不如去德国待一阵子的好。"

"你怎么会有这样的想法？"路易莎伯母道。

"你不觉得这是个不错的主意吗？"

夏普已经离开了国王公学，并从汉诺威给菲利普写过信了。他那才是真正开始生活了呢，每念及此，菲利普就会越发坐立不安。他觉得他实在受不了在学校的桎梏里再熬上一年了。

"可这么一来你就拿不到奖学金了。"

"反正我也没有拿到的机会。再者说，我不知我是不是还特别想进牛津了。"

"可你不是想要接受圣职的吗，菲利普？"路易莎伯母惊叫道。

"我老早就放弃那个想法了。"

凯里太太大惊失色地看了看他，然后，由于习惯于自我克制，她又给他大伯倒了一杯茶。他们都没有说话。过了一会儿，菲利普看到眼泪慢慢从伯母的脸颊上滑落。他内心猛一抽痛，因为是他给她带来了痛苦。身穿跟他们同一条街上的裁缝做的紧身的黑色衣裙，她那张小脸布满皱纹，那双眼睛疲惫无神，灰白的头发仍旧照她年轻时的时尚梳成一束束轻佻的发卷，她的样子真是既荒唐可笑，同时又无端地令人备觉可怜。菲利普这还是头一次注意到这一点。

后来，当牧师把自己和副牧师关在书房里商讨正事的时候，他伸出胳膊搂住了她的腰。

"我说，真抱歉让你难过了，路易莎伯母。"他说，"可如果我不是发自内心，那就是接受了圣职也不会有什么好处的，是不是？"

"我真是太失望了，菲利普。"她悲叹道，"我一心就指望这个。我原想你可以先给你大伯当副牧师，然后在我们大限来临的时候——毕竟，我们是不可能一直活下去的，是不是？——你就可以接替他的位置了。"

菲利普浑身哆嗦。他惊恐万状。他的心跳得就像陷入网罗的鸽子那拼命扑扇的翅膀。他伯母轻声哭着，把头靠在他的肩膀上。

"求你能帮我劝劝威廉大伯，就让我离开特坎伯雷吧。那地方我真是讨厌透了。"

可是，黑马厩镇的牧师却绝不会轻易变更自己已经做好的安排，根据原来的计划，菲利普应该在国王公学念到年满十八，然后进牛津深造。菲利普这时候就想退学的事，他无论如何都听不进去，因为这件事并没有事先通知学校，这学期的学费不管怎么说还是得照付。

"那你是不是可以通知一下校方，说我圣诞节退学呢？"在经过漫长而且经常相当激烈的交谈以后，菲利普说。

"我会就此事写信给珀金斯先生，询问一下他的意见。"

"唉，我真希望自己已经年满二十一岁了。干什么要听凭别人的差遣，真是太可怕了。"

"菲利普，你不该这样跟你大伯讲话的。"凯里太太柔声道。

"可难道你不明白珀金斯先生只想把我留下吗？他恨不得把学校里的每一个学生都攥在手心里呢。"

"你为什么不想进牛津读书了？"

"我要是不想进入教会了，那干吗还要进牛津呢？"

"你不是想不想进教会的问题，你已经在教会里了。"牧师说。

"那就是不想接受圣职了。"菲利普不耐烦地回答道。

"那你打算干什么呢，菲利普？"凯里太太问。

"我不知道。我还没拿定主意。不过不管我将来干什么，懂几门外语总归是有用的。在德国待上一年我能学到的东西，可比继续留在那个牢笼里多多了。"

他不愿意直说，他感觉牛津也并不会比他现在公学里的生活强多少。他是一心一意想成为自己的主人。再者，他那些老同学多多少少都对他有所了解了，而他巴不得离他们全都远远的。他觉得他在公学里的生活已经完全失败了。他想洗心革面，重新开始。

事也凑巧，他一心想去德国的强烈愿望跟近来他们正在黑马厩镇讨论的一些话题可谓不谋而合。医生的有些朋友有时候会到他这儿来住上几天，顺便也就把外面世界的一些新闻带了过来；八月份前来海边消夏的那些游客，也自有他们自己观察事物的不同方式。牧师也听说，如今有些人已经不再认为旧式的教育还像过去那么管用了，跟他的年轻时代相比，现代的语言教育正显得日渐重要起来。他自己也有些拿不定主意了，因为当初他有个弟弟，就是由于某次考试没有及格给送去了德国念书，也由此开创了一个先例，但由于这个弟弟因为伤寒客死他乡，又只能认为这样的实验万分危险。经过无数次磋商以后，这才决定菲利普再回特坎伯雷多读上一个学期，然后再退学不迟。对于这样一个结果，菲利普也还算是满意。可是他刚回学校还没有几天，校长就对他说：

"我收到你大伯的一封信。看来你是想去德国，他问我对此有什么看法。"

菲利普闻言简直是惊呆了。他的监护人居然出尔反尔，他不由得勃然大怒。

"我还以为这件事已经确定了呢，先生。"他说。

"远非如此。我已经写信跟你大伯说，我认为让你中途退学实在是个最大的错误。"

菲利普马上就坐下来，给他大伯写了一封措辞激烈的信。他都顾不上斟酌词句了。那天夜里他气得很长时间都睡不着觉，第二天一早醒来，又开始反复琢磨他们是怎么对待他的。他无比心焦地等着回信。过了两三天，回信终于来了。信是路易莎伯母写的，既温言软语又痛苦万分，说他不该对他大伯写出那样的话来，搞得他大伯伤透了心。说他不够厚道，欠缺基督徒的精神。说他应该知道他们只不过是在尽力为了他好，说他们比他年长这么多，肯定比他更清楚到底什么才对他更好。菲利普忍不住攥紧了拳头。这种论调他听得多了，真搞不懂这里面究竟有什么道理；他们并不像他自己那样了解实际的情况，他们凭什么就这么不证自明地认为他们年岁比他大，智慧就自然比他高呢？信的结尾告诉他，凯里先生已经撤回了他给学校的退学通知。

菲利普满腔的怒火，一直憋到下一个半休日。他们每周二和周四都会放半天假，因为礼拜六下午他们都得去大教堂做礼拜。下课后，他等六年级的学生都走了以后特意留了下来。

"今天下午我能回黑马厩一趟吗，先生？"他问。

"不行。"校长要言不烦。

"我是有重要的事情要跟我大伯商量。"

"你没听到我说不行吗？"

菲利普没再作声。他走出教室。他感觉无比羞辱，简直都要吐了，这羞辱是双重的：先是不得不开口乞求，然后又被粗暴无礼地拒绝。他现在真恨这位校长。那种从来都不需要为最暴虐的行为屈尊找个借口的专制做派令他感到无比愤怒。他气得都顾不上去考虑自己行为的后果了，吃过午饭后，就抄了一条他很熟悉的小路来到了火车站，正赶上开往黑马厩镇的火车。他走进牧师公馆，见他大伯和伯母正在餐厅里坐着。

"哈喽，你是从哪儿冒出来的？"牧师道。

很明显，他并不高兴见到他。他看起来有点儿不大自在。

"我是想来跟你谈谈我退学的事情。上回我在这儿的时候你明明都亲口答应得好好的，结果不出一个礼拜做出来的又完全是另外一回事，我想知道这种出尔反尔到底是什么意思。"

他对自己的胆大冒失也不免有点害怕，不过他已经打定了主意当面对质的时候话到底该怎么说，所以尽管心跳得厉害，他还是强迫自己把准备好的话原样都说了出来。

"你今天下午回来，学校准你假了吗？"

"没有。我向珀金斯先生请假，他断然拒绝了。你要是乐意写信告诉他我来过这里，准定可以让我好好地挨一顿臭骂。"

凯里太太坐在旁边织毛衣，两只手直哆嗦。她实在不习惯大吵大闹的场面，这会让她大为激动不安。

"我就是告诉了他，你也是罪有应得。"凯里先生说。

"你要是乐意当个地道的告密者，那也没人拦着。反正你也已经给珀金斯写过信了，这种事你在行得很呢。"

菲利普说出这种话来实在是很蠢，因为这正好给了牧师一个求之不得的借口。

"我可不打算一动不动地坐在这里，听你这么粗暴无礼地大放厥词。"他极有尊严地道。

他站起来，快步走出餐厅，躲进了书房。菲利普听到他把门关上，并且上了锁。

"哦，上帝啊，真希望我已经二十一岁了。像这样地受制于人，真是太可怕了。"

路易莎伯母轻声哭了起来。

"哦，菲利普，你不该用这样的态度跟你大伯讲话啊。你赶快去跟他道个歉，求你了。"

"我没有丝毫需要道歉的地方。是他在卑鄙地占我的便宜。把我继续留在这个学校里无非就是白白浪费金钱，不过这跟他有什么相干？反正又不是他的钱。让这么一些什么都不懂的人来做我的监护人，简直是种残忍！"

"菲利普！"

菲利普正汩汩滔滔地发泄着自己的怒火，被她的这声叫唤猛地堵住了嘴。那简直是心碎肠断的呻唤。他都没意识到自己说的话有多残忍刻薄。

"菲利普，你怎么能这么无情无义？你明知道我们竭尽全力无非都是为了你好，我们知道我们没有经验；谁叫我们没有过自己的孩子呢？所以我们才去跟珀金斯先生请教商量啊。"她声音哽住了，"我一直都努力要做你的母亲。我一直都把你当作我的亲生儿子来爱啊。"

她是那么矮小，那么脆弱，在她那老处女般的神态当中有着某种如此可怜而又可悲的东西，使菲利普大受触动。他喉头突然一下子哽住了，眼里盈满了泪水。

"太对不起了，"他说，"我不是存心这么没心肝的。"

他在她旁边跪下，把她搂在自己的怀抱里，亲吻她那濡湿、憔悴的脸颊。她哭得伤心欲绝，而他则似乎突然为她白白虚度的一生生出一股怜悯之情。此前她可从来都没有像现在这样畅快淋漓地流露过真实的情感。

"我知道我一直都没法像我心里想的那样待你，菲利普，我只是不知道该怎么做。我没有孩子，就像你没有了母亲一样可怕。"

菲利普忘记了自己的怒火和心事，只想着怎么来安慰她，一边喃喃地语不成句，一边笨拙地轻轻抚摸着她。钟声响了，他得赶紧动身去赶唯一的那班火车，否则就没办法在晚点名前及时赶回特坎伯雷。他在火车车厢的角落里坐下来的时候，才看出他这趟是白跑了，什么都没有干成。他对自己的软弱无能非常生气。牧师一摆出那副虚张声势的样子，他伯母一淌眼抹泪，他就把自己特意赶回来的目的都给忘了，这可真够窝囊的。不过在他离开以后，也不知他伯父伯母经过了一番怎样的磋商，结果他大伯又给校长写了一封信。珀金斯先生看到后，很不耐烦地耸了耸肩膀。他把信拿给菲利普看了。信上写道：

亲爱的珀金斯先生：

请原谅我为了舍侄之事再次麻烦你，不过他伯母和我本人都深为这个受我们监护的孩子而大伤脑筋。他似乎十分急切地想离开学校，他伯母也认为他过得很不开心。我们真是很难决定到底该怎么做，因为我们并非他的亲生父母。他似乎认为他的学业成绩不够理想，觉得继续留在学校里纯属浪费金钱。如果你愿意跟他再谈一次我将感激不尽，如果他仍旧持同样的想法，也许还是照我原来的打算，不如就让他在圣诞节离校算了。

你非常忠实的

威廉·凯里

菲利普把信还给他，一阵胜利的自豪感猛然涌上心头。他终究如愿以偿了，他非常满意。他的意志在与他人意志的较量中赢得了胜利。

"如果你大伯在收到你的信后又会改变主意，那我花上半个钟头的时间给他回信也真是徒劳无益了。"校长悻悻然道。

菲利普什么都没说，他的脸色极为平静；但抑制不住眼睛里闪烁的光芒。珀金斯先生注意到了，忍不住呵呵一笑。

"你算是大获全胜了，是不是？"他说。

菲利普这才露出坦然的笑容。他没办法隐藏内心的喜悦。

"你真这么急着要离开吗？"

"是的，先生。"

"你在这里待得不开心？"

菲利普脸红了。他本能地讨厌任何刺探他内心情感的举动。

"哦，我不知道，先生。"

珀金斯先生慢条斯理地捻着胡须，若有所思地看着他。他几乎像是在自言自语。

"当然啦，学校本来就是为普通人而设的。榫眼都是圆的，不管榫头是什么形状，反正都得揳进这圆凿里去。你根本就没时间为那些智力出众的学生费心劳神。"然后，他突然又对菲利普说道："你听我说，我倒是有个建议。这个学期马上也就到头了。再待上一个学期也不会就要了你的命，你要是真想去德国的话，最好是过了复活节再去，别圣诞节刚过就走。春暖花开的时候去可比隆冬季节舒服多了。如果下个学期结束的时候你仍执意要走，那我就不再阻拦你了。你觉得这样安排可好？"

"非常感谢您，先生。"

菲利普非常高兴已经赢得了那最后三个月的时间，他也就不在乎再多待一个学期了。当他知道复活节前他就将得到永远的解脱后，学校似乎也就少了几分监狱的感觉。他的心在他胸膛里轻快地跳动。那天傍晚在小礼拜堂里，放眼四望所有的同学，每个人都按照各自的年级站在规定的位置上，想到自己要不了多久就再也见不到他们了，他不由得心满意足，无比窃喜。这让他几乎是怀着一种友好的感情来打量他们了。他的目光停留在罗斯身上。罗斯一丝不苟地履行着他身为班长的职责；他一心想成为学校里的模范典型。那天傍晚正轮到他来朗读经文，而他读得非常之好。一想到自己就要永远摆脱他了，菲利普忍不住露出了微笑，再过半年，不管罗斯身材多么高大，四肢如何健全，都跟他了不相干了；不管他是班长也好，哪怕就是耶稣基督十一个门徒的首领，又有什么大不了的呢？菲利普又看了看那些身穿法衣的教士们。

戈登已经死了，是两年前中风去世的，其余的全都在场。菲利普现在已经知道他们都是一帮多么可怜的家伙了，或许特纳应该算作例外，他身上多少还有点人滋味；一想到他竟一直都完全隶属于他们，受他们的欺压，他简直不寒而栗。再过半年，他们也就同样无足轻重了。他们的褒奖对他再无任何意义，他们的斥责他就更是肩膀一耸，一笑置之了。

菲利普早就学会了压抑自己的情感，能够做到喜怒不形于色，腼腆羞缩虽仍旧时时折磨着他，他的精神状态倒经常是很高昂的；所以，尽管他瘸着一条腿做出一副庄重的表情踽踽独行，沉默而又矜持，他的内心却像是在大声地欢呼。他自己都觉得自己的步伐轻捷了好多。各种各样的念头在他脑子里闪现跳动，奇思妙想相互追逐，一闪即逝，简直难以捕捉；不过，无论是它们的降临还是它们的消逝，都无不令他满心欢喜。现在，他心情愉快了，也就能够用功了，在这个学期剩下的这几个礼拜里，他决心把长期以来荒废的功课都补起来。他头脑运转得无比轻快，他在智力的活动中获得了极大的乐趣。期末考试时，他的成绩非常优秀。对此，珀金斯先生只给出了一句评论——当时他正在跟他讨论他写的一篇作文，在通常的讲评之后，他说：

"这么说来，你已经决定暂时不再装傻了是吗？"

他对菲利普微微一笑，露出亮闪闪的牙齿，而菲利普则垂下目光，尴尬地一笑。

有五六个学生一心期望能把这个夏季学期结束时学校颁发的各种奖项都给包圆了的，他们早就不把菲利普当作一个强劲的竞争对手了，如今却又不得不对他刮目相看，心下惴惴不安起来。他没告诉任何人他复活节就要离开，所以压根儿就不是他们的竞争者，他就让他们提心吊胆去。他知道罗斯对自己的法语颇为自诩，因为他在法国度过两三个假期，而且他还期望能把英语作文的教长奖金拿到手；但罗斯现在发现菲利普在这几门功课上都远胜于自己，而菲利普眼见着他那副灰心恐慌的样子，心下不禁大为得意。另一个姓诺顿的同窗，他要是拿不到一项奖学金，就没法进牛津读书了。他干脆就来问菲利普会不会去竞争奖学金。

"你有什么意见吗?"菲利普问道。

一想到别人的前途居然捏在自己的手心里，他不觉大为开心。这么想想也还真够浪漫的：先把各种奖项尽在掌握，然后因为自己根本瞧不上才让给他们去分一杯羹。最后，分手的日子终于到了，他特意去跟珀金斯先生道别。

"你的意思不会是说，你当真想离开这儿吧?"

看到校长明显不过的惊讶之色，菲利普的脸不由得沉了下来。

"你说过到时候不会再提出任何反对意见的，先生。"他回答。

"我原以为你不过是一时的心血来潮，我还是配合一下的好。现在我才知道你还真是既固执又任性。你倒是说说，你现在离开学校到底是所为何来? 不管怎么说，也就只剩下一个学期了。你轻而易举就能得到莫德林学院的奖学金；咱们学校颁发的各种奖项，你至少能拿到一半。"

菲利普愤愤地看着他。他觉得自己又被要弄了；不过既然已经明确答应过，珀金斯先生也就非得说话算数才行。

"在牛津你会度过一段非常愉快的时光。你还不需要马上就决定以后到底要干什么。我不知道你有没有认识到，对于任何有头脑的人，牛津的生活有多么愉快。"

"我已经做好了一切前往德国的安排，先生。"菲利普说。

"这些安排就不能改变了吗？"珀金斯先生问，面带嘲弄的微笑。"失去你我会感到很遗憾。在学校里，肯用功的笨学生经常都比懒散的聪明学生成绩更好，不过要是聪明的学生也肯用功——哎呀呀，那他就会像你在这个学期所做到的那样。"

菲利普满脸通红。他不习惯于别人的夸奖，而且还没有人夸过他聪明呢。校长把手按在菲利普的肩头。

"你知道，要把知识硬塞到笨学生的脑袋里，是桩乏味的工作，可如果时不时地你能有机会教到一个心有灵犀的学生，在你几乎还没把话说出口的时候他就已经领会了你的意思，哎呀，那教书就成了世上最最令人振奋的事情了。"

菲利普被这番深情厚意感化了，他从没想到珀金斯先生竟会当真在乎他的去留。他深受感动，他备感荣宠。如果能荣耀地结束中学的学业，然后进入牛津深造，那也不失为一件乐事：一瞬间，他面前闪现出一幕幕大学生活的图景，那是他从回校参加国王公学校友比赛的学长们那儿听说，从书斋里同学们大声朗读的大学来信中听到的。可他同时又深感惭愧，如果他现在屈服投降的话，那他在自己眼里就成了十足的傻瓜，他大伯也会因为校长诡计的得逞而窃笑不已。他原本打算对那些唾手可得的奖项戏剧性地弃之如同敝屣的，因为他根本不屑于去争取，现在一下子又

他去跟珀金斯先生道别

要像普通的学生那样去你争我夺，那反差可实在是够大的。其实只需稍稍再规劝几句，只需顾及他的自尊，菲利普就会完完全全依照珀金斯先生的意愿行事了；但他的脸上没有透露出丝毫内心情感的冲突，仍旧是平静而又阴沉。

"我想我还是走的好，先生。"他说。

珀金斯先生也像很多凭借个人的影响来处理事情的人一样，碰到他的影响力并没有立即彰显的时候就有点不耐烦了。他有一大堆工作等着他去做，没那么多时间再浪费在一个依他看来实属冥顽不化的孩子身上了。

"那好吧，我许诺过你，如果你真想走，就会放你走，我信守自己的诺言。你什么时候去德国？"

"五月初就走，先生。"他回答道。

"好呀，你回来的时候可一定要来看看我们。"

他把手伸了出来。如果他再给他一次机会，菲利普就会回心转意的，但他似乎认为这件事已经尘埃落定了。菲利普走出校长的寓所。他的中学时代已经结束了，他自由了；可他一直期盼着此时应有的那种欢喜欲狂的心情却付之阙如。他在大教堂的庭院里慢吞吞地转悠，心中充满了一种复杂的沮丧感。他现在倒巴不得没有像刚才那么犯傻了。他并不想走，可他也知道他是绝不会鼓起勇气再去跟校长说他愿意留下来的。那是他绝不肯去面对的一种羞辱。他很怀疑自己做得到底对不对，他对自己和周围的一切都很不满意。他不禁惆怅地自问，是不是每次你在得偿所愿以后，反倒都会巴不得事与愿违呢？

二十二

菲利普的大伯有个老朋友，叫威尔金森小姐，住在柏林。她父亲是位牧师，曾是林肯郡某个村的教区长，凯里先生做副牧师的最后那段时间就是在他手下度过的；父亲去世后，威尔金森小姐被迫自谋生计，先后在法国和德国多个人家做过家庭教师。她跟凯里太太一直保持着通信往来，还曾到黑马厩的牧师公馆度过两三次假期，也像难得来凯里夫妇家做客的亲友一样，照例在居留期间付一点膳宿费。在事态已趋明朗，认识到遵从菲利普的意愿要远比执意反对更为省事以后，凯里太太就写信给她向她讨教赴德事宜。威尔金森小姐推荐他前往海德堡，说那是学习德语的理想之地，同时还推荐他住到埃林教授夫人家里，那儿环境舒适，膳宿费是一周三十马克；埃林教授是当地一所高中的老师，可以亲自教他德语。

菲利普在五月的一天上午抵达了海德堡。他的行李都放在一辆手推车上，他跟着脚夫走出了车站。天空一片湛蓝，他们经过的那条大街上绿树成荫；空气中有一种让菲利普感觉很新鲜的东西，而且与刚进入一种新生活，置身于完全陌生的人中间所必然感到的羞怯混杂在一起的，还有一种欢欣喜悦之情。他因为没有人来接他，略有一点不大开心，当脚夫把他一个人留在一幢大白房子的大门前时，他感到非常羞缩。一个衣衫不整的小伙子开门让他进去，把他领进了客厅。客厅里满登登地摆着一套巨大的家具，都蒙着绿色的天鹅绒，正中间有一张圆桌，上面摆着一束养在清水里的鲜花，用一条活像是羊排肋骨的装饰纸带紧紧地扎在一起，那束鲜花周围错落有序地精心摆放着皮面精装的书籍。屋里有一股子霉味。

不一会儿，带着一股烹饪饭菜的气味，教授夫人走了进来。她个子矮小，身材非常粗壮，头发梳理得一丝不乱，一张红扑扑的脸，一双小眼睛像珠子似的闪闪发亮，态度非常热情。她握住菲利普的两只手，向他问起威尔金森小姐的情况，她曾两次到她这儿来，住过几个礼拜。她讲的是德语，夹杂着几句英语。菲利普没办法让她明白，他自己根本就不认识威尔金森小姐。这时，她的两个女儿也进来了。在菲利普看来，她们年纪已经都不小了，不过也可能都还不到二十五岁。大女儿叫特克拉，个头和她母亲一样矮小，神情也跟她一样非常机警善变，不过相貌很漂亮，一头浓密的黑发；小女儿安娜个头高挑，相貌平常，不过由于她面带愉快的微笑，菲利普马上就更加喜欢她了。几分钟礼貌的寒暄以后，教授夫人就把菲利普带到他的房间，然后告退了。那房间位于角楼上，俯瞰着 Anlage① 上的一片树顶；床设在一个凹进去的

① 德语：公共绿地。

角落里，所以坐在书桌前看这个房间，会觉得根本不像是间卧室。菲利普打开行李，把所有的书都拿出来摆好。他终于成了自己的主人。

一点钟的时候，用餐的铃声招呼他去吃正餐，他发现教授夫人的房客们已经都在客厅里聚齐了。他被介绍给她的丈夫，教授是位高个子的中年人，脑袋很大，金色的头发正变得灰白，一双目光柔和的蓝眼睛。他用准确无误却相当陈旧的英语跟菲利普交谈，因为他的英语是通过研读英国经典作品，而非通过日常对话学到的；他口头上使用的那些词汇，菲利普只在莎士比亚的戏剧中碰到过，听起来殊为怪异。埃林教授夫人并不把她经营的这一机构称为膳宿公寓，而是叫作"房客之家"；不过这得需要形而上学者的精微辨别力才能搞清楚这两者之间到底有何不同。当大家在客厅后面一个狭长而又昏暗的小套间里坐下来用餐的时候，菲利普感到很害羞，他数了数一共有十六个人之多。教授夫人坐在餐桌顶端，负责切分肉食。仍旧由那个给他开门的笨手笨脚的小伙子负责给大家上菜，把盘子碰得叮叮当当地震天响；尽管他手脚很快，结果还是照顾不过来，最先几位拿到一道菜的人已经都吃完了，最后几位还没拿到自己的那一份。教授夫人坚持餐桌上必须讲德语，这么一来，即便菲利普克服了自己的羞怯想要说上几句，也只能闭口不言了。他打量着这些将和自己一起生活的人。教授夫人身边坐着几位老太太，不过菲利普对她们并没有多加注意。有两位年轻的姑娘，都是一头金发，其中一个长得非常漂亮，菲利普听别人称呼她们为黑德维希和采齐莉小姐。采齐莉小姐脑后拖着条长辫子。她们俩肩并肩坐着，嘁嘁喳喳地聊个没完，强压下叽叽嘎嘎的笑声；她们不时朝菲利普瞥上一眼，其中一位还会压低嗓音说上句什么，然后两个人就咯咯地笑开了，菲利普难为情地涨红了脸，感觉她们是在取笑他。两人旁边坐着个中国佬，黄黄的脸上挂着开朗的笑容，他正在海德堡大学里研究西方社会现状。他话讲得飞快，口音又很怪，那两个姑娘并不总能听得懂，碰到这种时候她们就迸发出一阵大笑，他也跟着笑，非常和气，笑的时候那双杏仁眼几乎合成了一道缝。还有两三个美国人，都一身黑衣，皮肤又黄又干，都是来攻读神学的学生。菲利普从他们那一口蹩脚的德语中听出了新英格兰的鼻音，不禁用怀疑的目光瞥了他们一眼，因为他所接受的教育是把美国人都看成粗鲁强悍和不管不顾的野蛮人。

饭后，他们回到客厅，在那几把绿色天鹅绒蒙面的硬邦邦的椅子上又坐了一会儿，这时安娜小姐问菲利普愿不愿意跟他们一起出去散散步。

菲利普接受了邀请。一起去的有不少人。有教授夫人的两位千金，有另外那两位姑娘，还有两位美国大学生中的一位，再就是菲利普。菲利普走在安娜和黑德维希小姐身边。他的心真有点儿怦怦乱跳。他还从来没跟任何姑娘打过交道。在黑马厩镇，就只有农家的女儿和商人家的姑娘。他知道她们的名字，也见过她们几次，可他非常畏葸，而且他总觉得她们在笑话他的残疾。牧师和凯里太太都自视地位尊贵，把那些庄稼汉都看作下等人，菲利普也欣然接受了这种看法。医生倒是也有两个女儿，不过年龄都比菲利普大很多，而且都在菲利普还是小孩子的时候就相继嫁给了医生的两位助手。在学校里，有些学生也认识两三个胆魄有余端庄不足的姑娘，同学之间流传着一些耸人听闻的传言，说是她们跟那几个学生有私情，这大概都是出于男性的想入非非。菲利普虽表面上总是一副清高、轻蔑的架势，内心却深为这些传言而大为震恐。他自己的想象以及他读过的那些书籍，都使得他想对女性采取一种拜伦式的态度；他一方面怀有一种病态的羞怯心理，一方面又确信自己有必要摆出一副殷勤勇敢的骑士风度，结果搞得自己首鼠两端，不知所措。他现在觉得自己应该表现得聪明睿智、谈吐风趣，可是脑子里却偏偏空空如也，无论如何都想不出一句该说的话来。教授夫人的女儿安娜小姐出于义务，经常跟他聊上几句，但另外那位姑娘却极少开口：她不时用那双闪闪发光的眼睛看他一眼，有时候又率直地哈哈大笑，让他大感困惑。菲利普觉得自己在她眼里肯定是可笑极了。他们沿着山麓在松林中漫步，松树散发出来的香气使菲利普感到一种深深的喜悦。天气暖洋洋的，天空万里无云。最后，他们来到了一处高地，但见阳光照耀下的莱茵河谷就展现在他们面前。那是一片广阔的原野，闪耀着金色的光芒，远处现出城市的轮廓；莱茵河就宛如一条银色的缎带，从这片金光闪耀的原野中蜿蜒流过。在菲利普所熟悉的肯特郡的那一隅，极少有这么开阔的空间，广阔的地平线就只存在于海天相接的那一边。展现在他面前的这一片广阔天地，在他的心弦上激起了一阵非同寻常、难以描述的震颤。他突然感到一种心旷神怡的欣喜。尽管他并不知道，这其实是他生平第一次体验到了"美",而且没有掺杂任何异质的情感。他们三个人坐在一条长凳上,因为其他人都继续朝前走了。两位姑娘语速很快地用德语谈着话,菲利普则毫不理会她们就近在咫尺,只是兀自尽情饱览着眼前的风光。

"天哪,我真幸福。"他不知不觉地在心下暗道。

二十三

　　菲利普偶尔还会想起特坎伯雷的国王公学，而每当想起在一天当中的某个时刻他们应该都在干什么，就不由得暗自发笑。时不时地，他仍会梦见自己还在那儿，而等到一觉睡醒，意识到自己是躺在角楼上他自己的小房间里，心头立刻就会涌上一种异乎寻常的满足感。躺在床上他就能看到蓝天上的大片积云。他陶醉在自己的自由当中。他想什么时候睡觉就什么时候睡觉，高兴什么时候起床就什么时候起床。再没有人对他发号施令。由此他想到，往后他再也不需要言不由衷了。

　　按照事先的安排，由埃林教授负责教他拉丁文和德语；一个法国人每天上门来给他上法语课；教授夫人又推荐了一个在海德堡大学攻读语言学学位的英国人教他数学。这是个姓沃顿的人。每天上午菲利普都去他那儿上课。他住在一幢破旧的楼房的顶层。他那个房间是又脏又乱，里面充满了一股子刺鼻的气味，那是由很多种不同的臭气组成的。菲利普十点钟到他那儿的时候，他通常都还没有起床，他从床上一跃而起，披上一件腌里腌臜的晨衣，跶上一双毛毡拖鞋，一面吃着简易的早餐，一面就开始授课了。他个头矮小，由于贪饮啤酒而大腹便便，留着浓密的唇髭，一头又长又乱的头发。他在德国待了五年，已经非常条顿化了。他得过剑桥的学位，说起这所大学来总是语带轻蔑；而在海德堡得到博士学位后他就必须返回英国开始教书生涯，一提到这一生活前景他又满怀恐惧。他热爱德国大学的生活，既有快乐无比的自由，又有令人愉快的良伴。他是 Burschenschaft[①]的成员，并答应带菲利普去参加一次 Kneipe[②]。他穷得叮当响，毫不讳言给菲利普上的这几节课直接关系到他正餐是吃肉还是只能啃面包加奶酪。有时候，在经过一夜的纵酒以后，他头痛欲裂，连咖啡都喝不下，只能昏头涨脑地勉强给菲利普讲课。为了应付这种情况，他在床底下藏了几瓶啤酒，一瓶啤酒再加上一斗烟，就能够帮他承受生活的重负了。

"何以解醉，唯有杜康。"他会一边这么说，一边小心翼翼地把啤酒倒出来，免得泡沫太多，耽误了他喝酒的时间。

然后他会跟菲利普说起海德堡大学，说起学生社团里敌对团体之间的争斗，学生间的决斗，还有这位或那位教授的功过是非。菲利普从他那儿学到的人生经验比学到的数学知识还要多。有时候沃顿会往椅背上一靠，笑着说：

"说起来了，今天咱们可是什么正事儿都没干。你不必付我上

---

① 德语：学生社团。一八一五年建立的德国大学生统一、自由运动的组织。

② 德语：(大学生用语) 大学生酒会。

课费了。"

"哦，没关系的。"菲利普说。

他讲的那些东西真是既新鲜又非常有趣，菲利普觉得那可比三角学更为重要，这门学科他是怎么都搞不懂。那就像是开向生活的一扇窗户，他有机会透过这扇窗往里窥探，而且一面偷看，一面内心还扑通扑通地跳个不停。

"不行，你还是把你的脏钱留着吧。"沃顿说。

"那你的正餐怎么办？"菲利普面带微笑道，因为他对这位老师的财政状况一清二楚。

沃顿甚至已经要求菲利普把每节课两先令的费用，从每月一付改为每周一付了，因为这样算起来更便当。

"哦，我的正餐你就不用操心了。我这也不是头一次喝一瓶啤酒就当一顿饭了，而且这么一来，我的脑子倒是比任何时候都更清醒。"

他往床底下一钻（床上的床单由于不常换洗，整天灰头土脑的），又捞出一瓶啤酒。菲利普还年轻，不懂得这些人生乐事，拒绝跟他分享，他于是就自斟自酌起来。

"你打算在这儿待多久？"沃顿问道。

他和菲利普都把数学这块幌子抛到了一边，更可以无话不谈了。

"哦，我不知道。我想大概待个一年吧。然后家里人就要我进牛津。"

沃顿轻蔑地把肩一耸。竟然还有人压根儿就没把那么一所皇皇黉宫放在心上，这对菲利普来说绝对是一种全新的经验。

"你去那儿能干吗呢？不过是镀层金罢了。为什么不在这儿注册入学呢？一年时间是没什么用的。在这儿待上五年再说。你要知道，生活中有两样好东西：思想自由和行动自由。在法国，你有行动的自由：你爱干吗就干吗，没人管你，但是你的思想必须跟其他人一样。在德国，你的行为必须跟其他人一样，但你爱怎么想就怎么想。这两样都是极好的东西。我个人更喜欢思想的自由。但在英国，这两样你都没有：你已经被陈规陋习给碾碎了。你既不能无拘无束地思想，也不能随心所欲地行动。这是因为它是个民主国家。依我看，美国的情况只会更糟。"

他很小心地往后一靠，因为他坐的那把椅子有条腿已经有点摇晃，要是正当他逸兴遄飞、妙语连珠之际，一个屁股墩儿坐在了地上，那可就大煞风景了。

"今年我就该回英国去了，不过我要是能拼拼凑凑，勉强可以过下去，我就会再待上一年。最晚到那时候，我也就不得不走了。而且必须撇下这儿的一切，"他伸出胳膊朝这间肮脏的顶楼房间里四下一挥，这里面床铺没有整理，衣服堆在地上，靠墙摆着一排空酒瓶，每个角落里都堆满了脱面散架的破书，"到某个地方性大学去谋个语言学的教席。然后就要开始打打网球、赴赴茶会了。"他猛地收住话头，向菲利普投以嘲弄的一瞥，他这个学生衣服穿戴得齐齐整整，衣领纤尘不染，头发一丝不乱。"我的上帝！我必须梳洗一下了。"

菲利普脸一红，感觉自己衣冠齐楚、干净整洁的样子居然受到了苛责。他近来倒是开始注意起了穿着打扮，这次还特地从英国带了好几条精挑细选的领带。

夏天俨然以征服者的姿态降临到这个国家。

每一天都很美丽。天空蓝得盛气凌人，就像马刺一样刺痛人的神经。Anlage的树木绿得无比浓烈和狂野；那一幢幢房屋，在太阳的照耀下反射出炫目的白光，把你的感官刺激到隐隐作痛的地步。有时候从沃顿那儿回来，菲利普会在Anlage的树荫下找一条长凳坐下来，享受着树荫的清凉，观赏着阳光透过树叶在地面上形成的各种光斑图案。他的灵魂也像是一道道阳光一样欢快地起舞。他陶醉在这从浮生中偷得的闲暇时刻中。有时候他会在这座古老城市的街上闲步漫游。他以敬畏的目光看着那些学生社团的大学生，他们的脸上被划开了很深的口子，血迹斑斑，头戴五颜六色的帽子。午后，他常跟教授夫人公寓里的姑娘们一起在山坡上闲逛，有时候他们溯河而上，在某个绿树成荫的露天啤酒店里用茶点。傍晚，他们在Stadtgarten①来来回回地转悠，听着乐队的演奏。

菲利普不久也就了解到了同在一个屋檐下的每个人所关注的不同问题。教授的长女特克拉小姐和一个英国人订了婚，此人曾在他们这儿住过一年的时间，是专程来学习德语的。婚礼原定于年底举行，不料那个年轻人来信说，他父亲——一个住在斯

---

① 德语：城市公园。

劳①的橡胶商——不同意这门亲事，于是特克拉小姐就经常以泪洗面。有时候可以看到她们母女俩目光严厉、嘴巴紧闭地一起仔细推敲着那位勉为其难的情人写来的信。特克拉小姐会画几笔水彩，有时她会和菲利普一道，再加上另外一位姑娘一起去户外画些小画。漂亮的黑德维希小姐也有爱情方面的烦恼。她是柏林一位商人的女儿，有位风流倜傥的骠骑兵爱上了她，他还是位 von②呢；可是小伙子的父母反对儿子跟一个像她这种身份的女子结婚，她被送到海德堡来，就是为了好把对方给忘掉。可她这辈子是绝不可能把他忘掉的，而且还不断地跟他鸿雁往返，而小伙子也一直都在尽一切努力劝说他那不可理喻的父亲回心转意。她把这一切都告诉了菲利普，满面绯红，娇声叹息，还把那位热情奔放的中尉的照片拿给他看。教授夫人家里的所有姑娘当中，菲利普最喜欢的就是她，出去散步的时候总是尽量挨着她。别人打趣他不该把自己的偏爱表现得如此明显，把他羞得面红耳赤。生平第一次，他向黑德维希小姐做了表白，但不幸的是完全事出意外。事情的经过是这样的：傍晚如果不出去的话，姑娘们就在遍覆绿色天鹅绒的客厅里唱唱歌，而一向以助人为乐的安娜小姐总卖力地为她们伴奏。黑德维希小姐最喜欢的一首歌叫 *Ich liebe dich*③；有天晚上，她唱完那首歌以后，菲利普和她一起来到阳台上，望着天上的星星，他突然想要谈一下自己对这首歌的感受。他开始说：

---

① 斯劳（Slough），英格兰伯克郡的区和自治市，位于大伦敦都会区西缘。
② 德语：冯。用在姓氏前，是日耳曼贵族的标志。
③ 德语：《我爱你》。

"Ich liebe dich."

他的德语磕磕绊绊的，一边还在四下寻找他需要的词汇。他其实只停顿了一刹那的时间，可在他继续讲下去之前，黑德维希小姐却已经开口了：

"Ach, Herr Carey, Sie müssen mir nicht 'du' sagen.[①]"

菲利普感觉浑身上下一阵燥热，因为他是无论如何都不敢做出这等亲昵放肆的事的，他一时间想不出到底该说什么。如果解释说他刚才不是在表达一种观点，只不过是提到一首歌的名字，那就未免太失礼了。

"Entschuldigen Sie，"他说。"请您原谅。"

"没关系。"她轻声道。

她嫣然一笑，悄悄抓住菲利普的手，紧握了一下，然后就转身回客厅了。

第二天，他实在是感觉难为情，都没办法跟她说话了，羞惭中想尽一切可能避开她。姑娘们像往常那样邀他一起去散步的时候，他借口还有工作要做，婉言谢绝了。不过黑德维希小姐抓住一个没有旁人的机会对他说：

"您为什么要这样做呢？"她和颜悦色地说，"要知道，我并没有因为您昨晚说的话生气呀。如果您爱上了我，那是您自己都无法自控的事。我备感荣幸呢。可是，尽管我还没有跟赫尔曼正

---

① 德语：啊呀，凯里先生，您对我说话时不该用第二人称单数。在德语中，用第二人称单数du（你）称呼对方表示关系亲昵、熟不拘礼，或者长对幼、上对下。黑德维希小姐的意思是说，菲利普应该像她对他那样，用sie（您）来称呼她。

式订婚，我是绝不会再爱上别的人了，我已经把自己看作他的新娘了。"

菲利普的脸又红了，不过他装出一副求爱遭拒的情人的神情。

"希望您得到幸福。"他说。

二十四

　　埃林教授每天给菲利普上一堂课。他给菲利普开了一份阅读书目，为最后研读《浮士德》做好准备，与此同时，他别出心裁地让菲利普从阅读莎士比亚剧作的一个德译本开始，而莎剧他在学校里都已经学过了。在当时的德国，歌德正处于其声誉的顶峰。尽管对于爱国主义他一直秉持一种屈尊俯就的态度，他已经被尊奉为国民诗人，而且俨然被奉为普法战争以来最能体现民族统一的至高荣耀。充满爱国热情的国民在听到格拉沃洛特①的隆隆炮声以后，就像是沉迷于Walpurgisnacht②的癫狂中一样。不过，一位作家之所以伟大，其标志就在于不同的心灵能在他那儿得到不同的启示；而憎恶普鲁士人的埃林教授对歌德怀有无比热烈的倾慕之情，是因为他那些崇高而又肃穆的作品为清明的心智提供了

---

① 格拉沃洛特（Gravelotte），法国东北部洛林地区的一个村庄，一八七〇年八月十八日普军于此大败法军。

② 德语：瓦普几司之夜。即五月一日前夜，据德国的民间传说，在这一夜，女妖们在布罗肯山上跳舞。歌德的《浮士德》第二部曾予详细描写。

唯一一个抵御当代人野蛮进击的避难所。有一位剧作家近来在海德堡名噪一时，去年冬天他的一部剧作在剧院上演时，他的拥护者欢呼喝彩，而正派人士则报以一片嘘声。在教授夫人的长桌旁，菲利普不止一次听到大家对这出戏的讨论，逢到这种场合，埃林教授就会一反他沉着冷静的常态，他会用拳头捶打桌子，他那动听的低沉嗓音一变而为咆哮，把所有反对的意见统统压倒。那全是胡说八道，是淫秽下流的胡说八道。他强迫自己坐在那儿把戏看完，但他都不知道他的感受更多的是厌烦呢，还是恶心。如果往后的戏剧都会成为这副样子，那还不如趁早把警察叫来，把戏院都关掉的好。他并不是个假正经的迂夫子，面对王宫剧院上演的闹剧中那些伤风败俗的诙谐桥段，他能和任何人一样捧腹大笑，但这出戏里面，除了肮脏下流的东西以外，什么都没有。他做出一个断然的手势，捏住鼻子，从牙缝里嘘出一声口哨。那出戏就是家庭的毁灭，德行的沦丧，德国的瓦解。

"Aber, Adolf,[①]"教授夫人从桌子的另一端说，"镇静，镇静。"

他冲她挥了挥拳头。他原是个最温文随和的人，事先不跟太太商量是绝不敢贸然采取任何行动的。

"不，海伦妮，我把话撂在这儿，"他喊道，"我宁肯让我的两个女儿死在我脚边，也绝不让她们去听那个无耻之徒的无稽之谈。"

那出戏是《玩偶之家》，剧作家是亨里克·易卜生。

---

① 德语：哎呀，阿道夫。

埃林教授把他和理查德·瓦格纳归为一类，但他谈到后者时却并不生气，只是好性儿地一笑置之。他是个江湖骗子，不过是个成功的江湖骗子，单凭这一点就颇有几分喜剧色彩，足以博人一乐了。

"Verrückter Kerl! 一个疯子！"他说。

他看过 *Lohengrin*[①]，还算过得去。有些沉闷，仅此而已。但是 *Siefried*[②]！一提到这出歌剧，埃林教授就把头往手上一靠，哈哈大笑。从头到尾连一个旋律都没有！他能想象得到：坐在包厢里的理查德·瓦格纳如果看到所有的观众都在舞台下面俨乎其然地正襟危坐，还不把肚子都笑痛了。这真是十九世纪最大的恶作剧。他把面前的那杯啤酒举到唇边，一仰头，一饮而尽。然后用手背抹了抹嘴巴，说：

"我可以告诉你们这帮年轻人，用不着等到十九世纪结束，瓦格纳就会被人完全忘记。瓦格纳！我宁愿拿他所有的作品去换唐尼采蒂[③]的一部歌剧。"

---

① 德语：《罗恩格林》。瓦格纳创作的三幕浪漫歌剧。

② 德语：《齐格弗里德》。瓦格纳代表作《尼伯龙根的指环》四部曲的第三部。

③ 唐尼采蒂（Gaetano Donizetti，1797—1848），意大利歌剧作曲家，作品以曲调优美著称，一生创作歌剧六十余部，著名的有《拉美莫尔的露契亚》《唐·帕斯夸莱》等。

二十五

　　在菲利普的这些教师当中，最怪的当属他的法语老师。迪克罗先生是位日内瓦的公民。他是个高个子的老人，面色灰黄，两颊凹陷，灰白的头发又稀又长。他一身破旧的黑衣，上衣的肘部磨出了破洞，裤子也已经经纬毕露。他的内衣很脏，菲利普还没见过他的衣领什么时候干净过。他是个寡言少语的人，上起课来尽职尽责，但没有任何热情，他准时到达，到点离开，分秒不差。他授课的费用极低。他不爱讲话，菲利普对他的了解都是从别人那儿听来的。看来，他曾和加里波第[1]并肩战斗，一起反对过教皇的统治，但当他看清楚了他所有争取自由的努力——他所谓的"自由"，就是建立一个共和国——其结果无非是换了一副枷锁而已，他便满心厌恶地离开了意大利。后来又不知道因为犯了什么政治罪，被逐出了日内瓦。菲利普看待他的心情是既困惑又惊讶，

---

[1]　加里波第（Giuseppe Garibaldi，1807—1882），意大利民族解放运动领袖，参加反对奥地利的独立战争，领导罗马共和国的保卫战，组织红衫军，解放西西里和那不勒斯。

因为他跟他心目中革命者的形象可是大相径庭：他讲话的声音非常低沉，待人接物特别客气；人家要是不请他坐下，他就一直站着；偶尔在大街上遇到菲利普，他总是煞有介事地摘帽致意；他从没有开怀大笑过，甚至都从没有露出过一丝笑意。换了个比菲利普更有想象力的人，会把当年的迪克罗想象成一位满怀远大抱负的年轻人，因为他想必是在一八四八年长大成人的，那个时候的国王们一想到他们那位法国兄弟①的下场，便如芒刺在背，惶惶不可终日；而且，那股席卷了整个欧洲的渴求自由的激情，涤荡了在一七八九年大革命之后的反动逆流中重新抬头的专制和暴政的污泥浊水，同时也在每个人的胸中燃起了无比炽热的烈火。你不妨可以这样想象：他满怀对人类平等和人权的热情信念，和别人探讨、争论，在巴黎的街垒后面战斗，在米兰的奥地利骑兵前飞奔，在这里受到监禁，在那里遭到驱逐，始终怀揣着希望，支撑着他的始终是"自由"这个似乎拥有魔力的字眼。直到最后，病痛、饥饿和衰老终于压垮了他，除了给几个穷学生上几节课以外，再无其他勉强维持生计的办法，而且只能托庇在这个干净整洁的小城里，置身于比欧洲任何一个地方都更为暴虐的个人专制的统治下。或许，他的寡言少语之下隐藏着的是对人类的蔑视，因为他们已经彻底抛弃了他年轻时代的那些伟大的梦想，现在就只知道在那种疲弱懒散的安适中猪一样地打滚；又或许，这三十年来的革命实践已经使他明白，人类根本就不配享有自由，他已

①　指在一八四八年革命中被推翻的法国七月王朝国王路易·菲利普。

经把自己的一生都浪掷在根本就不值得去探求的目标上了。再不然，他已经身心俱疲，只是在漠然地等待着死亡带来的解脱。

有一天，出于他那个年纪特有的不知深浅，菲利普问起他是不是当真曾是加里波第的战友。老人似乎一点都没把这个问题看得有多重要。他用一贯低沉的声音，非常平静地回答道：

"Oui, monsieur.①"

"他们说你参加过巴黎公社？"

"他们这么说吗？咱们开始上课好吗？"

他把课本打开，菲利普被吓坏了，开始翻译那段他已经准备好的课文。

有一天，迪克罗先生像是处在极大的痛苦中。他几乎连楼梯都爬不动了，终于挪到菲利普的房间以后，他沉重地往椅子上一坐，灰黄的脸都变了形，额头上沁出豆大的汗珠，努力想恢复过来。

"恐怕您是病了吧。"菲利普说。

"不碍事。"

但菲利普看出他其实痛苦不堪，上完那堂课以后，就问他是不是最好先歇几天，等身体好些了再继续上课。

"不，"老人说，声音仍旧平稳而低沉，"我觉得还行，课还是照常上下去吧。"

菲利普在不得不提到钱的时候总是非常地窘迫紧张，这时候

_____

① 法语：是的，先生。

166

世上只有两样东西使我们的生活尚值得一过，
那就是爱与艺术。

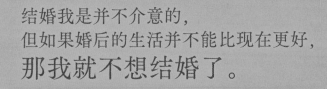

结婚我是并不介意的，
但如果婚后的生活并不能比现在更好，
那我就不想结婚了。

一个人唯有铁了心
一定要做成一件事，
才能够真正做成这件事。

拖延就是对
时间的偷窃。

这世间最罕见的
就是所谓"正常"。
每个人都有他的缺陷，
或是身体上的，或是精神上的。

脸涨得通红。

"但这不会对您有什么影响的，"他说，"上课费我会照付的。如果您不介意的话，我想现在就把下个礼拜的费用预先付给您。"

迪克罗先生每小时的课费只要十八便士。菲利普从口袋里拿出一枚十马克的硬币，羞怯地把它放在桌子上。他怎么也没有勇气把钱塞到老人的手里，就好像他是个乞丐似的。

"既然如此，我想我就等身体好些以后再来吧。"他收下了那枚硬币，仍旧像往常那样向菲利普深鞠一躬后就告辞了，再无更多的表示。

"Bonjour, monsieur.[①]"

菲利普隐隐有些失望。想到自己如此慷慨解囊，迪克罗先生应该对他千恩万谢、感激涕零才对。哪知这位老教师接受这份馈赠倒仿佛是理所应当似的，这真让他大感意外。他太年轻了，还不懂得受惠者知恩图报的心情是远不及施惠者的施恩图报的。迪克罗先生再次出现已经是五六天之后了。他的步履愈发蹒跚，身体显得非常虚弱，不过像是终于从一场重病中缓了过来。他仍旧像过去那样不爱说话。他还是那么神秘、疏远、邈遥。一直等到课上完了，他才提到了自己的病况；然后，就在他起身告辞，已经把门打开的时候，突然又站住了。他犹豫起来，像是有什么难言之隐。

"要是没有您给我的那笔钱，我早就饿死了。这段时间我是全

---

① 法语：日安，先生。

167

靠它才熬过来的。"

　　他庄重而又恭顺地深鞠一躬，走出门去。菲利普觉得嗓子眼里有点哽住了。他像是多多少少体会到了这位老人的拼死挣扎是何等绝望和悲苦，意识到了对自己来说如此美好的生活，对他来说是何等地艰难困苦。

二十六

　　菲利普在海德堡已经待了有三个月了，有天早上，教授夫人跟他说有个姓海沃德的英国人要住到他们这里来，当天傍晚吃晚饭的时候，他就看到了一张新面孔。这几天以来，这户人家都一直处在一种兴奋的状态中。首先，经过低声下气的恳求、遮遮掩掩的威胁，以及天知道什么样的阴谋诡计之后，跟特克拉小姐订过婚的那个英国年轻人的父母，总算是已经邀她去英国跟他们见面了。她动身时特意带上了一本水彩画册，以显示自己如何多才多艺，还有一扎情书，以证明那年轻人在情爱中陷溺得有多深。一周以后，黑德维希小姐又面带灿烂的微笑宣布说，她爱的那位轻骑兵中尉就要偕同父母一起到海德堡来了。中尉的父母一则是拗不过宝贝儿子的死缠烂打，再则也对黑德维希小姐的父亲主动提出的丰厚嫁奁颇为动心，就同意到海德堡来走一遭，认识一下这位少女。会面的结果尽如人意，黑德维希小姐心满意足之余，特意把她的情郎领到**城市公园**，让埃林教授夫人家里的所有人都一睹他的风采。一直挨着教授夫人在餐桌上首就座的那几位

169

端庄沉静的老太太，居然也开始坐立不安，当黑德维希小姐说她马上就要动身回家去举行正式的订婚仪式时，教授夫人不计成本地宣称，她要请大家共饮Maibowle①。埃林教授颇以自己调制这种温和的混合酒的手艺而自豪，晚饭后，客厅的圆桌上就隆重地摆上了一大碗掺了苏打水的干白葡萄酒，上面还飘着香气四溢的香草和野草莓。安娜小姐拿菲利普打趣，说他的情人就要抛下他走了，菲利普感觉很不自在，无比惆怅。黑德维希小姐唱了好几首歌，安娜小姐演奏了《婚礼进行曲》，就连教授也亲自献声，演唱了 Die Wacht am Rhein②。在这一片欢乐的气氛当中，菲利普对这位新来的房客没怎么留意。吃饭的时候他们俩是对面坐着的，不过菲利普忙于和黑德维希小姐温言絮语，而新房客又由于不懂德语，只能一语不发地吃饭。菲利普呢，只因为留意到他系了条浅蓝色的领带，就对他陡生反感。这人有二十六岁，非常俊美，一头波浪形的长发，经常不经意地用手抚弄一下。一双蓝色的大眼睛，但是那种很浅的蓝色，而且已经显得颇有几分倦意。胡子刮得很干净，他的嘴虽然嘴唇甚薄，但唇形很美。安娜小姐对于面相学很有兴趣，事后她提醒菲利普去注意一下此人的颅骨形状生得有多美，他脸的下半部显得又是何等柔弱。那个头颅，她评论道，是一位思想家的头颅，但那个下巴却缺乏个性。安娜小姐已经注定了要当一辈子老处女，生着一副高高的颧骨和一个巨大而又丑

①　德语：香车叶草酒。德国一种历史悠久的低度调制酒：将白葡萄酒和气泡酒混合倒入酒碗，再加香车叶草和鲜草莓，搅匀后即可饮用。
②　德语：《守卫莱茵》。一首德国爱国颂歌，流行于普法战争和第一次世界大战期间。

怪的鼻子，对于个性特别看重。就在他们谈论他的时候，这人已经跟其他人拉开了一点距离，面带心平气和又略有点儿目空一切的神情冷眼旁观闹哄哄的这帮人。他个头很高，身材修长。他摆出一副有些刻意的优雅仪态。美国大学生里一个姓威克斯的，见他落落寡合，就走过去跟他聊了两句。他们俩形成了奇特的对照：那个美国人穿戴极为整洁，黑上衣和黑白条纹的裤子，瘦削枯干，神情举止中多少已带着点教会的热忱；那个英国人则一身宽松的花呢套装，手长脚长，举止慢条斯理。

菲利普直到第二天才和新来的房客搭上了话。正餐前，就只有他们俩待在客厅外面的阳台上。海沃德就跟他打招呼。

"你是英国人，对不对？"

"是的。"

"这儿的伙食总是像昨晚的那么差吗？"

"差不多总是这样吧。"

"糟透了，不是吗？"

"糟透了。"

菲利普根本就没觉得伙食有任何问题，事实上，他不但一直都吃得很多，而且吃得津津有味、不亦乐乎，但他不想显得自己一点鉴别力都没有，居然把人家觉得难以下咽的饭菜认作美味佳肴。

特克拉小姐去英国拜访未来的婆家以后，妹妹安娜就得操持更多的家务，她也就再匀不出时间经常去做长时间的漫步了。那位小脸上长着个塌鼻子、金发编成长辫子的采齐莉小姐，近来也表现出一定程度的弃绝交往、幽居独处的倾向。黑德维希小姐走了，经常陪他们一起去乡野漫步的那个美国人威克斯，也到南部德国旅游去了。很多时候就只剩下菲利普一个人待着。海沃德有心与他交结，但菲利普却生就了一种不幸的脾性：由于害羞，要么就是由于来自穴居人的某种返祖遗传，他跟别人初次认识的时候总是不喜欢人家，要一直等到真正熟悉起来了，才能克服这种最初的印象。这就使得他很不容易接近。对于海沃德的主动示好，他表现得非常羞怯，有一天，海沃德邀他一起出去散散步，他只得答应了，因为他实在想不出什么礼貌的托词来加以回绝。他照例还是那么一句歉意的表示，同时又因为无法自控的脸红而恼火，想要以一笑来遮掩过去。

"恐怕我走不了很快。"

"老天爷，我又不是要跟你赌赛看谁走得更快。我是宁可慢慢溜达的。你不记得佩特在《马利乌斯》①的一章中曾经说过，缓步徐行乃是最理想的谈话助兴剂吗？"

菲利普是个很好的聆听者；他虽也经常能想出些聪明话来说，但基本上都是事后诸葛亮，等他想到的时候，说这些妙语的时机大都已经过去了；不过海沃德却非常健谈，但凡是比菲利普更老道些的，可能都会想到他只是喜欢听自己高谈阔论、舌灿莲花而已。他那种目空一切的态度使菲利普叹赏不已。他对菲利普几乎

---

① 《马利乌斯》，全名《伊壁鸠鲁信徒马利乌斯》（*Marius the Epicurean*），是英国唯美主义批评家、随笔家和人文学者沃尔特·佩特（Walter Pater，1839—1894）宣扬其美学哲学主张的著名哲理小说。

视为神圣的那么多事物都微露鄙夷之色，对这样一个人，真不由得不让人钦佩不已，甚至满怀敬意了。他贬斥世人对于体育运动的狂热，把献身于各项体育赛事的人一概轻蔑地斥为专为追逐奖项的禄蠹；而菲利普并没有意识到的是，他不过是用对所谓高雅文化的痴迷取代了体育赛事而已。

他们溜达到了古堡那儿，在那可以俯瞰全城的露台上坐下。海德堡依偎在风景宜人的内卡河①畔，一副恬静友善的气氛。千家万户的烟囱里冒出的青烟，飘浮在古城上空，化为一片淡蓝的雾霭；高高的屋顶和教堂的尖塔，为它增添了一抹赏心悦目的中世纪情调。整座小城自有一种暖人心脾的家常气息。海沃德滔滔不绝，谈起《理查德·费沃里尔》②和《包法利夫人》，谈起魏尔兰③、但丁和马修·阿诺德④。当时，菲茨杰拉德翻译的欧玛尔·海亚姆⑤还只为特选的精英阶层所知，海沃德却能背诵给菲利普听。他

---

① 内卡河（Neckar），德国西部莱茵河右岸支流，全长三百六十七公里，源出黑森林，靠近多瑙河河源，河道曲折幽深，在曼海姆汇入莱茵河。

② 《理查德·费沃里尔》，全名《理查德·费沃里尔的磨难》（*The Ordeal of Richard Feverel*），是英国著名小说家、诗人乔治·梅瑞狄斯（George Meredith，1828—1909）以乡村为背景，以父子关系、阶级差别为主题的长篇小说，出版于一八五九年。

③ 魏尔兰（Paul Verlaine，1844—1896），法国诗人，象征主义诗歌的代表之一，诗作富于音乐性，强调"明朗与朦胧相结合"，主要作品有《感伤集》《无题浪漫曲》《智慧集》等。

④ 马修·阿诺德（Matthew Arnold，1822—1888），英国维多利亚时代的诗人和评论家，主要著作有抒情诗集《多佛滩》、叙事诗《绍莱布和罗斯托》及论著《文化与无政府状态》等。

⑤ 由英国作家爱德华·菲茨杰拉德（Edward FitzGerald，1809—1883）以完全意译的方法翻译波斯诗人欧玛尔·海亚姆（Omar Khayyam，1048—1131）的四行诗集《鲁拜集》，风靡一时，成为英国文学名著。

很喜欢背诗，不管是他自己写的还是别人写的，都以一种节奏单调、声音平板的方式念诵出来。等他们回到家里的时候，菲利普对海沃德的态度，已经从不信任，一变而为热情的仰慕了。

他们每天下午都照例要出去走一遭，菲利普不久也就了解到不少海沃德的家世背景。他父亲是位乡村法官，不久前父亲去世，留给他一笔岁入三百镑的遗产。他在查特豪斯公学的成绩出类拔萃，以至于他进剑桥的时候，三一学堂的院长居然亲自出迎，对他选择进该学院深造深表嘉许。他已经做好准备，打算成就一番辉煌的事业。他进了那些最高级的知识分子圈子，他满怀热情地阅读勃朗宁[①]，并对丁尼生[②]嗤之以鼻；他对雪莱和哈丽雅特[③]的那段悲剧姻缘的细节了如指掌；他对艺术史也涉猎颇广（他住过的几个房间的四壁上挂满了G.F.瓦茨[④]、伯恩-琼斯[⑤]

[①] 勃朗宁（Robert Browning，1812—1889），英国诗人，突破传统的题材范围，采用创新的戏剧独白形式和心理描写方法，对二十世纪诗坛有较大影响，代表作为无韵体叙事诗《指环和书》。

[②] 丁尼生（Lord A. Tennyson，1809—1892），英国诗人，其作品集中体现了维多利亚时期的情感和美学思想，一八五〇年获封"桂冠诗人"。

[③] 哈丽雅特·威斯布鲁克（Harriet Westbrook，1795—1816），英国诗人雪莱的第一位妻子，与雪莱成婚时只有十六岁，后来两人关系逐渐恶化，雪莱爱上了其精神导师葛德文的女儿玛丽，哈丽雅特也有了新的军官情人，可能是因为情路不顺，于一八一六年在海德公园投水自尽。

[④] G.F.瓦茨（George Frederick Watts，1817—1904），英国画家和雕塑家，擅长大型寓意主题画，认为艺术应宣扬普遍真理，但其作品主题充满晦涩的象征意义，常表达含混不清的、现在看来似极肤浅的抽象概念，他还以敏锐的观察力完成了同时代许多名人的肖像画，如曼宁大主教的肖像。

[⑤] 伯恩-琼斯（Sir Edward Coley Burne-Jones，1833—1898），英国画家和工艺设计家，其绘画体现了先拉斐尔派的典型风格，设计过金属、石膏等浮雕和挂毯图案等，代表作有油画《创世》《维纳斯的镜子》等。

和波提切利①画作的复制品);他自己还写过一些格调悲观、不无特色的诗篇。友朋辈都推许他天赋卓绝,预言他将来必定会有一番大作为,这些话他听来颇感受用。随着时间的推移,他俨然成为文学和艺术方面的权威。纽曼②的《自辩书》对他有不小的影响;罗马天主教信仰独具的美感对他的审美感受力颇有吸引力,若非惧怕他父亲的震怒(一个思想褊狭、感受迟钝的普通人,平时喜读麦考利③),他早就"改宗"天主教了。当他大学毕业只获得一个普通学位时,他的友朋辈都惊讶不置;而他则只是耸耸肩膀,巧妙地暗示说,他可不想充当主考人手里的玩偶。他让你感觉到,一级学位不免沾染了几分鄙俗之气。他以宽容的幽默语气描述了一次口试的情形;有位戴了个令人无法容忍的领圈的伙计问了他几个有关逻辑的问题;其过程实在是冗长乏味之至,而突然间,他注意到此公穿了双松紧口的靴子:那可真是既古怪又可笑之极,于是他的思想就开起了小差,想到了国王学院的礼拜堂那哥特之美。不过,他在剑桥也的确度过了不少愉快的时光,他请客的饭菜比他认识的任何人都更美味,他房间里的谈话经常也

---

① 波提切利(Sandro Botticelli,约1445—1510),意大利文艺复兴时期绘画大师,运用背离传统的新绘画方法,创造出富于线条节奏且擅长表现情感的独特风格,代表作有《春》《维纳斯的诞生》等。

② 纽曼(John Henry Newman,1801—1890),英国基督教圣公会内部牛津运动领袖,后改奉天主教,教皇利奥十三世任其为天主教枢机助祭,著有《论教会的先知职责》《大学宣道集》等。

③ 麦考利(Thomas Babington Macaulay,1800—1859),英国政治家、历史学家、辉格党议员,曾任职于印度总督府最高委员会,后任英国陆军大臣、军需总监,著有《英国史》《古罗马之歌》等。

令人难忘。他向菲利普引述了这样一个精妙的警句：

他们告诉我，赫拉克利特，他们告诉我你已经死了。[①]

而现在，当他再次讲述这个有关主考人和他的靴子的无比生动的小逸事时，他又笑出声来。

"当然了，这是件蠢事。"他说，"不过这件蠢事当中又自有其微妙之处。"

菲利普带点莫名的激动，觉得这可了不起了。

然后，海沃德就去伦敦攻读法律了。他在克莱门特律师会所租了几个雅致的房间，四壁都镶着护壁板，他设法把它们布置得像大学里的房间一样。他多少有点政治方面的抱负，他自认是个辉格党人，有人推荐他进入了一家虽属自由党[②]，绅士气息却很浓厚的俱乐部。他的想法是先开业当律师（他打算选择大法官法庭的业务，因为这里的案子相比都没那么野蛮），一俟各方的许诺兑现之后，就设法在某个讨人喜欢的选区谋得一个议员的席位；在此期间，他经常去歌剧院，结交了少数几个跟他趣味相投的风雅之士。他加入了一个聚餐俱乐部，俱乐部的座右铭是：全、善、美。他和一位比他年长几岁、家住肯辛顿广场的女士建立起了一

①　出自英国诗人柯利（William Johnson Cory，1823—1892）的短诗《赫拉克利特》的首句。赫拉克利特是古希腊唯物主义哲学家，辩证法的奠基人之一，认为一切都在流动变化中，"人不能两次走进同一条河流"。
②　辉格党即自由党的前身。

种柏拉图式的友谊；几乎每天下午都跟她在灯罩遮掩的烛光下一起喝茶，谈论乔治·梅瑞狄斯[1]和沃尔特·佩特。谁都知道，任何一个傻瓜都能通过律师协会的考试，所以对于学业他也就止于拖拖拉拉地敷衍了事。谁知到头来，他的结业考试居然没有及格，他把这个结果看作对他个人的侮辱。与此同时，肯辛顿广场的那位女士跟他说，她丈夫就要从印度回来休假了，她丈夫虽在各方面都值得尊敬，究属凡庸之辈，不见得能理解一位年轻人的频繁造访。海沃德觉得人生中充满了丑恶，一想到还要再次面对冷嘲热讽的主考人，内心里就一阵厌恶，他觉得干脆把脚下的球一脚踢开，倒不失为一个釜底抽薪的妙招。况且他已经债台高筑：靠一年三百镑的收入要想在伦敦过得像个绅士，实在是非常困难；他一心向往着威尼斯和佛罗伦萨，这两个城市已经被约翰·罗斯金[2]描绘得神乎其神。他觉得自己不适应法律界那粗俗的喧嚣，而且他发现，仅仅把自己的大名往大门上一挂，是不足以招徕到委托人上门的；现代的政治也貌似缺乏高尚的品格。他觉得自己是个诗人。他转让了自己在克莱门特律师会所的房间，去了意大利。他在佛罗伦萨和罗马分别度过了一个冬天，现在来到德国，过他在国外的第二个夏天，以便日后可以阅读歌德的原著。

---

① 乔治·梅瑞狄斯（George Meredith，1828—1909），英国小说家、诗人、擅长人物的心理刻画，其内心独白技巧为意识流小说的先导，主要作品有长篇小说《利己主义者》、诗集《现代爱情》等。

② 约翰·罗斯金（John Ruskin，1819—1900），英国艺术评论家、社会改革家，推崇哥特复兴式建筑和中世纪艺术，捍卫先拉斐尔派的艺术主张，反对经济放任主义，著有《现代画家》《建筑的七盏明灯》《威尼斯之石》《芝麻与百合》等。

海沃德有一个极为可贵的天赋：他对文学是真有感觉，而且能极为娴熟顺畅地将他的激情传递给别人。他能将自身跟作家完全融为一体，与其同心同感，看出他身上最好的特质，然后又能贴心贴肉地来讨论他。菲利普的阅读面也非常广泛，不过他向来都不加选择，碰到什么就读什么，现在遇到这么一位能在趣味方面对他加以引导的人，实是三生有幸。他从城里藏书很有限的公共图书馆借来各种书籍，凡是海沃德提到的作品，他都一本接一本地认真拜读。尽管读的时候也并不全都饶有兴趣，但他还是始终如一地坚持了下来。他急切地想自我提升。他觉得自己非常无知、非常浅陋。到八月底，威克斯从南德回来的时候，菲利普已经完全处在海沃德的影响之下了。海沃德不喜欢威克斯。他很瞧不上美国人的黑上衣和黑白条纹的裤子，一说起他那新英格兰的道德心就不由得轻蔑地耸耸肩。听到海沃德恶意地辱骂这样一个对他特别亲切友善的朋友，菲利普竟也暗自得意，可是反过来，只要是威克斯稍稍对海沃德出言不逊，他就马上发起了脾气。

"你这位新朋友看起来倒真像个诗人。"威克斯说，他那憔悴、悲苦的嘴角上挂了一抹浅笑。

"他本来就是个诗人。"

"是他自己这么跟你说的？在美国，我们管这种人叫废物的完美标本。"

"是吗？可我们并不是在美国。"菲利普冷冷地道。

"他有多大了？二十五？他整天除了住住膳宿公寓、写写诗以外，什么都不做。"

"你并不了解他。"菲利普激动地道。

"哦，不，我很了解他：像他这样的，我已经见到过一百四十七个了。"

威克斯的眼睛里闪着亮光，可菲利普却不懂这种美国式的幽默，扁起嘴唇，面色严峻。在菲利普眼里，威克斯已经是个中年人了，而实际上他才三十出头。他身材瘦长，像个学者一样有些弓腰驼背；他脑袋又大又丑，头发的颜色暗淡而又稀疏，皮肤土黄；他嘴唇很薄，鼻子又细又长，额骨明显往前突出，现出一副粗俗相。他态度冷静，举止一板一眼，他了无生气，缺乏激情，却有一种莫名其妙的轻薄气质，使那帮严肃认真的人颇感仓皇失措，而他出于本能又偏偏喜欢跟这么一帮人混在一起。他在海德堡攻读神学，可是另外那些同样攻读神学的同胞却对他满怀猜忌。他实在有些过于离经叛道，把他们都吓得不轻；而且他那种古怪的幽默感也使他们颇不以为然。

"你怎么可能见过一百四十七个像他这样的人？"菲利普严肃认真地问道。

"我在巴黎的拉丁区见到过他，在柏林和慕尼黑的膳宿公寓里见到过他。他住在佩鲁贾和阿西西①的小旅馆里。像他这样的人蜂拥在佛罗伦萨波提切利的名画前，像他这样的人坐满了西斯廷礼拜堂的长凳。在意大利，他葡萄酒喝得稍多了点儿，而在德国，他啤酒喝得就未免太多了。他总是欣赏正确的对象，不管这正确

---

① 均为意大利的古城。

的对象是什么东西，而总有一天，他将写出一部伟大的作品。想想看吧，足有一百四十七部伟大的作品正沉睡在一百四十七位伟大人物的心底，但不幸的是，这一百四十七部伟大的作品一部都写不出来。但这个世界呢，仍在照常运转。"

这番话威克斯说得一本正经，但在这一长篇大论结束的时候，他那双灰色的眼睛忽闪了一下，等菲利普终于明白这个美国人是在拿他开涮的时候，脸不禁涨得通红。

"你真是在胡说八道。"他恼怒地说道。

二十七

威克斯在埃林夫人家的后屋租了两个小房间，其中一间布置成客厅，用来接待个把客人是足够舒适的。也许是出于他那种顽皮的幽默感——他那些麻省坎布里奇[1]的朋友对此也是毫无办法——晚饭后他经常邀请菲利普和海沃德去他那儿闲谈。他以刻意为之的周全礼数接待他们，坚持要他们在房间里仅有的两把舒适的座椅上落座。尽管他本人是滴酒不沾，出于一种菲利普不难从中辨别出嘲讽之意的礼貌，他总把几瓶啤酒放在海沃德肘边，而且在争论正酣之时，海沃德的烟斗刚一熄灭，他就坚持要划着火柴重新为他点燃。在他们刚刚结识的时候，身为皇皇黉宫剑桥大学的一员，海沃德在毕业于哈佛的威克斯面前总摆出一副纡尊降贵的姿态；有一次谈话偶然转到了古希腊悲剧家身上，海沃德自觉对这个话题可以以权威的身份发表一番宏论，于是就摆出一副指点迷津而非交流观点的架势。威克斯面带

---

① 坎布里奇（Cambridge），美国马萨诸塞州东部城市，哈佛大学所在地。

谦恭的微笑很有礼貌地听着，一直等到海沃德全部说完；然后他问了一两个表面十分幼稚、实则暗藏埋伏的问题，海沃德不知道厉害，满不在乎地做了回答；威克斯彬彬有礼地表示了异议，接着又更正了一个事实，然后又引证了某位鲜为人知的拉丁评注家，继而又引用了某位德国权威的论断；事实已经确凿无疑：他才是个精通古典学的学者。威克斯就这么面带微笑、从容不迫、带有歉意地把海沃德所说的一切撕成了碎片；礼貌周全地充分展示了海沃德学识的浅薄。菲利普不得不承认，海沃德看起来就是个十足的傻瓜，而且到了这个时候他还不知道进退，不知道多说多错；盛怒之下他反倒越发刚愎自用：他开始强词夺理、信口开河，威克斯和颜悦色地加以纠正；他的理论推断错误百出，威克斯就证明这有多么荒腔走板。最后威克斯坦白承认，他曾在哈佛教授古希腊文学，对此，海沃德报以嘲讽的一笑。

"我早该想到的。当然了，你是像个学究那样来读希腊文学的。"他说，"而我是像个诗人那样来读的。"

"你的意思是说，你在对其本来的意义不甚了然的情况下，反倒会觉得它更有诗意吗？我还以为只有在天启宗教①中，误译才能使你的感悟更胜一筹呢。"

最后，喝完啤酒后，海沃德浑身燥热、头发凌乱地离开了威

---

① 天启宗教（revealed religion），以上帝的启示为信仰基础的宗教，与以理性为基础的宗教——自然宗教（natural religion）相对。

克斯的房间；他气愤地一挥手，对菲利普说：

"当然了，这个人就是个书呆子。对于美没有任何真正的感受。准确是办事员的美德。我们着眼的是希腊文学的精神。威克斯的态度就好比是这样的一个家伙：巴巴地去听鲁宾斯坦[①]的演奏，却抱怨他弹错了几个音符。弹错了几个音符！只要他的演奏出神入化，弹错几个音符又有什么关系？"

菲利普还不知道有多少无能之辈都在这几个弹错的音符里寻求自我安慰，对他这番话还大为钦佩呢。

海沃德虽一败涂地，但总想收复失地，扳回一盘，所以一碰到机会总忍不住跃跃欲试，所以威克斯不费吹灰之力就能把他拉进一场新的辩论。尽管他也不会不知道自己的学识跟这个美国人比起来是何其浅薄，但他那种英国式的顽固执拗，他那受了伤的虚荣心（也许这两者本来就是一码事），却不允许他放弃顽抗。不知道的，还以为海沃德真是以显示自己的无知、自满和固执己见为乐呢。只要海沃德说出什么不合逻辑的话来，威克斯三言两语就能使他论证过程中的谬误尽显无遗，在沉吟片刻以享受胜利的喜悦以后，就急忙转入下一个话题，仿佛出于基督徒的博爱之情，他必须放过那已被击败的敌手。菲利普有时候也忍不住插几句嘴，想帮他的朋友解围，但经不住威克斯的轻轻一击，马上就一败涂地了，不过不同于回应海沃德，威克斯对他的态度极为温和，就

[①] 鲁宾斯坦，应指Nicolai Grigorevich Rubinsten（1835—1881），俄国著名钢琴家、指挥家，其兄Artur Grigorevich Rubinsten（1829—1894）也是著名的指挥家和钢琴家。

连敏感得有些病态的菲利普都不觉得受到了伤害。时不时地，海沃德因为觉得自己越来越像个傻瓜，情急之下不由得恶语相向，幸亏那位美国人一直都面带微笑、客客气气，这才免于将理性的争论降格为无谓的争吵。每当在这种情况下离开威克斯的房间，海沃德总是怒冲冲地嘀咕一句：

"该死的美国佬！"

这就算是把问题解决了。对于一个无可辩驳的论点，这真是个完美的回答。

在威克斯的那个小房间里，他们尽管是以讨论各色各样的话题开始，最后总难免要转到信仰这个主题上来：学神学的学生对它有种职业的兴趣，而海沃德也欢迎这样一个不会被难以否认的事实搞得仓皇失措的题目；当个人的感觉成为评判的标准时，你自然可以对逻辑满不在乎，在你的逻辑本就是薄弱环节时，这自然是正中下怀。海沃德发现，如果不费尽唇舌，是很难向菲利普解释清楚自己的信仰的，不过不言自明的是（在菲利普看来，这也正是天经地义的），他一直都是在依法建立的教派中被抚养长大的。尽管他现在已经完全放弃了皈依罗马天主教的念头，但对这个教派他一直都抱有浓厚的同情。说起天主教来，他仍然赞不绝口，相较于英国国教那简单的仪式，他更喜欢天主教那些美轮美奂的典礼。他把纽曼的《自辩书》拿给菲利普去读，菲利普觉得这本书写得相当无趣，不过还是把它看完了。

"读它是为了它的风格，而不是为了它的内容。"海沃德说。

他满怀热情地谈起奥拉托利会①的音乐，并就焚香与虔诚的精神之关系发表了一番天花乱坠的妙论。威克斯面带一丝冷笑听着。

"你认为仅凭约翰·亨利·纽曼写得一手好英文、枢机主教曼宁那出众的仪表，就能证明罗马天主教体现了宗教的真谛，是吗？"

海沃德暗示说他的灵魂也曾历经苦恼的煎熬。有足足一年的时间他都在黑暗的大海中沉浮。他用手指抚过那头波浪形的金发，告诉他们，即使给他五百镑，他也不愿再经受一次那种精神上的苦痛了。幸运的是，他总算是抵达了平静的水域。

"可你**到底**信仰什么？"菲利普问道，他从不满足于含糊其词的说法。

"我信仰全、善、美。"

说这番话时，海沃德那漫不经心的大手长脚，再加上头部的优雅姿态，样子显得丰神俊逸，而且发音吐字也非常动听。

"你在人口普查表上就这样描述你的宗教信仰吗？"

"我讨厌僵死的定义：那么丑陋，那么人尽皆知。你要是高兴的话，我会说我信仰的就是威灵顿公爵②和格莱斯顿③先生信仰的

---

① 奥拉托利会（Oratory），罗马天主教的在俗司铎修会，清唱剧（Oratorio）即起源于该会举行的戏剧表演。

② 威灵顿公爵（Duke of Wellington，1769—1852），英国陆军元帅、首相，以在滑铁卢战役中指挥英、普联军击败拿破仑而闻名，有"铁公爵"之称。

③ 参见第十五章注。

那种宗教。"

"那就是英国国教。"菲利普说。

"哦，多聪明的年轻人！"海沃德回敬道，淡然一笑，搞得菲利普面红耳赤，因为他觉得把人家以变换措辞的方式表达的内容用直白的话给捅出来，他已经犯下了粗俗之罪。"我是属于英国国教，但我喜欢罗马教士身上的金线和绸缎，喜欢他们的独身禁欲，喜欢教堂里的忏悔室和涤除罪行的炼狱；置身于意大利大教堂的黑暗中，沉浸在香烟缭绕、神秘玄妙的气氛里，我全心全意地相信弥撒的奇迹。在威尼斯，我亲眼看到一个渔妇赤着脚走进教堂，把鱼篓放在身旁，双膝跪下，向圣母祷告；我觉得这才是真正的信仰，我也跟她一起祷告，和她一起虔信。不过，我也信仰阿佛洛狄忒、阿波罗和伟大的潘神①。"

他的嗓音悦耳动听，说话时字斟句酌；发音吐字抑扬顿挫、节奏分明。他本来还要继续说下去的，但威克斯挑这个时候打开了第二瓶啤酒。

"让我再给你倒点儿喝的。"

海沃德转向菲利普，略带点纡尊降贵的架势，令这位年轻人感佩不已。

"现在你满意了吧？"他问道。

菲利普被他搞得有点手足无措，承认他满意了。

"我可是感到有点失望，你竟然没有再增加一点佛教的禅机，"

① 分别为古希腊神话中的爱与美神、太阳神和牧神。

威克斯说，"而我得承认，我也挺同情穆罕默德的，真遗憾你竟对他完全置之不理。"

海沃德哈哈一笑，因为那天晚上他心情相当不错，他那番妙语的余音仍愉快地在耳边回响。他把那杯啤酒一饮而尽。

"我并没有指望你能理解我，"他回答道，"以你们美国人的那种冷冰冰的理解力，你们只能采取这种批评的态度。爱默生①以及所有那类的玩意儿。但到底什么是批评呢？批评纯是破坏性的；每个人都能破坏，但并非每个人都能建设。你是个书呆子，我亲爱的伙计。重要的是建设：我是富有建设性的；我是个诗人。"

威克斯看着他，目光既显得颇为严肃，同时又含有明朗的笑意。

"我想，如果你不介意我这么说的话，你是有点醉了。"

"不足挂齿，"海沃德高高兴兴地回答，"这点酒还不足以让我在辩论中压不倒你呢。不过算了，我已经剖白了自己的灵魂；现在跟我们说说你的宗教信仰到底是什么。"

威克斯把头侧向一边，看起来活像是只停在树枝上的麻雀。

"多年来我也一直都想找出这个问题的答案。我想我是个一位论派②教徒。"

---

① 爱默生（Ralph Waldo Emerson，1803—1882），美国思想家、散文作家、诗人，美国超验主义运动的主要代表，强调人的价值，提倡个性绝对自由和社会改革。

② 一位论派（Unitarian），亦称"反三一论派"，基督教派别之一，认为上帝不是三位一体而是只有一位，故名。主张耶稣只是一个伟大的神圣人物，不具有完全的神性，不承认教会有解释教义的绝对权力，声称只有《圣经》和"理性"才是信仰的基础。

"但那是不顺从国教的新教徒啊。"菲利普说。

他不明白他们俩为什么都爆发出一阵大笑：海沃德是纵声狂笑，威克斯是咯咯嗤笑。

"在英国，不顺从国教的就不是绅士了，对不对？"威克斯问道。

"喔，如果你是要我直言不讳的话，我得说的确如此。"菲利普相当气恼地回答。

他讨厌被人嘲笑，可他们偏偏又笑了起来。

"那你能告诉我，到底什么样的人才能算绅士吗？"威克斯问。

"哦，我不知道；这个大家都应该知道的。"

"你是个绅士吗？"

这一点，菲利普是从未有过任何怀疑的，不过他知道这种事是不该自我标榜的。

"如果一个人告诉你他是个绅士，那你就可以打赌他绝不是。"菲利普回嘴道。

"那我是个绅士吗？"

菲利普的诚实使他觉得很难回答，不过他天性还是很有礼貌的。

"哦，你不一样。"他说，"你是个美国人，不是吗？"

"我想我们可以这样认为，只有英国人才是绅士。"威克斯严肃地道。

菲利普没有反驳。

"你就不能说得具体点吗?"威克斯问。

菲利普涨红了脸,不过他一生气,也就顾不上他自己会不会显得很可笑了。

"我可以说得非常具体。"他想起他大伯曾说过,要花三代人的时间才能造就一个绅士:这就好比是说猪耳朵做不成丝钱包。"首先,他得是个绅士的儿子,他得上过公学,还得上过牛津或是剑桥。"

"这么说,爱丁堡大学也不行喽?"威克斯问道。

"他讲起英语来得像个绅士,他的衣着得得体合宜,如果他本人是个绅士,那他就总能辨别得出别的人是不是个绅士。"

菲利普越往下说,就越觉得自己的说法很站不住脚,但情况本来就是这样:"绅士"这个词就是他说的这个意思,他认识的每一个人也都是这么认为的。

"那在我看来,我显然不是个绅士。"威克斯说,"那我就不明白,对于我不是个国教徒你为什么会觉得那么意外了。"

"我不是很清楚,一位论派到底是怎么回事。"菲利普说。

威克斯又一次怪里怪气地把脑袋往旁边一歪:你几乎都会以为他就要像麻雀那样啁啾了。

"一个一位论派的信徒对世人相信的几乎一切事物,都万分真诚地不予采信,而对于自己都不甚了然的事物,却怀有非常认真而又持久的信仰。"

"我不明白你为什么要取笑我,"菲利普说,"我是真心想弄明白。"

189

"我亲爱的朋友，我并没有取笑你。我是经过多少年艰巨的劳动以及殚精竭虑、绞尽脑汁的钻研，才得出这样一个定义的。"

在菲利普和海沃德起身告辞的时候，威克斯递给菲利普一本平装的小书。

"我想你现在阅读法语应该没什么问题了。不知道这本书会不会引起你的兴趣。"

菲利普谢了他，接过那本书，看了下书名。那是勒南的《耶稣的一生》[①]。

---

① 勒南（Ernest Renan，1823—1892），法国哲学家、历史学家，以历史观点研究宗教，主要著作有《基督教起源史》等，尤以该书第一卷《耶稣的一生》最为著名。

二十八

　　海沃德和威克斯都没有想到，他们借以消磨无聊黄昏的那些闲谈，事后会在菲利普那活跃的大脑中得到反复的掂量和琢磨。之前他从没想到宗教信仰竟是个可能加以讨论的问题。宗教信仰对他来说就意味着英国国教，不信它的教义就是一种任性妄为的表现，不是今生就是来世，迟早都会受到惩罚。对于不信国教就得受罚这一点，他心里还是有一点怀疑的。也可能有那么一位慈悲为怀的审判官，专把地狱之火留着用来对付那些相信伊斯兰教、佛教以及其他宗教的异教徒，对那些非国教徒和罗马天主教徒则会网开一面的（虽说必要的代价也得付——他们在被迫认识到自己的错误时，得蒙受多大的耻辱！）。也有可能，祂会对那些没有机会认识真相的人心怀怜悯——这也是合乎情理的，因为尽管有传信会的各种活动，他们也不可能做到无远弗届——可如果他们明明有这样的机会，却偏偏当作耳旁风（罗马天主教徒和非国教徒显然就属于这一类），那就确实应该受到应有的惩罚。那些信奉异端邪说的人，其处境显然是非常危险的。也许并没有人用这么多话来教导菲利普，不过可以肯定他得到印象就是：唯有英国国教的信徒，才真有获得永恒幸福的可能。

有一点是菲利普确曾听到过明确的说法的，那就是非国教徒都是些邪恶、堕落之徒；但这位威克斯，尽管菲利普信的他几乎全都不信，却过着一种基督徒式的纯洁无瑕的生活。菲利普在生活中受到的关爱极少，而这个美国人却一心想要帮他，这不禁使他大受感动：有一次他因为感冒不得不在床上躺了三天，威克斯就像慈母一样地照顾他。在他身上没有一点罪恶或者邪恶的影子，而只有一片真诚和仁爱。显然，一个人是有可能既品德高尚，而又不信国教的。

另外，菲利普还被灌输了这样的一种理解方式，即有些人之所以死抱住其他的信仰不放，若非是因为冥顽不化，那就必是出于个人的私利：在他们内心深处是明知道这些信仰纯属虚妄的，他们这么做是故意想要蒙骗他人。现在，为了学习德语，他本来已经养成了礼拜天上午去路德宗①的教堂做礼拜的习惯，不过在海沃德来了以后，他又开始和他一起去望弥撒了。他注意到新教的教堂里空荡荡的，会众也都一副没精打采的样子，而耶稣

---

① 路德宗（Lutherans），亦称信义宗，基督教新教的主要宗派之一，以马丁·路德的宗教思想为依据的各教会的统称。十六世纪欧洲宗教改革运动中产生于德意志，强调"因信称义"的教义，即人在上帝面前得称为"义"（不被定罪），全凭信靠耶稣，而不在于履行教会规条，主张建立不受罗马教廷统辖的教会，并强调《圣经》的权威高于教会的权威，主要流传于德意志北部和欧洲各国。

会①的教堂里却门庭若市，礼拜者都像是在全心全意地祷告。他们看上去一点都不像是伪君子。这一对比让他大感惊讶；因为他当然知道路德宗的教义是比较接近英国国教的，由于这个原因也就比罗马天主教更加接近真理。大部分男性信众（望弥撒的以男性居多）是南部德国人；他不禁暗自揣想，他要是生在南德的话，那他肯定也会是个天主教徒的。他出生在一个罗马天主教国家的可能性就跟他出生在英国一样大；就算是生在英国，他也同样有可能生在一个卫斯理宗②、浸礼宗③或循道宗④的家庭里，他纯粹是出于运气才生在信奉法定国教的家庭里的。想到这有多险，简直把人吓得有些透不过气来了。菲利普和那个身材矮小的中国佬关系相当融洽，每天都跟他同桌共餐两次。此人姓宋，总是笑眯眯的，为人非常友善、客气。如果仅仅因为他是个中国佬，就得在地狱里油煎火烤，那也实在是够奇怪的。可是，如果一个人不论有何种信仰，都有可能获得拯救，那么信奉英国国教似乎也就没有任何得天独厚之处了。

---

① 耶稣会（Jesuits），天主教的主要修会之一，一五三四年西班牙人依纳爵·罗耀拉创立于巴黎，旨在反对欧洲的宗教改革运动，会士除严守"绝财""绝色""绝意"的"三愿"外，还应无条件效忠教皇，执行其委派的一切任务。耶稣会的反对者指责此会虚伪、阴险，是典型的伪君子，连带这个词本身都有了"阴谋家"、"诡辩家"和"伪君子"之意，故下文有"看上去一点都不像是伪君子"之语。

② 参见第六章注。

③ 参见第十五章注。

④ 循道宗（Methodists），即基督教新教卫斯理宗的别称，改宗发轫期，创始人卫斯理于英国牛津大学组织宗教小组，提倡遵循种种道德规矩，小组成员乃得绰号"循规蹈矩者"，后遂成为该宗的别称。

菲利普这辈子还没有像现在这样迷茫而困惑，他就去试探威克斯的想法。但他得万分小心，因为他对别人的嘲笑异常敏感，而这个美国人对待英国国教所采用的那种尖刻的幽默态度，让他颇为难堪。结果威克斯只得他越发不得要领。他迫使菲利普承认：他在耶稣会教堂里看到的那些南部德国人，对于罗马天主教是唯一真理的确信程度，与他对英国国教的笃信程度是不相上下的，并由此进而引导他承认，伊斯兰教徒和佛教徒也同样完全确信他们各自的信仰才是唯一的真理。由此看来，自认为正确并不说明任何问题，他们全都认为自己无比正确。威克斯完全无意于动摇这个孩子的信仰，只不过他对宗教问题深感兴趣，认为这是个极为引人入胜的话题。他说过，对世人相信的几乎一切事物，他都万分真诚地不予采信，这话确实非常准确地描述了他自己的观点。有一次菲利普问了他一个问题，那是此前他听他大伯提出来的，当时正有一部温和的对教义进行合理化阐释的作品在报上引起了热烈的讨论，在牧师公馆里大家也谈起了这个话题。

"可是你凭什么以为你是对的，而像圣安塞姆[①]和圣奥古斯丁[②]这样的人物反倒错了呢？"

"你的意思是说，他们都是非常睿智和博学之人，而你严重怀疑我是否有此资格？"威克斯问道。

---

① 圣安塞姆（St Anselm，约1033—1109），欧洲中世纪神学家、早期经院哲学的主要代表人物，一○九三年任英国坎特伯雷大主教，主要著作为《上帝为何化身为人》。
② 圣奥古斯丁（St Augustine，354—430），古罗马基督教思想家、教父哲学的主要代表，公认为古代基督教会最伟大的思想家，著有《忏悔录》《上帝之城》等。

"是的。"菲利普有些没把握地回答，因为这么一说的话，他的问题就显得有些粗鲁无礼了。

"圣奥古斯丁还相信地球是平的，而且太阳绕着地球转呢。"

"我不知道这能说明什么问题。"

"哎呀，这说明一代人有一代人相信的事情。你的那些圣人生活在信仰的年代，在那个时候，他们是不可能不相信那些对我们来说已经是绝难令人相信的事情的。"

"那你又怎么知道我们现在就掌握了真理呢？"

"我并不知道。"

菲利普就此问题思索了一会儿，然后他说：

"我看不出我们如今坚信不疑的那些事物，为什么就不会像他们过去所相信的事物一样是错误。"

"我也看不出。"

"那你怎么还能相信任何东西呢？"

"我不知道。"

菲利普问威克斯，他怎么看海沃德的宗教信仰。

"人们总是按照自己的形象来塑造神祇，"威克斯说，"他信奉的是那些诗情画意的东西。"

菲利普停顿了一小会儿，然后他说：

"我看不出一个人为什么就非得相信上帝。"

话一出口，他马上就意识到自己已经不再相信了。他好像一头扎进了冷水里，一时间气都透不过来了。他瞪着惊恐的眼睛望着威克斯。突然间他害怕起来。他以最快的速度离开了威克斯。

他想一个人待着。这是他有生以来最惊心动魄的经历。他想把这件事整个儿考虑清楚；这件事真是让人无比激动，因为这关系到他整个的一生（他觉得就此做出的决定势必深刻地影响到他今后的人生历程），稍有不慎就可能万劫不复，一失足成千古恨；可他越是前思后想，他就越是坚定；尽管接下来的几个星期里，他如饥似渴地读了好几本有助于了解怀疑主义的书籍，其结果却只是更加坚定了他本能的感受。事实上，他并不是因为这样或者那样的原因才不再相信上帝的，而是因为他从根本上就缺乏笃信宗教的气质。信仰一直都是经由外部强加给他的。那完全是由环境和榜样造成的。而新的环境和新的榜样给了他发现自我的机会。他浑不费力就抛弃了童年时代的信仰，就像脱掉一件他已不再需要的斗篷一样。没有了信仰以后，刚一开始，生活显得奇怪而又孤独，因为尽管他从来都没意识到，信仰其实一直都是一种经久可靠的支撑。他觉得自己就像是个一直依靠手杖的人，突然间要被迫只靠自己来走路了。现在感觉起来，白天像是真的更冷，夜晚也像是真的更加孤单了。但是内心的兴奋在托举着他，这像是使生活变成了一场更惊心动魄的历险；没过多久，他扔在一边的手杖，他从肩头脱掉的斗篷，就都像是他已经卸下的不堪忍受的重负了。多年来一直强加在他身上的那一套宗教仪式，就是他宗教信仰不可或缺的组成部分。他想起过去一定要他背诵的那些祈祷文和使徒书，想起在大教堂里举行的那些漫长的礼拜仪式，正襟危坐的他难受得浑身发痒，巴不得活动一下手脚；他记得在黑马厩镇的时候，晚上是如何沿着泥泞的道路走向教区教堂的，还有那幢凄凉惨淡的建筑里有多冷；他坐在里面，双脚像被冻成了冰坨子，手指僵直粗重，简直动弹不得，周围全都是润发油那恶心的气味。哦，他实在是受够了！当看到他已经从所有这一切中解脱了出来的时候，他的内心忍不住欢跳起来。

他对自己都不免感到吃惊，因为竟如此轻易地就不再相信了，他不明白之所以如此，其实是由于内在天性精微运作的结果，他只把自己已经达到的这种肯定认识归功于自己的聪明。他自得自满得都有些忘乎所以了。由于年轻气盛，对不同于自己的人生态度总是缺乏理解和同情，他不由得对威克斯和海沃德都颇为鄙夷，因为他们满足于他们称之为上帝的模糊的情感，不肯再向前跨出一步，而这一步的应该跨出在他看来又是何其显而易见。有一天，他独自一人登上一座山顶，饱览江景山色，他也不知道是为什么，江山的胜景总能让他心旷神怡、如痴如狂。时序已经是秋季，不过仍旧是好几天都是万里无云的大好天气，而且天空中似乎闪烁着一种更为璀璨的亮光：就仿佛大自然有意要把更为饱满的激情，全都倾注在这所剩无几的明朗天气里。他俯视着山下的平原，它在阳光下微微颤动，广阔无际地铺展在他面前：远处露出曼海姆高大建筑的房顶，隔得那么远的沃尔姆斯依然影影绰绰地隐约可见。而无处不在、更为耀目生辉的则是莱茵河。宽广浩渺的水面上闪烁着富丽的金光。菲利普伫立在山顶，内心无比欢欣地勃勃跳动，想到了耶稣在高山之巅曾经受过何等的试炼，那诱惑他的撒旦和他站在一起，将世上万国的荣华都指给他看。而对陶醉于眼前壮美景色的菲利普而言，就仿佛那整个世界都铺展在他面前，他迫不及待地想走到山下，去尽情享受那人世的喜乐。他已经彻底从种种有辱人格的恐惧中解脱出来，从世俗的偏见中解脱出来。他能够只管走自己的路，完全卸下了对地狱之火那难以忍受的恐惧之情。突然，他意识到他也已经摆脱了责任的重负，正是这一重负使得人生中采取的每一次行动都得考虑其严重的后果，须臾不可掉以轻心。他可以在更为轻松的空气中更加自由地呼吸了。他只需要为自己负责，为自己的所作所为负责。自由！他终于成了自己的主人。出于积习难改，他又下意识地感谢了那个他已不再相信的上帝。

欣欣然陶醉于自己的智慧和大无畏之中，菲利普深思熟虑地开始了新的生活。不过他失去信仰对他行为举止的影响，倒并不像他之前预期的那么明显。尽管他已经把基督教的教条抛到了一边，他却从未想到要去批评基督教的伦理；他仍旧接受基督教的基本道德，也确实想过，如果只因其本身的价值而身体力行，并不顾及奖惩得失，倒不失为是桩嘉言懿行。在教授夫人的家里很少有表现这种英勇气概的机会，不过他的确是比以前表现得更为真诚了一些，并强迫自己对待那几位迟钝乏味的老太太更加殷勤体贴一点，因为有时她们也会拉住他跟他攀谈几句。那些文雅的咒诅，那些激烈的形容词，这些体现我们语言特色的典型特征，之前他当作男子气概的表征曾刻意加以培养的讲话习惯，现在他是千方百计地避之唯恐不及了。

这件大事既然已经令他满意地全部解决了，他就想彻底把它抛诸脑后，但这事儿说起来容易，做起来可没那么简单；他没办法排除那些懊悔的念头，也不能完全避免那些有时候折磨着自己的疑虑不安。他还这么年轻，他的朋友又这么少，灵魂的永生不灭对他而言并无特别的吸引力，他能够没什么困难地就放弃了宗教信仰；但有一件事却使他黯然神伤：他告诉自己这完全不合情理，他试图通过嘲笑自己来摆脱这种无谓的感伤，但一想到这么一来他就再也见不到他那美丽的母亲了，他就总忍不住热泪盈眶——自从她去世以后，随着岁月的流逝，母亲对他的爱不但没有稍减，反而愈加珍贵了。似乎是出于无数虔诚敬神的祖先冥冥中对他施加的影响，有时候他不免会突然陷入一阵莫名的恐慌：也许归根结底这全都是真的呢，就在那苍穹背后，藏着一位性好猜疑嫉妒的上帝，祂会用永不熄灭的烈火来惩罚那些无神论者。碰到这样的时候，他的理智就帮不了他什么忙了，他会想象那永无止境的肉体折磨将带来多大的苦痛，他会吓得要死，他会通身冷汗淋漓。最后，他只能绝望地自言自语：

"说到底，这也不是我的错。我也不能强迫自己去信呀。要是真的有位上帝，而且他会因为我发自内心地不相信祂而惩罚我，那我也没有办法。"

二十九

　　冬天来了。威克斯到柏林听保尔森[1]讲学去了，海沃德开始考虑要去南方。当地的剧院开始了它的演出季。菲利普和海沃德出于提高德语水平这一值得嘉许的目的，每周都去看两三次戏，菲利普发现，想要精通一门语言，看戏确实比听教士布道有趣多了。他们其时正处在戏剧复兴的浪潮当中。易卜生的好几出戏都是冬季演出季的保留剧目，苏德尔曼[2]的《荣誉》当时还是一部新戏，它的上演在这座大学城里引起了最热烈的争论，有的推崇备至，有的痛加斥责。其他一些剧作家也奉献了不少受到现代思潮影响的作品，菲利普亲眼见证了一系列将人类的罪恶暴露无遗的剧作的上演。他这辈子还是头一次观看戏剧演出（一些可怜巴巴

---

[1]　保尔森（Friedrich Paulsen, 1846—1908），德国新康德学派哲学家和教育家，一八七八年荣任柏林大学哲学和教育学杰出教授，一八九六年继泽勒（Eduard Gottlob Zeller, 1814—1908）之后担任柏林大学精神哲学教授。

[2]　苏德尔曼（Hermann Sudermann, 1857—1928），德国作家，德国自然主义运动的代表人物之一，主要作品有小说《忧愁夫人》《猫径》和剧本《荣誉》《好名声》等。

的巡回剧团有时也会到黑马厩镇的礼堂来演出，可是牧师一方面是碍于自己的职业，再则也是他认为这种演出有失粗俗，所以从来都没有去看过），他不禁沉迷于舞台上所表现出来的那些强烈的情感中。一走进那家逼仄、简陋、灯光暗淡的小剧院，他内心就忍不住一阵悸动。他很快就对那个小剧团的底细了如指掌了，只要一看是由哪些演员来出演，就马上讲得出剧中人物的性格特征；不过这对他而言并没有任何影响，对他来说，那就是真正的生活。那是种奇怪的生活，黑暗而又备受折磨的生活，在其中男男女女都把内心里的邪恶暴露在冷酷无情的众目睽睽中：姣好的面容之下隐藏着堕落的灵魂；大善人拿德行当作掩盖隐秘罪恶的面具，貌似强大之徒由于自己的弱点，内心其实无比软弱；诚实君子其实腐化堕落，贞洁烈女原来淫贱下流。你仿佛置身于一个前一夜刚举行过一场纵酒狂欢的房间里：窗户在早上还没来得及打开；空气因残留的啤酒、沉滞的烟味和闪耀的煤气灯而污浊不堪。台下没有欢声笑语，至多也不过对那些伪君子或傻瓜蛋的几声窃笑：剧中的角色在自我表白时所用的那些残酷的言辞，就像是羞愤交加之下无比痛苦地从心底里硬挤出来的。

菲利普被这其中所表现的人性污秽的强度给迷住了。他像是在以另外一种方式重新来观看这个世界，而这个世界也是他急切地想要去了解的。戏演完以后，他和海沃德一起来到一个酒吧间，吃一个三明治，喝一杯啤酒。周围是三五成群的学生，说说笑笑，随处也看得到整户的人家：父亲和母亲、两三个儿子和一个女儿；有时候女儿嘴里冒出一句尖酸刻薄的话，做父亲的往椅背上一靠，开心地大笑。气氛友好而又纯真，整个环境里有一种轻松愉快的家常感觉，可是菲利普对此却视而不见。他的思绪仍旧在他刚刚看完的那出戏上打转。

"你确实觉得这就是生活，对不对？"他激动地说，"你知道，我觉得自己不能再在这儿待下去了。我想去伦敦，这样我就能开始真正的生活了。我想要实际去经验。我真是腻味透了总是在为生活做准备了：我想现在就开始。"

有时候海沃德就让菲利普一个人先回家。面对菲利普热切的追问他从不做出确切的回答，总是开心而且相当愚蠢地嘿嘿一笑，暗示这是桩浪漫的恋情；他引用几行罗塞蒂[①]的诗句，有一次还给菲利普看了一首他写的十四行诗，诗中充满了激情和华丽的辞藻、悲观和感伤的情调，全都是为一位名叫特露德的年轻女士而发的。海沃德为他那肮脏和庸俗的小小艳遇蒙上了一抹诗意的光彩，并自以为就因为他对描述自己倾慕的对象时使用了"hetaira[②]"这个词，而并没有从英语中挑选一个更为直截和贴切的字眼，他便跟伯里克利[③]和菲迪亚斯[④]搭上了关系。菲利普在好奇心的驱使下，白天曾特意去老桥头附近的那条小街上探查了一趟，据海沃德的

① 　罗塞蒂（Christina Georgina Rossetti, 1830—1894），英国先拉斐尔派女诗人，其抒情诗既富有感官上的审美情趣又充满宗教感，作品有童话诗《妖魔集市》、讽喻长诗《王子的历程》等。
② 　这个源自希腊语的词特指古希腊的高等妓女、交际花、妾。
③ 　伯里克利（Periclēs, 约前495—前429），古希腊雅典政治家、民主派领导人，后成为雅典国家的实际统治者，其统治时期成为雅典文化和军事上的全盛时期。
④ 　菲迪亚斯（Pheidias, 约前490—约前430），古希腊雅典雕刻家，主要作品有雅典卫城的三座雅典娜纪念像和奥林匹亚宙斯神庙的宙斯坐像，原作均已无存。

菲利普……去老桥头附近的那条小街上（探查了一趟）。

说法，特露德小姐就住在街上那几幢装着绿色百叶窗的干净齐整的白房子里；可是从那些门里面走出来的女人，个个都满脸凶相，涂脂抹粉，冲着他吆五喝六，真把他吓得够呛；她们还伸出粗壮的双手想把他拉住，这么一来他只得仓皇逃窜了。他所渴望的首要的一点就是人生的阅历，他觉得自己很荒唐可笑，因为到了他这把年纪，他还没有享受到在所有的小说里面都教导他是人生最重要的那样东西[①]；但他不幸就是拥有那种能看穿事物的本来面目的禀赋，而摆在他面前的现实跟他梦境中的理想，实在是有霄壤之别。

他还不知道，在人生的旅途上你得越过多么广阔的一大片荒芜而又险峻的旷野，才能抵达接受现实的成熟境地。所谓"青春就是幸福"的说法纯属幻觉，是青春已逝之人的幻觉；而年轻人知道他们是不幸的，因为他们的头脑中充满了灌输给他们的不切实际的理想，每次他们只要和现实一接触，总会被碰得头破血流。看起来他们就像是一种共谋的牺牲品；因为他们读的书都是经过了必要的遴选，长辈们跟他们谈话时都是透过一层健忘的玫瑰色薄雾来回顾当年的，所以全都无比完美理想，为他们展现出来的都是一种不真实的生活图景。他们必须依靠自己去发现：所有他们读过的书，所有他们接受的教导，全都是谎言、谎言、谎言；而每一次的发现，都是往那个已经被钉在生活的十字架上的身躯里再敲进又一颗钉子。最奇怪的是，每一个曾经历过这一苦痛的

---

① 即性爱。

幻灭过程的人，由于受到内心深处比他自己都更强大的力量的驱使，反过来又在无意识地继续强化这一幻灭的过程。对菲利普来说，再没有比跟海沃德为伍更为糟糕的事情了。海沃德是个自己什么都看不见的人，看任何东西都只能将其放在一种文学的氛围当中，他的危险性在于，他对自己的欺骗已达到了真心诚意的地步。他真诚地错把耽于声色当作浪漫情怀，将优柔寡断当作艺术气质，将无所事事当作哲人的淡泊宁静。他心智平庸，却力求高雅，在他眼里，任何事情都笼罩在一团多愁善感的金色迷雾中，轮廓变得模糊不清，所以都比实际的尺寸略大了一些。他满口谎言，却从不知道自己在撒谎，当别人点破他时，他却说谎言是美的。他是个理想主义者。

三十

    菲利普心神不宁、怏怏不乐。海沃德那些富有诗意的暗示害得他想入非非，他的灵魂渴望着浪漫的情爱。至少对自己，他是这么表述的。

    碰巧埃林夫人的公寓里发生了一桩事件，使菲利普对性爱问题的关注变本加厉了。有两三次，他在山间散步的时候遇到采齐莉小姐也独自一人在那儿溜达。经过她时，他躬身致意，继续朝前走上几步就又见到了那个中国佬。当时他并没有多想，可是有天傍晚，夜幕已经降临以后，他在回家的路上经过了两个紧靠在一起的行人。听到他的脚步声以后，他们飞快地分开，虽然在黑地里看不太清楚，但他几乎可以肯定那就是采齐莉和宋先生。他们那个迅速分开的动作说明他们原本是手挽着手走在一起的。菲利普既感到困惑不已，又感到惊讶不置。他从来就没太注意到这位采齐莉小姐。她是个相貌平平的姑娘，脸方方的，眉眼并不出众。她不会超过十六岁，因为她仍旧把一头长长的金发编成一条大辫子。那天晚上吃晚饭的时候，他好奇地打量着她；而她呢，尽管近来在饭桌上很少开口，这会儿却主动跟他攀谈起来。

"你今天到哪儿去散步了，凯里先生？"她问道。

"哦，我朝王座悬崖那儿走了一程。"

"我没出去，"她主动说起，"头有点儿疼。"

坐在她身边的中国佬这时转过脸来。

"真是遗憾，"他说，"希望你这会儿好点了。"

采齐莉小姐显然还是放心不下，因为她又对菲利普说：

"路上遇到过很多人吗？"

因为要睁着眼说瞎话，菲利普不由得面红耳赤。

"没有。我连个人影都没见着。"

他感觉有一丝宽慰的神情从她眼睛里掠过。

但没过多久，他俩之间的这点事儿就已经再无疑义了，教授夫人公寓里的其他人，也都看到了他们躲在暗处鬼鬼祟祟地不知道在干吗。在餐桌上首就座的那几位老太太已经开始把这件事当作丑闻来讨论了。教授夫人气恼而又心烦，只不过假装什么也没看见罢了。时节已届隆冬，要想让她的公寓里住满房客可不比夏天那么容易了。宋先生是位不可多得的好主顾：他在底层租了两个房间，每顿饭都要喝一瓶摩泽尔葡萄酒。教授夫人每瓶收他三马克，有不少赚头。她的其他房客都不喝葡萄酒，有的连啤酒都不喝。她也不希望失去采齐莉小姐，她父母都在南美经商，为了酬报教授夫人慈母般的照顾，支付的费用也是相当慷慨；而且她知道，如果她写信给住在柏林的采齐莉的叔叔，他马上就会把她带走的。于是，教授夫人只能满足于在饭桌上狠狠地瞪他们俩几眼，虽然她不敢得罪那中国佬，至少可以对采齐莉恶语相向，多少发泄一下心头的怒气。可那三位老太太却不肯善罢甘休。三人当中有两位是寡妇，一位是个相貌相当英武的荷兰老处女；她们三位付的膳宿费最少，惹的麻烦最多，不过她们是老死都要一直住在这儿的，对她们也就不得不将就一些。她们去找教授夫人，跟她说一定得采取点什么措施了；这实在是不成体统，整个公寓的名声都要给败坏了。教授夫人使出浑身解数，先是不为所动，继而勃然大怒，最后痛哭流涕，但仍不是那三位老太太的对手，最后，只得猛然摆出一副疾恶如仇、义愤填膺的架势，说她马上就采取断然措施，将这一丑事彻底了断。

午饭后，她把采齐莉叫到自己的卧室，开始正言厉色地跟她谈话；但令她吃惊的是，那姑娘居然摆出一副无所顾忌的架势，说她愿意干吗就干吗，如果她高兴和那个中国佬一起出去散步，这完全是她自己的事，她看不出这跟别人有什么相干。教授夫人于是就威胁要给她叔叔写信。

"那海因里希叔叔就会把我送到柏林的某户人家去过冬，我倒是求之不得呢。而且宋先生也会到柏林来的。"

教授夫人就哭了起来。眼泪沿着她那粗糙、通红的胖腮帮子滚下来；采齐莉却在一旁嘲笑她。

"这就意味着，整个一冬这儿都会有三间房子空着了。"她说。

教授夫人见一计不成，就再生一计，硬的不行来软的。她试图打动她良善的天性：说她善良、懂事，知道忍让，她不再拿她当小孩子来看待了，她要当她是个大人来跟她商量。她说如果不是那个中国佬，事情也就没这么可怕了，你看看他那焦黄的皮色，那扁塌塌的鼻子，还有那双小猪眼睛！正是这一点才使得事态如此糟糕的。一想到他那副尊容，你就忍不住要恶心。

"Bitte, Bitte,①"采齐莉说，忍不住深吸了一口气，"我不要听任何针对他的坏话。"

"但你跟他不是认真的吧？"埃林夫人倒吸了一口冷气。

"我爱他。我爱他。我爱他。"

"Gott im Himmel②!"

教授夫人既惊恐又惊讶地紧盯着她；她原以为这不过是小孩子的淘气，不过是天真的胡闹；可是她语气中的真情流露已经把一切都揭示得明白无误了。采齐莉目光灼灼地看了她一会儿，然后耸了耸肩膀，离开了她的房间。

埃林夫人绝口不提她们这次谈话的细节经过，一两天后，她改变了一下餐桌的座次。她问宋先生是否愿意坐到她这一头来，一贯那么彬彬有礼的宋先生表示欣然接受。而采齐莉对这一改变也满不在乎。可是既然他们之间的关系在公寓里已然是人尽皆知，他们像是变得更加恬不知耻了，他们现在外出散步已经不再偷偷摸摸，每天下午都大模大样地一起去山上溜达。很明显，他们已经不在乎别人怎么说他们了。最后，就连禀性沉静的埃林教授都沉不住气了，他坚持要他妻子去和那个中国佬谈谈。她把宋先生

① 德语：求求你，拜托你。
② 德语：天堂的上帝啊。

拉到一边对他好言相劝，说他这样等于是在毁了那个姑娘的名声，是对整个公寓都造成了伤害，他必须明白他的行为是多么错误、多么邪恶。但对这一切，宋先生统统面带微笑地矢口否认：他不知道她在说些什么，他从来就没有特别关注过这位采齐莉小姐，从来没有跟她一起散过步；这全都是不实之词，纯属子虚乌有。

"Ach[①]，宋先生，你怎么能这么说呢？人家看到你们在一起可是不止一次了。"

"不，你搞错了。这是不实之词。"

他始终面带微笑地看着她，露出一口整齐、洁白的小小的牙齿。他镇定如常。他否认一切。他蔼然可亲、厚颜无耻地一概加以否认。最后，教授夫人都忍不住发火了，说那姑娘已经承认爱上他了。他仍旧不为所动。他继续面带微笑。

"胡说！胡说！这全是不实之词。"

她从他嘴里什么都得不到。天气变得很糟，又是下雪，又是霜冻，然后是冰雪融化，继之以一连串阴沉单调的日子，这种日子外出散步也变得毫无乐趣可言。有天傍晚，菲利普刚上完了教授先生的德语课，在客厅里站下跟埃林夫人说了几句话，安娜突然急匆匆地跑了进来。

"妈妈，采齐莉在哪儿？"她说。

"应该在她房间里吧。"

"她房间里没有灯光。"

---

① 德语：啊呀，天哪。

教授夫人一声惊叫，惊惶失措地看着她女儿。安娜脑子里转的念头也飞快地在她脑际闪过。

"打铃叫埃米尔到这儿来。"她嘶声道。

埃米尔就是那个傻乎乎的笨小子，他负责伺候餐桌，大部分家务活也都是他干。他走了进来。

"埃米尔，下楼去宋先生的房间里看看，进去的时候不需要敲门。里面要是有人，你就说是要照看一下火炉。"

埃米尔那张迟钝冷漠的脸上，没有一点惊讶的表示。

他慢吞吞地走下楼去。教授夫人和安娜就让客厅的门开着，侧耳细听。不一会儿，她们便听到埃米尔走上楼来的脚步声，她们赶紧把他叫住。

"里面有人吗？"教授夫人问。

"有，宋先生在屋里。"

"就他一个人吗？"

他一咧嘴，露出一丝狡黠的微笑。

"不，采齐莉小姐也在那儿。"

"哦，真丢人现眼。"教授夫人叫道。

埃米尔的嘴巴已经咧得很大了。

"采齐莉小姐每天晚上都在那儿。她一待就是几个钟头。"

教授夫人开始使劲地扭绞自己的两只手。

"哦，真是太可恶了！可你干吗不早告诉我？"

"这不关我的事。"他回答道，慢吞吞地耸了耸肩膀。

"他们大概给了你不少赏钱吧。走开。走。"

他笨绰绰、趔趔趄趄地朝门口走去。

"一定得把他们撵走了，妈妈。"安娜说。

"那谁来付房租呢？而且马上又要交税了。一定得把他们撵走，你说得倒轻巧。他们要是走了，我拿什么来付账啊。"她转向菲利普，泪如雨下。"Ach，凯里先生，你不会把听到的这些话讲出去吧？要是让弗尔斯特小姐知道了，"——就是那位荷兰老处女——"要是让弗尔斯特小姐知道了，她马上就会离开这儿的。要是他们都走了，咱们就只能关门大吉了。我是没办法再维持下去的。"

"我当然是什么都不会说的。"

"她要是还留下来，我是再也不会跟她说一句话了。"安娜说。

那天傍晚吃晚饭的时候，采齐莉小姐准时出现，脸比平常更红了一些，一股子执拗的神情。宋先生却没露面，菲利普一时间还以为他是在逃避这场难熬的考验呢。最后他还是来了，满脸堆笑，连连为自己的迟到道歉，那双小眼睛滴溜溜乱转。他仍一如既往，坚持要给教授夫人倒一杯他的摩泽尔葡萄酒，另外还给弗尔斯特小姐也倒了一杯。屋里热得很，因为炉子已经烧了一整天，窗户又基本上不开。埃米尔笨手笨脚地来回张罗，居然也按部就班很快为每个人端上了饭菜。那三位老太太一言不发地端坐着，一脸不满意、不赞成的神情；教授夫人几乎还没从那场痛哭流涕中恢复过来；她丈夫则是默不作声，眉头紧锁。大家都没有开口说话的心思。菲利普觉得，在这帮每天都跟他同桌就餐的人身上，似乎有种可怕的东西；在那两盏吊灯的映照下，他们就像是跟之前的样子有些两样了；他隐隐地感到一种惶恐不安。有一次，他偶然对上了采齐莉的目光，他感觉她看他的眼神里充满了仇恨和蔑视。屋里的气氛简直让人窒息。就好像那对情人的兽欲搅得大家全都心神不安了；有一种东方式的堕落感；有一种燃香的隐约气息，一种邪恶暗藏的神秘气氛，似乎使得大家都有些透不过气来。菲利普能够感觉到前额上的脉管在跳动。他也搞不清楚到底是种什么样的奇怪情感搅得他如此心烦意乱；他像是感觉到有某种东西异常强烈地诱引着他，而同时又引起他的排斥感和恐惧感。

　　这种情况又延续了好几天。因为都感觉到这种不自然的情欲，整个气氛沉滞而又压抑，这个小小的寓所里所有人的神经都绷得紧紧的。唯有宋先生丝毫不受影响；他一如既往地满面笑容、蔼然可亲、彬彬有礼：你也说不清楚他这种态度究竟算是文明的胜利呢，还是身为东方的代表对被彻底击败的西方世界的一种轻蔑的表示。采齐莉扬扬自得而且态度乖戾。最后，就连教授夫人对这种局面也无法再忍受下去了。她突然间大为恐慌，因为埃林教授曾残酷而又坦白地警告过她这一如今已人尽皆知的私通事件可能引起的后果，她会眼看着她在海德堡的好名声连同她这幢寄宿公寓的良好声誉，都被这桩再也掩盖不住的丑闻给彻底断送的。出于某种原因，也许是被眼前的利益迷住了心窍，她竟一直都没意识到这种可能性；而现在，她又因极度的恐惧而方寸大乱，几乎忍不住立刻就要把这个姑娘逐出门庭。幸亏安娜还算有点见识，给采齐莉那位住在柏林的叔叔写了封措辞谨慎的信，建议他把侄女给领走。

不过，既然已经横下心来牺牲掉这两位房客了，教授夫人就再也按捺不住强忍了这么久的怒气，非要痛痛快快地发泄一番才算心满意足了。现在对于采齐莉，她是高兴怎么说就怎么说。

"我已经给你叔叔写了信，采齐莉，要他把你给带走。我不能再让你在我的家里待下去了。"

注意到那姑娘的脸唰的一下变得惨白，她那双圆圆的小眼睛都放出光来了。

"你真是恬不知耻。恬不知耻。"她又继续说。

她对她恶语相向。

"你都对我海因里希叔叔说了些什么，教授夫人？"那姑娘问道，原先那种得意扬扬、我行我素的态度一下子全没了。

"哦，他自己会告诉你的。我想明天就能收到他的回信。"

第二天，为了要让采齐莉当众出丑，吃晚饭的时候她当着大家的面就冲坐在下首的姑娘嚷嚷开了。

"我已经收到你叔叔的信了，采齐莉。今天晚上你就得把行李收拾好，我们明天一早就送你上火车。他会亲自到柏林的中央火车站去接你的。"

"很好，教授夫人。"

在教授夫人的眼里，宋先生仍旧笑容满面，而且尽管她再三推却，仍坚持为她倒了一杯葡萄酒。教授夫人胃口十足地吃完了她的晚饭。但她未免还是得意忘形了。在就寝前，她叫来了那位仆人。

"埃米尔，要是采齐莉小姐的箱子已经收拾好了，你最好今晚就把它拿到楼下去。脚夫早饭前就会来取的。"

那位仆人去后不久就回来了。

"采齐莉小姐不在她的房间里,她的手提行李也不见了。"

教授夫人大叫一声,匆忙往那姑娘的房间跑去:箱子在地板上,已经捆扎好而且锁好了;但手提行李不见了,同样不见了的还有帽子和斗篷。梳妆台上也是空空如也。教授夫人喘着粗气,又跑下楼去,直奔中国佬的那两个房间,她已经足足有二十年行动没有如此快捷过了,埃米尔在她背后大声呼喊,要她当心可别摔倒了。她门都没敲就冲了进去。房间里空荡荡的,行李已经不翼而飞,那扇通花园的门仍然开着,说明行李是从那儿搬出去的。桌子上有个信封,里面的几张钞票算是这个月的膳宿费以及与额外的花销大致相当的费用。因为刚才的紧赶慢赶突觉体力不支,教授夫人呻吟着,颓然跌坐在一张沙发上。事情已经再清楚不过:那对情人已经一起私奔了。埃米尔仍旧是一副呆头呆脑、无动于衷的样子。

三十一

　　已经有一个月的时间，海沃德口口声声第二天就要到南方去，但一想到收拾行李的麻烦、旅途的冗长乏味，就又下不了这个决心，于是从这一周又拖到下一周，直到圣诞节前，大家都忙着准备过节了，这才终于算是把他给逼走了。因为他受不了条顿民族那种寻欢作乐的方式，只要一想到节日期间他们那种放浪形骸、纵酒狂欢的场面，他就忍不住浑身起鸡皮疙瘩，就为了躲避这迫在眉睫的威胁，他决定在圣诞节前一天出门旅行。

　　菲利普在送他走时，并没有感到有多难过，因为他生性爽直，看到任何缺乏主见的人都会很不耐烦。尽管受到海沃德不小的影响，他并不认为这种优柔寡断反而表明一种迷人的敏感；而且，对于海沃德对他那种直来直去的处事方式总是微露嘲讽之意，他也心怀怨愤。他们保持通信往还。海沃德是位善写书信的行家里手，他也知道自己这方面的天赋，写起信来也就格外煞费苦心。就气质而言，他对切身接触到的那些美好事物的影响，天生就具有极强的感知接受能力，而且他还能在从罗马写来的那些信中，注入一缕意大利所特有的微妙馨香。他觉得由古罗马人缔造的这个城市有一点俗不可耐，只是由于帝国的衰微才拥有了些微特有的荣光；不过教皇们的罗马①却在他心头激起了同情的回响，在他字斟句酌、细腻优美的描述下，呈现出一种洛可可②式的纤巧之美。他写到古老的教堂音乐和阿尔班丘陵③，写到熏香导致的倦怠慵懒，写到雨夜街景的迷人魅力，人行道上微光闪耀，街灯迷离惝恍。这些令人叹为观止的优美书信，说不定他会原样抄寄众位亲友。他并不知道它们在菲利普的心头造成了多大的烦扰，它们使得他的生活显得何其单调无聊。随着春天的到来，海沃德也不由得逸兴遄飞。他建议菲利普也应该到意大利来，他在海德堡纯属浪费时间。德国人生性粗鲁，那儿的生活粗俗无聊：在那样拘谨古板的环境中，人的灵魂怎能得其所哉？春天已经在整个托斯卡纳④都铺满了鲜花，而菲利普已经十九岁了；快点来吧，他们就能一起游遍翁布里亚⑤的各个山城了。那些山城的名字都深深沉入菲利普的内心。而且采齐莉和她的情人也一起去了意大利。一想到他们，菲利普心头就涌起一股无可名状的焦躁不安。他诅咒自己的命运，因为他没有钱远途旅行，他知道他大伯除了已经讲定

---

① 指罗马天主教的教廷所在地梵蒂冈。

② 洛可可（rococo），十八世纪初起源于法国、十八世纪后半期盛行于欧洲的一种建筑装饰艺术风格，其特点为精巧、繁琐、华丽。

③ 阿尔班丘陵（Alban Hills），意大利拉齐奥区的死火山区，有古罗马道路、庙宇、别墅和剧场遗迹，数世纪以来一直是罗马人喜爱的避暑地。

④ 托斯卡纳（Tuscany），意大利中部大区，濒临第勒尼安海。

⑤ 翁布里亚（Umbria），意大利中部大区，包括佩鲁贾和特尔尼两省。

的每月十五镑以外，是一个子儿都不会多给他的。他自己也不善于精打细算。付了膳宿费和学费以外，他手里就剩不下几个钱了，而且他已经发现，跟海沃德一起出去，那花销是很大的。海沃德动不动就提出要去远足，要去看戏，要来上一杯葡萄酒，可这个时候菲利普的月例钱已经都花光了；而他这个年纪的年轻人都是死要面子的，断不肯承认自己连这点小奢侈都负担不起。

　　幸好海沃德的信也不常来，在间隔期内菲利普还能再次安下心来过他的勤勉日子。他已经在海德堡大学注了册，选修了一两门课程。库诺·费希尔①当时正处在名声鼎盛之时，那年冬天他开了一门讲解叔本华的课，精彩纷呈。这是菲利普在哲学领域的入门课。他头脑务实，在抽象观念中跋涉感觉很不自在；但在聆听形而上学的探讨时，却意想不到地颇为入迷，简直有些让他喘不过气来，有点像是观看走钢丝的演员在万丈深渊之上闪展腾挪，表演惊险的绝技，让人感觉非常兴奋刺激。而叔本华那悲观厌世的主题也深深吸引了他那颗年轻的心；他相信，他即将步入的这个世界就是一片暗无天日、残酷无情的苦海，但这丝毫不减他急于跨入这个世界的热情。而凯里太太又颇为及时地代表他的监护人写信建议他，该是回国的时候了，他自然是欣然同意。他现在就得拿定主意，他将来到底打算干什么。如果他在七月底离开海德堡，他们就可以在八月间好好合计一下，这倒是个做出妥善安排的大好时机。

---

① 库诺·费希尔（Kuno Fischer, 1824—1907），德国哲学家、哲学史家、教育家。

回国的行期确定以后，凯里太太又来了一封信，提醒他别忘了威尔金森小姐，承蒙这位小姐的好意推荐，他才在海德堡埃林夫人的家里找到了栖身之地，并告诉他这位小姐准备到黑马厩镇他们家里盘桓几周。她将在某月某日从弗利辛恩[1]渡海去英国，如果他也同一时间上路的话，就能在路上照顾她一下，陪她一同到黑马厩镇来。菲利普出于害羞，马上就回信说他得迟个一两天才能动身。他想象着自己如何四处寻找威尔金森小姐，想象走上前去问她是不是威尔金森小姐的尴尬（而且很有可能是认错了人，遭人白眼），还有之后在火车上也不知道到底是跟她攀谈呢，还是可以不去理会她，只管自己看书就好。

最后，他终于离开了海德堡。近三个月来他一直都只是在考虑自己的前途，无暇他顾，所以走的时候并无难舍的遗憾。他从来都没觉得他在那儿过得有多快活。安娜小姐送了他一本《塞京根的号兵》[2]，他则回赠了一卷威廉·莫里斯[3]的作品。两人都很明智，并没有当真去展读对方的馈赠。

---

[1] 弗利辛恩（Flushing 或 Vlissingen），荷兰泽兰省城市，在瓦尔赫伦岛南岸，西斯海尔德河口湾口，中世纪时为商业城镇和安特卫普的门户，现为重要商业和渔业港及海滨胜地和海军基地。

[2] 《塞京根的号兵》（*Der Trompeter von Säckingen*）是德国诗人和小说家约瑟夫·舍费尔（Joseph Victor von Scheffel, 1826—1886）创作的一部脍炙人口的幽默史诗，发表于一八五四年。

[3] 威廉·莫里斯（William Morris, 1834—1896），英国设计师、作家、画家、空想社会主义者，在牛津大学求学期间受罗斯金的影响，参加拉斐尔前派，立志复兴中世纪行会的手工艺和设计传统，除文学上的成就外，在家具、挂毯、壁纸、瓷器的设计上，尤其是在书籍装帧艺术上都有很大的贡献。

三十二

菲利普在见到他大伯和伯母的时候，不由得吃了一惊。在此之前他从来就没注意到他们已经都是很老的老年人了。牧师仍旧用他那惯常的、并非不友好的淡然态度对待他。他又胖了一点，秃了一点，白发也多了一点。菲利普这下看清楚了，他其实是个多么微不足道的人啊。他那张脸显得软弱而又任性。路易莎伯母把他搂在怀里亲他，幸福的泪水不断从面颊上滚落下来。菲利普深受感动又大为难堪：他并不知道她竟这么如饥似渴地深爱着他。

"哦，你这一走，这日子长得简直就像是过不完似的，菲利普。"她呜咽道。

她抚摸着他的手，用喜滋滋的目光端详着他的脸庞。

"你长大了。你简直就是个大人啦。"

他嘴唇上头长出了薄薄的一层短髭。他已经买了把剃刀，时不时地万般小心地把他光滑的下颌上的软毛剃掉。

"没有你在身边，我们过得真是太孤单了。"然后，她又声音微颤，有点怯生生地问道："你高兴回到家里来的，对吧？"

"是的，很高兴。"

她是那么瘦，简直就像是透明的，那搂住他脖子的两只胳膊那么瘦弱，简直会让你想起鸡骨头来，而且她那张憔悴枯槁的小脸，哦！竟有那么多的皱纹。她那一头仍旧依照年轻时的时尚梳理的卷发，使她显得既古怪又可怜；而她那瘦小枯干的身躯就像是秋天的一片树叶，让你感觉只要第一阵寒风吹来，它就会被席卷而去。菲利普意识到他们的人生已经完结了，这两个安静的小人物：他们属于一个已经过去的时代，他们就在那儿耐心地、非常迟钝地等死；而正精力充沛、年富力强的他则渴望着刺激和冒险，对这样的虚耗浪掷不禁大为骇然。他们的一生毫无作为，一旦撒手西去，简直就像是从没有来过人世一样。他对路易莎伯母感到一种深切的同情，突然对她心生怜爱，因为她是那么爱他。

这时候威尔金森小姐走进了房间，她刚才知趣地躲在一边，等凯里夫妇先跟远道回家的侄儿叙过一番寒温之后，这才过来相见。

"这就是威尔金森小姐，菲利普。"凯里太太道。

"浪子回家啦。"她说着伸出手来，"我为浪子带来了一朵玫瑰花，把它别在扣眼里吧。"

面带欢快的微笑，她把刚从花园里摘来的那朵花别在了菲利普上衣的扣眼里。他羞红了脸，觉得自己傻乎乎的。他知道威尔金森小姐是他威廉大伯从前的教区长的女儿，他自己也认识不少牧师的女儿。她们身上的衣服总是剪裁很差，脚上的靴子都很结实。她们一般都是一身黑，因为菲利普早先在黑马厩镇的那些年，家织土布还没传到东英吉利这个地区来，而牧师家的太太小姐们又不喜欢花红柳绿的颜色。她们的头发都梳理得很不齐整，浑身一股子上浆内衣的刺鼻气味。她们认为展现女性的魅力是不得体的行为，她们不论是少女还是老妇，都是一样的穿扮。她们深以自己的宗教信仰而傲慢自大。她们与教会的亲近关系使得她们对其余的各色人等全都采取一种稍微带点专横的态度。

威尔金森小姐却大不相同。她穿了一身白色麦斯林纱长礼服，上面印有亮丽的小花束图案，脚下一双尖头的高跟鞋，再配上一双网眼长袜。在涉世未深的菲利普看来，她的穿着简直令人叹为观止，殊不知她的裙子其实是件花哨的便宜货。她的头发梳理得极为精心，故意让一绺漂亮的发卷耷拉在前额中央：那头发乌黑闪亮，还很硬挣，看起来好像永远都不会有一丝儿的散乱。她有一双大大的黑眼睛，略有点鹰钩鼻；侧脸稍带点猛禽的凶相，正面看起来则挺有魅力的。她常常面带笑容，不过她的嘴有点大，笑的时候尽量不露齿，因为牙有点大而且相当黄。但最让菲利普感觉不自在的是她脸上有一层厚厚的脂粉，他对女性的行为举止持有非常严格的观点，他认为一位淑女是从不涂脂抹粉的；可威尔金森小姐又确乎是位淑女，因为她是位牧师的女儿，而牧师则当然是位绅士。

菲利普下定决心完全不喜欢她。她讲话时略带点法语口音，他真不明白她为什么要这么做，因为她明明是在英格兰腹地出生长大的。他觉得她笑起来有点做作，而且那种忸怩作态的活泼劲儿也让他感到恼火。有两三天的时间，他都对她保持沉默和敌意，但威尔金森小姐显然是并没有注意到这一点。她的态度非常友善可亲。她几乎就只跟他一个人说话，她不断地征询他明智的判断，这种态度当中隐含的恭维意味不禁让他暗自得意。她也能逗他发笑，而对于那种能让自己觉得有趣的人，菲利普向来是没什么抵抗力的：他颇有几分口才，时不时地能说几句警句隽语，他当然高兴终于有了一位懂得欣赏的听者。不管是牧师还是凯里太太都没有一丁点儿幽默感，他不论说什么都从来不会引得他们发笑。当他慢慢习惯了威尔金森小姐，当他在她面前不再感到那么羞涩，他就开始喜欢起她来了；他觉得她那法语腔也别有韵味，而且在医生举行的一次园会上，她真是艳压群芳。她穿一件带大白点子的蓝色薄软绸礼服，菲利普对这身穿着引起的轰动效应大为高兴。

"我敢肯定，他们准会认为你的穿着有失体面。"他对她呵呵笑道。

"被人看作放荡的骚货可是我的平生夙愿。"她回答道。

有一天，趁威尔金森小姐待在自己房间里的当儿，菲利普问路易莎伯母她有多大了。

"哦，我亲爱的，你可万万不该打听一位淑女的年龄；但你要是想娶她的话，她的年纪肯定是嫌太大了。"

牧师那张胖脸上慢慢漾出一丝微笑。

"她可不是什么小鸡雏儿了，路易莎。"他说，"我们当初在林肯郡的时候，她就差不多已经是个大姑娘了，而这可是二十年前的事儿啦。那时候的她，背后还拖着根大辫子呢。"

"那时候她可能还不超过十岁吧。"菲利普说。

"那可不止了。"路易莎伯母说。

"我觉得她当时就快二十了。"牧师说。

"哦，不，威廉。十六或十七吧，最多。"

"那她也早就三十大几了。"菲利普说。

就在这时，威尔金森小姐步履轻盈地下了楼，嘴里还哼着一首邦雅曼·戈达尔①的一首曲子。她已经把帽子戴上了，因为她要和菲利普一起出去散个步，她伸出手来让他帮她把手套的纽扣扣好。他扣得笨手笨脚的，虽则有些尴尬，却也感觉挺有骑士风度的。现在他们之间已经是无话不谈了，两人一边闲庭信步，一边聊着各种话题。她告诉菲利普柏林的各种情况，他也跟她说起他在海德堡这一年的经过。他在讲述的过程中，原本显得无足轻重的很多事情也平添了全新的趣味：他描述了埃林夫人寓所中的各位房客；而对于海沃德和威克斯之间的那几次言语交锋，当时似乎显得无比重要的，这会子他却略加歪曲，使得当事的双方都显得有些可笑。听到威尔金森小姐的笑声，他心下不禁颇为得意。

"我真是怕了你了，"她说，"你可真是牙尖嘴利。"

然后她就开玩笑地问他在海德堡可有过什么风流韵事。他不假思索就坦白回答说，并不曾有过，可她却拒不相信。

"你可真是深藏不露！"她说，"在你这个年龄，这可能吗?"

他飞红了脸，呵呵一笑。

---

① 邦雅曼·戈达尔（Benjamin Goddard，1849—1895），法国歌剧、钢琴小品、歌曲作曲家。

"你想知道的未免太多了。"他说。

"啊，我就说嘛，"她得意扬扬地呵呵一笑，"你看他这脸红得什么似的。"

他很高兴她居然认为他是个情场老手，他赶紧改换话题，以便让她相信他有形形色色的浪漫情事需要隐瞒。他只恨自己并没有这样的经历。实在是没有机会呀。

威尔金森小姐对自己的命途非常不满。她对不得不自谋生计充满怨恨，她跟菲利普详细讲了她母亲的一个叔父的情况：她原本期望他能留给她一笔财产的，结果他却娶了自己的厨娘，改了自己的遗嘱。她暗示自己早先的家境是相当阔绰的，把当年在林肯郡高车得坐、骏马得骑的优裕生活与当今寄人篱下的卑微处境拿来做对比。事后当菲利普路易莎伯母提起这些事的时候，他伯母跟他说的那些话却真有点把他给搞糊涂了：路易莎伯母说她认识威尔金森一家的时候，他们家充其量也就有一匹小马和一辆双轮轻便马车；她确实听说过那位有钱的叔父，但是人家早就结了婚，而且在埃米莉①出生前就有了孩子，所以她从来就没有多大希望能继承到他的财产。威尔金森小姐把柏林说得几乎是一无是处，她现在就在那儿讨生活。她抱怨德国的生活粗俗不堪，恨恨地将其与巴黎的光彩照人做了一番对比。她在巴黎待过几年，但没说到底待了几年。她在一个时髦的肖像画家的家里当家庭教师，画家娶了个有钱的犹太妻子，她在他们家遇到过很多的知名人士。

① 威尔金森小姐的教名。

她报出来的一串名字使得菲利普惊叹不已。法兰西喜剧院①的演员是他们家的常客，科克兰②用餐时就坐在她旁边，曾对她说过他从没见过一个外国人法语讲得这么地道的。阿尔丰斯·都德也来过，还送过她一本《萨福》③：他本来答应要把她的名字写在书的扉页上的，但她后来忘了提醒他了，不过她依然非常珍视这本书，愿意借给菲利普看看。还有那位莫泊桑。威尔金森小姐提到他时咯咯一笑，心照不宣地看了菲利普一眼。一个什么样的人啊，但又是个多么伟大的作家！海沃德曾谈起过莫泊桑，他的名声菲利普也是略有所闻。

"他向你求爱了吗？"他问道。

这句话奇怪地在喉咙口哽了一下，不过他还是问了出来。他现在已经是非常喜欢威尔金森小姐了，很高兴跟她东拉西扯地闲谈，可他还是很难想象有人会当真向她求爱。

"瞧你问的！"她叫道，"可怜的居伊④，他会向他碰到的每一个女人求爱的。他这个脾气就是怎么都改不了。"

她轻叹了一口气，像是怀着柔情在回顾往昔。

"他真是个迷人的男人。"她喃喃道。

---

① 法兰西喜剧院（Comédie Française），法国最古老的剧院，一六八〇年成立于巴黎，初名法兰西剧院，以上演古典传统剧目为主，对法国戏剧的发展具有持久而深远的影响。
② 科克兰（Benoît Constant Coquelin，1841—1909），法国喜剧演员、戏剧评论家，扮演过莫里哀和罗斯丹名剧中的主要角色，以及仆人、侍从等滑稽人物，著有《艺术与演员》《喜剧演员与喜剧》《演员的艺术》等。
③ 《萨福》（Sappho），都德出版于一八八四年的长篇小说，写一个浪漫女子萨福的庸俗的爱情故事。
④ 莫泊桑的教名。

换了一个比菲利普阅历更深的人，从她这些话里也就不难猜出两人见面时可能会有的真实情景了：大作家应邀前来赴家庭午宴，家庭女教师带着两位个头高挑的小姐神态端庄地走进房间来见客，主人介绍道：

"Notre Miss Anglaise.[①]"

"Mademoiselle.[②]"

席间，大作家跟男女主人谈笑风生，Miss Anglaise 则默默地叨陪末座。

但在菲利普听来，这些话却唤起了无比浪漫的遐想。

"快跟我说说他的事吧。"他激动地道。

"没什么好说的，"这本是实话实说，可那神情做派却像是在说，就算是用三大卷的篇幅也道不尽这其中惊世骇俗的真情实况，"你可不该这么刨根问底。"

她开始说起了巴黎。她爱那儿的林荫大道和林苑。每条街道都别有风致，香榭丽舍大街上的那些树木啊，真是跟别的任何地方的都不一样。他们当时正坐在公路边的篱笆梯磴[③]上，威尔金森小姐带着鄙夷的神情抬头望了望他们面前那几株高大庄严的榆树。还有那些剧院：上演的剧目是多么高妙绝伦，演员的表演是如何无与伦比。富瓦约夫人，她教的那两位女学生的母亲，在去定制服装店里试衣服的时候经常由她陪同前往。

---

① 法语：我们的英国小姐。

② 法语：小姐。

③ 篱笆梯磴（stile），供人越过篱笆的阶梯或踏板，而家畜仍不能逾越。

"哦，身为穷人实在是太悲惨了！"她叫道，"这些美丽的物件儿，只有在巴黎，他们才懂得如何穿戴，但是却买不起！可怜的富瓦约夫人，她没有身段儿。有时候裁剪师会悄声对我说：'啊，小姐，她要是有您这样的身段儿就好了。'"

菲利普这才注意到威尔金森小姐身形魁梧、体态健壮，而且颇为此感到自豪。

"英国的男人实在是蠢不可及。他们就只想到脸蛋儿。法国人，那才是个真懂爱情的民族，他们知道身段儿可比脸蛋儿重要多啦。"

菲利普以前可从来没想到过这样的事情，不过他现在观察到威尔金森小姐的脚踝又粗重又难看。他赶紧把目光收了回来。

"你真该到法国去。你干吗不去巴黎待上一年呢？你可以把法语学好，而且还能让你——déniaiser①。"

"这是什么意思？"菲利普问道。

她狡黠地一笑。

"你得去查查词典。英国男人不知道该如何对待女人。他们都太害羞了。在一个男人身上，害羞简直荒唐可笑。他们不知道该如何求爱。他们甚至在恭维一个女人迷人的时候都免不了显得一副傻相。"

菲利普觉得自己也很愚蠢可笑。威尔金森小姐明显是期望他的表现大为不同的；他也巴不得能说出两句殷勤机智的妙语，但

① 法语：懂得人事。

就是怎么也想不出来；等到真想到了几句，他又生怕说出来会出乖露丑而不敢开口了。

"哦，我可真爱巴黎，"威尔金森小姐叹息道，"可我不得不去柏林。我在富瓦约家一直待到他们那两位姑娘出嫁，然后我就无事可做了，这时候有了柏林这个职位的工作机会。他们是富瓦约夫人的亲戚，我也就接受了。当时我在布雷达路上有个小公寓，在cinquième①：那儿可一点都不体面。你知道布雷达路的——ces dames②，你知道。"

菲利普点了点头，虽然根本不知道她这话什么意思，只模糊地有点猜疑，急于不想让她觉得自己太天真无知。

"可我并不在乎。Je suis libre, n'est-ce-pas?③"她很喜欢讲法语，也确实讲得不错，"我在那儿还有过一番奇遇呢。"

她停住话头，菲利普催她讲下去。

"你都不肯把你在海德堡的讲给我听。"她说。

"我的经历都太平淡无奇了。"他反驳道。

"如果凯里太太知道了我们在一起谈的都是些什么事，真不知道她会怎么说呢。"

"你不至于认为我会告诉她吧？"

"你能保证不说吗？"

他做了保证以后，她就开始告诉他，她楼上如何住了个学艺

---

① 法语：五楼。
② 法语：那些女士们。暗示这是红灯区。
③ 法语：我很开通的，是不是？

术的学生——但突然又改变了话题。

"你干吗不去学艺术呢？你画得那么好。"

"还没好到那个程度。"

"这可得由别人来评判了。Je m'y connais①，我相信你是个成为大艺术家的料子。"

"如果我突然告诉威廉大伯我想去巴黎学艺术，你难道想象不出他会是副什么样的嘴脸吗？"

"你是你自己的主人，不是吗？"

"你这是在敷衍搪塞我。还是请你继续把你的故事讲下去吧。"

威尔金森小姐微微一笑，继续讲下去。那个学艺术的学生有好几次跟她在楼梯上碰到，她并没怎么特别留意。她看到他长了双漂亮的眼睛，而且每次都很有礼貌地脱帽致意。有一天她发现从她的门缝底下塞进来了一封信。是他写的。他跟她说他爱慕她已经有好几个月的时间了，他是故意候在楼梯上单等她从他身边经过的。哦，信写得可爱极了！她当然没有回信，可有哪个女人不喜欢受人奉承吗？第二天，又送来一封信！信写得无比美妙、热情洋溢、委婉动人。下一次等她又在楼梯上碰到他的时候，她都不知道眼睛该往哪儿看才好了。每天都有一封信送过来，现在，他恳求她跟他见面了。他说他晚上会过来，vers neuf heures②，她真不知道该如何是好了。她当然是万万不会答应他的，他可能会把

①　法语：这方面我也算个内行。

②　法语：大约九点钟。

门铃按了又按，可她绝不会把门打开；可就在她万分紧张地等着门铃叮叮当当响起来的时候，他却突然间站在了她面前。原来她进屋的时候忘记把门关上了。

"C'était une fatalité.[①]"

"那后来呢？"菲利普问。

"故事到此就结束了。"她回答道，发出一阵咯咯的笑声。

菲利普沉默了片刻。他的心跳得飞快，内心似乎涌起阵阵奇怪的情感波澜。他像是看到了那道暗沉沉的楼梯，那一次次的邂逅，他钦佩那小伙子写那些信的胆量——哦，他是永远都不敢那么做的——还有那悄无声息，简直令人不可思议的不请自入。在他看来，那简直就是罗曼司的精髓所在。

"他长什么样？"

"哦，他相貌英俊。Charmant garçon.[②]"

"你还和他继续交往吗？"

菲利普问这句话的时候，不禁有一丝丝兴奋的感觉。

"他对待我恶劣透顶。男人全都是一路货色。你们全都没有心肝，没一个好东西。"

"这我可不知道。"菲利普不无尴尬地说。

"咱们回家去吧。"威尔金森小姐说。

---

① 法语：这是天意。
② 法语：迷人的小伙子。

三十三

　　威尔金森小姐的故事一直都在菲利普的脑子里徘徊不去。尽管她长话短说、藏头露尾，那意思还是非常清楚的，他不免有点感到震惊。这种事对已婚的女性来说自然是无伤大雅的，他读过足够多的法国小说，很知道这种事情在法国可说是题中应有之意，但威尔金森小姐可是个英国人，而且尚未结婚；她父亲还是个牧师。然后他又想到，那个学艺术的学生很有可能既不是她的头一个情人，也非最后一位，他不由得倒吸了一口冷气：他从来没以这种方式看待过威尔金森小姐；居然有人会向她求爱，这似乎是令人难以置信的事。他少不更事，并不怀疑她自说自话的真实性，就像他从不怀疑书里写到的那些东西一样，他只是很气恼，为什么这么奇妙的事情从来就轮不到他头上。要是威尔金森小姐执意要他也讲讲他在海德堡的艳遇，那他可就真是丢人现眼了，因为他实在无可奉告。他固然有一点发明创作的天分，但他不能确定是否能让她相信他可是个偷香窃玉的老手；女人都有非常敏锐的直觉，他在书上读到过这样的描述，也许她轻而易举就能发现他其实是在夸大其词。一想到她也许会暗自窃笑，他就不由得羞得满面通红。

威尔金森小姐一面弹着钢琴，一面有气无力地唱着歌；不过她的唱的这些马斯内[1]、邦雅曼·戈达尔和奥古斯塔·奥尔姆[2]的歌曲，在菲利普听来都备觉新鲜；他们一起在钢琴前消磨了好多个钟头的时间。有一天，她突发奇想，想知道他的嗓音到底怎么样，就执意要试上一试。她说他有一副悦耳动听的男中音歌喉，主动提出要教他唱歌。一开始，出于习惯性的腼腆他是拒绝的，但她一再坚持，于是每天早餐以后只要没有别的事，她就给他上一个钟头的音乐课。她是真有教书育人的天分，不愧是个出色的家庭女教师。她有自己的一套方法，而且有严格的要求。尽管她那口标志性的法语腔仍旧保留着，一旦认真上起课来，她举手投足中的那种甜腻的调调就完全不见了。她不会容忍任何胡闹。她声音中带上了几分强硬，稍有粗心或者懒散，她就本能地加以制止和纠正。她知道她在干什么，督促菲利普认真地练声。

课一上完，她脸上马上就轻而易举地重新浮现出迷人的微笑，声音也重新变得温柔而又动听，但菲利普却没本事像她摆脱人师的身份那样容易地从学生的角色中走出来；而且上课时得到的这种印象与听她讲述艳遇故事时唤起的感受是相互抵触的。他对她

---

① 马斯内（Jules Massenet，1842—1912），法国作曲家，曾任巴黎音乐学院教授，代表作有歌剧《曼侬》《维特》《黛依丝》，其他作品有芭蕾舞剧、管弦乐与合唱音乐等。

② 奥古斯塔·奥尔姆（Augusta Holmès，1847—1903），爱尔兰裔法国女作曲家，作品包括一系列管弦乐和合唱音乐作品，歌曲与歌剧等。

的观察也就更加细致入微了。他对于晚上的她的喜爱，要远胜于上午的她。上午，她脸上的皱纹挺明显的，而且脖子上的皮肤也有点粗糙。他希望她能稍作掩饰，但时值非常和暖的天气，她穿的上衣的领口都开得很低。她又很喜欢白颜色，而在上午穿这种颜色的衣服对她来说也并不适宜。到了晚上，她经常就显得很有魅力了，她会穿一身几乎像是宴会礼服一样的长裙，脖子上戴一串石榴石的项链；前胸和肘边的蕾丝赋予她一种怡人的温柔气息，而且她用的香水也撩人情思且极富异国情调（在黑马厩镇，人们只用Eau de Cologne①，而且只在礼拜天或是头疼的时候才洒上几滴）。那种时候，她的确是显得非常年轻。

菲利普在她的年龄问题上可算是大费周章了。他把二十和十七加在一起，总也得不出一个让他满意的总数来。他问了路易莎伯母不止一次，她为什么认为威尔金森小姐已经三十七岁了：她看上去还不满三十呢，而且谁都知道外国女人老得可是比英国女人快；威尔金森小姐在国外住了那么久，差不多也称得上是个外国人了。他个人认为他不会超过二十六岁。

"那可不止了。"路易莎伯母道。

菲利普并不相信凯里夫妇讲的话的精确性。他们唯一记得清楚的就是最后一次在林肯郡见到威尔金森小姐时，她还梳着辫子。那她当时也可能只有十二岁呀：那是那么久以前的事了，而且牧师的记性又一向都靠不住。他们说那是二十年前的事了，可人们

———————————

① 法语：古龙水。

总是喜欢用整数，所以很有可能是十八年，或者十七年。十七加十二只有二十九，真该死，这还不算老，是不是？安东尼为了克丽奥佩特拉把整个世界都舍弃的时候，她已经四十八了[①]。

那年的夏季天气一直都很好。日复一日都是万里无云，天气虽热，但暑气因为近海而有所缓解，空气中有一种令人愉快的欢欣气息，所以，八月的骄阳只会让你感觉振奋，而不会让你感到迫压。花园里有个水池子，池中喷泉飞溅，睡莲盛开，金鱼纷纷游到水面上来晒太阳。菲利普和威尔金森小姐经常在正餐之后把小毛毯和靠垫拿到水池边来，躺在高高的玫瑰树篱的阴凉处。他们整个下午就在那儿闲谈和看书。他们也在那儿抽烟，牧师不允许在室内抽烟，认为这是种令人讨厌的习惯，而且还经常说，任何人都不该沦为某种习惯的奴隶，那是有失体统的。他忘了他本人就是下午茶的奴隶。

有一天，威尔金森小姐带给菲利普一本《波希米亚人的生活》[②]。这是她在牧师书房的藏书里仔细翻检的时候意外发现的。那

[①] 安东尼（Marcus Antonius，前82—前30），古罗马统帅，恺撒部将，公元前四十四年任执政官，次年与屋大维（奥古斯都）、李必达结成后三头政治联盟。前三十七年与埃及托勒密王朝末代女王克里奥佩特拉（Cleopatra Ⅶ，前69—前30）结婚，并宣称将罗马东部领土赠予他们的儿子。元老院和屋大维因此而联合兴兵讨伐，亚克兴战役失败后，安东尼逃回埃及，自杀，克里奥佩特拉也随之而自杀。但克丽奥佩特拉只活了三十九岁，这里说她四十八岁不知有何根据。

[②] 《波希米亚人的生活》，全名《波希米亚人的生活场景》（ Scènes de la vie de bohème ），是第一个描写放荡不羁的艺术家生活的法国小说家路易-亨利·米尔热（Louis-Henri Murger，1822—1861）的代表作。意大利作曲家普契尼的著名歌剧《波希米亚人》即取材于这部小说。

是十年前牧师和自己想要的一堆书一起买入的，然后就丢在书房里再没理会了。

菲利普便开始阅读米尔热的这本文笔拙劣、荒诞不经而又令人着迷的杰作了，并马上就着了魔一样。书中描绘的饥饿是那么风趣幽默，描绘的穷困是那么生动独特，把不洁的恋情描绘得那么罗曼蒂克，那矫揉造作的感伤情调又是那么感天动地，直把菲利普看得是心醉神驰、赞叹不已。鲁道夫和咪咪，米塞特和绍纳尔[①]！他们在拉丁区那些灰暗的街道上游荡，今天在这个阁楼上栖身，明天可能就得另寻他处，身上是路易·菲利普时代[②]古雅的装束，眼含热泪、面带微笑，逍遥自在、随遇而安，不管不顾、率性而为。这魅力谁能抵挡得了？只有在你具备了更为健全的鉴别力，再回过头来看的时候，你才能发现他们的快乐是何等粗野，他们的心灵是何其低俗；你才会感到这帮放荡不羁的家伙不论是作为艺术家还是普通人，都全无可取之处。但年轻的菲利普却为之而心醉神迷。

"你难道不希望你要去的是巴黎而非伦敦吗？"威尔金森小姐问道，对他表现出来的无限热情一笑置之。

"就算是我想去巴黎，现在也太迟了。"他回答说。

在他从德国回来的这两个礼拜里，他跟他大伯已经多次讨论过他的前途问题。他已经断然拒绝去牛津读书，而且现在由于他

---

① 《波希米亚人的生活》的四位主角。

② 路易·菲利普（Louis Philippe, 1773—1850），法国国王（1830—1848），一八三〇年七月革命后登基，建立七月王朝，一八四八年二月革命后逃往英国。

再无机会得到任何奖学金，就连凯里先生也得出了他无力再去牛津深造的结论。他所有的财产总共也就两千镑，虽然都以百分之五的利息投资在抵押债券上，他还是没法依靠这点利息生活。现在这笔钱又减少了一点。每年花掉两百镑去读大学简直荒唐，因为这是读大学的最低花销了，而且在牛津读上三年，他也照样还是没法自食其力。他急于直接去伦敦谋个生计。凯里太太认为绅士能够从事的行业只有四种：陆军、海军、司法和教会。她还加上了一门医学，因为她的小叔子干的就是这个，但她并没有忘记，在她年轻的时候是谁也不会把医生当作绅士的。前两个行当是根本不用考虑了，而菲利普又坚决拒绝从事圣职。那就只剩下司法这一行了。当地的医生也参与意见，说是如今很多绅士都开始从事工程技术这一行了，可是凯里太太当即就表示了反对。

"我可不想让菲利普去经商。"她说。

"是啊，但他总得有个职业吧。"牧师回答道。

"那干吗不让他子承父业去当医生呢？"

"我讨厌这个职业。"菲利普说。

凯里太太并不感到遗憾。做律师貌似也是不可能了，既然他不打算去读牛津，因为凯里夫妇仍旧觉得要想在那个行业里取得成功，拿个大学学位还是必不可少的；最后还是建议菲利普去给一位律师当学徒。他们写信给家庭律师艾伯特·尼克松，问他愿不愿意收菲利普当学徒，他和黑马厩镇的牧师共同担任已故亨利·凯里的遗产执行人。一两天后收到的回信里说，他那里并没有空位，而且对这整个的计划都很反对；这个行业早就人满为患了，而你要是既没有资金又没有社会关系，要想出人头地是非常困难的，至多也不过能做个事务所的主任文员；他的建议是，菲利普应该去做个皇家特许会计师。不论是牧师还是他妻子都压根不知道这是个什么玩意儿，菲利普也从没听说有哪个是干特许会计师的；不过律师又来了一封信做了进一步的解释：随着现代商业的发展和企业公司的增加，很多专门提供审查账簿和协助客户处理财务的会计师事务所也应运而生，他们那套操作规程是老一套的财务管理办法所欠缺的。自从在几年前获得皇家特许之后，这个行业是逐年变得重要起来，不但越来越受人尊敬，获利也越发丰厚起来。他雇用了三十年之久的那家皇家特许会计师事务所刚巧有个订约学徒的空缺，他们愿意以收费三百镑的条件录用菲利普。其中的半数将在五年的订约期内以工资的形式返还本人。这一前景并不怎么令人兴奋，但菲利普觉得他必须做出某种决定了，最终，一心想到伦敦去生活的愿望还是压倒了心头的那一点畏缩之意。黑马厩镇的牧师特意写信，询问尼克松先生这是不是个适合绅士从事的体面职业；而尼克松先生回信说，自从获得特许以后，许多从业者都是公学和大学的毕业生；再者说，如果菲利普不喜欢这个工作，一年后希望离开，赫伯特·卡特，这就是那位会计师的大名，将会归还依照合同所付费用的一半。事情就这么定下来了，于是做好安排，菲利普将在九月十五号正式开始工作。

"我还有整整一个月的时间呢。"菲利普说。

"然后，你将走向自由，而我将重被奴役。"威尔金森小姐回道。

她总共有六个礼拜的假期，到时候只比菲利普早个一两天离开黑马厩镇。

"不知道我们还能不能再次相见。"她说。

"我不知道这有什么不能的。"

"哦，别用这种事务性的腔调说话。我还没见过像你这么铁石心肠的呢。"

菲利普飞红了脸。他最怕威尔金森小姐把他看成是个没有刚性的男人：毕竟，她还算是个年轻女人，有时候还挺漂亮的，而他自己也快二十了；他们聚在一起如果只限于谈论文学和艺术，那就未免有些可笑了。他应该向她求爱。他们可是谈论了不少爱情的话题了。有布雷达路上的那个学艺术的学生，还有她给他们家当了那么多年家庭教师的那位巴黎的画家：他请她为他做肖像模特儿，然后就开始无比狂热地向她求爱，吓得她不得不借故推托，再也不敢给他做模特儿了。很明显，威尔金森小姐已经是非常习惯于受到这种类型的关注了。现在的她头戴一顶大草帽，显得非常漂亮：那天下午天气炎热，是入夏以来最热的一天，她上嘴唇上挂着一串细细的汗珠子。他不由得想起了采齐莉小姐和宋先生。他从没以一种爱慕的方式想到过采齐莉，她实在是太貌不惊人了；可是现在回顾起来，她和宋先生的私情倒是颇有了几分浪漫色彩。如今，他也有了谈情说爱的机缘。威尔金森小姐差不多已经完全法国化了，这为可能的艳遇又平添了几分风趣。当天夜里躺在床上，或者一个人在花园里看书的时候，每念及此，他总忍不住一阵心潮澎湃；可是他在实际见到威尔金森小姐的时候，事情又似乎不那么香艳动人了。

不管怎么说，在她跟他讲了那么多以后，他要是向她求爱的话，她是不会感到吃惊的。他有种感觉：她肯定会因为他居然毫无表示而觉得奇怪的。那也许只是他的胡思乱想，不过在最近这一两天里，有一两次他感觉在她的目光中流露出了一丝轻蔑的神色。

"告诉我你在想什么呢?"威尔金森小姐说，笑盈盈地望着他。

"我不会告诉你的。"他回答道。

他正在想，他应该就在此时此地吻她。他不知道她是否期待他这样做；但毕竟事先并没有任何铺垫，就这么贸然行事恐怕不妥。她只会认为他是疯了，也许还会给他个耳刮子呢；说不定还会找他大伯去告他的状。他真想知道宋先生是怎么跟采齐莉小姐勾搭上的。她要是告诉给了他大伯，那可就糟了：他知道他大伯的为人，他肯定会说给医生和乔赛亚·格雷夫斯听的，那他在他们眼里就是个十足的傻瓜了。路易莎伯母反复说威尔金森小姐肯定至少三十七了；一想到他会成为大家的笑柄，他就不寒而栗；他们会说，她的年龄大得足可以当他的母亲了。

"告诉你到底在想什么。"威尔金森小姐微笑道。

"我在想你呢。"他大着胆子回答。

这话不管怎么说可都不会被人抓住什么把柄。

"想的是什么呢?"

"啊，这次轮到你刨根问底了。"

"淘气鬼！"威尔金森小姐道。

又来了！每当他自己好不容易打点精神、鼓起勇气的时候，她却总是说出一句煞风景的话来，好像唯恐他忘了她那家庭教师的身份似的。他练声没达到她要求的时候，她就开玩笑地骂他一句淘气鬼。这次可是真把他有些惹烦了。

"希望你别再把我当三岁小孩儿啦。"

"你生气了？"

"很生气。"

"我不是有意的。"

她伸出手来，他握住了。最近一两次他们晚上握手的时候，他都疑心她借机轻轻地捏了捏他的手，这次可是再没有什么可怀疑的了。

他不太知道接下来该说些什么。此刻，他终于有了艳遇冒险的机会，要是再抓不住就真是个傻瓜了；可是他又总觉得这实在有点过于平常，远没有他原本预期的那么有魔力和魅力。他读过很多对于爱情的描写，他并没有感觉到小说家们所描绘的那种情感的勃发，他也并没有被激情的奔涌裹挟得脚不沾地，而且威尔金森小姐也并非什么理想中的情人。他经常在内心描画的是这样的一位可爱的姑娘：一双紫罗兰色的大眼睛，皮肤像雪花石膏一样白皙光洁，他经常想象着自己如何把脸埋在她那浓密的、瀑布般的金褐色秀发中。他可没办法想象着自己把脸埋进威尔金森小姐的头发里，他总觉得她的头发有点黏糊糊的。话虽这么说，来上一场风流韵事毕竟还是非常称心如意的，一想到他即将征服一位女性，他就忍不住无比激动和自豪。他认为他一定要把她勾引到手。他打定主意要去亲吻威尔金森小姐；不是现在，要等到晚上；在黑地里做起来会容易些，在吻了她以后，后面的事情也就水到渠成了。他当天晚上就要吻她。他还为此立下了誓言。

他制定好了自己的计划。晚饭后，他建议他们到花园里去散散步。威尔金森小姐同意了，他们俩肩并肩地闲逛。菲利普非常紧张。他也不知道是为什么，两个人的闲谈总是没法引到正确的方向；照他的计划，第一步就是要伸出胳膊搂住她的腰肢；可在她正大谈下周将要举行的赛船会的当口，他总不能突然就伸手去搂她的腰吧？他巧妙地把她引到花园里最黑暗的部分，但到了那儿以后，他的勇气却又不知去向了。他们在一条长凳上坐下，他已经打定主意要真正动手了，威尔金森小姐却说那儿肯定有蠼螋，执意要继续往前走。他们又在花园里转悠了一遭，菲利普暗自发誓，他一定要在再次走到那条长凳前孤注一掷；可是在从屋门前经过的时候，看见凯里太太就站在门口。

"你们这两个年轻人是不是该进屋来了？我敢说夜晚的空气对你们来说肯定没什么好处。"

"也许我们最好还是进去吧，"菲利普说，"我可不想让你着了凉。"

说完，他不禁长出了一口气。那天晚上他没办法再进行任何尝试了。可事后，当他独自待在自己房间里的时候，他又对自己大为光火。他真是个十足的傻瓜。他敢肯定威尔金森小姐是期待着他去吻她的，否则的话她根本就不会到花园里去。她总是说只有法国男人才懂得如何对待女人。菲利普又不是没读过法国小说。他要是个法国男人的话，早就一把把她搂在怀里，无比热烈地向她倾诉爱慕之情，他早就把他的嘴唇紧贴到她的nuque①上了。他不知道法国男人为什么总是亲吻女士们的nuque。他就看不出颈背到底有什么特别迷人的地方。当然了，这类事情由法国男人做起来当然要容易得多了，法语本身就是一大帮助，菲利普总忍不住觉得，那些热情的话语用英语说起来总显得有点荒唐可笑。现在他倒是希望自己从来就没有想要攻陷威尔金森小姐的贞操就好了；虽说一开始的那两个礼拜过得无比愉快，现在的感觉真是活受罪了；但他还是下定决心绝不放弃，否则他这辈子就再也别想瞧得起自己了，他赌咒发誓，第二天晚上无论如何一定要吻到她。

第二天他一起床便发现天在下雨，脑子里的第一个念头就是当天晚上是没办法再到花园里去了。早餐桌上，他兴致极高。威尔金森小姐差玛丽来说她头疼，就先不起床了。一直到下午用茶点的时候她才下得楼来，苍白着脸，裹了件很漂亮的晨衣；不过到晚饭时间她就基本上复原了，那顿饭也就吃得相当愉快。做完晚祷后，她说她要直接上床歇息了，她吻了吻凯里太太，然后转向菲利普。

"老天爷！"她叫道，"我也真想亲亲你呢。"

"那干吗不呢？"他说。

---

① 法语：颈背。

她呵呵一笑，伸出手来。她明显地紧紧捏了一下他的手。

下一天，晴空里不见一丝云彩，雨后的花园显得格外清新芬芳。菲利普去了海滩游泳，回到家，美美地饱餐了一顿。下午他们在牧师公馆举行了一场网球园会，威尔金森小姐穿上了她最好的衣服。她是真懂得穿衣打扮，菲利普忍不住注意到，在副牧师的太太和医生已经出嫁的女儿旁边她显得是何等优雅。她腰带上装饰着两朵玫瑰花。她坐在草坪边上的一把花园椅子上，撑着一把红色阳伞，映得她脸上的光线非常好看。菲利普很喜欢打网球。他的发球很好，因为不善奔跑，他专打近网球：尽管他有足疾，反应却很迅疾，你很难打穿他在网前的防守。他打得很尽兴，因为每一盘都打赢了。用茶点的时候，他直接在威尔金森小姐脚边躺了下来，热得直喘粗气。

"你很适合穿法兰绒，"她说，"今天下午你看起来帅极了。"

他高兴得脸都红了。

"我可以把这个恭维原样奉还。你看起来真是美极了。"

她微微一笑，那双黑眼睛长时间地瞄着他。

晚饭后，他坚持她该出去散散步。

"你今天的运动量还没够啊？"

"今晚花园里的夜色肯定很迷人。星星都出来了。"

他兴致极高。

"你知道吗？为了你，凯里太太已经在责怪我了。"他们漫步穿过菜园的时候，威尔金森小姐道，"她说我可不能再跟你调情了。"

"你跟我调情了吗？我怎么没注意到。"

"她只是开个玩笑。"

"昨天晚上你拒绝吻我，可真是狠心。"

"你也不看看我说这句话时，你大伯眼里的那副神情！"

"这就是你没吻我的全部原因吗？"

"我吻人的时候可不喜欢有别的人在场。"

"现在就没有人在场。"

菲利普伸出手搂住她的腰肢，吻了她的嘴唇。她只是短促地一笑，并无退缩之意。事情进行得相当自然，菲利普很为自己感到自豪。他说过他要做到，果然就做到了。这真是世上最容易不过的事。他要是早一点这么做就好了。他又吻了她一次。

"哦，你可不能再这么做了。"她说。

"为什么？"

"因为我喜欢。"她笑道。

三十四

第二天正餐之后，他们拿着小毛毯和靠垫来到喷水池前，还有他们的书，但根本就不会去看。威尔金森小姐舒舒服服地安顿好以后，就撑开了那把红色的遮阳伞。菲利普现在是一点都不会感到害羞了，但起先她却不许他吻她。

"昨天晚上我真是大错特错了，"她说，"我怎么也睡不着，我觉得自己做得非常不对。"

"无稽之谈！"他叫道，"我敢保证你睡得可熟了。"

"你大伯要是知道了，你想想他会怎么说？"

他朝她探过身去，心扑通扑通直跳。

"你为什么想要吻我？"

他知道他应该回答："因为我爱你。"但他怎么也说不出口。

"你觉得是为什么？"他反问道。

她双眼含笑地望着他，用指尖触摸了一下他的脸。

"你的脸蛋儿多光滑呀。"她喃喃道。

"我多想能刮刮它。"他说。

也真够奇怪的，他发现要说些浪漫的情话竟有那么难！他发现无声倒是远胜于有声：他可以用目光来表达那些难以言传的感情。威尔金森小姐叹了口气。

"你到底喜欢不喜欢我？"

"喜欢，非常喜欢。"

当他再次试图吻她的时候，她就不再抗拒了。他装得比他实际上的更加狂热，他成功地扮演了这样一个角色，自己觉得还是很满意的。

"我开始很有点儿怕你了。"威尔金森小姐道。

"晚饭以后你会出来的，对不对？"他恳求道。

"除非你答应我要规规矩矩的。"

"我什么都答应。"

他半真半假撩拨起来的火焰，真的烧到他身上来了，吃茶点的时候他闹闹哄哄，高兴得难以自抑。威尔金森小姐有些紧张地看着他。

"你那双眼睛可不能再那么亮闪闪的了，"她事后对他说，"你路易莎伯母会怎么想？"

"我才不管她怎么想呢。"

威尔金森小姐高兴地轻声一笑。他们刚吃完晚饭，他就迫不及待地对她说：

"陪我到外面去抽根烟好吗？"

"你就不能让威尔金森小姐歇一会儿吗？"凯里太太道，"你可别忘了她已经不像你那么年轻了。"

"哦，我愿意出去走走，凯里太太。"她说，口气颇有些尖酸。

"吃过正餐走一走，吃过晚饭歇一歇。"牧师说。

"你这位伯母人是个好人，就是有时候惹得人烦。"他们来到外面刚把边门带上，威尔金森小姐就这么说。

菲利普把刚点着的香烟往地上一扔，伸出胳膊猛地把她搂住。她想把他推开。

"你答应过不会胡来的，菲利普。"

"你也不见得真的相信我会信守这种诺言吧？"

"先别，离屋里太近了，菲利普，"她说，"要是有人突然从屋里出来可怎么办？"

他把她领到菜园里，这时候是没人会到这儿来的，而且这次威尔金森小姐也不会再顾忌什么蝼蝈了。他狂热地吻她。有一点是他百思不得其解的：上午他根本就不喜欢她，下午也不过觉得差强人意，但一到了晚上，只要碰到她的手就让他激动不已。他说出来的那些缠绵的情话也是他从来都不认为自己有本事说得出的；在光天化日之下他肯定是怎么也说不出口的；他自己听来也备感惊讶和满意。

"求爱的话你说得多动听啊。"她说。

他自己也正是这么想的。

"哦，要是我能把燃烧着心灵的所有那些话都讲出来就好了！"他满怀激情地喃喃道。

真是妙不可言。这算得上他玩过的最激动人心的游戏了；最妙的是，他说的每一句话几乎都是发自肺腑的，只不过略有夸大而已。看到这一切在她身上明显起到的效果，一方面引起他莫大的兴趣，另一方面也让他兴奋不已。显然她也是颇费了一番努力，最后才提出要回屋去的。

"哦，别现在就走啊。"他叫道。

"必须得走了，"她咕哝道，"我害怕了。"

他突然生出一种直觉，知道这时候应该怎么做才是对的。

"我现在还不能进去。我要待在这儿再好好想想。我两颊发烫，需要吹点晚风。晚安。"

他煞有介事地伸出手来，她默默地握了一下。他觉得她是强忍住了一声呜咽。哦，这可真带劲！他一个人相当无聊地在黑乎乎的园子里待了一会儿，觉得也差不多了，就回到屋里，发现威尔金森小姐已经回房就寝了。

自那以后，他们之间的关系就不一样了。第二天和第三天，菲利普的表现都俨然是个急不可耐的情人。发现威尔金森小姐爱上了自己，他深感荣幸之至：这一点她用英语对他说了，也用法语对他说了。她对他大加赞美。之前还从没有任何人跟他说过他的眼睛非常迷人，说他有一张肉感的嘴巴。他也从来没有过于关注过自己的仪表，可是现在，只要一有机会，他就要在镜子面前顾影自怜一番。当他吻她的时候，能感到那似乎使她的灵魂都震颤起来的激情，那种感觉真是妙不可言。他经常吻她，因为他发现这比他凭本能觉得她期望他说的那些没完没了的情话要更容易做到。说出他如何对她顶礼膜拜这样的话来，仍旧让他觉得像个傻瓜。他希望身边有个什么人，可以向他吹嘘几句自己情场如何地得意，他也愿意跟他讨论一下他恋爱攻势的具体细节。有时候她会说些莫测高深的东西，让他摸不着头脑。他真希望海沃德能在身边，那就可以问问他，看看他以为她到底是什么意思，还有自己下一步最好该怎么办才好。他还没拿定主意，对于这桩情事，他到底该速战速决呢，还是顺其自然的好。现在也就只剩下三个礼拜的时间了。

"一想到这个我就受不了，"她说，"我心都要碎了。而且这以后咱们也许就再也见不着了。"

"你要真的有一丁点喜欢我，就不会对我这么狠心了。"他低声道。

"哦，你为什么就不能满足于让我们的关系顺其自然呢？男人全都一个样。他们从来都是贪得无厌的。"

在他坚持要再进一步的时候，她就说：

"可难道你不明白这是不可能的吗？在这儿怎么可能呢？"

他就提出种种方案，但她说什么也不肯当真去尝试一下。

"我可不敢冒这个险。要是被你伯母发现了，那还得了？"

一两天后，他想到了一个貌似万全的主意。

"你听我说，如果礼拜天晚上你头疼的话，你可以主动提出留下来看家，那么路易莎伯母就会去教堂做礼拜了。"

礼拜天晚上通常都是凯里太太留下来看家，为的是玛丽·安可以去教堂，但只要有机会能去教堂，她肯定是巴不得能去参加晚祷的。

菲利普没觉得有必要把他在德国已经改变了对基督教的看法

这件事告诉他的亲戚，他也不指望能得到他们的理解，为了少些麻烦，还不如不声不响地照常去教堂为好。不过他只在早上去一次。他把这个当作对社会偏见所做的一种不失体面的让步，而把拒绝晚上再去一趟当作对自由思想所做的一种恰如其分的坚持。

他提出这个建议以后，威尔金森小姐沉吟了半晌，然后摇了摇头。

"不，我不干。"她说。

可是礼拜天下午用茶点的时候，她的举动却大大出乎了菲利普的意料。

"我想今晚我就不去教堂了吧，"她突然这么说，"我头疼得好厉害。"

凯里太太万分关切，坚持要给她几滴她自己平常习惯服用的"头疼药水"。威尔金森小姐谢了她，用完茶点后马上就宣布她要回房去躺下来休息了。

"你真的什么都不需要了吗？"凯里太太焦心地问道。

"不需要了，谢谢你。"

"因为果真如此的话，我想我就要去趟教堂了。我平常可是很少有机会去参加晚祷的。"

"哦，没问题，请尽管去吧。"

"还有我在家呢，"菲利普说，"威尔金森小姐要是需要什么，尽可以随时叫我。"

"你最好别把起居室的门给关上，菲利普，这样，要是威尔金森小姐打铃的话，你就可以听得到了。"

"那是当然。"

这么一来，六点一过，整幢房子里就只剩下菲利普和威尔金森小姐两个人了。他反而心慌意乱起来。他真巴不得自己没提出这样一个计划来，可是为时已晚，自己创造出来的机会他自己必须把握住。他要是临阵退缩了，威尔金森小姐会怎么想他！他走到门厅里，侧耳细听。声息全无。他不知道威尔金森小姐是不是真的犯了头疼。说不定她已经把他那个建议给忘了呢。他的心怦怦直跳。他蹑手蹑脚地踏上楼梯，楼梯咯吱一响，把他吓了一跳，赶紧停了下来。他站在威尔金森小姐的房门外，先倾听了半响，然后把手放在门把手上，又等了半响。他感觉自己至少已经等了五分钟了，还是拿不定主意；他的手抖个不停。他真巴不得溜之大吉，但又知道如果这样的话事后肯定会追悔莫及。这就好比已经踏上了游泳池的最高一层跳板，从底下朝上看没什么大不了的，可是真到了那儿，从上面看底下的水面，心下就不免为之一沉了；那唯一能迫使你跳下去的原因，就是实在受不了灰溜溜地再原路下来的那种耻辱了。菲利普鼓足了勇气，轻轻转动门把手，走了进去。他觉得自己哆嗦得就像寒风中的一枚枯叶。

威尔金森小姐正背对门口，站在梳妆台前，听到门响，马上转过身来。

"哦，是你。你想干吗？"

她已经脱掉了裙子和上衣，身上只有一条衬裙。衬裙很短，只到靴筒的上端；裙摆是用一种亮闪闪的黑色料子做的，最底下镶了一道红色的荷叶边，上身是一件白棉布质地的短袖紧身内衣。

她看起来从没有像现在这样魅力全无；但事已至此，已经再无退路了。

她看起来又丑又怪。菲利普看到眼里，心往下一沉；她看起来从没有像现在这样魅力全无；但事已至此，已经再无退路了。他随手把门关上，并上了锁。

三十五

　　菲利普第二天醒得很早。他睡得很不安稳，不过，当他伸展开双腿，看着透过软百叶窗帘的阳光在地板上交织而成的图案，他还是心满意足地叹了口气。他颇有些扬扬自得。他开始想到威尔金森小姐。她让他叫她埃米莉，但不知道为什么，他总是叫不出口；在他脑子里她一直都是威尔金森小姐。既然这么称呼她会挨她的骂，他就干脆避免叫她的名字。他小时候常听人说起路易莎伯母有个妹妹，是位海军军官的寡妇，大家都管她叫埃米莉姨妈。用这个名字来称呼威尔金森小姐让他觉得挺不自在的，而他又想不出什么更合适的称呼来。从一开始她就是威尔金森小姐，在他的印象中她已经跟这个名字分不开了。他微微皱起了眉头：也不知是怎么回事，他现在总是想到她最不堪的那个样子；他总忘不了昨晚他眼看着她穿着内衣衬裙一下子转过身来时，他自己那沮丧的心情；忘不了她那已经有些粗糙的皮肤以及脖颈的一侧那又深又长的皱纹。他胜利的欢欣很快就烟消云散了。他又计算了一番她的年龄，得出的结论是她至少得有四十岁了。如此一来，这桩风流韵事就显得荒唐可笑了。她人老珠黄，姿色全无。他那敏锐的想象力马上勾画出她那不堪的形象：满面皱纹，形容枯槁，涂脂抹粉，身上的衣裙就她的地位而言过于炫耀，就她的年龄而言又太过花俏。他不寒而栗，突然觉得再也不想见到她了；想到居然还要亲吻她，简直让他受不了。他对自己的行径大为骇然。这就是爱情吗？

他穿衣服的时候尽量磨蹭，为的是拖延见到她的时间，他最后不得不走进餐厅的时候，心情异常沉重。早祷已经做完，大家已经坐下来就要吃饭了。

"懒骨头。"威尔金森小姐快活地叫道。

他看了她一眼，轻轻舒了一口气。她背朝窗口坐着，模样相当不错。他不知道刚才自己干吗要那么想她。他重又扬扬自得起来。

她身上起的变化让他吃了一惊。刚吃完早饭，她就迫不及待地对他说她爱他，声音激动得都有些颤抖了；稍过了一会儿他们来到起居室给他上唱歌课的时候，她坐在琴凳上伴奏，一行音阶只弹了一半她就仰起脸来说：

"Embrasse-moi.①"

他俯下身来，她伸出胳膊一把搂住他的脖子。这还真有点不大舒服，因为她这么紧紧地搂着他，弄得他几乎透不过气来。

_____

① 法语：亲我。

"Ah, je t'aime. Je t'aime. Je t'aime.[①]" 她用她那夸张的法语腔叫道。

菲利普真希望她能用英语讲话。

"我说，不知道你想到没有，那花匠可是随时都有可能从窗边经过的。"

"Ah, je m'en fiche du jardinier. Je m'en refiche, et je m'en contrefiche.[②]"

菲利普觉得这真像是法国小说里的场景，不知道为什么这多少让他有点恼火。

最后他说：

"好了，我想我还是去海滩那儿逛逛，去海水里泡泡什么的。"

"哦，你不会偏偏在今天早上就要把我一个人给抛下吧？"

菲利普不大明白为什么今天早上就不该这么做，不过也没什么要紧的。

"你希望我留下吗？"他微笑道。

"哦，亲爱的！不过算了，去吧。去吧。想象一下你在带有咸味的大海中御风破浪，在广阔的大洋上嬉水畅游的情景，也挺不错的。"

他拿上帽子，信步出发了。

"这都什么娘儿们的蠢话！"他心下暗道。

① 法语：啊，我爱你，我爱你，我爱你。
② 法语：啊，我才不在乎那个花匠呢。我一点都不在乎，我完全不在乎。

不过他很开心，很高兴，他扬扬自得。她显然是完全对自己着了迷。当他一瘸一拐地走过黑马厩镇那条大街的时候，他不免带着一丝目空一切的神气打量着过往的行人。他和很多人都有点头之交，在他面带微笑向他们颔首致意的时候，不免心下暗想，要是他们也知道自己是如何情场得意那该有多好！他是真巴不得有人能知道。他想着应该给海沃德写封信，就马上开始打起了腹稿。他会写到花园和玫瑰，还有那位娇小的法国家庭女教师，她就像玫瑰丛中的一朵异域奇葩，芬芳馥郁而又桀骜不驯：他会说她是个法国人，因为——喔，她在法国住了那么长时间，几乎就是个法国人了，再者说，如果把桩桩件件都讲得分毫不差，也就未免有些上不得台面了，不是吗？他会把他们初次见面的情景描述给海沃德听：她如何穿了一袭漂亮的麦斯林纱裙子，又如何献给他一朵玫瑰花。他为其蒙上了一层微妙的田园牧歌情调：阳光和大海赋予其激情和魔力，星光平添了诗意，古老的牧师公馆的花园为其提供了适宜而又优美的背景。这其中颇有某种梅瑞狄斯式的况味：并不完全像露西·费沃里尔[1]，像克拉拉·米德尔顿[2]；不过自有一番难以言传的迷人风姿。菲利普的心跳得飞快。自己的奇思妙想让他那么高兴，刚从海里爬上来，浑身冷冰冰、湿淋淋地钻进活动更衣间，他就重又胡思乱想起来。他这样来想他钟情的对象：她长着最可爱的小鼻子和棕色的大眼睛——

---

[1]　梅瑞狄斯的长篇小说《理查德·费沃里尔的磨难》的女主人公。
[2]　梅瑞狄斯的代表作《利己主义者》的女主人公。

他要这样向海沃德描绘——还有一头无比浓密、柔软的棕色秀发，把脸埋进这样的秀发里，那感觉才叫妙不可言呢，她的皮肤活像是象牙和阳光，她的脸颊就像是一朵红红的玫瑰花。她有多大呢？就说是十八吧，他管她叫米塞特。她的笑声宛如潺潺的溪水，她的嗓音轻柔而又低沉，算得上他听到过的最甜美悦耳的音乐。

"你**在**想什么呢？"

菲利普猛然停住脚。他正慢悠悠地朝家里走。

"隔着四分之一英里的路我就开始朝你招手了。你**真是**心不在焉。"

威尔金森小姐站在他面前，嘲笑他那大吃一惊的样子。

"我想我还是来接接你。"

"你可真好。"他说。

"我是不是吓了你一跳？"

"有那么一点儿。"他承认道。

他终究还是给海沃德写了那封信。足足写满了八页纸。

剩下的那两周过得飞快，虽然每天晚上吃过晚饭来到花园里的时候，威尔金森小姐总是感叹一天又过去了，菲利普快乐的情绪却丝毫没有因此而稍减。有天晚上，威尔金森小姐提出来说，如果她能把在柏林的差事换成伦敦的那该有多好，这样他们就可以经常见面了。菲利普嘴上虽敷衍说那敢情好，但实际上这种前景并没有在他内心激起任何热情；他所期盼的是在伦敦开始一种美妙的生活，他可不愿意受到任何拖累。他在说起往后的打算时过于口没遮拦了些，这就让威尔金森小姐看穿了他已经巴不得要远走高飞的实情。

"你要是真爱我，就不会用这种口气说话了。"她哭道。

他大吃了一惊，就不再言语了。

"我可真是个傻瓜。"她喃喃自语道。

他没想到她居然嘤嘤地哭了起来。他心肠很软，最见不得任何人伤心难过。

"哦，真是太抱歉了。我这是都做了些什么？别哭啊。"

"哦，菲利普，别离开我。你不知道你对我意味着什么。我这一生是多么不幸，而你让我多么幸福。"

他默默地吻着她。她的声调里当真饱含着痛苦，他被吓到了。他从没想到她的话真是发自内心的肺腑之言。

"我真是抱歉。你知道我有多喜欢你。我希望你能到伦敦来。"

"你知道我是来不了的。要找个职位几乎是不可能的，而且我也讨厌英国的生活。"

他被她的不幸所打动，几乎都意识不到他是在扮演一个角色了。他一再地竭力劝说她。她的泪水隐隐使他很是得意，他怀着真正的激情热烈地吻她。

可是一两天后，她却当众大闹了一场。牧师公馆里举行了一次网球园会，来客中有两位姑娘，是最近才在黑马厩镇安家落户的一位驻印度兵团的退伍少校的女儿。姐妹俩长得都很漂亮，姐姐和菲利普同年，妹妹年轻个一两岁。她们习惯了跟年轻男子交往（她们满肚子都是印度高地度假区的故事，而且那会儿拉迪亚德·吉卜林①的短篇小说正风靡一时，可说是人手一册），就开始咭咭咯咯地和菲利普说笑起来；而他出于喜新厌旧的心理——这两位小姐对待黑马厩镇教区牧师的侄子都还是挺当一回事的——也是开心兴头得不得了。在他内心深处某个魔鬼的驱使下，他竟肆无忌惮地跟姐妹俩打情骂俏起来，而由于他是在场的唯一一个年轻人，她们也相当乐意地来者不拒。碰巧她们网球打得也很不错，而菲利普原本也厌倦了跟威尔金森小姐打的那种没有力道的棉花球（她是这次来到黑马厩镇才刚开始学着打的），所以用完茶点安排比赛阵容的时候，他就建议威尔金森小姐和副牧师搭档，跟副牧师的太太对阵；等他们打完了才由他和新来的姐妹俩对阵。他挨着奥康纳大小姐坐下来，压低声音对她说：

"先把那些窝囊废打发掉，然后咱们再痛痛快快地打上一盘。"

这话显然是被威尔金森小姐给听到了，因为她把球拍往地上一扔，说她头疼，然后就走掉了。大家都明显看得出来她是生气了。菲利普见她居然当众使性子，也很恼火。他们就撇开她，重新安排了阵容，但不一会儿凯里太太就来叫他了。

"菲利普，你伤害了埃米莉的感情。她已经躲到自己的房间里，这会儿正在哭呢。"

"这又是为了什么？"

"哦，还不是让窝囊废先打什么的。快去找到她，说你不是有

---

① 拉迪亚德·吉卜林（Joseph Rudyard Kipling, 1865—1936），英国小说家、诗人，作品表现英帝国的扩张精神，有"帝国主义诗人"之称，代表作品有《丛林故事》、长篇小说《吉姆》、诗歌《军营歌谣》等，获一九〇七年诺贝尔文学奖。

意要伤她的心的，做个好孩子。"

"好吧。"

他敲了敲威尔金森小姐房间的门，但没人应声，他就推门进去了。他发现她趴在床上，嘤嘤地哭着。他碰了碰她的肩膀。

"我说，你这到底是怎么了？"

"别管我。我再也不想跟你说话了。"

"我到底做了什么了？要是伤害了你的感情，我万分抱歉。我不是有意的。我说，快起来吧。"

"哦，我真是太难过了。你怎么能对我这么残忍？你知道我讨厌那种无聊的运动。我只是为了能跟你在一起才学着打网球的。"

她站起身，朝梳妆台走去，不过在往镜子里迅速地瞟了一眼以后，就一屁股坐在了椅子上。她把手绢团成一个小球，轻轻擦拭着眼睛。

"一个女人能给一个男人的最宝贵的东西，我都已经给了你——哦，我有多傻啊！ ——而你却全无感激之情。你这人肯定是毫无心肝。你怎么能这么残忍地折磨我，跟那两个粗俗的丫头打情骂俏？我们就只剩下一个多礼拜了，你连这点时间都不肯留给我吗？"

菲利普闷闷不乐地站在她身旁。他觉得她的行为非常幼稚，对她居然当着外人的面要小性子相当恼火。

"可你明明知道我对那两位奥康纳小姐其实是并没有半毛钱兴趣的。你究竟为什么会认为我喜欢她们呢？"

威尔金森小姐把手绢收了起来。她的眼泪在那张涂脂抹粉的脸上留下了道道痕迹，她的头发也被揉得有些凌乱了。她那身白色的衣裙当时看来也并不怎么适合她。她用饥渴、狂热的目光看着菲利普。

"因为你和她都只有二十岁，"她嗓音嘶哑地说，"而我已经老了。"

菲利普脸红了，移开了目光。她语调中的痛苦使他感到一种奇怪的不安。他现在真是全心全意地希望，他要是从来就没有跟威尔金森小姐有过任何瓜葛就好了。

"我并不想让你伤心难过，"他有些尴尬地说，"你最好还是下去应酬一下你的朋友们吧。他们会好奇你到底出了什么事的。"

"好吧。"

他很高兴，终于能够离开她了。

他们在闹了一场别扭以后，很快就言归于好了，可是在剩下的为数不多的那几天里，菲利普仍旧时不时地感到有些厌烦。他现在想谈的就只有那未知的将来，可是一提到将来，威尔金森小姐就总是淌眼抹泪的。一开始，她的泪水还能打动他，让他觉得自己薄情寡义，于是一再向她保证对她的热爱永不会消减；可是现在，这只会让他感到恼火：她要是个妙龄少女，那倒也还罢了，可像这样一个已经徐娘半老的女人居然还总是哭哭啼啼的，那可实在是够蠢的。她总是一再地提醒他，他欠的那份恩情是他这辈子也没法偿清的。他愿意承认这一点，既然她口口声声总是这么说，可是说实在的，他就不明白了，为什么就该是他对她感激不尽，而不是恰恰相反呢？她期望他时时刻刻都要有知恩图报的表示，而有时候这实在让人厌烦：他早就习惯了孤身独处，对他来说有时候这还成了切身需要；可在威尔金森小姐看来，他如果不是随叫随到、唯命是听，那他就是不近人情、刻薄寡恩。两位奥康纳小姐曾邀请他俩去喝茶，菲利普当然是乐于前往的，但威尔金森小姐却说，她就只剩下五天时间了，她要他把全部的时间都用来陪她。这话听起来倒是挺受用的，可做起来实在让人腻烦。威尔金森小姐不厌其烦地告诉他，如果法国男人和窈窕淑女处在他跟威尔金森小姐同样的关系中，他们会如何地体贴入微。她对他们赞不绝口，夸他们是如何地殷勤有礼，如何巴不得牺牲自我，如何机敏乖巧。威尔金森小姐还真是索求无度。

菲利普听着她一一列举的这些完美情人所必须拥有的素质，忍不住暗自庆幸，还好她人住在柏林。

"你会给我写信的，是不是？每天都写。事无巨细，你做的任何一件事我都想知道。你可是什么都不能瞒我。"

"我会忙得焦头烂额的，"他回答道，"我尽量多给你写信就是了。"

她伸开手臂，热情洋溢地搂住他的脖子。有时候她这种爱情的展现真让他觉得有点尴尬。他宁肯她表现得更加矜持一点。她在情爱方面采取的主动是那么明显，真让他有点感到震惊：这完全不符合对女性的端庄稳重所形成的先入之见。

威尔金森小姐动身的日子终于还是到了。她下楼来吃早饭，面色苍白、沉默寡言，穿一件经久耐用的黑白格子的旅行服，看起来活脱脱是个精明强干的家庭女教师。菲利普也默不作声，因为他不太知道在这种场合到底该说些什么；生怕自己出言不慎，惹得威尔金森小姐当着他大伯的面就失控痛哭，大闹一场。头天晚上，他们已经在花园里相互道别过了，菲利普很庆幸现在已经没有机会再让他们单独相处了。吃过早饭后他一直待在餐厅里，以防威尔金森小姐执意要在楼梯上亲他。他可不想在这种有失体面的情况下被玛丽·安给撞见。玛丽·安现已届中年，牙尖嘴利，她很不喜欢威尔金森小姐，背地里管她叫老巫婆。路易莎伯母身体不太好，不能到车站去送行，不过牧师和菲利普一直把她送上了火车。火车就要开动的时候，她探出身来吻了吻凯里先生。

"我也必须吻吻你，菲利普。"她说。

"好吧。"他说，脸红了。

他站到火车的梯级上，她飞快地吻了吻他。火车开动了，威尔金森小姐颓然倒在车厢的角落里，凄然泪下。在走回牧师公馆的路上，菲利普如释重负，长出了一口气。

"嗯，你们把她平安送走了？"他们进门的时候，路易莎伯母问道。

"是呀，她可真是眼泪汪汪的。她执意吻了我和菲利普。"

"哦，好吧，在她这个年纪，这也没什么危险。"凯里太太指了指餐具柜，"有你一封信，菲利普。是第二班邮差送来的。"

信是海沃德写来的，全文如下：

我亲爱的伙计：

我马上就回你的信。我不揣冒昧，把你的信念给我的一位挚友听了。她是位迷人的女性，她的帮助和同情对我而言弥足珍贵，而且她对艺术和文学具有真正的鉴别力。我们俩都一致认为你的信写得好极了。你写的时候发自内心，你都不知道，那字里行间洋溢着多么令人愉快的纯真无邪。而且因为你在恋爱，你写得就像动人的诗篇。啊，我亲爱的伙计，这是货真价实的真情流露：我感到的是你青春激情的闪耀，字字句句都是你真挚的情感谱写的动人乐章。你一定很幸福！真希望我也能隐身于那座富有魔力的花园，眼看着你们手牵手，像达佛涅斯和克洛伊①一样在花丛中漫步徜徉。我能够看到你，我的达佛涅斯，眼睛里闪烁着初恋的光芒，温柔、热烈、如醉如狂；而你怀里的克洛伊，如此年轻、温婉、鲜艳，郑重发誓她誓死不从——终究还是乖乖就范。玫瑰、紫罗兰和忍冬！哦，我的朋友，我真嫉妒你。想到你的初恋就是纯粹的诗篇，那感觉可真好。珍惜这宝贵的时刻吧，因为永生的众神已经把最珍贵的礼物赐予了你，直到你临终的那一天，这都将是甜蜜而又感伤的记忆。往后你再也享受不到这种无忧无虑的至乐狂喜了。初恋是最宝贵的恋爱；她美丽，你年轻，整个世界都是你们的。当你以可爱的单纯告诉我你把脸整个儿埋在她的长发中的时候，我感觉

① 达佛涅斯和克洛伊（Daphnis and Chloe），古希腊田园文学中一对理想的恋人形象，出自希腊作家朗戈斯（Longus，创作时期2—3世纪）的首部田园诗式的同名爱情小说。

我的脉搏都跳得更快了。我敢肯定那准是一头栗色的秀发，仿佛蒙上了一层金色的光泽。我要让你们俩并肩坐在一棵枝叶葱茏的树下，一起共读《罗密欧与朱丽叶》；然后我要你双膝跪下，代表我亲吻一下那留下她足迹的土地；然后告诉她，这是一个诗人对她那光芒四射的青春以及你对她的爱情所表达的一份敬意。

你永远的

G.埃瑟里奇·海沃德

"真是一派胡言！"菲利普看完信后说道。

说来也真够蹊跷的，威尔金森小姐确曾提议他们应该一起共读《罗密欧与朱丽叶》，但被菲利普断然拒绝了。然后，当他把信揣进口袋里的时候，他心头蓦地涌起一阵莫名的痛楚，因为现实和理想之间的距离简直判若云泥。

三十六

　　几天后，菲利普便去了伦敦。副牧师推荐他住在巴恩斯[①]，菲利普就写信去那里以每周十四先令的租金租了套房间。他是傍晚时分到的那里，房东太太是个滑稽的小老太婆，瘦小干瘪，皱纹堆垒，已经为他预备好了充作晚餐的茶点。起居室的大部分地方都被餐具柜和一张大方桌给占了；靠墙的一侧摆了张覆着马鬃的沙发，壁炉边摆了把扶手椅来配它，椅背上罩了白色的椅套，座子上的弹簧坏了，上面放了个硬椅垫。

　　用过茶点以后，他打开行李，放好书籍，然后坐下来想看看书，心情却相当沮丧。街上的寂寥让他有点不自在，他感觉非常孤单。

　　第二天他起得很早。他穿上长礼服，戴上还是学生时代戴的大礼帽，这帽子已经很寒酸了，他下决心在去事务所的路上到商

---

① 巴恩斯（Barnes），大伦敦泰晤士河畔的里士满自治市（London Borough of Richmond upon Thames）的一个区，位于其东北部，因此是该自治市距离伦敦市中心最近的区域。

店里买一顶新的。买好帽子后，他发现时间还早，就沿着斯特兰德大街①溜达过去。赫伯特·卡特公司的事务所坐落在大法官法庭巷②附近的一条小街上，他问了两三次路才终于找到。他觉得人家总是在盯着他看，他一度还特意把帽子摘下来，看看他是不是一时疏忽，把标签给留在上面了。到了以后，他敲了敲门，可是没人应声；他看了看表，发现也就刚刚九点半，他想是他来得太早了。他先走开，十分钟以后再回来，这次有个勤杂工来开门了，这人长了个长鼻子，满脸的粉刺，一口苏格兰腔。菲利普说要找赫伯特·卡特先生。他还没来。

"他什么时候能到？"

"十点到十点半之间。"

"那我等等他吧。"菲利普说。

"你找他有什么事？"勤杂工问他。

菲利普有点紧张不安，但竭力想用调侃的口吻加以掩饰。

"喔，要是你不反对的话，在下将在这里工作。"

"哦，你就是那个新来的见习生？请进来吧。古德沃西先生一会儿就到了。"

菲利普走了进去，与此同时，发现那个勤杂工——他跟菲利普年龄相仿，自称是初级文员——正在打量他的腿。他脸一红，

---

① 斯特兰德大街（the Strand），伦敦中西部一条繁华的大街，与泰晤士河平行，西起特拉法尔加广场，东至伦敦金融城的圣殿关，至此与舰队街汇合。

② 大法官法庭巷（Chancery Lane），伦敦金融城内一街道名，因历史上的大法官高等法庭位于此巷内而得名，以律师事务所云集著称。

坐下来，把那只跛脚藏到那只好脚的后面。他环视了一下这个房间。室内光线暗淡而且非常邋遢，就靠天窗透进来的那点光线照明。总共有三排办公桌，桌边靠着高脚凳。壁炉架上挂了张脏兮兮的职业拳赛的版画。不一会儿，有个文员进来了，然后又进来一个；他们瞥了一眼菲利普，压低声音问那个勤杂工（菲利普由此知道了他的姓氏：麦克杜格尔）他是什么人。一声口哨响起，麦克杜格尔应声站起来。

"古德沃西先生来了。他是这儿的主任文员。我这就去跟他说一声你来了吧？"

"好的，有劳了。"菲利普说。

勤杂工出去了，不一会儿就回来了。

"请走这边好吗？"

菲利普跟着他横过过道，来到一个房间，房间很小，几乎没什么陈设，有个又瘦又矮的男人背对壁炉站在那儿。他比中等身高矮了一大截，但是长了个巨大的脑袋，像是松松垮垮地安在身躯上，使他显得又丑又怪。他的五官长得开阔而又扁平，有一双突出来的黯淡无神的眼睛；稀疏的头发是沙土色的，脸上的胡须长得很不均衡，在你原本期望长得很浓密的地方偏偏寸毛不生。他的皮肤苍白中又带有灰黄。他朝菲利普伸出手来，咧嘴一笑的时候露出一口的烂牙。他讲起话来，屈尊俯就的神气中又透出几分畏怯，就仿佛明知道自己微不足道，却偏要装出一副无比重要的架势来。他说他希望菲利普会喜欢这份工作，这其中虽有不少辛苦乏味之处，不过一旦你习惯了，它就会变得有趣起来；毕竟是要赚钱糊口的，这才是首要的一点，不是吗？他呵呵一笑，露出那高高在上和畏畏葸葸的混杂神情。

"卡特先生很快也就到了，"他说，"礼拜一的上午他有时候会到得晚一点，他来了我会叫你的。不过这会子我得给你找点事情做，你懂不懂一点簿记或者记账？"

"恐怕不懂。"菲利普回答道。

"我想也是。在学校里，他们是不会教你们那些在商业中大有用处的东西的，恐怕是。"他沉吟了片刻。"我想我能给你找点事情做。"

他走进隔壁的房间，过了一会儿抱着个大纸板箱走了出来。里面塞满了一大堆乱糟糟的信件，他让菲利普把它们都分好类，再按写信人姓氏字母的顺序整理好。

"我带你去见习生平时办公的房间。那儿已经有一个很好的小伙子了。他姓沃森，他父亲是沃森、克拉格和汤普森公司——你知道，就是那家啤酒公司——的合伙人。他要在我们这儿待上一年，学习业务。"

古德沃西先生领着菲利普穿过那间邋遢的办公室，现在已经有六到八个文员在那儿办公了，来到后面一个狭小的房间。那是用玻璃隔板从大房间里隔出来的，他们看到沃森正仰靠在椅背上，看一本《运动家》杂志。他是个粗壮结实的大块头年轻人，衣冠楚楚，古德沃西先生进来的时候，他把头抬了起来。他对主任文员直呼其名，以彰显自己的身份地位。主任文员却不吃他这套，刻意郑重其事地称他沃森先生，而沃森先生并不将其看作一种非难，反而当作对他绅士风度的一种恭维而坦然接受①。

"我看到他们已经把里戈莱托给撤下来了。"古德沃西先生刚一出去，他就对菲利普说。

"是吗？"菲利普说，他其实对赛马一无所知。

他满怀敬畏地打量着沃森那身漂亮的衣装。他的长礼服非常合身，那巨大的领带正中巧妙地别着一枚贵重的别针。壁炉架上放着他的大礼帽，漂亮入时，形似大钟，闪闪发亮。菲利普不由得自惭形秽。沃森又开始谈起狩猎来——在这个该死的办公室里浪费光阴，真让人腻味透了，他就只能在礼拜六去打一回猎了——然后就是射击：全国各地的邀请函如雪片般飞来，多带劲呀，但他当然都得一一回绝。真是倒了血霉了，但他不打算再忍受很久了；他只要在这个鬼地方待上一年，然后便要进入商界闯荡去了，到了那时候，他一个礼拜就能打上四天猎，还可以参加所有的射击比赛了。

"你得在这儿待上五个年头，是不是？"他说，一边用胳膊冲这个小房间四面一挥。

"我想是的。"菲利普说。

"我敢说往后还是见得到你的。我们的账目是委托卡特负责的，你知道。"

菲利普有点被这位年轻绅士纡尊降贵的气势给镇住了。在黑

---

① 西俗直呼对方的教名或姓氏，而不称呼对方某某先生/小姐/太太，只限于上对下、长对幼或熟不拘礼的情况，古德沃西刻意称呼对方沃森先生，意思是表示要跟他保持礼貌的距离，而对方却当作是对自己的格外尊重。

马厩镇，他们对待酿酒业一直都持一种彬彬有礼的轻慢态度，牧师总拿酿酒商开点小玩笑，现在菲利普发现沃森居然是这么个举足轻重、气派非凡的家伙，真算是个让人大感意外的新鲜经验。他上过温彻斯特公学和牛津大学，这一点他张口闭口地反复提及，你就是想忘记都难。当他得知菲利普受教育的详细经过后，就越发摆出一副屈尊俯就的架势。

"当然了，一个人要是没机会去上公学，这一类的学校也就算是等而下之的最好选择了，不是吗?"

菲利普向他问起事务所其他人的情况。

"哦，我是犯不着在他们身上白费心思的，你知道。"沃森说，"卡特还算是不赖。我们时不时地请他过来吃顿饭，其余的都是一帮粗俗的暴发户。"

说罢几句闲话，沃森也就开始专心办公了，菲利普也动手整理起分派给他的信件来。这时，古德沃西先生进来说卡特先生到了。他把菲利普领进自己隔壁的一个大房间里。里面摆了张巨大的办公桌，两把大扶手椅;地板上铺了块土耳其地毯，四壁上挂着好多幅体育图片。卡特先生坐在办公桌后面，这时站起来和菲利普握了握手。他穿一件长款的礼服外衣，看起来像是个军人;八字胡抹了蜡，灰白的头发剪得短而齐整，腰杆笔直，说起话来轻松愉快，谈笑风生，家住在恩菲尔德①。他非常热衷于体育运动

---

① 恩菲尔德（Enfield），大伦敦北缘的自治市。

和乡居生活的乐趣。他是赫特福德郡义勇骑兵队^①的军官，又是保守党协会的主席。当地的一位要人有一次曾说谁都不会把他当一位伦敦金融城的买卖人看待，他听说后，觉得他这辈子总算是没有白过。他以一种令人愉快、不拘礼节的态度跟菲利普谈了几句。古德沃西先生会照看他的。沃森是个好小伙子，是个完美的绅士，出色的运动家——菲利普打猎吗？真可惜，**这**可是绅士的运动。现在没有太多机会去打猎了，得把机会留给他儿子了。他儿子在剑桥念书，之前上的是拉格比，出色的拉格比公学，那儿培养的全是品学兼优的好学生，再过一两年，他儿子也要来这儿当见习生，到时候菲利普就有伴儿了，他会喜欢他儿子的，是个彻头彻尾的运动家。他希望菲利普在这儿能出人头地，能喜欢这份工作，他可千万别错过了他给他们上的业务课，他们正致力于提升他们这一行的职业声望，他们需要网罗真正的绅士。好了，好了，古德沃西先生就在那儿。如果他想了解任何情况，古德沃西先生都会告诉他的。他的书法怎么样啊？啊，好的，古德沃西先生会做出妥善安排的。

　　菲利普被这么多的绅士风度搞得有些不知所措了：在东英吉利，谁是绅士，谁不是，大家都非常清楚，可是绅士们从来都不会口口声声把这个挂在嘴上。

---

① 义勇骑兵队（yeomanry），一七六一年由自由民、自耕农等子弟组成，一九○七年起改编为领土保卫军。

三十七

一开始，工作的新鲜感使菲利普觉得还挺有兴趣的。卡特先生向他口授信件，他还得负责誊清账目结算表。

卡特先生比较喜欢用绅士的方式来经营事务所；他不想跟打字稿有任何瓜葛，对速记也持不赞同的态度，那位勤杂工懂速记，不过只有古德沃西先生才会利用他的这项专长。时不时地，菲利普也会跟某位更有经验的文员去某一家公司去审计账目：他渐渐也就知道了对哪些客户应该恭而敬之，又有哪一些境况不妙，财务已现危机。时不时地，人们会给他一长串的数字让他计算总和。为了第一次会计师考试，他去上培训课。古德沃西先生一再对他说，他们这个工作一开始会显得枯燥乏味，不过适应了也就好了。菲利普六点钟离开事务所，步行过河来到滑铁卢①。他回到寄宿公寓的时候，晚饭已经给他准备好了，剩下的整个晚上他都用来阅

---

① 滑铁卢（Waterloo），伦敦兰贝斯自治市（London Borough of Lambeth）的一个行政区，区内有著名的滑铁卢火车站，过滑铁卢桥到泰晤士河北岸即斯特兰德地区。

读。礼拜六的下午，他会去国家美术馆。海沃德推荐给他一本参观指南，是根据罗斯金的著作汇编而成的，他手握这本指南，不辞劳苦地从一间陈列室转到另一间陈列室：他先是仔细阅读这位评论家对某一幅名画的详细评论，然后就按图索骥，仔细观赏，非把画中同样的精髓看出来绝不罢休。礼拜天的时间就很难打发了。他在伦敦谁都不认识，礼拜天只能一个人过。尼克松先生，那位律师，请他去汉普斯特德[1]他家里过个礼拜天，菲利普和一帮生气勃勃的陌生人一起度过了愉快的一天；酒足饭饱之后，他还到那著名的荒野上溜达了一圈。告辞的时候，主人泛泛地邀请他高兴的时候尽管过来玩；但他出于病态的敏感，唯恐自己不请自来会妨碍了人家，因此一直等人家再次正式邀请他。自然，这邀请也就再也没有来，因为尼克松夫妇有那么多的朋友，哪里会想到这个落落寡合、沉默寡言的年轻人呢，况且他们又不欠他什么人情。所以礼拜天他基本上就是睡个懒觉，然后沿着河边的纤道溜达溜达。巴恩斯的这一段泰晤士河浑浊而又肮脏，还会随着潮水涨落；是既没有船闸上面那段优雅旖旎的魅力，又没有伦敦桥以下那百舸争流的奇景。下午，他就在公共绿地上瞎转悠；那里也是灰头土脸、肮里肮脏，既不是乡下，也不是城市，就连金雀花都是一副发育不良的德性，触目所及尽是文明世界丢弃的垃圾。每个礼拜六晚上他都去看场戏，兴致勃勃地在顶层楼座的入口处

---

① 汉普斯特德（Hampstead），伦敦中心城区北部卡姆登自治市（London Borough of Camden）的一个行政区，是著名的富人区，以众多历史名胜和开阔的公共绿地汉普斯特德荒野（Hampstead Heath）著称。

站上个把钟头。博物馆关门和去ABC^①面包店便饭之间的间隔时间太短，不值当再回巴恩斯一趟，这段时间该怎么消磨实在有些让人头疼。他就在邦德街^②或者伯灵顿拱廊街^③溜达一会儿。走累了，便去海德公园坐一会儿，如果碰到下雨天，就去圣马丁巷的公共图书馆看看书。他看着那些过往的行人，很羡慕他们都有亲朋好友；有时候羡慕会变成憎恨，因为他们都很幸福，而他却那么可怜。他从没想到过，身处在一个大城市里竟会感到如此孤单。有时候他站在顶层楼座入口旁看戏的时候，旁边站着的人想要跟他搭讪几句；但他出于乡下孩子对陌生人根深蒂固的猜疑，总是爱搭不理的，结果也就没办法交上朋友。戏散场以后，他只得把自己的观感全都闷在肚子里，匆匆穿过大桥来到滑铁卢。等他回到自己的寓所（为了省几个钱，连个火都不舍得生），心情真是无比沉重。这日子过得实在是太凄凉惨淡了。他开始厌恨起他的这个寄宿舍以及他在这里度过的那些漫长孤独的夜晚了。有时候他感到太过孤单，连书都看不进去了，只能一小时一小时地枯坐在那里瞪视着炉火，感觉无比苦痛和悲惨。

他在伦敦已经度过了三个月，除了在汉普斯特德度过的那个礼拜天以外，他就从来没有跟同事以外的人说过话。有天晚上，

---

① ABC是英国气泡面包公司（Aerated Bread Company，1862—1955）的缩写。

② 邦德街（Bond Street），伦敦最高档的时尚购物区，与牛津街垂直，一直通向皮卡迪利大街。

③ 伯灵顿拱廊街（Burlington Arcade），伦敦的一个有盖购物廊，位于邦德街后面，从皮卡迪利大街到伯灵顿花园，是十九世纪中期的欧洲购物廊和现代购物中心的先驱之一。

沃森请他去一家餐馆吃饭，饭后又一起去了家歌舞杂耍剧场，但他感觉既害羞又不自在。沃森不住嘴地喋喋不休，说的都是些他完全不感兴趣的事。可尽管他把沃森看成个市侩，他还是忍不住对他艳羡不已。他生气是因为沃森显然丝毫都不看重他的文化修养，但根据别人对他的评价再来重新看待自己，他也开始鄙视起了迄今一向都自认为至关重要的那些学识来了。他有生以来第一次感到了贫穷的屈辱。他大伯每个月给他十四镑生活费，他还得靠这笔钱添置不少衣物。他的晚礼服就花了他五个几尼①。他还不敢告诉沃森那是在斯特兰德大街买的。因为据沃森说，全伦敦只有一家真正靠谱的男装裁缝店。

"我想你是不跳舞的吧。"有一天，沃森朝菲利普那只畸形足瞟了一眼说。

"不跳。"菲利普说。

"可惜。人家要我带几位会跳舞的男士去参加一个舞会。本来倒是可以介绍你认识几个讨人喜欢的姑娘的。"

有一两回，菲利普实在是不愿意回到巴恩斯，就留在城里，一直在西区②逛荡到很晚，见到某幢宅第里在举行社交晚会，就驻足旁观。他混在一小群寒酸的人中间，站在人家宅里的男仆后面，看着客人一个个到来，听着从窗口飘出来的音乐。有时不顾夜深天寒，某对男女会来到阳台上站一会儿，呼吸一下新鲜空气；

---

① 几尼（guinea），英国一六六三年发行的一种金币，值二十一先令，一八一三年停止流通；后仅指等于二十一先令即一点零五英镑的币值单位，常用于规定费用、价格等。
② 伦敦的富人区。

而菲利普会把他们想象成恋爱中的情侣，于是转过身去，怀着沉重的心情，一瘸一拐地离去。他永远都不能站在那个男人的位置。他觉得没有任何一个女人会当真不嫌恶他的残疾。

这让他想起了威尔金森小姐。想起她来也并没有什么高兴的。分手前他们曾经约定，在他告诉她确切的地址前，她先把信寄到查令十字①的邮局。他到那儿去查看的时候，发现已经有三封信在等着他了。她的信是用紫墨水写在蓝信笺上，而且是用法文写的。菲利普真是纳闷，她干吗就不能像个明智的女人那样用英文写呢？而且她那种激情澎湃的表达方式，因为让他想起了一本法国小说，真让他感到齿冷。她严厉责怪他一直都不给她写信，他回信的时候就借口自己实在是太忙了。他不太能确定该怎么开这个头。他实在鼓不起勇气来用**最最亲爱的**或**心肝宝贝**之类的称呼，也很不愿意直呼她的教名埃米莉，所以最后就用了**亲爱的**这个词。它单吊在那里，显得既古怪又傻乎乎的，但他也顾不得了。这算是他写的第一封情书，他也知道自己写得真是平淡乏味；他觉得他应该倾吐各种热烈的情话，说他每一天的每一分钟都在如何思念她，他是如何渴望亲吻她那美丽的小手，如何一想到她的红唇就忍不住颤抖，但出于某种无法解释的羞怯，他实在说不出口，而只是跟她说了说他的新住处和事务所里的情况。她的回信下一班回程邮件就送来了，满纸都是气愤、心碎的责备之词：他怎么能这般冷酷无情？他难道不知道

---

① 查令十字（Charing Cross），伦敦威斯敏斯特市的一个交汇路口，从十九世纪初开始，查令十字就是假设的伦敦的中心点，也是英国习惯上的铁路、公路里程零基准点。

她就指望着他的来信？ 一个女人能给的，她全都给了他，而这就是她得到的回报。他是不是已经厌倦她了？ 然后，因为他好几天都没有回信，威尔金森小姐的信就像雪片般飞来，大兴问罪之师。她无法忍受他的薄情寡义，她望眼欲穿地等着他的邮件，但根本就不见他的只言片语，每天夜里，她都是哭着睡着的，她现在已是憔悴不堪，大家全都在问她，她这到底是怎么了？ 如果他根本就不爱她，那干吗不干脆直说？ 可是她又说，没有他，她就活不下去，她唯一能做的就只有自寻短见。她责怪他冷酷自私，忘恩负义。所有这些都是用法文写的，而且菲利普也知道她用这种语言纯是为了炫耀，不过他还是同样忧心忡忡。他并不想使她伤心难过。过了不久，她又写信说她再也忍受不了这种分离之苦了，她想做好安排到伦敦来过圣诞节。菲利普回信说若果真如此，他再高兴不过了，但他已经约好要和几位朋友去乡下过圣诞节，他总不能言而无信吧？ 她回信说，她并不想强人所难，他这明摆着就是不想见到她；她真是无比伤心难过，她绝没有想到他会以如此之残酷无情来回报她的一片痴情。她的信写得凄恻动人，菲利普觉得他都随处可见信笺上的斑斑泪痕；冲动之下他写了封回信，说他万分抱歉，并恳求她马上就到伦敦来；又收到她的信时才总算放下心来，因为她信上又说她发现自己实在是不克抽身。打这以后，他只要一收到她的来信，心就忍不住往下一沉：他迟迟不愿把信拆开，因为他知道信的内容左不过就是愤怒的指责外加悲戚的求恳；这会让他觉得自己真是个彻头彻尾的负心汉，然而他又不明白自己到底做错了什么，活该受到这样的指责。他会把回信的日期一天一天往后拖，还没等他回信，她的信就又到了，说她生了病，说她是如何寂寞而又悲惨。

"真巴不得从来就没跟她有过任何瓜葛。"他说。

他很佩服沃森，因为他处理起这类事情来浑不费力。这位年轻人曾跟巡回剧团的一个姑娘勾搭上了，他对他们这段情事的描述不由得让菲利普惊羡不已。可是过了没多久，喜新厌旧的沃森就变了心，有一天，他向菲利普描述了他们决裂的经过。

"我觉得在这种事上优柔寡断是没有半点好处的，于是我就开门见山地跟她说，我已经受够了她了。"

"她没跟你大吵大闹吗？"菲利普问。

"你也知道，这是免不了的，不过我正告她，跟我来这一套是没什么用处的。"

"她哭了吗？"

"她开始哭了，但我真受不了那些哭哭啼啼的娘儿们，所以我就干脆告诉她，她还是三十六计走为上计。"

菲利普的幽默感也随着他年龄渐长而越发敏锐了。

"那她言听计从了吗？"他含笑问道。

"喔，除此一计，也再无计可施了，不是吗？"

说话间，圣诞节假期也越来越近了。凯里太太整个十一月间一直都病病殃殃的，医生建议圣诞前后她和牧师最好能去康沃尔①住上一两个礼拜，以便于恢复体力。结果菲利普就没地方可去

---

① 康沃尔（Cornwall），英格兰西南部郡，位于伸入大西洋的半岛上，受海洋影响气候冬暖夏凉。

了，只能在寄宿舍里过他的圣诞。在海沃德的影响下，他也认为圣诞期间的那套惯常的喜庆活动是既粗俗又野蛮，他于是打定主意根本不去理会这个节日；可是真到了这一天，周围家家户户的欢乐气氛仍旧对他产生了奇怪的影响。他的房东太太和丈夫要同已经出嫁的女儿共同度过这一天，为了省得麻烦，菲利普干脆宣布他那天的饭要到外面去吃。他临近中午去了伦敦城，在加蒂餐馆一个人吃了一小块圣诞火鸡和一份圣诞布丁，既然他无事可做，饭后就去威斯敏斯特大教堂参加了他们的午祷仪式。街上几乎都是空的，不多的几个行人也都一副专注的神情；没有一个人是在闲逛，全都有个明确的目的，而且几乎没有一个人是落单的。在菲利普看来，他们全都显得很幸福。他这辈子还从没感到如此孤单。他原本打算在街上走走看看，把下午的时间消磨掉，然后找个餐馆吃晚饭，可他无论如何也无法再面对这些快乐的人们，他们说说笑笑，寻欢作乐；所以他又返回了滑铁卢，经过威斯敏斯特大桥路时买了些火腿和几个碎肉馅饼，然后便回到了巴恩斯。他在自己那个孤独的小房间里吃了自己买的食物，然后就捧着一本书度过了整个晚上。心头的万般愁绪压得他几乎都喘不过气来了。

节后上班的时候，听着沃森绘声绘色地描述自己是怎么度过这个短暂假期的，他越发感觉痛心疾首。他们家来了几个开朗活泼的姑娘，吃过圣诞大餐以后，他们把起居室的家具全都搬开，开了个家庭舞会。

"我一直到三点钟才上床睡觉，而且都不知道是怎么上的床。

的确，我是有点儿醉了。"

菲利普终于忍不住了，拉下脸来不管不顾地问他：

"在伦敦，人们是怎么结交朋友的？"

沃森惊讶地看了看他，暗自觉得好笑的神情中掺杂了一丝鄙夷。

"哦，我也不知道，就这么结交了呗。你要是去参加舞会的话，很快就能结交很多人，想结交多少就能结交多少。"

菲利普讨厌沃森，可是他愿意牺牲一切来和他交换位置。从前在学校里的那种感觉又回到了心头，他真想钻进别人的躯壳，想象着自己如果是沃森的话，那生活应该是什么样子的。

三十八

到了年底，有一大堆事情要做。菲利普跟一个姓汤普森的文员搭伙前往不同的公司商号，一天到晚一成不变地干着同一件单调的事情：把每一项开支都大声念出来，由汤普森负责核对正误；有时候他还得把账面上一串串长长的数字累加起来。他生来就没什么数字概念，只能一个一个数字地慢慢往上加。汤普森对他计算中屡屡出错非常恼火。他这位同事是个瘦高个儿，四十岁左右，面色灰黄，头发乌黑，胡须乱蓬蓬的，两颊凹陷，鼻子两侧尽是深深的皱纹。他很不喜欢菲利普，就因为他是个见习生。因为菲利普付得起三百几尼，在这儿混上五年以后就有开创一番事业的机会；而他呢，尽管有经验又有能力，这辈子却最多只能做个周薪三十五先令的小文员。他是个性情很拧巴的人，得养活一个人口众多的家庭，负担很重，他想当然地觉得在菲利普身上看出了一种傲慢，因之而大感怨愤。就因为菲利普比他受过更好的教育，他就对他冷嘲热讽，他讥笑菲利普的吐字发音；他无法原谅他讲话居然丝毫都不带伦敦土腔，他在跟菲利普讲话的时候，就故意把"h"这个音发得特别夸张①。一开始，他对菲利普的态度只不过是有些生硬和排斥，可是在他发现菲利普完全没有当会计师的天分以后，他就专以羞辱他为乐了；他对菲利普的攻击既粗暴又愚蠢，却也足以伤害菲利普的自尊心，而为了自卫，菲利普也就违背自己的本性，故意摆出一副居高临下的架势。

"今天早上又洗澡了？"汤普森见菲利普又迟到了就这么说，因为菲利普一开始准时到岗的习惯并没能维持多久。

"是呀，你没洗吗？"

"没有，我可不是什么绅士，我只是个小文员。只在礼拜六晚上洗个澡。"

"我想这就是你礼拜一比平常更让人讨厌的原因所在了。"

"尊驾可否屈尊俯就，今天把几笔账目简单地加一下？恐怕对一位懂得拉丁文和希腊语的绅士而言，我有些过于求全责备了。"

"尊驾一心想要嘲笑我，这挖苦话说得可并不太高妙。"

不过菲利普自己也清楚，其他那些文员，尽管薪俸微薄、举止粗鲁，其实都比自己更有用。有一两回，就连古德沃西先生对他都有些失去了耐心。

"都这么长时间了，你真的应该比你现在表现得更能干一些了，"他说，"你甚至都还不如那个勤杂工机灵呢。"

菲利普闷闷不乐地听着。他不喜欢被人责备，有时候自己奉命誊清的账目，古德沃西先生因为感到不满意，又让别的文员再

---

① 在未受过良好教育的阶层中，通常会把"h"音给吞掉。

去做一遍，这就更让他下不来台了。一开始，这份工作因为感觉还新鲜，他总算还能忍受，但如今他是越来越感到厌烦了；当他发现自己实在没有这方面的才分以后，就憎恨起这份工作来了。他现在经常是把分派给他的工作扔在一边，在事务所的信笺上信手画些小画，白白浪费时间。他为沃森画了无数张速写，所有可以想见的姿态无一不有，沃森对于他的绘画天分激赏不已。有一天他心血来潮，把那些画带回了家去，第二天上班的时候转达了他全家的热情赞赏。

"我真奇怪你竟然没成为一个画家，"他说，"只不过当然了，靠这玩意儿是发不了财的。"

也是碰巧了，卡特先生两三天后到沃森家吃饭，这些速写也就拿给他看了。第二天上午，他便派人把菲利普给叫了去。菲利普很少能见到他，对他还是有几分惧意的。

"听我说，年轻人，你下班以后干些什么我管不着，可我看到你画的那些速写，都是画在事务所的信笺上的，而且古德沃西先生也跟我说，你一直都挺吊儿郎当的。你要是不加把劲的话，在特许会计师这个行当你是干不出任何名堂来的。这是个很体面的职业，我们正在把一群非常优秀的人才网罗进来，但要干好这一行，你也得……"他想找个贴切的字眼来结束他这个警句，但一时又实在找不到，于是只得草草收场了事："要干好这一行，你也得加把劲。"

要不是有约在先——他如果不喜欢这份工作，可以在一年以后离开，并可以拿回所付合同费用的一半——说不定他也就死了心，硬着头皮干下去了。他觉得自己适合干点比把账目加起来更有出息的事情，这种可鄙的工作他竟然干得这么差劲，也实在是有些丢脸。跟汤普森的那些鄙俗的争吵斗嘴，也搞得他烦不胜烦。到了三月份，沃森在事务所的一年见习期已满，尽管菲利普并不怎么喜欢他，眼见着他离开还是不无遗憾的。事实上，事务所的其他文员对他们俩都一样侧目而视，因为他们属于一个略高于他们自己的阶层，正是这一点成为把他们联系在一起的纽带。菲利普一想到还得跟这帮沉闷枯燥的家伙再待上四年，他的心就为之一沉。他原本期望在伦敦的生活会是精彩纷呈的，结果却什么也没有得到。现在他真讨厌它了。他在这儿一个人都不认识，也不知道该怎么去跟人结交。他已经厌倦了到哪儿都是茕茕孑立、形影相吊。他开始觉得他再也忍受不了这样的生活了。夜里躺在床上，他就忍不住会想，要是再也见不到那个阴暗肮脏的事务所和里面所有的那些人，要是从此离开这死气沉沉的寄宿舍，那该有多快活。

开春以后，又有件事让他大失所望。海沃德原本宣称这个春天要来伦敦度过的，菲利普已经翘首以盼了很久了。他近来读了很多的书，想了很多的事，脑子里塞满了想跟别人好好讨论一下的想法，而他认识的人里面就没有一个是对抽象的事物感兴趣的。一想到就要有个可以跟他开怀畅谈的朋友来到自己身边了，他真是兴奋异常；不想海沃德却又来信说意大利今年的春天比以往哪一年都更可爱，他实在不舍得离开，这等于是给菲利普兜头泼了一盆冷水。他又继续问菲利普干吗不也到意大利去，世界是如此美好，而他却把自己的大好青春都蹉跎在一间事务所里，这真是何苦来哉？信里接着又写道：

> 我真奇怪你怎么能受得了。我现在一想到舰队街①和林肯律师学院②，就厌恶得直打哆嗦。世上只有两样东西使我们的生活尚值得一过，那就是爱与艺术。我真无法想象你坐在一个堆满账簿的办公室里的样子，你是不是还戴着个大礼帽、拿着把雨伞、拎着个小黑包？我总觉得一个人应该把人生视作一场冒险，应当让宝石般高能的火焰在胸口燃烧，一个人应该敢于冒险，不但不惧怕，而且应该主动去履险犯难。你为什么不去巴黎学艺术！我一直都认为你有这方面的才华。

这个建议正好跟菲利普脑子里隐隐约约已经反复翻腾了有段时间的那种可能性不谋而合。一开始，这想法着实吓了他一跳，可他又不由自主地老往这个方向想，经过不断的反复思量，他认定了这是他能够摆脱目前这种苦状的唯一出路。大家都觉得他是有才华的，在海德堡的时候大家都夸奖他的水彩画，威尔金森小

---

① 舰队街（Fleet Street），伦敦各大报馆云集之处，由此成为伦敦乃至英国报业和新闻界的代名词，这条街道其实是由流经此地的弗利特河（原为流入泰晤士河的小河，现已成为阴沟）而得名的，"舰队街"实系沿袭已久的误译。伦敦四大律师学院中的内殿和中殿也位于舰队街（另外两大学院即下文提到的林肯律师学院以及格雷律师学院）。
② 林肯律师学院（Lincoln's Inn），英国伦敦四大律师学院（培养律师的组织）之一。

姐更是赞不绝口,说他的画何等迷人,就连像是沃森一家这样的陌生人也一下子就被他的速写打动。《波希米亚人的生活》这本书给他留下了极深的印象。他特意把它带到了伦敦,在他的心情无比苦闷低沉的时候,他只要读上那么几页,就仿佛置身于那些迷人的小阁楼里,而鲁道夫他们那帮人就在那儿跳舞、相爱和歌唱。他开始像之前想望伦敦那样想望起了巴黎,而他也并不怕他会经历第二次幻灭;他渴望浪漫,渴望美和爱,而巴黎似乎能轻而易举地提供所有这一切。他有画画的热情,那他为什么就不能画得跟别人一样好呢?他写信给威尔金森小姐,问她认为自己如果去到巴黎,需要多少生活费用。她跟他说,一年八十镑也就足敷使用了,而且她热情洋溢地支持他的计划。她跟他说,以他的天资,不该在事务所里浪费自己的生命。她颇为戏剧性地反问:有哪个本可以成为一个伟大艺术家的人,会愿意当个小文员呢?她恳求菲利普要相信自己:这才是至关重要的。不过菲利普生性谨慎,海沃德自然可以去说什么人生就是冒险的大话,他手里的金边证券①每年都有三百镑的生息;而菲利普所有的财产总共也就只有不到一千八百镑。他还是犹豫不决。

也是巧了,一天,古德沃西先生突然问他想不想去趟巴黎。他们事务所为圣奥诺雷区的一家旅馆管理账务,那家旅馆归一家英国公司所有,古德沃西先生每年都要和一名文员到那儿去两趟。那位通常陪他前往的文员不巧病了,其他人又都业务繁忙,不克

---

① 金边证券(gilt-edged securities),犹言高度可靠、绝无蚀本风险的证券。

289

分身。古德沃西先生之所以想到菲利普，是因为他是事务所里最无关紧要的闲人，再者说他的合同契约上也明确规定了他有权承担个把可以体现本行业乐趣的差事。菲利普自然是非常高兴。

"白天得忙一整天，"古德沃西先生说，"不过晚上的时间都是我们自己的，再说嘛，巴黎毕竟是巴黎。"他心照不宣地微微一笑，"旅馆的人对我们照顾得很周到，一日三餐都包，所以一个子儿也用不着花。这才是我喜欢去巴黎的方式呢，费用都由别人负担。"

他们到达加来①的时候，看到那一大群热情招呼旅客的脚夫，他的心就突突地跳动起来。

"这才是真正的生活。"他心下暗道。

火车疾驶过乡间的时候，他目不转睛地望着窗外；他很喜欢那一片片的沙丘，它们的颜色在他看来比平生所见的任何东西都更可爱；他为那条条运河和一行行望不到头的白杨树深深陶醉。他们步出巴黎北站，坐上一辆摇摇晃晃、吱吱嘎嘎的出租马车，在鹅卵石铺就的街道上颠簸前行的时候，他感觉吸入的空气都是那么让人陶醉，他简直忍不住要纵声大叫起来。他们来到旅馆的时候，经理亲自在门口迎候，经理身子矮胖、满面春风，英语说得还算过得去；古德沃西先生是老朋友了，他热情洋溢地对他们表示欢迎；他请他们在他的私室里用餐，太太亲自出马作陪，菲

---

① 加来（Calais），法国北部港市，与英国隔海相望。

利普觉得自己从没吃过像 beefsteak aux pommes[①] 这样美味的菜肴，也从没喝过像 vin ordinaire[②] 这么芳醇的仙醪。

对古德沃西先生这样一位备受尊敬、极有操守的一家之主而言，法国的首都就是个淫乐的天堂。第二天一早，他便问经理，眼下可有什么"够味儿"的东西可以一饱眼福的。他深谙巴黎之行的取乐之道，说它们会让你的头脑免于生锈。到了晚上，干完一天的工作、用过晚餐之后，他就带菲利普去了红磨坊[③]和女神游乐厅[④]。每当他捕捉到那些色情场面的时候，他那对小眼睛就烁烁放光，脸上也绽起一丝狡狯的淫笑。那些专为外国人安排的冶游之地，他全都跑遍了，事后又说，一个国家居然允许这种东西存在，那是绝不会有什么好结果的。有一次看一场滑稽歌舞演出，一看到演出中出现了一个实际上什么都没穿的女人，他就赶紧用胳膊肘捅捅菲利普，同时还把在大厅里四处招摇的那些交际花当中最高大健壮的几位指给他看。他展示给菲利普看的，是那个下流粗俗的巴黎，但菲利普用来观看的却是一双被幻觉所蒙蔽的眼睛。每天一大早，他都会跑出旅馆，来到香榭丽舍大街，伫立在协和广场上。时值六月，空气温雅清新，整个巴黎宛如镀上了一层银光。菲利普觉得自己的心与那些巴黎人同在。他感觉这才是他寻寻觅觅的浪漫渊薮。

---

① 法语：土豆烧牛排。

② 法语：家常酒，普通的红酒。

③ 红磨坊（Moulin Rouge），巴黎红灯区著名的音乐歌舞夜总会。

④ 女神游乐厅（Folies Bergère），巴黎著名的音乐歌舞夜总会。

他们在那儿待了不到一周的时间，于礼拜天离开，当菲利普深夜回到他巴恩斯那阴暗肮脏的寓所时，他的主意已经打定了：他将解除见习契约，到巴黎去学画；不过他决定还是继续在事务所待满一年的期限再走，免得让人家认为他不明事理。八月份的后半个月他有两周的假期，度假前他会跟赫伯特·卡特讲清楚，他这一去就不会再回来了。不过尽管菲利普可以强迫自己每天照旧还去事务所应个卯，但他对工作就连装装样子的兴趣都勉强不来了。他脑子里想的全都是自己的未来。七月中旬一过，就没多少事情可做了，他于是便假装为了应付第一次的会计师考试需要去上业务课，开始大量地逃班。他把逃班赢得的大量时间都消磨在了国家美术馆。他阅读各种有关巴黎和绘画的书籍，他一头扎进罗斯金的著作，他研读了大量瓦萨里①所著的画家的生平传记。他特别喜欢柯勒乔②一生的故事，他想象着自己站在某一幅不朽的杰作面前大声呼喊：Anch' io son' pittore③。他已经不再犹豫不决，他已经确信自己是个成为伟大画家的材料。

　　"事到如今，我也只能去冒险一试了，"他心下暗道，"人生就贵在冒险嘛。"

---

①　瓦萨里（Giorgio Vasari，1511—1574），意大利画家、建筑师和艺术史家，其画风属风格主义，代表作为《百日壁画》，尤以著作《意大利杰出建筑师、画家和雕塑家传》闻名。

②　柯勒乔（Antonio Allegri da Correggio，约1489或1494—1534），意大利文艺复兴时期重要画家，创作了大量油画和天顶画，多以宗教和神话为题材，著名作品有《耶稣诞生》、天顶画《圣母升天》等。

③　意大利语：我也是个画家。

八月中旬终于到了。卡特先生这个月都在苏格兰休假，所里的事务全由主任文员代理。古德沃西先生自打巴黎之行以后，对待菲利普似乎颇有了几分好感，而菲利普则因为自己很快就要离开这里了，对这个滑稽的小老头儿也不免多了几分宽忍。

"你明天就要开始休假了吧，凯里？"临下班的时候他对菲利普道。

这一整天里，菲利普就反复地跟自己念叨：这是他最后一次坐在这个可恨的事务所里了。

"是的，我的第一年见习期终于满了。"

"恐怕你干得可不怎么出色呢。卡特先生对你很不满意。"

"我对卡特先生可是更不满意呢。"菲利普高高兴兴地回敬道。

"你这么说话可就有些不应该了，凯里。"

"我不打算再回来了。我们有约在先，如果我不喜欢会计师这一行，卡特先生会返还我见习费用的一半，我只要待满一年，就可以洗手不干了。"

"我劝你三思而后行，你不该仓促做出这样的决定。"

"我讨厌这里的一切已经足足有十个月的时间了，我讨厌这儿的工作，讨厌这个事务所，我讨厌伦敦。我宁可去扫大街，也不愿在这儿混日子了。"

"既然如此，我也得说，我也觉得你很不适合干会计师这份工作。"

"那就再见了，"菲利普说着伸出手来，"我要感谢你对我的关心和照应。如果给你添了麻烦，还请多多包涵。几乎从一开始，我就知道这一行我是干不好的。"

"好吧，如果你主意已定，那就再见吧。我不知道你今后有什么打算，不过只要你碰巧来到了这附近，随时都欢迎你进来看看我们。"

菲利普呵呵一笑。

"恐怕我这话说出来很不礼貌，但我打心底里希望，以后别再见到你们当中的任何一位了。"

三十九

对菲利普提出来的新计划，黑马厩镇的牧师说什么也不肯答应。他有这么一种高见：一个人必须有始有终，不管他开始干的是件什么事，都得坚持到底。就像所有意志薄弱的人一样，他格外强调一个人绝不能改弦更张。

"当初选择去当会计师，可是完全出于你自己的意愿。"他说。

"当初我选择这么做是因为这是我放眼所见唯一能去伦敦的机会。可现在我讨厌伦敦，我讨厌那份工作，说什么也休想再让我回到那儿去了。"

面对菲利普突然想要当个画家的打算，凯里夫妇着实吓了一跳。他可千万别忘了，他们正告他，他父母可是绅士淑女来着，画画根本就不是个正经职业；那是波希米亚式的，是声名狼藉的，是不道德的。而且还要去巴黎！

"在这个问题上只要我还有一点发言权，我就不会让你去巴黎生活。"牧师坚定地道。

那就是个罪恶的渊薮。妖冶的淫妇、巴比伦的娼妓，在那儿公开炫示自己的无耻下流，天底下就再也没有比它更邪恶的城市了。

"你从小是作为一个绅士和基督徒被教养长大的，我要是任由你去经受这样的诱惑，那就是辜负了你已故的双亲对我的托付了。"

"也好，我知道我不是个基督徒，而现在我已经开始怀疑我是不是个绅士了。"菲利普说。

争执变得愈发激烈。还有一年的时间，菲利普才有权支配他父亲留给他的那一小笔遗产，而凯里先生明确提出，在此期间菲利普只有继续留在事务所里，才能拿到生活费。菲利普很清楚，如果他不想继续从事会计师这个行当，他必须现在就离开，这样的话还能把已经预付的见习合同费用的一半收回来。但牧师就是不听。菲利普激愤之下，说了不少刺耳、伤人的话。

"你没有权利白白浪费我的钱，"他最后说，"这毕竟是我的钱，不是吗？我不是个小孩子了。如果我打定主意去巴黎，你是拦不住的。你不能强迫我回伦敦去。"

"除非你做的是我认为合适的事，否则我就不给你钱，这一点我是做得到的。"

"那好，我不在乎，我已经打定主意要去巴黎了。我要变卖我的衣服、我的书籍还有我父亲留给我的珠宝饰物。"

路易莎伯母默默地坐在一旁，既焦急又难过：她看出菲利普已经是气疯了，无论她说什么都只会是火上浇油。最后，牧师宣布他再也不想讨论这件事了，然后就气派十足地离开了房间。在

296

接下来的三天里，无论是菲利普还是他都没跟对方说一句话。菲利普写信向海沃德打听巴黎的具体情况，决定一得到回音就立即动身。这些天里凯里太太翻来覆去地一直在考虑这件事，她觉得菲利普因为怨恨她丈夫，连带着把她也当成了敌人，这个想法使她无比痛苦。她全心全意地爱他。最后，她跟他谈了一次；她聚精会神地倾听了他的一番倾诉：伦敦是如何让他感到幻灭，他对自己的未来又有怎样迫切而又远大的期许。

"我这人也许是很没用，但至少要让我试试吧。再也没有比待在那个讨厌的事务所里更窝囊更失败的了。而且我觉得我是**能**画几笔的，我知道这方面的天分我还是有一点的。"

她并不像她丈夫那样确信他们反对侄儿一心学画的意愿是完全正确的。她也看过一些大画家的传记，那些画家的父母当初也都曾反对过他们学画，事实证明这是干了蠢事；毕竟，一个画家也是完全有可能像一个皇家特许会计师一样，过一种光耀上帝的高洁生活的。

"我也非常担心你一个人跑到巴黎去，"她可怜巴巴地说，"你要是在伦敦学画就没这么糟了。"

"我要是打算学就一定得学到家，而只有在巴黎，你才能学到真东西。"

在他的建议下，凯里太太给律师写了一封信，说菲利普对他在伦敦的工作很不满意，颇想改弦更张，想征求一下他对此事的意见。尼克松先生的回复如下：

亲爱的凯里太太：

　　我已见过赫伯特·卡特先生，恐怕我不得不直言相告：菲利普的表现并不尽如人意。如果他当真非常反感这个工作，也许趁此机会解除见习合同也不失为一个良策。对此我自然是深感失望，不过俗话说得好，你总不能牛不饮水强按头吧。

你忠诚的
艾伯特·尼克松

　　这封信拿给牧师看了，但结果反倒使他更固执己见了。他很愿意让菲利普另选其他行业从事，他建议他不如子承父业去做医生，但如果菲利普执意要去巴黎的话，那就休想从他手里拿到一个子儿的生活费。

　　"这只不过是自我放纵、耽于声色的借口罢了。"他说。

　　"听到你指责别人自我放纵，我还真觉得怪有趣儿的。"菲利普口气尖刻地回嘴道。

　　不过这时候，海沃德的回信也到了，他给了菲利普一家旅馆的名字，每个月三十法郎就能租到一个房间，信中还附了一纸写给某艺术学校massière①的介绍信。菲利普把这封信读给凯里太太听了，然后告诉她，他打算九月一日就正式动身。

　　"可是你身无分文呀。"她说。

---

① 法语：(画室或艺术学校学生中的) 公积金女司库。

"我今天下午就去特坎伯雷，把我手里的那点珠宝饰物卖了。"

他父亲留给他一块带金链子的金表、两三个戒指和几副链扣，还有两枚别针，其中有一枚镶着珍珠，有可能卖个大价钱。

"你可别忘了，'买进是块宝卖出是棵草'啊。"

菲利普微微一笑，因为这是他大伯常挂在嘴上的一句口头禅。

"我知道，不过这点东西最糟也该能卖个一百来镑，这就够我支应到年满二十一周岁了①。"

凯里太太没再作声，而是走到楼上，戴上她的小黑帽子，去了一趟银行。不出一个钟头她就回来了，她走到正在客厅里看书的菲利普面前，递给他一个信封。

"这是什么？"他问。

"这是给你的一份小礼物。"她回答道，露出羞涩的微笑。

他把信封打开，发现有十一张五镑的钞票，还有一个塞满了沙弗林②的小纸袋。

"我可不忍心让你把父亲的珠宝饰物变卖。这是我存在银行里的钱，差不多有一百镑了。"

菲利普脸红了，而且不知道为什么，泪水一下子盈满了眼眶。

"哦，我亲爱的，我可不能拿。"他说，"你真是太好了，但我怎么能忍心拿你的钱。"

凯里太太出嫁的时候，手里总共有三百镑的体己，这笔钱她

---

① 在英美法系国家，根据普通法，二十一周岁以下为未成年人，一九六九年英国通过《家事法改革法案》（*The Family Law Reform Act*），将成为成年人的年龄降低到了十八岁。
② 沙弗林（sovereign），英国旧时面值一英镑的金币。

一直都小心地守着，临到有意想不到的开支、火烧眉毛的慈善捐助，或者要给她丈夫和菲利普买圣诞和生日礼物的时候才肯动用的。在这些年里，这笔钱已经所剩无几，不过仍旧是牧师经常用来打趣的话题。他把自己的妻子说成个有钱的女人，不断地提到她这笔"私房钱"。

"哦，请你拿着吧，菲利普。很抱歉我一向都太大手大脚了，就只剩下这么一点儿。不过你要是肯收下的话，我甭提多高兴了。"

"可是你也需要它呀。"菲利普说。

"不，我想我是用不着了。我留着它原是防备你大伯先我而去的。我原想，手边有点钱，以备不时之需，总是好的，可我现在觉得，我没多长时间好活了。"

"哦，我亲爱的，别这么说。嘻，你一定会长生不老的。我可少不了你啊。"

"哦，我并不觉得难过。"她声音哽咽了，掩面而泣，不过不一会儿，她把眼泪擦干，又勇敢地笑了。"起先，我经常祈求上帝别把我先带走，因为我不希望你大伯被孤零零地留在这个世上，我不想让他承受所有这些痛苦，但现在我看明白了，这件事对他来说并不像对我来说那么严重。他比我更想活下去，我从来就不是他理想中的妻子，我敢说我要是有什么不测的话，他是会续弦再娶的。所以我希望那还是由我来先走一步吧。你不会觉得我这是自私吧，菲利普？可如果先走的是他的话，我是会受不了的。"

菲利普亲吻着她那皱纹堆垒的枯瘦的面颊。他不知道，为什么看到这种压倒一切的爱情的表现，自己却会奇怪地感到羞愧。对一个如此冷漠、如此自私、如此自我放纵的男人，她竟如此体贴入微，实在是让人难以理解。他隐约地猜到，在她内心深处她其实是很清楚他的冷漠和他的自私的，尽管如此，她仍旧谦卑地爱着他。

"你会收下这笔钱的吧，菲利普?"她说，一面温柔地抚摸着他的手，"我知道你没有这笔钱也能对付，可这会让我感到莫大的幸福。我一直都想能为你做点什么。你知道，我自己从来没生养过孩子，我一直都把你当亲生儿子来爱。你小的时候，尽管我知道这很邪恶，但我几乎都希望你时不时地会生一场病，因为那样一来我就能日日夜夜衣不解带地照料你了。可你就只生过一次病，然后你就上学去了。我是一心想要帮助你。而这就是我唯一的机会了。说不定有朝一日你真成了个大画家，你就不会忘了我了，你就会记得你事业的起点是我帮你开创的了。"

"你真是太好了，"菲利普说，"我感激不尽。"

她那疲惫的眼睛里浮现出一丝微笑，一丝无比幸福的微笑。

"哦，我太高兴了。"

四十

几天以后，凯里太太去车站为菲利普送行。她站在车门前，努力忍住泪水。菲利普已经焦躁不安、迫不及待了。他巴不得赶紧远走高飞。

"再亲我一下。"她说。

他从车窗里探出头来，亲了亲她。火车启动了，她站在小火车站的木头站台上，挥动着手帕，一直到火车消失在视线之外。她的心情异常沉重，回牧师公馆的那几百码的路显得非常、非常漫长。他急不可耐地想走是再自然不过的事，她暗想，他还是个孩子，未来在向他招手；可是她——她紧咬牙关，强忍着不要哭出来。她在内心默默地祈祷，求上帝护卫他，让他免受诱惑，赐予他幸福和好运。

可是菲利普在车厢坐定以后，不一会儿就不再想他伯母了。他只想着他的未来。他已经给奥特太太写了一封信——就是那位massière，海沃德也已经向她引介过菲利普了——现在兜里就揣着请他次日去喝茶的邀请函。来到巴黎以后，他让人把行李放进一辆出租马车，坐在马车上沉重而缓慢地驶过那些五光十色的街道，爬过大桥，进入拉丁区那些狭窄的街巷。他已经在两校旅馆租定了一个房间，那旅馆位于离蒙帕纳斯大街[①]不远的一条穷街陋巷里；去阿米特拉诺学校很方便，他要上的就是那所艺校。一个侍应提着他的箱子上了五段楼梯，把菲利普领进了一个很小的房间。因为窗户紧闭，里面一股子霉味，房间的一大半都被一张大木床给占据了，床顶上罩着个大红棱纹平布做的顶篷；窗户上挂着同样布料的脏兮兮的沉重的窗帘，五斗橱也兼作脸盆架，还有一口巨大的大衣柜，其式样让人想起那位贤明的君主路易·菲利普。墙纸的颜色因年深日久都褪尽了，只剩一片深灰色，仅能模糊地看到上面有棕色树叶的花环图案。在菲利普看来，这房间显得既古雅又迷人。

天已经不早了，他却兴奋得不想睡觉，于是干脆从旅馆出来，走上大街，朝灯光明亮的闹市走去。这让他来到了火车站：站前的广场在弧光灯的辉映下生机勃勃，黄色的有轨电车像是从四面八方汇集而来，又呼啸而过，一片喧嚣的市声，菲利普不由得高兴得朗声大笑。四周全都是咖啡馆，他正巧有些口渴，而且也急于亲近一下街上的人群，就在凡尔赛咖啡馆的一张露天的小桌旁坐了下来。别的桌子都坐满了，因为这是个晴朗的良夜；菲利普好奇地打量着周围的人群：这边是一个小家庭坐在一起，那边是

---

① 蒙帕纳斯大街（Boulevard du Montparnasse），巴黎塞纳河左岸著名的文化艺术聚居区蒙帕纳斯区（大部分属于巴黎十四区）的主干道。

一小帮头戴奇形怪状的帽子、留着大胡子的男人在大声喧哗、指手画脚；坐他邻座的两个男人看着像是画家，还有女人和他们共坐，菲利普希望她们并不是他们的合法妻子；在他背后，他听到有美国人在大声地争论着艺术的问题。他的灵魂为之激动不已。他在那里一直坐到很晚，疲惫已极却高兴得不愿起身，等他终于上床睡觉了，却又睡意全无，他倾听着巴黎各种各样的市声。

第二天的茶点时分，菲利普来到了贝尔福的铜狮子那里，在一条从拉斯帕伊大街延伸出来的新筑的马路上找到了奥特太太家。她是个无足轻重的三十岁左右的女人，样子有些村俗却又故意摆出一副贵妇人的架势；她把他介绍给她的母亲。聊了几句以后他了解到她在巴黎已经学了三年的画，后来又知道她已经和她丈夫分居了。她在小小的起居室里挂了一两幅她画的肖像，在菲利普那比较外行的眼里看来，这几幅画堪称技巧精湛的上品。

"真不知道将来我是不是也能画得有这么好。"他对她说。

"哦，我看是没问题的。"她不无得意地回答道，"当然了，你也不能期望一蹴而就。"

她非常乐于助人。她给了他一家店铺的地址，他在那儿可以买到画夹、图画纸和炭笔。

"明天上午九点左右我会去阿米特拉诺，你要是那时候也在，我会帮你在画室里找个好位置，也安排一下其他的事宜。"

她问他对于学画有什么具体的想法，菲利普觉得不能让她看出自己对这整件事的认识其实还非常模糊。

"呃，我想先从素描学起。"他说。

"听你这么说我非常高兴，一般的人总是急于求成。我是一直到在这儿待满了两年以后才敢去碰油彩的，你看看这结果。"

她朝她母亲的肖像瞟了一眼，那是张黏糊糊的油画，挂在钢琴上方。

"而且我要是你的话，在认识人方面我会非常小心，我不会跟任何外国人混在一起的。我在做人方面一直都非常小心。"

菲利普感谢了她的忠告，但总觉得怪怪的。他不知道自己到底该在什么方面特别小心。

"我们的生活就跟我们还在英国一样，"奥特太太的母亲道，到此为止她都没怎么开过口，"我们来的时候，把我们自己的家具都搬了过来。"

菲利普环顾了一下室内。这个房间被一套笨重的家具给塞得满满的，窗上挂的那白色蕾丝的窗帘就跟路易莎伯母夏天在牧师公馆里挂的一模一样。钢琴和壁炉架上都铺着"利伯蒂"①的绸罩布。奥特太太随着他四处打量的目光也重新环顾了一下自家的房间。

"到了晚上，我们把百叶窗一关，那感觉就像当真又回到了英国一样。"

"而且我们一日三餐也全照老家的规矩，"她母亲补充道，"早餐有肉食，正餐放在中午。"

---

① "利伯蒂"（Liberty），伦敦著名的设计和家居用品公司，以其来自东方的丝绸、高级服装面料、艺术品及饰品著称，由阿瑟·利伯蒂（Arthur Lasenby Liberty，1843—1917）于一八七五年创立于伦敦。

从奥特太太家出来以后，菲利普就去购置绘画用品；第二天早上准九点他来到学校，尽量做出自信满满的样子。奥特太太已经到了，面带友善的笑容迎上前来。他一直对自己身为一个nouveau①会受到怎样的对待而惴惴不安，因为他读到过不少初来乍到的学生在某些画室里受到肆意捉弄的记载；不过奥特太太的保证让他安下了心来。

　　"哦，咱们这儿可不兴那个。"她说，"你知道，咱们这儿大约有一半是女学生，这就给这儿定了调子了。"

　　画室很大，空荡荡的，灰色的墙面上钉着不少获奖的习作。一个模特儿坐在椅子上，身上胡乱披了件宽松外套，周围站着有十来个男女学生，有的在闲聊，有的还在加工他们的画稿。这是模特儿第一次休息的时间。

　　"一开始你最好不要尝试太难的东西，"奥特太太道，"你把你的画架支在这儿。你会发现，这是最容易画的一个角度。"

　　菲利普依言把画架支好，奥特太太又把他介绍给他旁边的一个年轻女人。

　　"凯里先生——普赖斯小姐。凯里先生从没学过画，一开始你不介意稍稍帮他一下吧？"然后她转向模特儿。"La Pose.②"

　　模特儿把刚才在看的《小共和国报》往旁边一扔，怏怏不乐地把外套一脱，登上了台子。她撑开双腿，稳稳地站好，两只手

---

① 法语：新学生，新来的人。

② 法语：(摆好)姿势。

十指交叉，扣在脑后。

"愚蠢的姿势，"普赖斯小姐嘟囔道，"真不明白他们干吗要选这么个姿势。"

菲利普刚才进来的时候，画室里的人都好奇地打量了他一下，那模特儿也漠不关心地瞟了他一眼，现在已经没有人再注意他了。菲利普在面前的画架上铺开一张漂亮的图画纸，局促不安地盯着那个模特儿。他不知道该从何处下笔。他以前还从没见到过一个裸体女人。她年纪已经不轻了，乳房已经开始皱缩。失去光泽的金发乱蓬蓬地耷拉在脑门上，脸上遍布大块的雀斑。他瞟了一眼普赖斯小姐的画作。她才刚画了两天，貌似是遇到了什么瓶颈；画纸因为不断地用橡皮擦拭，已经是一片狼藉，而且在菲利普看来，她画的人体已经奇怪地扭曲失真了。

"我觉得就这水平，我应该也能画得出来。"他心下暗道。

他从头部开始画起，想着可以慢慢往下画，但他也不理解到底为什么，他发现照着模特儿的头来画绝对要比单凭自己的想象画难得多。他陷入了困境。他瞟了一眼普赖斯小姐。见她正无比努力地画着。她的眉毛急切地紧皱起来，目光中有种焦虑的神色。画室里很热，她前额上沁出一颗颗汗珠。她是个二十六岁的姑娘，一头浓密的暗金色头发，头发很漂亮，但梳理得很马虎，从额前往后一拢，草草地绾成一个发髻。她脸盘挺大的，一双小眼睛，五官不突出；皮色苍白，带有一种特别的不太健康的调调，两颊上没什么血色。她给人一种邋里邋遢的感觉，你忍不住会怀疑她夜里是不是和衣而睡的。她态度严肃，沉默寡言。等到模特儿第二次休息的时候，她退后一步，端详着自己的画作。

"不知道为什么，每次画画总是要费这么大的劲儿。"她说，"不过我一定要把它给画好。"她转向菲利普。"你进展得怎么样？"

"还没有任何进展。"菲利普苦笑着回答道。

她看了看他已经画的部分。

"你这种画法是行不通的。你得先量好尺寸，而且你得先在纸上框出大致的轮廓。"

她麻利地给他示范了一下这些准备工作该怎么做。她的诚挚认真让他颇为感动，她的全无韵致却又令他有些反感。他很感激她的这番指点，照她说的推倒重来。这时候，其他的学生也都进来了，大部分都是男的，因为女的总是习惯于先到的，尽管在季节上来说还算比较早，这个画室已经坐得相当满了。过了一会儿，进来一个一头稀疏黑发的年轻人，他长了个巨大的鼻子，脸长得不由得让人想起一匹马来。他在菲利普旁边坐下，隔着他向普赖斯小姐点了点头。

"你到的可够晚的，"她说，"你是刚起来吧？"

"今天天气这么好，我想我最好还是躺在床上，想想外面的景色该有多美。"

菲利普微微一笑，普赖斯小姐却把他这话当了真。

"这可有点可笑了，你不是应该早点起来，好好享受这个好天气才更合情合理吗？"

"想做个幽默家还真是不容易。"那年轻人一本正经地道。

他看起来并不想开始作画。他看了看他的画布，他正要开始着色了，前一天已经把这个模特儿的草图勾勒好了。他转向菲利普。

"你是刚从英国来的？"

"是的。"

"怎么会到阿米特拉诺来的？"

"我就只知道这所学校。"

"但愿你并没有存着任何非分之想，以为在这里能学到任何一丁点有用的东西。"

"这是巴黎最好的学校，"普赖斯小姐说，"这是唯一一所认真对待艺术的学校。"

"艺术该被认真对待吗？"那年轻人问道；由于普赖斯小姐只是轻蔑地一耸肩膀，他又接着道："但关键在于，所有的学校都很糟糕。很显然，它们全都学究气十足。这里之所以比大部分学校为害都更小一点，是因为这里的教学比别的地方都更加无能。因为你在这儿什么都学不到……"

"可那你为什么要到这儿来呢？"菲利普插嘴道。

"我看到了更好的道路，但并不改弦更张。普赖斯小姐文化素养很高，一定记得这句话的拉丁文原文。"

"希望你信口雌黄的时候别把我拉扯进去，克拉顿先生。"普赖斯小姐直言不讳地道。

"学画的唯一办法，"他继续泰然自若地道，"就是租一间画室，雇一个模特儿，自己摸索出一条路来。"

"这听起来像是并不难做到。"菲利普说。

"但这需要钱。"克拉顿回答道。

他开始画了起来，菲利普透过眼角悄悄地打量着他。他个头很高，瘦得惊人；他那巨大的骨架就像要从身体里面突出来似的，两个胳膊肘尖得像要把那件破旧的外套的袖管都给戳破了。他裤子的臀部位置都被磨光了，每只靴子上都打了个难看的补丁。普赖斯小姐站起来，走到菲利普的画架前。

"如果克拉顿先生肯稍微安静一会儿的话，我可以稍为帮你一下。"她说。

"普赖斯小姐不喜欢我，是因为我有幽默感。"克拉顿说，一边如有所思地看着自己的画布，"而她讨厌我，则是因为我有天赋。"

他这话说得煞有介事，而他那只巨大而又丑陋的鼻子又给他这番话平添了一丝妙趣。菲利普忍不住笑出声来，普赖斯小姐却气得面色通红。

"这里指责你有天赋的就唯有尊驾一人。"

"这里也唯有我本人的意见，对于在下最不足取。"

普赖斯小姐开始对菲利普的习作展开了品评。她伶牙俐齿地谈到解剖、结构、平面、线条，还有其他菲利普不明所以的很多东西。她在这个画室已经待了很长的时间，知道老师们一贯强调的众多要点，但尽管她能指出菲利普的习作都有哪些问题，她却没办法告诉他该怎么把它们一一纠正过来。

"你这么不厌其烦地指点我，我真是太过意不去了。"菲利普说。

"哦，没什么。"她回答道，有些难堪地红了脸，"我刚到这儿来的时候，人家也是这么指点我的，无论对谁我都愿意这么做。"

"普赖斯小姐的意思是说，她这么不吝赐教只是出于责任感，而并非是因为你个人有什么魅力。"克拉顿道。

普赖斯小姐怒冲冲地白了他一眼，又重新回到自己的画作上。钟敲了十二点，模特儿如释重负地喊叫一声，从台座上走了下来。

普赖斯小姐收拾起自己的画具。

"我们有些人是去格拉维耶餐馆吃午饭的，"她对菲利普说，看了克拉顿一眼，"我总是回家去吃。"

"你要是乐意，我带你去格拉维耶吧。"克拉顿说。

菲利普谢了他，这就准备要走了。奥特太太这时过来问他，今天学得怎么样。

"范妮帮你了吧?"她问道，"我把你安排在她身边，是因为我知道，只要她乐意，这点忙她还是会帮的。她是个很难相处的姑娘，脾气又坏，而且根本就不会画画，但她懂得窍门，只要她不嫌麻烦，对新来乍到的，她的帮助还是很有用的。"

在他们前往餐馆的路上，克拉顿对他说:

"范妮·普赖斯对你的印象不错。你最好留点神。"

菲利普呵呵一笑。他见过的人里面，再没有比她他更不想留下什么好印象的了。他们来到那家廉价的小餐馆，有几个学生正在那儿吃饭，克拉顿在一张已经坐了三四个人的桌子旁坐下。花一个法郎就能吃到一个鸡蛋，一盘肉食，外加奶酪和一小瓶酒。咖啡得另外付钱。他们就坐在人行道上，黄色的有轨电车就在大街上来回穿梭，叮叮当当的铃声不绝于耳。

"顺便问一下，你贵姓啊？"他们就座时克拉顿问了一句。

"凯里。"

"请允许我给诸位介绍一位可以信赖的老朋友，他姓凯里。"克拉顿一本正经地道，"这位是弗拉纳根先生，这位是劳森先生。"

大家呵呵一笑，又继续聊自己的。他们海阔天空，无所不谈。他们只管说自己的，丝毫不去理会别人都说了些什么。他们谈着夏天都去过哪些地方，谈着各个画室和不同的流派；他们提到很多菲利普不熟悉的名字：莫奈[1]、马奈[2]、雷诺阿[3]、毕沙罗[4]、德加[5]。菲利普竖起耳朵来听着，尽管觉得有些摸不着头脑，内心却兴奋得突突直跳。时间过得飞快。克拉顿站起身来说：

"今晚你要是愿意过来，八成能在这儿找到我。你会发现这里算得上拉丁区最好的一家餐馆了，花最少的钱就能让你害上消化不良。"

---

[1] 莫奈（Claude Monet，1840—1926），法国画家，印象派创始人和主要代表人物，致力于探索光色与空气的表现效果，代表作品有《睡莲》《鲁昂大教堂》《帆船》等。

[2] 马奈（Edouard Manet，1832—1883），法国画家，革新传统绘画技法，对印象派产生了影响，画风色彩鲜明，明暗对比强烈，尤善表现外光及肖像，主要作品有《左拉像》《奥林匹亚》等。

[3] 雷诺阿（Pierre Auguste Renoir，1841—1919），法国印象派画家，创作题材广泛，尤以人物画见长，主要作品有《包厢》《游船上的午餐》《浴女》等。

[4] 毕沙罗（Camille Pissarro，1830—1903），法国印象派画家，作品多描写农村和城市景色，主要有《巴黎蒙马特尔大街夜景》《布鲁日的桥》等。

[5] 德加（Edgar Degas，1834—1917），法国画家，早年为古典派，后转向印象派，主要作品有《芭蕾舞女》《洗衣妇》等。

四十一

菲利普沿着蒙帕纳斯大街信步溜达。这跟春上他们来给圣乔治旅馆结算账目时看到的那个巴黎完全不一样了——他一想到之前的那段生活就不寒而栗——倒是和他心目中的外省城镇相差无几。周围是一派闲适自在的气氛，明媚的阳光、开阔的视野使你的心神沉入了白日梦境。修剪得整整齐齐的树木、富有生气的洁白的房舍、宽阔的街道，全都特别令人愉快；他觉得自己就像回到家里一样轻松自在。他信步闲逛，打量着过往的行人；在他看来，就连那些最普通的巴黎人都自有其风雅之处，像那些扎着大红色的宽腰带、穿着阔脚裤的工人，或是那些穿着脏兮兮的漂亮制服的小个子士兵。不一会儿，他就来到了天文台大街，面对如此宏伟而又如此优雅的景象，他不禁赞叹不已。他来到卢森堡花园：孩子们在那儿玩耍，保姆们头上扎着长长的丝带，成双结对地慢慢溜达；公务繁忙的男人，胳膊底下夹着皮包匆匆走过，还有身穿各种奇装异服的年轻人。这景象正式而又讲究；大自然经过了一番整饬和安排，但又这么巧夺天工，如此一来，那未经整饬和安排的大自然倒显得野蛮原始了。菲利普心醉神迷。站在这个曾在书上读到过无数次的地方，真让他兴奋不已。对他而言，这就是无比经典的文艺圣地，他既感到无比的敬畏，又满怀无限的欣喜，那种复杂而又深切的感受，一个研究了一辈子故纸典籍，初次亲眼见到明媚的斯巴达平原的老学究差堪比拟。

　　他四处闲逛的时候，意外看到普赖斯小姐正一个人坐在一条长凳上。他犹豫了一下，因为他那时候根本不想见到任何熟人，而且她那种笨拙的做派也与环绕着自己的那种幸福的感觉格格不入；但他凭直觉已经意识到她是个极为敏感、冒犯不得的人，而且既然她已经看到了自己，那出于礼貌还是应该跟她打个招呼。

　　"你在这儿干吗?"他走上前去的时候，她这么问道。

　　"自得其乐嘛。你不是吗?"

　　"哦，我每天下午的四点到五点钟都到这儿来。我觉得一个人一整天都一刻不停地埋头工作也未见得有什么好处。"

　　"我能在这儿坐一会儿吗?"他说。

　　"你想坐就坐吧。"

　　"这话听起来可不怎么友好。"他笑道。

　　"我不是那种会说漂亮话的人。"

　　菲利普有点仓皇失措，一时间无言以对，就点了一支烟。

　　"克拉顿针对我的画可曾说过什么吗?"她突然问道。

　　"没有，我想他什么都没说。"菲利普道。

　　"他这人不行，你要知道。他自以为是个天才，但他不是。别的且不说，他首先人就太懒。天才其实就是一种能够刻苦努力的无限的能力，唯一的要点就是要坚持不懈。一个人唯有铁了心一定要做成一件事，才能够真正做成这件事。"

她这番话讲得是如此慷慨激昂，还是相当感人的。她戴了顶黑色的水手草帽，上身穿一件不很干净的白色衬衫，下配一条棕色裙子。她没戴手套，那双手也真该好好洗洗了。她实在是太不招人喜欢了，菲利普都后悔不该跟她搭讪了。他也弄不清楚她到底是希望他留下呢，还是巴不得他快点走。

"我会尽我所能来帮助你的，"她冷不丁冒出这么一句，完全是前言不搭后语，"我知道这有多难。"

"非常感谢你，"菲利普说，过了一会儿又说，"我们找个地方去用点茶点好吗？"

她飞快地看了他一眼，涨红了脸。她的脸一红，那苍白的皮色就呈现出一种怪兮兮的斑驳样态，仿佛一份变了质的奶油拌草莓似的。

"不，谢谢了。你为什么会觉得我想要用茶点呢？我才刚刚吃过午饭。"

"我是想这样可以消磨消磨时间。"菲利普说。

"你要是觉着待得无聊，你不需要为我费心，你知道。我一点都不介意一个人待着。"

这时候，有两个男人从他们旁边经过，身穿棕色的棉绒上衣和肥大的裤子，头戴巴斯克人①的帽子。两人都很年轻，却都留着大胡子。

---

① 巴斯克人（Basque），欧洲比利牛斯山西部地区的古老民族，绝大多数居住在西班牙北部，是欧洲保存本民族风俗、服饰最多的一个民族。

"我说，他们是学艺术的学生吧？"菲利普说，"活脱脱是从《波希米亚人的生活》那本书里走出来的。"

　　"是些美国人，"普赖斯小姐语带轻蔑地说，"法国人已经有三十年的时间不穿成这样了，可是从远西地区^①来的这帮美国人，一到巴黎就忙不迭地买上这么一身行头，穿上以后赶紧去拍照留念。这应该就是他们跟艺术挨得最近的时刻了。不过他们也根本不在乎，他们都有的是钱。"

　　菲利普很喜欢这些美国人那大胆别致的装束，他觉得这体现了一种浪漫主义的精神。普赖斯小姐问他几点钟了。

　　"我得去画室了，"她说，"你打算去上素描课吗？"

　　菲利普对此一无所知，她告诉他，每天傍晚五点到六点钟，画室里都有模特儿供学生写生，谁要是愿意去画，只要付五十生丁就行了。每天的模特儿都不一样，这是个很好的练习机会。

　　"我觉得你目前的水平还不太够。你最好等一阵子再去。"

　　"我觉得试试总是好的。反正我也没别的事要做。"

　　他们起身一起朝画室走去。从普赖斯小姐的态度上，菲利普看不出她到底是希望和他一起过去呢，还是宁可一个人走。他之所以留在她身边，纯粹是出于尴尬，不知道该怎么离开她；而她则根本不高兴说话，回答他的问题态度也很不礼貌。

　　站在画室门口的一个男人手里托着个大盘子，每个进去的都

---

① （美国的）远西地区（Far West），现指落基山脉至太平洋沿岸间的地区，历史上曾指现在美国的中西部，尤指密西西比河以西地区。

往盘子里丢半个法郎。画室比上午的时候更满，英国人和美国人也不再占据多数，女性的比例也没那么高了。菲利普觉得这帮人跟他预想的挺不一样的。天气非常暖和，画室里的空气很快就变得污浊不堪。这次的模特儿是个老头儿，蓄着一大蓬灰白的胡子，菲利普努力想把上午学到的那点东西付诸实践，但结果却很糟，他意识到他并不能画得接近于他想得那么好。他不胜艳羡地瞥了身边几位习作者的素描作品，不知道自己有朝一日能不能那样得心应手地使用炭笔。那一个钟头很快就过去了。因为不希望再给普赖斯小姐添麻烦，他特意坐得跟她隔开了一段距离，上完课后，他往外走从她身边经过的时候，她直截了当地问他画得怎么样。

"不太好。"他微笑道。

"你要是肯屈尊坐在我旁边的话，我本来是可以指点你一二的。我想你是有点自视太高了。"

"不，不是那样的。我是怕你会觉得我是个麻烦。"

"我要是真那么想，我会直接跟你说的。"

菲利普看出来，她态度虽粗鲁，却是真心想帮他的。

菲利普离开画室以后，琢磨着该怎么消磨晚饭前的这段时间。他一心想干点独出心裁的事。Absinthe[①]！当然，这是显而易见的，于是，一路朝火车站溜达过去，他在一家咖啡馆的露天座

---

① 法语：苦艾酒。苦艾酒是一种香料型蒸馏酒，黄绿色，与水混合后成乳白色，酒精含量百分之六十八；苦艾酒被认为有碍健康，可引起痉挛、幻觉、智力衰退和精神变态，这些症状是由苦艾中存在的有毒化学成分苄酮引起的，不过可能正因此，自从苦艾酒面市（1797年）以来，就在欧洲文人和艺术家圈子里风靡一时。

上坐下，点了苦艾酒。他喝得直犯恶心又心满意足。他发现这味道令人作呕，但起到的影响却立竿见影；他觉得自己从头到脚每一英寸都是个十足的艺术生了，而且他因为是空腹喝酒，很快便飘飘欲仙了。稍后他来到格拉维耶餐馆的时候，克拉顿就座的那张餐桌已经满员了，不过他一看见菲利普一瘸一拐地走过来，马上就大声地招呼他。大家挤一挤给他腾出个地方来。晚餐非常简朴：一盘汤、一碟肉，再加上水果、奶酪和半瓶酒；不过菲利普对吃的东西并不放在心上，他注意的是同桌就餐的那些人。弗拉纳根这次也在：他是个美国人，一个矮小的年轻人，长了个塌鼻子，愉快的脸相，笑口常开。他穿了件图案大胆的诺福克上衣①，脖子上系了条蓝色的宽领巾，头戴一顶奇形怪状的粗花呢帽。当然，印象派在拉丁区风行一时，但那些老画派的失势也只是最近的事；卡罗吕斯-迪朗②和布格罗③之流的人物仍被抬出来与马奈、莫奈和德加分庭抗礼。欣赏他们的作品仍旧是一种趣味高雅的表征。惠斯勒④以及由他辑印的那套独具只眼的日本版画集对英国人

---

① 诺福克上衣（Norfolk jacket），一种有腰带和箱形褶裥的单排纽男用宽上衣，源自英格兰诺福克郡猎野鸭者所穿的上装。

② 卡罗吕斯-迪朗（Carolus-Duran，本名Charles Auguste Émile Durand，1837—1917），法国画家、艺术导师，尤以对第三共和国上流社会人士极具风格化的描绘而著称。

③ 布格罗（Adolphe William Bouguereau，1825—1905），法国学院派画家，维护正统艺术，排斥印象派，多画裸体、田园、宗教神话等题材，风格严谨细腻。

④ 惠斯勒（James Abbott McNeill Whistler，1834—1903），美国画家，长期侨居英国，主张"为艺术而艺术"，在伦敦与住在切尔西的先拉斐尔派成员交往密切，对当时的英国文化和艺术界深具影响，以夜景画、肖像画和版画闻名于世，作品有油画《白衣少女》《艺术家的母亲》、铜版画《威尼斯风景》等。

及其同胞产生了巨大的影响，古典大师们重新受到全新标准的评判。多少个世纪以来对于拉斐尔的推崇备至，在聪明的年轻人眼里沦为笑柄。他们宁愿拿他所有的作品来换取委拉斯开兹[①]画的腓力四世的肖像，这幅画如今就陈列在国家美术馆。菲利普发现，一旦开始讨论艺术，大家往往都会唇枪舌剑、各不相让。午餐时见过的那个劳森也在场，就坐在他对面。他是个瘦削的年轻人，一头红发、满脸雀斑，有一双异常明亮的绿眼睛。菲利普坐下以后，他就一直盯着他看，突然发表了一通高论：

"拉斐尔唯有在临摹其他人的作品时还算可以容忍。他在临摹佩鲁吉诺[②]和平图里乔[③]的时候还是很迷人的；当他想要画出拉斐尔的东西的时候，他就只是个，"伴以轻蔑的一耸肩，"拉斐尔。"

劳森的话说得这么咄咄逼人，菲利普不禁大吃了一惊，不过他也不必要做出回答，因为弗拉纳根不耐烦地插了进来。

"哦，去他娘的艺术吧！"他叫道，"让我们一醉方休。"

"你昨晚就醉得够可以了，弗拉纳根。"劳森道。

"昨晚是昨晚，今宵是今宵。"他回答道，"谁承想来到巴黎后，整天想的除了艺术就再没别的了。"他讲话的时候操着一口浓

---

① 委拉斯开兹（Diego Rodríguez de Silva y Velázquez, 1599—1660），西班牙画家，西班牙国王腓力四世的宫廷画师。反对追求外表的虚饰，善于表现人物的性格特征，笔致自然，色彩明亮。生平作有大量肖像画、风俗画和历史画，代表作有《火神的锻铁工厂》、《酒神》、《腓力四世之家》（亦称《宫娥图》）、《教皇英诺森十世肖像》和《纺织女》等。
② 参见第二十章注。
③ 平图里乔（Pinturicchio, 1454—1513），意大利文艺复兴早期温布里亚画派画家，以壁画的强烈装饰风格著称，作品有为西耶纳大教堂的皮科洛米尼藏书楼所画表现教皇庇护二世生平的壁画等。

重的西部口音。"哎呀，活着是多么美好。"他抖擞精神，猛地用拳头一擂桌面，"听说我，去他娘的艺术吧。"

"说一遍就得了，干吗啰里八嗦地没完没了。"克拉顿语气严厉地道。

同桌的还有一个美国人。他的穿着打扮就跟那天下午菲利普在卢森堡公园见到过的那些个漂亮小伙子如出一辙。他相貌英俊，脸庞瘦削，神情严肃，一双乌黑的眼睛；穿着那身奇装异服，倒有点像个帅气十足的海盗。他那一头丰盈乌黑的秀发不断地耷拉下来，挡住眼睛，所以他最经常做的一个动作就是颇为戏剧性地把头往后一扬，把耷拉下来的几绺长发甩开。他开始谈起马奈的《奥林匹亚》，这幅画当时陈列在卢森堡美术馆里。

"今天我在这幅画面前站了有一个钟头，这么说吧，我不觉得这是幅好画。"

劳森把刀叉都放下了。他的绿眼睛冒出了火花，他气得直喘粗气；不过看得出来他讲话的时候是强压怒火的。

"能听到未开化的野蛮人的高见是很有趣的经验，"他说，"你能详细说说它为什么不是一幅好画吗？"

那美国人还没来得及回答，就有人气势汹汹地插了进来。

"你的意思是说，你就面对面看着那幅人体的真迹，竟然能说出它画得不好这样的话来？"

"我没这么说。我觉得右侧的乳房画得还是很不错的。"

"去你娘的右侧乳房，"劳森喊道，"那整幅画就是绘画史上的奇迹。"

他开始详尽地描述起这幅画的美妙之处，但在格拉维耶的这张餐桌上，你长篇大论的结果全都不过是说给自己听而已。没人真去听他讲的是什么。那美国人怒冲冲地打断了他的话。

"你的意思不会是想说，你觉得那头部画得也很好吧？"

劳森这时候激动得脸都白了，开始捍卫那幅画的头部；可是刚才一直默不作声，脸上挂着一丝宽忍的嘲笑的克拉顿，这时候突然插了进来。

"把那个脑袋给他好了。我们不需要那颗脑袋。这无损于那幅画的完美。"

"好呀，那颗脑袋就给你了，"劳森叫道，"拿着这颗脑袋，滚你妈的去吧。"

"那么那条黑线又是怎么回事？"那美国人叫道，得意扬扬地把一绺几乎掉进汤里的头发一掠，"在自然界，你是不会看到任何一个物体围着一条黑线的。"

"哦，上帝，快降下一把天火，把这个渎神者烧死吧。"劳森道，"自然又跟这幅画有什么关系？没人知道自然界到底有什么、到底没什么！世人是通过艺术家的眼睛来看自然的。哎呀呀，多少个世纪以来，世人看到的都是马伸直四肢跳过一道篱笆，老天在上，先生，那马腿确实是伸得直直的。在莫奈发现影子其实是彩色的以前，世人眼里的影子一直都是黑色的，老天在上，先生，它们确实是黑色的。如果我们选择用黑色线条来勾勒物体的轮廓，世人就会看到那条黑线，而这样的轮廓线就是真实存在的了；如果我们把草画成红的，把牛画成蓝的，世人就会看到它们是红的和蓝的，而且，老天在上，以后它们就会成为红的和蓝的了。"

"去他娘的艺术吧，"弗拉纳根喃喃道，"我想要一醉方休。"

劳森没理会他的节外生枝。

"听我说，当《奥林匹亚》在巴黎美术展览会展出的时候，左拉[①]——在那些市侩庸人的嘲笑声中，在那些pompiers[②]、法兰西学院院士和公众的一片嘘声中，左拉说：'我期待有那么一天，马奈的画作会挂在安格尔[③]的《大宫女》对面，而相形之下黯然失色的将是《大宫女》。'它会挂在那里的。每一天，我都看到距离这一时刻更近了一点。不出十年，《奥林匹亚》一定会悬挂在卢浮宫里。"

"绝不可能，"那美国人大叫一声，用两只手猛然狠命地把头发往后一掠，像是要一劳永逸地解决这个麻烦似的，"不出十年，这幅画就会被完全遗忘。这只不过是一时的风尚。任何一幅画作如果没有某种实质性的东西，就绝不可能留存下去，而这幅画距离这条标准真是差了十万八千里。"

"这种实质性的东西又是什么呢？"

"没有了道德要素，就不可能存在伟大的艺术。"

"哦，上帝！"劳森怒不可遏地叫道，"我就知道是这么回事。

---

① 左拉（Émile Zola，1840—1902），法国作家，自然主义文学的代表，主要作品有系列长篇小说《卢贡-马卡尔家族》二十部，包括《小酒店》《萌芽》《金钱》等，曾为被法国军方指控叛国的犹太军官德雷福斯伸张正义，发表致法国总统的公开信《我控诉》。

② 法语：笔法矫饰、夸张或因循守旧的画家或作家。

③ 安格尔（Jean-Auguste-Dominique Ingres，1780—1867），法国新古典主义画派画家，画法工致，重视线条造型，长于肖像画，名作有《浴女》《大宫女》《泉》等。

他真正需要的是道德说教。"他双手交握，做出向上苍祈祷的样子，"哦，克里斯托弗·哥伦布，克里斯托弗·哥伦布，你在发现美洲的大陆的时候，你这是都干了些什么呀？"

"罗斯金说……"

但他还没来得及说出罗斯金都说了些什么，克拉顿就专横跋扈地用刀柄猛敲起了桌面。

"先生们，"他正颜厉色地道，那个巨大的鼻子也因为过于激愤而明显地皱了起来，"这里提到了一个我绝没想到还会在体面的社会里听到的名字。言论自由固然是件顶好的事，但总得遵循日常的礼仪轨范。你要是高兴的话，尽可以说说布格罗：这名字固然招人厌弃，不过同时也能逗人一乐；但万万不可让J.罗斯金、G.F.瓦茨[①]或是伯恩-琼斯[②]这样一些名字来玷辱我们纯洁的双唇。"

"这个罗斯金到底是何许人也？"弗拉纳根问。

"他是维多利亚时代的伟人之一。他是个英语文体的大师。"

"罗斯金的文体——就好比破衣烂衫上面打满了金紫的补丁，"劳森说，"而且，去他娘的维多利亚伟人吧。每次我翻开报纸，只要一见到某个维多利亚时代的伟人的死讯，我就谢天谢地，这些老东西终于又少了一个。他们唯一的本事就是老而不死，就是长命百岁，任何一个艺术家，都不应该允许他活过四十岁；一个人到了这个年龄，他最好的作品都已经完成了，打这以后他所

---

①② 参见第二十六章注。

能做的，就只剩下重复自己了。你们不认为济慈、雪莱、波宁顿[1]和拜伦英年早逝，反而是他们最大的幸运吗？如果斯温伯恩[2]在出版他第一卷《诗歌和民谣》的当天就死掉的话，他在我们眼里将是个多么伟大的天才啊！"

这番话大家听了都很高兴，因为在座的还没有人超过二十四岁，他们马上兴致勃勃地议论开了。他们这是头一次意见一致。他们还津津有味地进一步发挥。有人提议，把法兰西学院那四十位院士的作品拿来，燃起一堆熊熊烈火，那些维多利亚时代的伟人们，在他们四十岁生日的这一天就该被扔进这个火堆。卡莱尔[3]和罗斯金，丁尼生[4]、勃朗宁[5]、G.F.瓦茨、伯恩-琼斯、狄更斯、萨克雷[6]，都被马上丢进了火焰；格莱斯顿先生[7]、约翰·布赖特[8]和

---

① 波宁顿（Richard Parkes Bonington，1802—1828），英国浪漫主义风景画和历史画家，由于十四岁移居巴黎，也被认为是位法国画家，是他将英国的画风带到了法国，在英法两国都备受推崇，影响巨大。

② 斯温伯恩（Algernon Charles Swinburne，1837—1909），英国诗人、文学评论家，主张无神论，同情意大利独立运动和法国革命，作品有诗剧《阿塔兰忒在卡吕东》、诗集《诗歌与民谣》、长诗《日出前的歌》、评论《论莎士比亚》和《论雨果》等。

③ 卡莱尔（Thomas Carlyle，1795—1881），苏格兰散文作家、历史学家，著有《法国大革命》《论英雄、英雄崇拜和历史上的英雄事迹》等著作。

④⑤ 参见第二十六章注。

⑥ 萨克雷（William Makepeace Thackeray，1811—1863），英国小说家，作品多讽刺上层社会，代表作有长篇小说《名利场》《潘登尼斯》、历史小说《亨利·艾斯芒德的历史》及散文集《势利人脸谱》等。

⑦ 参见第十五章注。

⑧ 约翰·布赖特（John Bright，1811—1889），英国议会议员、演说家，反谷物法联盟创始人之一，主张自由贸易和议会改革，反对英国参加克里米亚战争。

科布登①也同此办理；对于乔治·梅瑞狄斯②，有过短暂的谈论，不过马修·阿诺德③和爱默生④就被高高兴兴地放弃了。最后轮到了沃尔特·佩特⑤。

"沃尔特·佩特就免了吧。"菲利普喃喃道。

劳森瞪着那双绿色的眼睛盯了他一会儿，然后点了点头。

"说得也对，沃尔特·佩特凭一己之力证明了《蒙娜·丽莎》的价值。你认识克朗肖吗？他从前认识佩特。"

"克朗肖是谁？"菲利普问道。

"克朗肖是位诗人，他就住这儿。咱们到丁香园去吧。"

丁香园是他们晚饭后经常去闲坐的一家咖啡馆，在晚上九点和凌晨两点之间，你准定可以在那儿找到克朗肖。可弗拉纳根这一晚上已经受够了这种知性的交谈，听到劳森有此建议，他就转向菲利普。

"哎呀，咱们还是去个有姑娘的地方吧，"他说，"到蒙帕纳斯游乐场去，咱们可以一醉方休。"

"我宁愿去见克朗肖，不想喝得醉醺醺的。"

<hr />

① 科布登（Richard Cobden，1804—1865），英国政治家、下院议员，极力主张废除谷物法，倡导国际自由贸易、和平及国际合作，反对对中国等的侵略战争，美国内战时坚定地支持北方。
②③⑤ 参见第二十六章注。
④ 参见第二十七章注。

四十二

大家一阵闹哄哄地纷纷离席。弗拉纳根和另外两三个人去了歌舞杂耍剧场，而菲利普则跟克拉顿和劳森一起慢悠悠地朝丁香园踱去。

"你一定得去蒙帕纳斯游乐场看看，"劳森对他说，"这可是巴黎最好玩的地方。总有一天我要把它画下来。"

菲利普受到海沃德的影响，一直都以鄙夷不屑的眼光看待歌舞杂耍剧场，但他来到巴黎的这个时候，正赶上它们的艺术可能性刚刚被发掘出来。它们那独特的照明、那大片昏暗的红色和暗淡的金色的使用、那浓重的阴影和装饰性线条，都提供了一种新的主题；拉丁区里有半数的画室都陈列着这家或那家当地剧场的写生画。文人墨客紧随画家其后，也都齐心协力，突然在这些歌舞杂耍中发现了艺术的价值：红鼻子的丑角因为对角色的出色把控而被捧上了天；痴肥的女歌手声嘶力竭、默默无闻地嘶喊了二十载，突然被发现居然拥有无可比拟的谐趣天分；还有人在耍狗戏中发现了审美的愉悦，另有一些人则竭尽自己的语汇，百般颂扬变戏法的和踩飞车的如何技惊四座。看歌舞杂耍演出的观众，也因此而沾了光，成为同情和关注的对象。和海沃德一样，菲利普向来瞧不起整体意义上的民众，他采取的一直是一种孤芳自赏的态度，怀着厌恶之情观看着俗人庸众的种种滑稽和乖张；但克拉顿和劳森在谈起平民大众来的时候却满怀热情。他们描述着巴黎各种市集上那沸腾的人群，那人脸的海洋，在电石灯的照耀下半隐半现，还有那刺耳的喇叭声、那响亮的汽笛声、那嗡嗡的说话声。他们说的这一切，在菲利普听来都是既新鲜又陌生。他们也跟他讲了克朗肖的情况。

"你读到过他的作品吗？"

"没有。"菲利普说。

"都登在《黄面志》[①]上。"

他们对他的态度，就像画家通常看待作家那样，既因为他是绘画艺术的门外汉而有几分鄙视，又因为他操持的毕竟也算一门艺术而有几分宽容，同时还由于他使用的是一种让他们觉得有些不自在的艺术介质而有几分敬畏。

"他是个非同寻常的人物。起先你会觉得他有点令人失望，他只有在喝醉了以后，才会呈现出最佳的状态。"

---

① 《黄面志》（*The Yellow Book*），一八九四至一八九七年在伦敦出版的一种插图类文学季刊，是一八九〇年代最重要的文学期刊，与唯美主义和颓废主义均有一定程度的关联，包含了诗歌、短篇小说、随笔、书籍插图、肖像和绘画的复制品等众多文学、艺术类型，比亚兹莱（Λubrey Beardsley，1872—1898）是其第一任艺术编辑，杂志的黄色封面即由其选定，与当时非道德的法国小说有呼应关系。

"讨厌的一点是，"克拉顿又加了一句，"他要好长好长时间才能把自己灌醉。"

他们来到那家咖啡馆的时候，劳森告诉菲利普他们不得不坐到里面去。秋日的空气中还几乎感觉不到有什么寒意，但克朗肖对风寒具有一种病态的恐惧，哪怕是在最暖和的天气里他也一定要坐在屋里面。

"他认识所有值得认识的人，"劳森解释道，"他认识佩特和王尔德，他认识马拉美[1]和所有这些人物。"

他们寻找的目标坐在咖啡馆里一个最能遮风避雨的角落里，穿着外套，衣领朝上翻起来，帽檐在额头上压得极低，以免吹到冷风。他个头很高，体形敦实但并不肥胖，一张圆脸，一撮小胡子，一双小小的、显得相当愚蠢的眼睛。他的脑袋相对于他的体形显得太小了一点，就像是一个鸡蛋上好不容易搁住了一颗豌豆。他正跟一个法国人玩多米诺骨牌，对他们几个新来的只淡淡地一笑权当招呼，并没有说话，不过倒是把桌子上那一小摞茶托往旁边一推，像是给他们腾出点地方似的，桌上有多少个茶托就表明他已经喝掉了多少杯酒。他们把菲利普介绍给他的时候，他冲他点点头，继续玩他的骨牌。菲利普自己的法语虽然并不高明，也足以听得出，尽管在巴黎住了不少年头，克朗肖的法语讲得非常糟糕。

---

[1] 马拉美（Stéphane Mallarmé，1842—1898），法国诗人，象征派代表，提倡"纯诗"论，追求在诗中表现"绝对世界"，对法国现代诗有深远的影响，主要作品有诗篇《牧神的午后》、诗剧片段《埃罗提亚德》等。

最后，他面带胜利的微笑，往椅背上一靠。

"Je vous ai battu,^①"他说，口音非常难听，"Garçon^②！"

他招呼侍应过来，转向菲利普。

"刚从英国过来的？看板球赛吗？"

菲利普被这个意想不到的问题搞得有点不知所措。

"克朗肖对近二十年来每一位一流板球队员的击球命中率可说是了如指掌。"劳森微笑道。

那个法国人离开他们，到另一桌找他的朋友去了。克朗肖开始分析起了肯特队和兰开夏队各自的优势，他讲起话来懒洋洋、慢悠悠的，同时又咬字清晰，这也是他的一个与众不同的特点。他跟他们讲了他最近看的一场板球赛，详细描述了每一局每一位击球手的得分情况。

"这可算是我在巴黎唯一惦记的事儿啦，"他喝完了侍应端上来的那杯bock^③以后说，"在这儿你是一场板球都看不到。"

菲利普很是失望，而劳森因为急于向他炫耀一下拉丁区的这位名流，也情有可原地不耐烦起来。克朗肖正慢条斯理地为那个不眠之夜做着热身准备，尽管堆在他手边的那摞茶托表明，他至少是已经诚心实意地力图把自己灌醉了。克拉顿饶有兴味地看着这个场景。他觉得克朗肖在显摆他对于板球领域是如何了如指掌的过程中未免有些刻意和做作；他就喜欢吊人家的胃口，故意先

---

① 法语：我赢了你了。

② 法语，准确的应为Garçon：侍应，跑堂的。

③ 法语：啤酒。

扯些明显惹人生厌的话题；克拉顿于是就抛出了一个问题。

"最近你见过马拉美吗？"

克朗肖慢悠悠地看了他一眼，就像是脑子里在揣摩这个问题似的，在回答之前，先拿起一个茶托在大理石的桌面上轻敲了几下。

"把我的那瓶威士忌给我拿来。"他冲着酒保大声喊道。然后他又转向菲利普，"我把自家的威士忌存在这儿。那么一小杯就要五十生丁，我可喝不起。"

侍应把那瓶酒给他拿了来，克朗肖举起来对着灯光仔细端详。

"有人喝了我的酒。伙计，是谁偷喝了我的威士忌？"

"Mais personne, Monsieur Cronshaw.①"

"昨晚我在瓶身上做了记号的，你看看。"

"先生是做了记号，可是做完记号以后照喝不误。既然如此，先生再做什么记号岂不等于白白浪费时间嘛。"

那侍应是个天性快活的小伙子，跟克朗肖混得很熟。

"如果像个贵族和绅士那样以你的名誉担保，除我以外再没有别人喝过我的威士忌，我就接受你的说法。"

这句话被他逐字逐句翻译成了最为生硬的法语，听起来非常滑稽，comptoir② 后面的老板娘忍不住笑出了声。

"Il est impayable.③" 她喃喃道。

---

① 法语：没人喝过，克朗肖先生。

② 法语：柜台，账台。

③ 法语：这可真是滑稽可笑。

克朗肖听到了这话，故作羞怯地向她丢了个眼风——她是个风韵犹存、健壮结实的中年女人——并一本正经地给她送了个飞吻。她耸了耸肩膀。

"别害怕，夫人。"他缓慢而忧郁地说，"我已经过了那个年龄，已经不会再受到半老徐娘眷顾的诱惑了。"

他给自己倒了点威士忌和水，慢悠悠地喝了起来。然后用手背抹了抹嘴。

"他讲得很好。"

劳森和克拉顿知道，克朗肖的这句话是对刚才有关马拉美的那个提问的回答。克朗肖经常去参加每周二这位诗人接待文人和画家的聚会，不管来宾向他提出什么问题，他都能细致入微、侃侃而谈。克朗肖显然是最近刚参加过这个聚会。

"他讲得很好，但他是在胡说八道。他谈起艺术来就仿佛那是世上最重要的东西似的。"

"如果不是的话，那我们为什么又要跑到这儿来呢？"菲利普问道。

"你为什么要跑到这儿来，我不知道。这不关我的事。但艺术只是一种奢侈品。人们真正重视的唯有自我保护和传宗接代。只有在这些本能得到满足以后，他们才愿意把心思用在由作家、画家和诗人提供的消遣娱乐上来。"

克朗肖停下话头，开始喝酒。二十年来，他始终都在思考这样一个问题：究竟是因为酒能助长谈兴，他才好酒贪杯呢，还是因为谈话使他唇焦舌敝、能够助长酒兴，他才喜欢高谈阔论呢？

然后他说："昨天我写了一首诗。"

不等人敦请，他就开始背诵起来，他念得很慢，一边还伸出食指打着节拍。这可能真是首非常精妙的诗作，可偏巧这时候，一个年轻女人走了进来。她两片烈焰红唇，而且很明显那色彩鲜妍的脸颊也并非出自平庸的本色；她把睫毛和眉毛都涂得漆黑，上下的眼皮都涂成大胆的蓝色，并且一直涂到眼角处，形成了一个蓝色的三角。既异想天开又妙趣横生。她乌黑的头发从耳朵上方全部往后梳拢，这个发式因克莱奥·德·梅罗德[①]小姐的首倡而风靡一时。菲利普的目光不由得转到了她身上，这时克朗肖也背诵完了他的诗作，宽容地冲他微微一笑。

"你没有在听。"他说。

"哦不，我在听。"

"我不怪你，因为这正好为我刚才的那番话提供了一个贴切的佐证。跟爱情相比，艺术又算得了什么？在可以对这位年轻女子俗丽的魅力行注目礼的时候，对于纯诗完全无动于衷，对这样的态度我表示尊重和赞同。"

她从他们的桌旁走过时，他一把拉住了她的胳膊。

"来坐在我身边，亲爱的孩子，让我们来演一出神圣的爱情喜剧吧。"

"Fichez-moi la paix.[②]"她说，一把把他推开，大摇大摆地继续

---

① 克莱奥·德·梅罗德 (Cléo de Mérode，1875—1966)，法国舞蹈家、模特、时尚偶像。

② 法语：离我远点儿，别来烦我。

往前走去。

"艺术,"他继续道,同时把手一挥,"无非是机灵鬼在酒足饭饱、男欢女爱之后,为了逃避人生的乏味无聊而创造出来的一个避难所。"

克朗肖又把自己的酒杯斟满,开始详细地发挥起来。他嗓音洪亮、口齿清晰。他斟词酌句、措辞考究。他把至理名言和胡说八道混为一体、打成一片,直令人瞠目结舌;他一会儿板着面孔拿他的听众取笑逗乐,一会儿又嬉皮笑脸地向他们提出意味深长的忠告。他艺术、文学、人生,无所不谈。他忽而虔敬热忱,忽而污言秽语,时而笑逐颜开,时而凄然泪下。他已经醉得厉害,然后又开始背诵起了诗作,他自己的和弥尔顿的,他自己的和雪莱的,他自己的和基特·马洛①的。

到了最后,劳森已经筋疲力尽,就起身告辞了。

"我也该走了。"菲利普说。

他们几个人当中开口最少的克拉顿,仍旧留下来,唇角挂一丝讥讽的微笑,听克朗肖的高谈阔论、胡诌八扯。劳森陪菲利普回到旅馆,向他道了晚安。可是菲利普上床后却睡不着。其他人在他面前信口抛出的那些新鲜的观点在他的脑海里翻江倒海,无法止息。他兴奋不已。他觉得体内涌动着巨大的力量,他还从没有像现在这样充满自信。

① 基特·马洛,即克里斯托弗·马洛(Christopher Marlowe,1564—1593),英国戏剧家、诗人,发展无韵体诗,革新中世纪戏剧,为莎士比亚和詹姆斯王朝的剧作家开辟了道路,主要剧作有《帖木儿》《爱德华二世》等。

"我知道我会成为一个伟大的艺术家，"他自言自语道，"我觉得我有这样的潜质。"

当另外一个念头闪过脑际时，他全身都忍不住战栗起来，就连对自己，他都不太敢把它用明确的语言说出来：

"的确，我相信我有这个天分。"

他其实已经醉得很厉害了，不过，既然他最多也就只喝了一杯啤酒，那让他陶然一醉的，就只可能是一种比酒精更为危险的致醉物了。

四十三

　　每周的周二和周五上午，老师们会来阿米特拉诺，点评学生们的画作。在法国，画家的收入非常菲薄，除非是为人画肖像画以及受到有钱的美国人的惠顾；有些声望的画家都乐于每周抽出两三个钟头的时间到为数众多的某个教授绘画的画室里指导一下学生，赚取一点外快。周二是由米歇尔·罗兰来阿米特拉诺指导学生。他年纪不小了，留着把白胡子，面色红润，他为政府画过不少装饰画，但这些画都已沦为他指导的这些学生的笑柄：他是安格尔的门徒，他对于艺术的发展完全无动于衷，一听到马奈、德加、莫奈和西斯莱①tas de farceurs②的名字就不耐烦，就光火；但他是位出色的老师，乐于助人、彬彬有礼而且对学生善加鼓励。而周五前来画室指导的富瓦内却正好相反，是个很难相处的家伙。此人瘦小干瘪，一口烂牙，一副坏脾气的样子，蓄着一部乱蓬蓬

---

① 西斯莱（Alfred Sisley, 1839—1899），英裔法国风景画家，印象派创始人之一，喜以阳光中的树林和河流为题材，作品有《树林边的道路》《塞纳河岸的乡村》等。

② 法语：这帮小丑。

的灰白胡子，一双凶巴巴的眼睛；他说起话来嗓门尖利、语带讥讽。他少年得志，有几幅画被卢森堡美术馆购藏，在二十五岁上本指望能前程远大，在画坛扬名立万的；但他那点才华只是由于青春的勃发，而并未深植于他的个性当中，于是二十年来他除了重复早年给他带来成功的风景画以外，再无其他建树。当有人指责他的作品千篇一律时，他的回答是：

"柯罗①就只画一样东西。为什么我不能？"

别人的成功都会惹他嫉妒，对于那批印象派画家，他更是无比憎恶；因为他把自己的失败归咎于疯狂的时尚，而庸众，这些sale bête②，就都被他们的作品给吸引过去了。米歇尔·罗兰对印象派只不过持一种友善的鄙夷态度，称他们为江湖骗子，而富瓦内则报以恶毒的谩骂，crapule③和canaille④就算是最温和的字眼了；他以诋毁他们的私生活自娱，冷嘲热讽、嬉笑怒骂，津津乐道于各种亵渎神明和淫秽下流的细节，攻击他们出身的合法性和夫妻关系的纯洁性；甚至不惜使用东方式的意象和东方式的渲染方式来突出他那不堪入耳的侮辱咒骂。他在检查学生们的习作时，也毫不掩饰他的轻蔑。他们对他是又恨又怕，女学生经常因为受不了他那残忍的嘲讽而哭鼻子，结果反倒又招他奚落一顿；尽管学

---

① 柯罗（Jean Baptiste Camille Corot, 1796—1875），法国画家，是使法国风景画从传统的历史风景画过渡到现实主义风景画的代表人物，作品有《沙特尔大教堂》《阵风》等。
② 法语：肮脏的畜生。
③ 法语：恶棍。
④ 法语：流氓。

生们因为受不了他那过于严厉的抨击群起而抗议，他却能继续留在画室里任教，因为他无疑确实是巴黎最好的美术教师。有时候学校的管理人，也就是那个老模特儿，会斗胆对他规劝几句，但在这位暴躁蛮横的画家面前，他的谏言忠告转眼就变为卑屈的道歉了。

菲利普一上来撞上的就是富瓦内。菲利普来到画室的时候，他已经在里面了。他一个画架一个画架地轮番看过去，女司库奥特太太在一旁陪同，碰到那些不懂法语的学生就由她来充任翻译。范妮·普赖斯坐在菲利普旁边，画得极为热情而又忙乱。她紧张得脸色蜡黄，时不时就要停下来，在衬衫上擦擦手，因为心焦如焚，手心直冒汗。突然她神色焦虑地朝菲利普转过脸来，紧锁眉头，想借此来加以掩饰。

"你觉得我画得还好吗?"她问道，朝她的画一努嘴。

菲利普站起来看了看。他简直惊呆了，他觉得她简直有眼无珠；她的画简直不成个人形，完全无可救药。

"我希望能画得有你一半那么好。"他回答道。

"这你可不能指望，你才刚来没几天。你现在就想画得跟我一样好，那就有点太好高骛远了。我来这儿已经有两年了。"

范妮·普赖斯实在是让菲利普大惑不解，她的狂妄自负简直令人叹为观止。菲利普已经发现，画室里的每个人都真心不喜欢她；这也难怪，因为她好像是特特地要去伤害人家一样。

"我向奥特太太投诉过富瓦内了，"她接着又说，"上两个礼拜，他对我的画都看也不看一眼。而每回他几乎都会在奥特太太那儿花上半个钟头，就因为她是这儿的司库。毕竟，我也是跟别人付了同样多的学费的，而且我想我的钱也跟别人的钱一样值钱。我不明白我为什么就不能得到跟别人一样多的关注。"

她再次拿起炭笔，但过了一会儿就呻吟了一声把它放下了。

"现在我是一笔都画不出来了，我都快紧张死了。"

她看了一眼富瓦内，他正由奥特太太陪着朝他们这边走来。奥特太太资质平庸，态度谦恭，扬扬自得中露出几分自命不凡的神气。富瓦内在一个名叫鲁思·查利斯的英国姑娘的画架旁坐了下来。这姑娘个头矮小，有些邋遢，一双漂亮的黑眼睛，目光倦怠而又狂热，一张瘦脸，既清心寡欲又富于肉感，皮色就像是老象牙，这种风韵，正是在伯恩-琼斯的影响之下切尔西[①]的年轻小姐们所刻意要培养的。富瓦内的心情像是不错，他并没对她多说什么，直接拿起她的炭笔，寥寥几笔，随手点画，就彰显了她的败笔所在。他站起来的时候，查利斯小姐喜不自胜，满脸放光。他来到克拉顿跟前，到了这个时候，就连菲利普都紧张了起来，不过奥特太太早就答应过要对他格外关照的。富瓦内在克拉顿的习作前站了一会儿，默默地咬着自己的大拇指，然后心不在焉地把咬下来的一小块死皮吐到了克拉顿的画布上。

"这根线条不错，"他终于开口道，用大拇指指着让他满意的地方，"你开始知道一点画画的道道了。"

---

① 切尔西（Chelsea），伦敦市西南部一住宅区，位于泰晤士河北岸，为艺术家和作家的聚居区。

克拉顿没有搭腔，只是看了老师一眼，仍旧是那副罔顾世人看法的讥诮神情。

"我开始觉得，你至少是有那么一点才华的影子的。"

奥特太太一向都不喜欢克拉顿，听到这话把嘴一扁。她在画里就没看出有任何不同寻常之处。富瓦内坐下来，深入地探究起技术细节来。奥特太太站得已经有些不耐烦了。克拉顿还是什么话都没说，但时不时地点点头，富瓦内觉得很满意，因为他对自己的话能够心领神会，而且悟出了其中的道理；大部分学生对他的话都唯唯诺诺，但很明显根本就不明白他到底是什么意思。富瓦内站起身，朝菲利普走来。

"他才来了两天，"奥特太太赶紧解释道，"才刚开始学。以前没学过画。"

"Ça se voit,[①]"老师说，"不说也看得出来。"

他继续往前走，奥特太太悄声对他说：

"这就是我跟您提起过的那位年轻的小姐。"

他看她的眼神就仿佛她是某种可憎的野兽似的，他的嗓音也变得更加刺耳。

"据说你认为我没有给你足够的关注，你不断地向司库投诉我。那好，就请把你希望我给予关注的大作拿给我看看吧。"

范妮·普拉斯脸红了。她那带有病容的皮肤底下，血液像是呈现出一种奇怪的紫色。她没有说话，只是朝她从这个礼拜一直

① 法语：看得出来。

画到现在的那幅画指了一下。富瓦内坐了下来。

"那么，你希望我对你说什么呢？你是希望我对你说这是幅好画？可这不是。你是希望我对你说这幅画画得很好？但画得一点都不好。你是希望我说它总有些可取之处？但它一无可取。你是希望我具体告诉你它到底哪里出了问题？它一无是处。你是希望我告诉你该拿它怎么办？赶紧把它撕了吧。现在你满意了吗？"

普赖斯小姐脸变得煞白。她怒不可遏，因为这些话他都是当着奥特太太的面说的。她虽然已经在法国待了这么长时间，听人家讲法语是没什么问题了，但讲起来却还是磕磕绊绊地语不成句。

"他没权利这样对待我。我的钱就跟别人一样是真金白银，我付给他钱就是要他来教我的。他这可不是在教我。"

"她说了什么？她说了什么？"富瓦内问。

奥特太太犹豫着，不想转译给他听，普赖斯小姐于是就用拙劣的法语自己说道：

"Je vous paye pour m'apprendre.[①]"

他眼里闪着怒火，他抬高嗓门，挥舞着拳头。

"Mais, nom de Dieu,[②] 我教不了你。教一头骆驼也比教你要容易。"他转向奥特太太，"问问她，她学画是为了消遣自娱，还是指望靠这个挣钱？"

---

① 法语：我付钱给你是要你来教我的。
② 法语：但是，看在上帝分上。

“我打算作为一个艺术家靠画画挣钱谋生。”普赖斯小姐回答道。

“那我就有责任告诉你，你这纯属浪费时间。你就是没有任何天赋也不要紧，现如今真正有天赋的画家又有几个？你的问题在于你连最基本的能力都不具备。你来这儿已经有多久了？一个五岁的孩子在上个两堂课以后，画得也会比你现在强。我只想给你一个忠告：放弃这毫无希望的尝试吧。你真想挣钱谋生的话，恐怕当个bonne à tout faire① 也比当个画家可能性更大。”

他抓起一支炭笔，戳到纸上的时候因用力过猛断成了两截。他发出一声咒骂，就用剩下的那一小截开始描画粗大坚决的线条。他下笔飞快，边画边讲，同时恶毒地骂个不停。

“你瞧瞧，这两只胳膊都不一样长。那个膝盖，简直荒唐可笑。我告诉你，就是一个五岁的孩子——你看看，用这两条腿她怎么能站得住。还有那只脚！”

每说一句话，那一小截炭笔就恶狠狠地留下个记号，不一会儿，范妮·普赖斯花了那么多时间费尽心血画成的那幅画就已经面目全非，尽是些乱七八糟的线条和污迹了。最后，他把那截炭笔一扔，站起身来。

“接受我的忠告，小姐，还是去学点裁缝手艺吧。”他看了看他的表，“十二点了。À la semaine prochaine, messieurs.②”

---

① 法语：做所有家务的女佣。

② 法语：下周见了，先生们。

富瓦内在点评。

普赖斯小姐慢慢地收拾好自己的画具。菲利普故意落在后面，想等其他人都走了好安慰她几句。他想不出别的话来，只是说：

"我得说，我真是非常难过。这人简直是个畜生！"

不料，她反而恶狠狠地冲他发作起来。

"你巴巴地等在这儿就是为了说这个？我要是真需要你的同情的话，我会向你开口的。现在请你让开，别挡着我的路。"

她从他身边走过，径直出了画室，菲利普无奈地把肩一耸，一瘸一拐地到格拉维耶吃午饭去了。

"她活该，"菲利普把刚才的经过跟劳森说了以后，劳森这么说道，"臭脾气的婊子。"

劳森对别人的批评非常敏感，为了耳根清净，每当富瓦内到画室来的时候，他总是躲得远远的。

"我可不想让别人对我的作品评头论足，"他说，"我画得是好是坏，我自己心里最清楚。"

"你的意思只不过是说，你不想听别人对你的作品做出负面的评价。"克拉顿冷冷地接口道。

到了下午，菲利普觉得应该去卢森堡美术馆看看那里的画，路过花园的时候，他看见范妮·普赖斯正坐在她惯常坐的长椅上。他一番好意想安慰她几句，她竟对他如此粗暴无礼，这让他颇为恼火，这次就全当没看见她一样走了过去。但她却马上站起身来，朝他走来。

"你是不想再理我了是吗？"她问道。

"不，当然不是。我是以为你也许不想被人打扰。"

"你要去哪儿？"

"我想去看看马奈的那幅画，简直是如雷贯耳。"

"你愿意让我跟你一起去吗？我对卢森堡美术馆相当熟悉。我可以带你去看一两样珍品佳作。"

他认识到，她是因为不愿意直截了当地向他道歉，想以此举来赔罪的。

"你可真是太好了。我正求之不得呢。"

"你要是想一个人去的话也不必勉强，直说就是了。"

"我并无此意。"

他们朝美术馆走去。美术馆最近正在展出卡耶博特[①]的藏画，学画的学生们得以首次无拘无束地尽情细品诸位印象派画家的作品。此前，是唯有在拉斐特路迪朗-吕埃尔[②]的画廊（这位画商跟他那些对画家都摆出一副高高在上的优越态度的英国同行们大不一样，哪怕对那些最穷困寒酸的学生，也总是乐于把他们想看的无论什么画作都拿给他们看），或是在他的私宅里才有机会一睹庐山真面目的。他的私宅每逢周二对外开放，入场券倒也不难搞到，在那儿你可以看到许多享有世界声誉的名画。普赖斯小姐领他直接来到了马奈的《奥林匹亚》面前。他看着这幅画，惊得目瞪口呆，说不出话来。

---

① 卡耶博特（Gustave Caillebotte, 1848—1894），法国画家、艺术收藏家，对学院派和印象派兼收并蓄。

② 迪朗-吕埃尔（Paul Durand-Ruel, 1831—1922），法国画商，巴比松派画家和早期印象主义的拥护者，印象主义画家的主要代理商。

"你喜欢吗?"普赖斯小姐问。

"我不知道。"他无助地回答道。

"你听我的话肯定没错,这就是整个美术馆最优秀的作品,也许该除了惠斯勒为他母亲画的肖像以外。"

她给了他相当长的时间,好让他仔细地端详这幅杰作,然后又带他去看一幅描绘火车站的画。

"你看,这是莫奈的一幅作品,"她说,"画的是圣拉扎尔火车站。"

"可是画上的两条铁轨都不平行。"菲利普道。

"那有什么关系?"她反问道,傲气十足。

菲利普不觉暗自惭愧。范妮·普赖斯捡起各画室正聚讼不已的这个话题,以她的知识面轻而易举就让菲利普听得赞佩不已。她进而把各幅画作讲解给他听,虽目空一切,却也不无见地,并向他展示画家们的创作意图,指点他具体该注意画中的哪些细节。她说话时总是用大拇指比比画画,她所讲的这一切对菲利普而言都非常新鲜,他一方面听得津津有味,一方面又有些不知所措。在此之前,他一直都非常崇拜瓦茨和伯恩-琼斯。前者那富丽的色彩,后者那雕琢的笔触,都完全满足了他的审美感受。他们的那种模糊的理想主义,他们为画作所起的标题隐含的那点似是而非的哲学意味,都跟他费尽心血深入研读罗斯金所领悟到的艺术的究极功能若合符节;可是眼前看到的这些却又全然不同:这些画里面没有任何道德诉求,细细玩索这些作品丝毫无助于任何人去追求一种更为纯洁和更为高尚的生活。他大为困惑不解。

345

最后他说："你知道，我真是累死了。我的脑子一点都转不动了。咱们去找个凳子坐下来歇歇吧。"

"艺术是要潜移默化的，慢慢来，贪多确实嚼不烂。"普赖斯小姐回答道。

他们来到外面以后，他为她不辞劳苦地带他看画、为他讲画，热情地表示了谢意。

"哦，这没什么。"她大大咧咧地说，"我这么做是因为我也乐在其中。你要是高兴，明天咱们再去卢浮宫，然后我再带你到迪朗-吕埃尔的画廊去看看。"

"你对我实在是太好了。"

"你不像那些人，他们大部分都不把我当人看。"

"这倒是实话。"他微笑道。

"他们以为这样就能把我从画室里赶走，但这是痴心妄想；我就不走，我爱待多久就待多久。今天早上的那出戏，全都是露西·奥特捣的鬼，我知道就是这么回事。她一直就对我怀恨在心。她以为这么一来，我就得卷铺盖滚蛋了。我敢说，她是巴不得我赶紧走人呢。她是怕我知道她太多的底细。"

普赖斯小姐缠杂、枝蔓地跟他讲了一大通，意思无非是说，别看奥特太太这么个道貌岸然、姿色平庸的小女人，其实无比淫荡、惯爱跟人私通。然后她又说起鲁思·查利斯，就是上午被富瓦内夸过一句的那个姑娘。

"她跟画室里所有的男人都有一腿。她跟站街拉客的妓女没什么两样。而且她这人实在是腌臜。她一个月都不洗一次澡，这是事实，我一点都没夸张。"

菲利普听来感觉很不舒服。他已经听到过有关查利斯小姐的种种流言蜚语；但要怀疑一直和母亲住在一起的奥特太太居然也毫无贞操可言，那可就实在有点荒唐了。这个走在他身边的女人竟这么明显地对别人恶语中伤，真让他觉得有些不寒而栗。

"他们怎么说我才不管呢，我将照样这么坚持下去。我知道我有这个天赋，我觉得我就是个艺术家。我宁可自杀，也绝不会放弃。哦，在学校里遭所有人嘲笑的我又不是第一个，但到头来，那受尽奚落的反倒成为同侪中唯一的天才。艺术是我唯一在乎的东西，我愿意为它献出整个的生命。问题的关键全在于是否能锲而不舍、坚持不懈。"

要是有谁对她的这一自我评价持有任何疑议，都会被她认定为怀有不可告人的动机。她讨厌克拉顿。她告诉菲利普，说他这位朋友并没有真正的才能，他的画俗丽而又肤浅，他这辈子也画不出一个像样的形象来。至于劳森，她是这么说的：

"就是个红头发、雀斑脸的小畜生。他对富瓦内怕得要死，连自己的作品都不敢拿给他看。不管怎么说，我并没有害怕吧？我才不在乎富瓦内是怎么说的呢，我知道我是个真正的艺术家。"

他们已经走到了她住的那条街上，菲利普跟她告辞的时候，不禁长出了一口气。

四十四

尽管如此，下一个礼拜天，当普赖斯小姐主动提出要带他去参观卢浮宫时，他还是接受了。她领他去看《蒙娜·丽莎》。他真正看到这幅名画以后，不觉稍稍感到一点失望，但他已经反复读过沃尔特·佩特对这幅全世界最著名的杰作所作的评论，直到完全烂熟于心，佩特那些镶金嵌玉的文字为这幅画平添了不少美感；他于是就把这段评论讲给普赖斯小姐听了。

"那都是文人的雕章琢句，"她说，言下略有些不屑，"你现在万万不可再理会那套东西了。"

她带他去看伦勃朗，对他的画做了很多恰如其分的评论。她站在《以马忤斯的晚餐》[①]面前。

---

① 《以马忤斯的晚餐》（*Disciples at Emmaus* 或 *Les Disciples d'Emmaüs* 或 *Les Pèlerins d'Emmaüs*），直译应为《以马忤斯的门徒》，此为通译。以马忤斯是个距离耶路撒冷约有二十五里的村子，耶稣的两个门徒在前往这个村子的路上遇到了复活的耶稣，但没有认出他，天快黑了，这两个门徒邀耶稣同宿以马忤斯村，坐下来用餐的时候，耶稣拿起饼，祝福了，擘开，递给他们，他们的眼睛开了，这才认出他来（见《圣经·新约·路加福音》第二十四章第十三至三十一节）。这是古典绘画大师们非常喜欢的一个题材，（转下页）

"等你能领悟到这幅画的优美之处，"她说，"你对绘画也就算是摸到一点门径了。"

她又带他看了安格尔的《大宫女》和《泉》①。范妮·普赖斯是个专横的向导，不允许他随便去看自己喜欢的画作，只想强迫他赞赏她所推崇的作品。她对于学习艺术无比虔诚、无比认真。菲利普经过著名的长画廊时，透过一扇窗户望出去，但见窗外的杜伊勒利宫②花园亮丽、明媚、雅致，活像是拉斐尔的一幅画，不禁叫道：

"看呀，多美啊！咱们就在这儿停留一会儿吧。"而她却无动于衷地说："是呀，是不错。但我们是来这儿看画的。"

秋日的空气清新爽洁，菲利普颇感心旷神怡；临近中午，他们站在卢浮宫那宽敞的庭院中的时候，他真想像弗拉纳根那样大叫一声：去他娘的艺术吧！

"我说，咱们一起去米歇尔大街上找个餐馆吃点点心吧，怎么样？"他提议道。

普赖斯小姐狐疑地瞅了他一眼。

"我在家里已经准备好午饭了。"她回答道。

"这有什么关系。你可以明天再吃嘛。你就让我请你一回吧。"

(接上页)除伦勃朗外，像米开朗琪罗、卡拉瓦乔等著名画家都画过这个题材。卢浮宫收藏的这一幅是伦勃朗创作于一六四八年的画板油画。

① 卢浮宫收藏的《大宫女》(La Grande Odalisque) 和《泉》(La Source) 都是安格尔的代表作，布面油画，分别创作于一八一四年和一八五六年。

② 杜伊勒利宫 (Tuileries)，法国巴黎的旧王宫，始建于一五六四年，一八七一年焚毁，现尚存杜伊勒利宫花园。

"我不知道你为什么这么想请我。"

"这会让我觉得高兴。"他微笑着回答道。

他们过了河，在圣米歇尔大街[1]的街角处有一家餐馆。

"就这家吧。"

"不，别进这家，看起来太贵了。"

她执意继续往前走，菲利普也只得跟着。没走几步就来到一家小一些的餐馆门前，人行道的遮阳篷底下已经有十几个人在用餐了；橱窗上用巨大的白字写着：Déjeuner 1.25, vin compris[2]。

"不可能吃到比这更便宜的午饭了，这地方看起来也挺不错的。"

他们拣了张空桌子坐下来，等着上煎蛋卷，这是菜单上的第一道菜。菲利普兴致勃勃地打量着过往的行人。他对他们充满了兴趣。他虽有些疲惫，但非常开心。

"哎呀，看那个穿工作服的男人。多帅气啊！"

他瞥了一眼普赖斯小姐，但让他吃惊的是，只见她低头盯着自己的盘子，丝毫不理会街上的景象，有两颗沉重的泪滴正沿着面颊滚落下来。

"到底出什么事了？"他惊叫道。

"一句话都别对我说，否则我就站起来马上走人。"她回答道。

菲利普如堕五里雾中，不过幸好这时候煎蛋卷端上来了。他

---

① 圣米歇尔大街（Boulevard St Michel），巴黎将第五和第六区从塞纳河到皇家港口地区分隔开来的一条主干道，从圣米歇尔桥延伸至天文台大街。

② 午餐一点二五法郎，含酒资。

把它一分为二，两人都开始吃起来。菲利普竭尽全力谈些无关痛痒的话题，而看起来普赖斯小姐也像是努力想表现得随和一点，但这顿午饭总体来说吃得并不成功。菲利普本就有些神经质，而普赖斯小姐的那副吃相真让他倒尽了胃口。她吃得咂嘴咂舌，无比贪婪，有点像是动物园里的一只野兽；她每吃完一道菜，总是用面包片把盘子擦得干干净净、又白又亮才肯罢休，好像连一滴肉汁都不舍得浪费似的。他们的套餐里还有一份卡门贝奶酪，看到她把自己那份一点不剩地全都吃掉，就连奶酪皮都不放过，菲利普不由得心生厌恶。她就算是已经饿了几天的饭，也不至于吃得如此贪馋。

普赖斯小姐这人实在是有些难以捉摸，你今天跟她分手时还亲亲热热的，保不齐第二天她就会给你甩脸子，甚至恶语相向；但他也确实从她那儿学到了很多东西：虽然她自己画得并不好，所有可以传授的知识和技能她都懂，正是她不厌其烦地从旁指点，他才在艺术方面大有长进。奥特太太也给了他不少帮助，有时候查利斯小姐也会对他的习作提出自己的批评；劳森的油嘴滑舌和高谈阔论，克拉顿的我行我素也使他获益匪浅。但范妮·普赖斯最恨他从除她以外的任何人那儿接受指点和建议，每当他在别人跟他交谈过以后再去向她求教，她都会无比粗暴地断然拒绝。劳森、克拉顿和弗拉纳根这些人就常常拿她来打趣他。

"你可要留神呀，我的小伙子，"他们说，"看来她是爱上你啦。"

"哦，一派胡言。"他呵呵笑道。

普赖斯小姐居然会爱上任何人，这一想法本身就够荒唐可笑的了。一想到她那难看的长相，那乱糟糟的头发和那双脏兮兮的手，还有那身一年到头都不换一下的棕色衣裙，既满是污渍又破旧褴褛，他就不寒而栗：他猜想她肯定是手头拮据，可他们手头都不宽裕，她至少可以保持整洁吧；只要用针线补缀一下，总可以把那条裙子拾掇得齐整一点。

对于他所接触到的这些人，菲利普也开始归类和整理自己对他们的印象。他如今已经不再像当初在海德堡时那样少不更事了，而且由于他对于人性开始产生了一种更为深思熟虑的兴趣，他也更加有意识地开始进行审视和评判的工作。对于克拉顿，这三个月来他虽然天天都跟他见面，但发现对他的了解并不比第一天见到他的时候更加深入。他在画室里得到的总的印象是他颇有能力，大家都认为他会大有作为，他自己也是这么想的；但他究竟打算要干什么，要怎么做，却不论是别人还是他本人，都不清楚。他在来阿米特拉诺以前，已经在好几个画室，像是朱利安画室、美术学院和麦克弗森画室都学过画，而他在阿米特拉诺待的时间比其他画室都长，因为在这儿他觉得更可以不受干扰，独来独往。他不喜欢展示自己的作品，也不像大多数学习艺术的年轻人那样乐于向他人讨教或赐教。据说，在他首战路①那间兼作工作室和卧室的小画室里颇有几幅出色的画作，只要有人能劝他把这些画拿出来做个展览，准能让他一举成名。他雇不起模特儿，只画静物，

---

① 首战路（Rue Campagne Première），巴黎第十四区蒙帕纳斯地区的一条小巷。

劳森不断地提起他画的一幅盘子里的苹果，声称那是一幅杰作。克拉顿极为挑剔苛求，一心追求某种连他自己都并不十分了然的目标，总体上对自己的作品总是很不满意：也许某个部分他感觉还不错，比如说一个人体的前臂或是下肢，一幅静物的一个酒杯或者茶杯；他就从画布上把这些部分剪下来单独加以保存，而把其余的部分都毁掉；所以，当有人主动提出要看一下他的作品时，他就会如实地坦白，说他连一幅完整的画作都拿不出来。他在布列塔尼①曾经偶遇一位谁都没听说过的画家，是个十足的怪人，原本是个证券经纪人，人到中年突然间弃商学画，他深受此人作品的影响。他正在背弃印象派的风格，苦心孤诣，艰难苦痛地为自己摸索一条不单是绘画，而且是观察事物的独有的路径②。菲利普在他身上的确感到某种不可思议的不同于流俗的独创劲头。

不论是在他们吃饭的格拉维耶，还是在凡尔赛宫或丁香园咖啡馆消磨夜晚，克拉顿一直都沉默寡言。他安静地坐着，瘦削的脸上一抹讥诮的神情，只有在有机会抛出一句妙语警句的时候才难得开一下口。他喜欢冷嘲热讽，要是在座的有谁能成为他讽刺挖苦的对象，那他可就乐不可支了。他很少谈论绘画以外的话题，就是这个话题，也只跟他认为值得一谈的人交谈。菲利普不知道他是不是真有那么两把刷子：他沉默寡言的做派，他那副憔悴的面容，他辛辣的幽默口吻，在在都表明了他不同寻常的个性，但

---

① 布列塔尼（Brittany），法国西北部半岛，凸出于英吉利海峡同大西洋之间。
② 这里讲到的这位画家应指法国后期印象派画家高更（Eugène Henri Paul Gauguin, 1848—1903），后来毛姆又以高更的生平为原型，创作了长篇小说《月亮与六便士》。

也有可能那只不过是一种巧妙的伪装，在这个面具之下其实空空如也。

而跟劳森，菲利普很快就成了好朋友。他兴趣广泛，是个讨人喜欢的伙伴。他的阅读量比大部分学生都更大，尽管他收入菲薄，却酷爱买书。他也很乐意把书出借，菲利普由此而熟悉了福楼拜和巴尔扎克，读到了魏尔兰、埃雷迪亚[①]和维利耶·德·利尔—阿达姆[②]的作品。他们一起去看戏，有时候还买张喜歌剧院的顶层楼座票去听歌剧。他们住得离奥德翁剧院很近，菲利普很快就像他这位朋友一样，迷上了路易十四时期的那些悲剧大师[③]以及音调铿锵的亚历山大诗体。泰特布街经常举行红色音乐会，花上七十五生丁就能听到极好的音乐，还能喝到一杯尚属可口的饮料：座位很不舒服，地方拥挤不堪，空气中弥漫着浓厚的烟味儿，简直透不过气来，但凭着年轻人的那种热情，他们对此毫不介怀。他们有时候会去比利耶舞厅[④]，碰到这种机会，弗拉纳根也会跟他们一起去。他那兴兴头头、咋咋呼呼的热情也让他们备受感染。他舞跳得极好，他们进入舞厅还不到十分钟的时间，他就已经跟某个刚刚认识的小女店员跳得不亦乐乎了。

---

① 埃雷迪亚（José María de Heredia，1842—1905），法国诗人，杰出的十四行诗大师，高蹈派的领袖人物。

② 维利耶·德·利尔—阿达姆（Villers de l'Isle-Adam，1838—1889），法国诗人、剧作家、短篇小说家。

③ 高乃伊（Pierre Corneille，1606—1684）、拉辛（Jean Racine，1639—1699）等古典主义悲剧作家。

④ 比利耶舞厅（Bal Bullier），巴黎著名的舞厅之一，由弗朗索瓦·布里耶（François Bullier）创立于十九世纪中期。

他们全都一心想找个情妇。这本是那些在巴黎习艺的学生必不可少的一项修为。这在同学同伴的眼里会大大提高自己的身价，是一项值得吹嘘的资本。可难就难在他们几乎连养活自己都很勉强，尽管他们也自我安慰地解说：法国女人都聪明得很，两个人一起过也并不比一个人单过更加费钱，可问题就在于，要想找到个对此问题持同样观点的女郎可着实不易。在大多数情况下，他们也只能满足于嫉妒那些已经确立了一定地位的画家同行，咒骂那些委身于他们的女人嫌贫爱富、狗眼看人低了。谁知在巴黎想找个情妇竟有这么难！有几回劳森已经结识了某个年轻姑娘，订下了约会；在接下来的那二十四个钟头里他简直是寝食难安、坐卧不宁，见了谁都跟人家详详细细地描述他已经搭上了一个多么迷人的尤物；可结果到了约定的时间，根本就没有一个姑娘会当真赴约。碰到这种时候他就会大晚上地跑到格拉维耶餐馆，气急败坏地大声嚷嚷：

"真见鬼了，又他妈被人耍了！我都搞不懂了，她们为什么就不喜欢我。我估摸着是嫌我法语讲得不地道，要不然就是讨厌我的红头发。在巴黎待都有一年多了，连一个女人都没捞到手，这他妈也太窝囊了。"

"你这是还没摸到门道。"弗拉纳根道。

弗拉纳根情场得意，报得出一长串让人眼红心跳的辉煌战绩，尽管大家还不至于傻到把他所有的显摆都信以为真，但在事实面前也不得不承认他之所言也并非全是吹牛。不过他并不寻求那种长长久久的关系。他来巴黎只能待两年：他说服家人来这儿学画而不是上大学；附带的条件是两年以后就得回西雅图进入父亲的公司子承父业。他已经打定主意在这段时间里尽可能地寻欢作乐，因此在恋爱事件上他但求花样百出，并不求天长地久。

"真不知道你是怎么把她们弄到手的。"劳森怒冲冲地道。

"那有什么难的，小宝贝儿，"弗拉纳根回答道，"你该怎么着就怎么着也就是了，难的是你怎么甩掉她们。这上头才是真需要耍点手腕的。"

菲利普全神贯注在学画、读书、看戏和听人家海阔天空地神聊上了，一时间还顾不上去追芳逐艳。他想来日方长，等他把法语讲得更流利了再去操心这个也不迟。

他已经有一年多的时间没有见到威尔金森小姐了，他在离开黑马厩镇的前夕收到过她一封信，初来巴黎的几个星期忙得不可开交，也就没顾上回信。等他收到第二封信的时候，他就知道里面肯定是满纸的怨愤牢骚，当时他又实在没这个心情，就把它往边上一放，想着等过几天再拆不迟；谁知这么一搁就给忘了，一直到一个月后，他兜底把抽屉翻了一遍想找双没有破洞的袜子时才又看到。他满怀沮丧地望着那封没有拆开的信。他担心威尔金森小姐已经伤透了心，这让他觉得自己简直是个没有心肝的禽兽；不过时至今日，她也有可能已经不再那么伤心难过了，至少是从那最伤心的当口熬过来了吧。他又想到，女人在表情达意上总难免要言过其实。同样的表述若是出自男人，那分量可就大不一样了。他基本上已经下定了决心，不管她如何死缠烂打，他也再不想跟她见面了。既然已经有这么长时间没给她写信了，现在看起来也就不值当地再去费这个劲了。他打定主意不去看那封信了。

"我敢说她也不会再写信来了，"他心下暗道，"她不会看不出这件事已经是到此为止了。毕竟，她的年纪足可以当我妈了；她也应该有这么点自知之明。"

有一两个钟头的时间，他心里也确实有点不是个滋味。他的态度固然是正确的，但他又不免对这整桩事件生出些许不甚满意的感觉。不过，威尔金森小姐终究再没有信过来，也并没有像他不无荒唐地担心的那样突然出现在巴黎，让他在朋友们面前出乖露丑。过了不久，他也就把她忘得一干二净了。

与此同时，他坚决彻底地抛弃了他从前崇拜的神灵。他乍一看到印象派画家的作品所感到的惊讶和迷惑，已经全然改换成倾慕和赞叹；没过多久，他就发现自己已经像其他人一样，断然决然地尽是谈论马奈、莫奈和德加的过人之处了。他分别买了一张安格尔的《大宫女》和《奥林匹亚》的照片，把它们并排钉在脸盆架的上方，这样他在刮脸的时候就能细细揣摩它们的美妙之处了。他现在已经确信，在莫奈之前是根本没有风景画之说的；当他站在伦勃朗的《以马忤斯的晚餐》和委拉斯开兹的《鼻子被跳蚤咬了的女士》[1]面前时，他不禁感到一阵兴奋的战栗。这当然不是这位女士真正的名号，但在格拉维耶餐馆她这个诨号却无人不知无人不晓，他们特意以此来强调：虽然论形象这位原型模特儿实在有些令人恶心的特点，这幅画却自有一种令人为之心折的美。

---

① 疑为委拉斯开兹的布面油画《玛丽亚·特雷莎公主》（*Infanta Maria Theresa*）。

他已经将罗斯金、伯恩－琼斯和瓦茨，连同他来巴黎时戴的那圆顶礼帽、系的那齐整的白点蓝领结全都扔到一边去了；他现在戴的是宽边帽，系的是随风飘动的黑领巾，还披一件剪裁颇有点罗曼蒂克的披风。他在蒙帕纳斯大街上漫步徐行，就仿佛这辈子都在这儿生活一样，而且凭着令人嘉许的坚持不懈和不屈不挠，他也已经学会了顺畅地往下灌苦艾酒而不再感到反胃了。他把头发留了起来，而且若非造化弄人，不肯对年轻人力求不朽的各种渴望网开一面的话，他也早就把胡子给留起来了。

四十五

菲利普不久就意识到，他那几位朋友的思想中无不弥漫着克朗肖的精神影响。劳森嘴里的那套似是而非的悖论是从他那儿搬来的，就连一心力求特立独行的克拉顿，在表达自己的高论时，也在不知不觉地袭用这位老人的说法。他们在餐桌上讨论和传播的都是他的观点，他们赖以评判是非的标准是他的权威。他们为了补偿无意识中对他表示的尊重，就故意嘲笑他身上的那些小怪癖，哀叹他身上的那些小恶习。

"当然，可怜的老克朗肖是再也不会有任何作为了，"他们说，"他已经无可救药了。"

他的天才就只有他们几个能够赏识，这让他们颇为自傲；尽管出于年轻人对中年人的蠢行所特有的轻蔑，他们在自己人中谈到他的时候总有种屈尊俯就的态度，尽管他生不逢时、半世潦倒，因为这个时代只许一人称雄，不许百花竞放，他们仍以认识他为傲。克朗肖是从不到格拉维耶餐馆来的，在最近的四年里，他一直跟一个女人同居，景况非常潦倒，那女人只有劳森一个人见过。

住在大奥古斯丁码头①那儿最破烂的一幢楼房的七楼，一个逼仄的公寓里。劳森饶有兴致地描绘了一番屋子里的肮脏污秽和杂乱无章：

"而且那臭气简直能把你给熏死。"

"吃饭的时候别说这个，劳森。"有人告诫道。

但他正说到兴头上，才不肯就此罢休，仍旧把冲进他鼻孔里的各种气味绘声绘色地描述了个净尽。他还惟妙惟肖地描绘了一番为他开门的那个女人的尊容，得意之情溢于言表。她人又黑，个头又小，还很胖，倒是很年轻，一头的黑发好像随时要披散下来。她穿了件邋里邋遢的女装衬衣，里面没穿紧身胸衣。她那红红的面颊、肉感的大嘴和亮闪闪的媚眼，不禁让你想起卢浮宫里挂的那幅弗朗斯·哈尔斯②的《波希米亚女人》。她身上洋溢的那股子粗俗劲儿真是既让人觉得好笑又令人不胜骇然。一个先天不足、脏了吧唧的婴儿就在地上玩。大家都知道那个荡妇背着克朗肖跟拉丁区那些最不成器的叫花子勾搭成奸，这帮在咖啡座里不断汲取其博大智慧的天真青年真是百思不得其解，这位对于"美"具有真知灼见和无比激情的克朗肖，居然会跟这么个宝货掺和到了一起。可他竟像是很得意于她言语的粗俗，还常常把她使用的一些臭不可闻的措辞警句转述给他们这帮年轻人听。他调侃地称其

---

① 大奥古斯丁码头（Quai des Grands-Augustins），巴黎塞纳河左岸的一个码头，位于圣米歇尔桥和新桥之间。

② 弗朗斯·哈尔斯（Frans [毛姆误写作了Franz] Hals，约1580—1666），荷兰肖像画家和风俗画家，代表作有《圣乔治市民卫队军官的宴会》等。

为 la fille de mon concierge[①]。克朗肖是精穷。他靠给一两家英文报纸撰写有关画展的评论，赚的那点钱也就刚够糊口，另外也就还搞点翻译。他曾是巴黎的一家英文报纸的正式员工，可是因为好酒贪杯砸了饭碗；不过他仍旧为它打些零工：报道一下德鲁奥酒店[②]正在举行的拍卖，评介一下各歌舞杂耍剧场上演的时俗讽刺剧之类的。巴黎的生活已经深入了他的骨髓，尽管他在这儿尝尽了悲惨、劳苦和艰辛，他也绝不肯拿世界上的任何地方跟这里交换。他一年到头都厮守在巴黎，就连大夏天，他认识的人全都离开巴黎避暑去了，他也仍旧不走；他只有待在圣米歇尔大街方圆一英里的范围内才觉得安心适意。但奇怪的是他的法语一直都讲得磕磕绊绊，很不地道，在他那从"漂亮的女园丁"商场里买来的寒酸衣衫下面，显露出的仍旧是一副根深蒂固的英国人的面孔。

他这样的人若是生活在一个半世纪以前，是会有个非常称意的人生的，因为那个时候单凭能说会道这一项，就能结交名流权贵，开怀畅饮，尽管喝他个酩酊大醉。

"我真该生活在十九世纪，"他自己也这么说，"我需要的是一位有钱有势的赞助人。那我就能依靠他的捐赠出版我的诗集，并把它们题献给某位大贵人了。我真渴望能为某伯爵夫人的贵宾犬写几行押韵的对句呢。我全心全意向往着能跟贵人家的侍女谈情说爱，跟主教们谈天说地。"

---

① 法语：我门房的女儿。
② 德鲁奥酒店（Hôtel Drouot），巴黎著名的大型拍卖场所，以其美术、古董和古文物拍卖著称，由十六个拍卖大厅、七十家独立的拍卖行组成。

他随口引用罗曼蒂克的罗拉[1]道：

"Je suis venu trop tard dans un monde trop vieux.[2]"

他喜欢新鲜面孔，他莫名地喜欢上了菲利普，因为他在交谈中似乎实现了一项很难达成的壮举：他的话不多不少刚刚好，既足以引人谈兴，又不会妨碍了别人的侃侃而谈。菲利普则被克朗肖给迷住了。他并没有认识到克朗肖之所言几乎没什么是新鲜的。他在交谈中体现出来的个性具有一种神奇的魔力。他的嗓音优美洪亮，他讲述的方式对年轻人具有一种难以抗拒的力量。他说的每一句话似乎都能发人深省、促人思考，在回家的路上，劳森和菲利普经常会在他们俩寄宿的旅馆间来回往返，只不过是为了讨论从克朗肖的嘴里偶然冒出来的只言片语中隐含的深意和要点。年轻人凡事都急于求得一个确定的结果，而克朗肖本人的诗作却又并没有达到预期的水准，这不免让他颇感困惑难堪了。他的诗作从未结集出版，不过大部分都在期刊杂志上发表过；克朗肖拗不过这帮年轻人的软磨硬泡，总算是带来了一束纸页，都是从《黄面志》《礼拜六评论》和其他一些杂志上裁下来的，每一页上都登着他写的一首诗。菲利普大为惊讶地发现，大部分诗作都会使他想起亨利[3]或者斯温伯恩的作品。克朗肖能把这些诗作改头换面，印上自己个人的印记，倒也真需要一点出色的传达和表现

----

① 罗拉（Rolla），法国十九世纪浪漫主义诗人、小说家、剧作家缪塞（Alfred de Musset，1810—1857）同名长诗中的主人公。

② 法语：我太晚地来到了一个太老的世界。

③ 亨利（William Ernest Henley，1849—1903），英国诗人、批评家。

的技巧。他向劳森表达了自己的失望之情，而劳森又不小心把他的话给透了出来；等到下一次菲利普去丁香园的时候，这位诗人就面带圆滑的微笑转向他：

"我听说你对我的诗作评价不高。"

菲利普大为尴尬。

"何出此言呀，"他回答道，"我读得津津有味呢。"

"不必顾及我的颜面，"克朗肖回答道，胖手一挥，"我也并不过分看重自己的诗作。生命是要用来活的，而不是用来写的。我的目标是要探索它所提供的多种多样的经验，尽力去抓取每一时刻所呈现出的情感体验。我将我的写作当作一种优雅的技艺，用它来增添而非汲取生活的乐趣。而至于说到子孙后世将如何评说——去他娘的子孙后世吧。"

菲利普忍不住微微一笑，因为你一眼就能看出：这位生活中的艺术家所能创造的，无非也就是拙劣的涂鸦。克朗肖若有所思地看了他一眼，把自己的酒杯满上，又打发侍应去买包香烟。

"你觉得好笑，是因为我用这种方式讲话，而你明明知道我穷困潦倒，跟一个俗不可耐的荡妇住在一个阁楼里，这个女人又偷背着我尽跟些理发师和 garçon de café[①] 不清不楚；是因为我为英国的公众翻译些不入流的法语书，替一些都不值得你认真去骂的低劣的画作撰写评论文章。可是能否请你告诉我，人生的意义到底是什么呢？"

---

① 法语：咖啡馆的侍应。

"哎呀，这个问题真是很难回答呢。还是请您自己来给出答案吧。"

"不，因为除非是由你自己去发现，否则就毫无价值了。不过，你觉得你来到这个世界上是为了什么呢？"

这样的问题菲利普还从没问过自己，他在回答前沉吟了一会儿。

"哦，我不知道。我想是为了能尽职尽责，尽可能地发挥自己的能力，同时还要避免伤害他人。"

"简言之，就是所谓'己所不欲，勿施于人'喽？"

"我想可以这么说。"

"基督教的教义①。"

"不，不是的。"菲利普激愤地道，"这跟基督教教义没有任何关系。这只是一种抽象的道德。"

"可世上根本就不存在'抽象的道德'这种东西。"

"既然如此，假设你因为喝醉了酒，走的时候把钱包落在了这里，而我捡到了它，请问你凭什么认为我应该把它还给你呢？总不会是因为害怕警察吧。"

"那是因为你害怕你犯了罪就会下地狱，希望你积点德能够上天堂。"

---

① 参见《圣经·新约·马太福音》第七章第十二节："所以，无论何事，你们想要人怎么待你们，你们也要怎么待人，因为这就是律法和先知的道理。"以及《圣经·新约·路加福音》第六章第三十一节："你们想要人怎样待你们，你们也要怎样待人。"（和合本修订版）

"可我既不信有地狱，也不信有天堂。"

"这也有可能。康德在构思'绝对命令'^①的时候，也是这两样都不信的。你抛弃了一种信仰，却保留了以此信仰为基础的伦理。在所有的方面，你仍旧是个基督徒，如果天堂中果真有个上帝的话，你肯定会因此而得到奖赏的。全能的神不大可能是教会塑造出来的那种傻瓜。只要你能奉行祂的律法，你到底信不信祂，祂才一点都不在乎呢。"

"可如果把钱包落下的是我，你肯定也会还给我的呀。"菲利普道。

"那动机可并非源于抽象道德，而只是因为害怕警察追究。"

"能够被警察发现的概率只有千分之一吧。"

"我的祖先在文明国度里生活的时间太长了，对警察的畏惧已经深入了我的骨髓。而我那位concierge^②的女儿如果捡到皮夹子的话就不会有片刻的犹豫。你会说，那是因为她属于罪犯的那一类；大谬不然，那只是因为她已经完全摆脱了世俗的偏见。"

"但那就等于同时也废弃了名誉、德行、良善和体面，也就等于把一切都抛弃了。"菲利普道。

"你曾经犯过什么罪吗？"

---

① 绝对命令（Categorical Imperative），康德的伦理学原则。他认为任何人在任何时间和地点，以及在任何条件下，都必须遵守一种意志或行动的准则，这种准则同时也永远能够成为所有人都应奉行的、"普遍的立法原则"或普遍的道德规范。康德把这种"无条件的"行为原则称作"绝对命令"，并认为绝对命令是普遍的、先验的、永恒不变的，执行这一命令人人有责，这也就是道德。
② 法语：门房。参见前注。

"我不知道，我想大概是犯过吧。"菲利普回答道。

"你说起话来活像个非国教的牧师。我就从没犯过什么罪。"

克朗肖裹着他那件寒酸的厚大衣，领子竖得老高，帽檐压得很低，一张红红的胖脸，一双忽闪忽闪的小眼睛，那样子委实滑稽突梯；可菲利普太当真了，根本就笑不出来。

"你从没做过什么自己觉得后悔的事？"

"既然我做的一切都是在所难免的，我怎么又会感到后悔呢？"克朗肖反问道。

"你这可是宿命论的调调。"

"人类所抱有的意志自由的幻觉是如此根深蒂固，我都准备接受它了。我像是个行动自由的人那样行动。但在一项行动已经完成以后，你就会清楚地看到，那其实完全是亘古不灭的所有宇宙力量协力共谋的结果，我无论怎么做都不可能阻止它的发生。它是在所难免的。所以，如果那是件好事，我没办法邀功请赏；如果那是件坏事，我也不接受非难谴责。"

"我的脑子都被你转晕了。"菲利普道。

"喝点威士忌吧，"克朗肖回答道，把酒瓶子递给他，"再没有什么比这个更能清理头脑的了。你要是只盯着啤酒喝，那你脑子不迟钝才怪呢。"

菲利普摇了摇头，克朗肖继续道：

"你这人不坏，就是不肯喝酒。清醒是只会影响谈兴的。不过在我说到好与坏的时候……"菲利普知道他又接上了刚才的话头，"我那只是习惯性的老生常谈。我并没有赋予这两个词汇特别的含义。我拒绝对人类的行为划分等级，只将某些行为归为有价值的，而将其余的归为不名誉的。'恶'与'善'这两个字眼对我来说没有任何意义。我既不赞美，也不谴责。我只是接受。我就是万物的准则。我就是世界的中心。"

"可这个世界上，总还有其他的一两个人吧。"菲利普反对道。

"我只为自己代言。只有在他们限制了我的活动的时候，我才知道他们的存在。对他们每一个人来说，世界也是围着他们转的，每个人对他自己而言，也无不是宇宙的中心。我个人的能力之所及，限定了我对他们的权利之所及。只要在我力所能及的范围内，我尽可为所欲为。因为我们是群居动物，所以我们生活在社会中，而社会是依靠强力维系在一起的：武装的力量（即警察）和民意的力量（即格伦迪太太①）。你的左手边是社会，右手边是个体：双方都是力求自保的有机体。这是力量和力量之间的比拼。我孤立无援，只能接受社会的轨范，但也谈不上有多么不情愿，因为作为对于我所纳税赋的回报，社会会保护我这个弱者免受强者的欺凌；但我服从社会的律法是出于迫不得已，我并不承认其正义性：我不懂什么是正义，只知道强权。在我为求得警察的保护而

---

① 格伦迪太太（Mrs. Grundy），典出英国剧作家托马斯·莫顿（Thomas Morton，1764—1838）的喜剧《加速耕耘》（*Speed the Plough*，1798）：剧中一位叫阿什菲尔德夫人的角色，时刻担心邻居格伦迪太太会对她的一举一动说些什么闲话，从此"格伦迪太太"就成为拘泥世俗常规、爱管头管脚、以风化监督者自居之人的代名词。

纳了税，并在保卫我的房产和土地免受外来侵犯的军队里服了役以后（假设我生活在一个实行强制兵役制的国家），我跟社会也便两清了；再往后，我就得凭借我的花招诡计跟社会的强力巧为周旋了。它为了自保制定了律法，如果我犯了它的法，它就会监禁我甚至处死我：它有这么做的力量，因此也就拥有了这么做的权利。如果我犯了它的法，我将接受国家的报复，但我不会把这个看作对我的惩罚，也不会心甘情愿地觉得是我做错了什么。社会用名誉、财富和同胞们的好评来诱使我为其效劳；但我并不在乎他们的好评，我鄙弃名誉，没有财富我也照样能把生活过得很不错。"

"可如果每个人都像你这么想，事物岂不马上就要分崩离析了。"

"别的人跟我毫不相干，我只关心我自己。反正大部分人都是为了获取特定的酬劳才去做事的，其结果呢，总是直接或者间接地给我带来了便利，我乐得坐享其成。"

"在我看来，这种看待问题的方式未免也太自私了。"菲利普道。

"那你觉得，除了自私的动机，人们做事可曾还有任何其他所图吗？"

"有的。"

"不可能有。等你年事稍长，你就会发现，要使这个世界成为一个尚可忍受的地方，首先需要的一件事就是承认人性的自私是在所难免的。你要求别人大公无私，这就等于要求他们为了你的愿望牺牲自己的愿望，这是何其荒唐可笑！他们为什么要这样做？这世上的每个人都是为了自己而活，当你接受了这一事实以后，你对同胞们就不会有太多的奢求了。你就不会再频频为他们感到失望，也就会以更加慈悲的眼光来看待他们了。人生在世，寻求的无非就一件事——他们的快乐。"

"不，不，不！"菲利普叫道。

克朗肖咯咯一笑。

"我用了一个你的基督教教义认定为贬义的词语，你就像匹受惊的小马直立了起来。对于人生的各种价值，你已经有了一个固定的等级体系：快乐位于这个阶梯的最底层，而你在谈到责任、慈善和真诚这些字眼的时候，则带那么一点骄矜自喜的兴奋之情。你认为快乐是只关乎感官的；那些加工制造出你的道德标准的可怜兮兮的奴隶们，对于他们很少有机会享受的一种乐事只能加以鄙夷。我要是用'幸福'取代'快乐'，你就不会这么战战兢兢了：它听起来没那么吓人，而你的思想也就从伊壁鸠鲁①的猪圈溜达到了他的花园。可是我就要说'快乐'，因为我看得出来，人们追求的就是这个，而我不知道他们之所图是不是幸福。你在实践你的每一项美德时，其中都隐含着快乐。人之所以执行某一行动，是因为这对他有好处，而当这种行为对别的人也有好处的时候，它们就被认为是高尚的：如果他分发救济时觉得快乐，他就是乐

---

① 伊壁鸠鲁（Epicurus，前341—前270），古希腊哲学家，前三〇七年在雅典的一座花园里建立学校，史称"伊壁鸠鲁花园"，形成以其为代表的伊壁鸠鲁学派，其核心就在于原子论和快乐论。

善好施；如果他在帮助别人中感到快乐，他就是慈悲心肠；如果他在为社会服务中找到快乐，他就是热心公益；可是你给了一个叫花子两便士是为了你个人的快乐，这就跟我再喝一杯威士忌加苏达是为了个人的快乐是完全一样的。跟你相比我还没那么伪善呢：我既没有为了自己的快乐鼓掌喝彩，也并没有要求你们为它击节叹赏。"

"可有时候人们做的事情并不是他们想做的，而正是他们本不想做的，这一点难道你不知道吗？"

"不。你的问题提得非常愚蠢。你的意思是说相对于一种即时的快乐，人们宁肯接受一种即时的痛苦。那对此表示反对也就跟你的提问方式一样愚蠢了。相对于一种即时的快乐，人们有时候的确宁肯接受一种即时的痛苦，但那只是因为他们期望能在将来得到更大的快乐。这种快乐经常只不过是种幻影，但他们在算计方面出的错可不能用来当作反驳这一规律的凭证。你之所以感到困惑，是因为你没办法克服快乐只是关乎感官这种既定观念；可是，孩子，一个人因为爱国而为国捐躯，跟一个人因为喜欢去吃腌白菜，在性质上是可以完全等同的。这是造物的一条法则。如果有这种可能，即人们更喜欢痛苦而不是快乐，那人类早就已经灭亡了。"

"如果果真如此的话，"菲利普叫道，"那这一切还有什么用呢？如果你把责任，把善与美都拿掉了，那为什么还要把我们带到这个世界上来呢？"

"灿烂的东方文明给我们提供答案来了。"克朗肖微笑道。

他指了指恰好这时候打开咖啡馆店门的两个人，他们随着一阵冷风走了进来。他们是两个黎凡特①人，兜售廉价地毯的流动商贩，每个人的胳膊下都夹着一卷。这是个礼拜天的傍晚，咖啡馆里高朋满座。他们在一张张咖啡桌之间穿行，在那烟雾腾腾、空气混浊，还夹杂着臭烘烘的体味的这样一种气氛中，他们似乎带来了一丝神秘的气息。两个人都是欧洲人打扮，衣着寒酸，薄薄的长大衣已经经纬毕现，不过都戴了一顶塔布什帽②。他们的脸都冻得发青。一个是中年人，蓄着黑须；但另一个是个年约十八岁的小年轻，满脸深深的天花印记，还瞎了一只眼。他们正打克朗肖和菲利普的桌边经过。

"安拉是伟大的，穆罕默德是他的先知。"克朗肖声情并茂地道。

那中年人凑上前来，胁肩谄笑，活像只习惯了挨揍的杂种狗。他朝门口斜瞟了一眼，鬼祟而又麻利地亮出一张色情图片。

"你是亚历山大港的商人马萨埃德·迪恩吗？要不然，你是从遥远的巴格达带来你的货色的？哦，我的大叔，还有那边那位一只眼的年轻人，他看起来还真像是山鲁佐德③给她主子讲的那三个国王的故事里的一位小王呢！"

---

① 黎凡特（Levant），第一次世界大战前地中海东部诸国及岛屿的统称，即包括叙利亚、黎巴嫩等在内的自希腊至埃及的整片地区。
② 塔布什帽（tarboosh），一种穆斯林男子戴的中央有缨子的红色无边圆塔状毡帽或布帽。
③ 山鲁佐德（Scheherazade），《一千零一夜》中苏丹新娘的名字，以夜复一夜给苏丹讲述有趣的故事而免于一死。

那小贩的谄笑变得越发巴结了，尽管克朗肖说的这番话他一个字都听不懂，他就像变魔术一样，又摸出个檀香木盒。

"不，还是给我们看看那东方织机的无价织品吧，"克朗肖咬文嚼字地道，"因为我想借此指出一个道理，给我的故事增添几分声色。"

那黎凡特人展开了一幅桌布，红黄相间，粗俗、丑陋而又怪诞。

"三十五法郎。"他说。

"哦，我的大叔呀，这布料既非出自撒马尔罕①的织工之手，这颜色也并非布哈拉②的染坊所漂染。"

"二十五法郎。"那小贩面带谄媚的微笑道。

"谁知道是哪个犄角旮旯儿的货色，说不定就是我的老家伯明翰的出品也未可知。"

"十五法郎。"黑胡子的小贩摇尾乞怜道。

"你还是走吧，伙计，"克朗肖道，"但愿野驴都到你姥姥的坟头上撒尿。"

那黎凡特人收敛起笑容，泰然自若地夹着他的货品向另一张桌子走去。克朗肖转向菲利普。

---

① 撒马尔罕（Samarkand），中亚最古老的城市之一，丝绸之路上重要的枢纽城市，有两千五百年的历史，是古代帖木尔帝国的首都。现为乌兹别克斯坦第二大城市。
② 布哈拉（Bokhara），与撒马尔罕具有同样古老历史的中亚城市，现为乌兹别克斯坦第三大城市。

"你可曾去过克鲁尼博物馆^①吗？在那儿，你能看到色彩最为典雅、图案最为繁富优美的波斯地毯，真令人赏心悦目、叹为观止。从中你足可以窥见东方的神秘玄妙与感官之美，体味到哈菲兹^②的玫瑰与欧玛尔^③的酒杯；而且，到时候你将看到的还远不止这些。刚才你问我人生的意义究竟是什么。那就去看看那些波斯地毯吧，说不定哪一天，答案自己就会来到你面前的。"

"你这是在故弄玄虚。"菲利普道。

"我只是喝醉了。"克朗肖回答道。

---

① 克鲁尼博物馆（Musée de Cluny），正式名称为国立中世纪博物馆（Musée national du Moyen Âge），专事收藏中世纪古物，其中又尤以挂毯类藏品而闻名。

② 哈菲兹（Hafiz，约1325—约1390），波斯诗人，创作了五百余首富有哲理且充满浪漫主义精神的诗篇。

③ 即欧玛尔·海亚姆，参见第二十六章注。

四十六

菲利普发现在巴黎生活的开销，并不像他当初听人讲的那么便宜，这才到二月份，他带来的钱已经花掉了一大半。他心高气傲，不愿向他的监护人求助，他也不希望让路易莎伯母知道他景况的窘迫，因为他敢肯定，她会从自己的那点私房钱里面再硬抠出一部分寄给他的，而他知道她真的已经所剩无几了。再过三个月，他就是个法定的成年人，也就能拿到他那笔不大的遗产了。他只得变卖了几样从父亲那儿继承来的小玩意儿，以求暂时渡过这一难关。

大约就在这时，劳森提议，他们俩是不是该合伙把一个空出来的画室租下来，那画室位于一条直通拉斯帕伊大街①的街道上，租金非常低廉。它还附带一个房间，他们正好可以用作卧室；菲利普既然每天上午都要去上课，劳森在这个时间就可以独自享用

---

① 拉斯帕伊大街（Boulevard Raspail），巴黎圣日耳曼大街和丹费尔-罗什洛广场之间一条不到两英里长的街道，以法国社会主义政治家拉斯帕伊（François Vincent Raspail，1794—1878）的姓氏命名。

画室；劳森在好几家美术学校进进出出以后，得出一个结论：他还是独自一人作画最好；他还建议雇个模特儿，一周来个三四天。起初菲利普有些犹豫，担心开销太大，后来他们算了笔细账（他们俩都巴不得能有间自己的画室，于是就一五一十地估算了一下），结果发现这个花销也并不比他们住旅馆高出多少。虽说房租和concierge的清洁费会高一些，不过petit déjeuner①他们可以自己做，这又可以省下一笔钱。放在一两年前，菲利普一定不肯跟任何人合住一个房间，因为他对自己那只残疾的脚特别敏感，不过他看待自己残疾的病态心理已经慢慢不那么明显了。在巴黎，这好像算不上什么大不了的事，尽管他自己对此是一刻都不会忘怀的，他却也不再觉得别人老是盯着他的那只脚不放了。

他们搬了进去，买了两张床、一个脸盆架和几把椅子，头一次感到了一种占有的欢喜。他们兴奋不已，搬进去的头一天晚上，在这个可以称作"家"的地方躺在床上一直聊到凌晨三点钟才睡；第二天，发现穿着睡衣生火、为自己煮咖啡竟然都是无比愉快的赏心乐事，结果菲利普一直拖到将近十一点才赶到阿米特拉诺学校。他的兴致特别高，见到范妮·普赖斯就跟她点头打招呼。

"近来可好？"他兴高采烈地问道。

"这跟你有什么关系吗？"她反问了一句。

菲利普忍不住笑了。

"说话别这么噎人嘛。我只是想跟你客套一句。"

---

① 法语：早餐。

"我不稀罕你的客套。"

"你觉得跟我也吵翻了划得来吗？"菲利普和善地道，"你也不想想，平常还肯跟你说句话的还有几个？"

"那是我自己的事，不是吗？"

"那是自然。"

他开始工作，心里暗暗有些纳闷：范妮·普赖斯干吗存心要表现得这么别扭。他早就得出了结论，他是丝毫都不喜欢她的。没人喜欢她。大家表面上跟她客客气气的，完全是因为害怕她那张恶毒的嘴巴；她可是无论人前还是背后，什么伤人的话都说得出来的。不过菲利普那天实在是太高兴了，就连普赖斯小姐，他也不希望她对自己有什么恶感。他就耍了一点小手腕，放在平时，想让她回嗔作喜，这一招可说是屡试不爽的。

"我说，你能不能过来看看我的画。我搞得简直是一团糟。"

"多谢抬举，可我没工夫，我有更值得的事情要做呢。"

菲利普瞪大眼睛，惊讶地看了看她，因为能指望她欣然从命的唯一一件事，就是求她指点自己。她压低嗓音，怒不可遏地继续凶巴巴地道：

"现在是劳森走了，你又觉得可以来迁就我了。真是多谢你的抬举。你另找个人帮你去吧。我可不稀罕别人不要了的破烂。"

劳森颇有点当老师的天性，只要他有了点什么心得体会，他总乐于传授给别人；正因为他乐于教授，他教起来也便颇为得法。菲利普也没多想，自然就养成了挨着他坐的习惯；他从没想到范妮·普赖斯竟然会为此而大为吃醋，看到他接受别人的指导便怒火中烧。

"当初你一个人都不认识的时候，倒很乐于来迁就我。"她恨恨地道，"可你一旦跟人家交上了朋友，就把我撇在一边了，就像是扔掉一只旧手套一样。"——她把这个陈腐的比喻又不无得意地重复了一遍——"就像扔掉一只旧手套一样。那好吧，我并不在乎，可我也不想再让人把我当傻瓜耍了。"

她这话里倒也不无一点真情实况，这一下菲利普坐不住了，脑子里的怨愤一下子就脱口而出。

"见你的鬼去吧，我向你讨教，无非是为了让你高兴一下罢了。"

她倒吸了一口冷气，突然向他投去无比痛楚的一瞥，然后两颗泪珠从面颊上滚落。她看起来是既邋遢又怪异。菲利普不知道她这番新的态度到底算是怎么回事，就又回到自己的工作上去了。他心里很不自在，深感愧疚；但他又不愿意到她身边去，跟她说要是他惹她伤心了就请她原谅，因为怕她借此机会又会反过头来把他给大骂一顿。有两三个礼拜的时间她都没跟他说过一句话，不过在熬过了跟她断交所造成的不适以后，他反倒因为从一种这么难搞的友谊中解脱出来而不无一身轻松之感。以往她总摆出一副菲利普非她莫属的架势，这让他一直都觉得有点尴尬。她也真是个不同寻常的女人。她每天一早八点钟都准时来到画室，模特儿刚刚就位她就已经准备动手作画了；她手不停挥，不跟任何人说话，面对那些她根本就克服不了的困难，一个钟头接一个钟头地埋头苦干，一直到钟敲十二点才离开画室。她的画是毫无希望的。就连大多数年轻人学上几个月后都基本上能达到的中等水平，她也还差了十万八千里。她每天都穿着同样那一身丑陋的棕色衣裙，裙摆上还留着上一个下雨天沾上去的泥点子，菲利普初次跟她见面就留意到的那些绽线开口的地方，至今也都还没缝补好。

可是有一天她却又走到他面前，脸涨得通红，问他能否在上完课后跟他说句话。

"当然可以，想说多少句都行，"菲利普微笑道，"十二点我留下来等你。"

那天的课结束后，他朝她走过去。

"你能跟我一起走一会儿吗？"她说，窘得都不敢睁眼看他。

"当然啦。"

他们默不作声地走了两三分钟。

"你还记得那天你跟我说过的话吗？"她突然间这么问道。

"哦，我说，咱们可别再吵架了，"菲利普道，"这实在犯不着。"

她急促而痛苦地猛吸了一口气。

"我不想跟你吵架。你是我在巴黎唯一的朋友。我原以为你还挺喜欢我的。我觉得我们中间是有点共同之处的。我被你吸引住了——你知道我的意思，你的畸形足。"

菲利普的脸一下子红了，本能地竭力想一点都不瘸地迈出脚步。他不喜欢任何人提到他的残疾。他知道范妮·普赖斯这话是什么意思：她相貌难堪、举止笨拙，而他呢，则脚有残疾，所以他们之间就有了某种程度的共情。他为此对她感到非常气恼，但强忍着没有作声。

"你说你向我讨教，只是为了让我高兴。那你是认为我的画毫不足取喽？"

"我只看到过你在阿米特拉诺是怎么画的，仅凭这个是很难遽下断语的。"

"那不知道你愿不愿意到我那儿去看看我的其他作品呢？我还从没让任何人看过。我愿意让你看看。"

"那你对我实在是太好了。我也非常想看看。"

"我住得很近，"她带有几分歉意地道，"走十分钟就能到。"

"哦，那好呀。"他说。

他们先是沿着大街又走了一段，然后她拐进一条边街，领着他又拐进一条更加破败的边街，沿街房屋的底层都是廉价的小商铺，最后停了下来。他们爬了一段又一段楼梯。她打开门锁，进入一间坡顶、只有一扇小窗的阁楼。那扇窗关着，屋里一股子霉味。天气虽然很冷，却并没有生火，也没有曾经生过火的迹象。床上的被褥都摊在那儿。一把椅子，一个兼作脸盆架的五斗柜，一个廉价的画架，这就是全部的家具了。这地方本来就已经够脏够乱了，再加上东西乱放、垃圾乱丢，看了真让人倒胃口。壁炉架上散放着颜料和画笔，其中还有一个杯子、一个脏盘子和一把茶壶。

"如果你站在那边，我把画放在那把椅子上，这样看起来会更清楚一些。"

她给他看了二十幅小幅油画，大约都是十八英寸乘十二英寸。

她一张张地依次把它们放在椅子上，同时留神看他脸上的表情；每看完一幅，他就把头点一下。

"你确实喜欢它们，对不对？"过了一会儿，她急切地问道。

"我想先把所有的画都看完，"他回答道，"然后再说说我的看法。"

他这是在强作镇定。他十分恐慌。他不知道该说什么才好。这些画不单单是画得很糟，或者颜色就像是个毫无艺术眼光的外行涂抹上去的，更重要的是似乎丝毫都无意于去呈现明暗的对比、浓淡的关系，那透视也非常荒唐和古怪。看起来活像是个五岁孩子的作品，可就算是个孩子，他的笔触也还会有几分 naïveté①，可能至少力图把自己看到的东西捕捉、描绘下来；可眼前这些画作，却只可能是出自一个脑子里塞满了庸俗画作记忆的庸俗画匠之手。菲利普记得她也曾热情洋溢地谈论过莫奈和那些印象派画家，可摆在他眼前的这些作品，却只是袭蹈了皇家艺术学院②那些最恶劣的传统。

"瞧，"她最后道，"全都在这里啦。"

尽管菲利普在待人接物上并不比别人更加唯真务实，但让他公然撒一个弥天大谎，倒也真够难为他的。他在说出下面这番话的时候，脸是一直红到了脖子根：

---

① 法语：天真、淳朴（的意趣）。

② 皇家艺术学院（Royal Academy of Arts），英国国家艺术院，一七六八年由乔治三世创立，一七六八至一七九二年的首任会长是著名肖像画家乔舒亚·雷诺兹（Sir Joshua Reynolds，1723—1792）。学院的成员由会员和准会员选举确定，人数固定在四十位。

"我觉得它们画得都好极了。"

她那苍白的脸颊上泛起了淡淡的红晕，嘴角上漾起了一丝笑纹。

"你要是并不这么认为的话就不必这么说，你知道。我想听你的心里话。"

"我确实是这么认为的。"

"你就没有任何批评意见可以提供吗？总有几幅你不像其他的作品那么喜欢的吧。"

菲利普茫然不知所措地四下张望。他看到了一幅风景，业余爱好者最喜欢的那种典型的、具有诗情画意的"小品"：一座古桥、一幢爬满青藤的农舍，还有一道绿树成荫的堤岸。

"当然啦，我并不想冒充行家里手，"他说，"可我对于那幅画上的明暗层次，感觉不太有把握。"

她脸红得都有些发紫了，一把把那幅画抱起来，让它背朝菲利普，不让他再看到。

"我不知道你为什么偏偏选中这幅来挑眼。这是我画出来的最好的作品，我确信这里面的明暗处理是没有任何问题的。这个方面是没办法去教会任何人的，这种明暗的对比、浓淡的关系你要么一通百通，要么就完全不懂。"

"我觉得它们画得都好极了。"菲利普又重复道。

她带着一种扬扬自得的神情看着那些画。

"我是觉得它们没有任何会让你觉得不好意思的。"

菲利普看了看手表。

"我说，时间不早了。我请你去吃顿便饭，肯赏脸吗？"

　　"这里已经为我备好了午饭。"

　　菲利普并没有看到什么午饭的影子，不过他心想，也许等他走了以后，concierge就会给她把饭端上来吧。他巴不得赶快离开这里。屋里的那股子霉味熏得他头都疼了。

四十七

到了三月份，大家都兴奋了起来，开始忙着为一年一度的巴黎美术展览会选投作品。一贯特立独行的克拉顿没准备任何作品，而且还对劳森送去的两幅头像大加嘲笑；这两幅画显然还是一个学徒的作品，是直接对着模特儿画下来的肖像，不过确也有些虎虎的生气；而克拉顿一心追求的是艺术的完美，对于尚处在摸索游移阶段的阶段性努力很不耐烦，他耸耸肩膀对劳森说，他居然把那些根本就不该拿出画室大门的习作送去展出，实在是太不知天高地厚了；即便是在那两幅头像被展览会接受以后，他的鄙夷之情仍丝毫不减。弗拉纳根也去碰了碰运气，但他的画作被拒绝了。奥特太太选送了一幅技巧娴熟、无可非议的二流作品《我母亲的肖像》，被挂在了非常显眼的位置。

菲利普自打离开海德堡就再没见过的海沃德，这时候来巴黎小住几天，正赶上劳森和菲利普要在自己的画室举行一次聚会，庆祝劳森的作品正式入选展览会。菲利普本来一直都很想再见到海沃德，但在终于见到了以后，却又不觉有些失望。海沃德的外

383

表已经有了一点改变：那一头秀发变得稀疏了，随着如花的美貌迅速凋谢，他正变得苍白而又干枯；他那双碧蓝的眼睛暗淡了不少，清隽的五官也变得有些模糊起来。而另一方面，他的思想却似乎丝毫未变，只可惜那些曾使十八岁的菲利普叹为观止的文艺观点，对二十一岁的菲利普而言，却只能激起某种轻蔑之情。他自己已经有了很大的改变，对旧日的那一整套艺术、人生和文学观已经弃如敝屣，而对仍旧抱着这种观念的任何人都一概难以容忍。他自己都没怎么意识到他是多么想在海沃德面前炫耀一番，不过在带着他去各美术馆参观的时候，他把他自己也是刚刚才接受的所有那些革命性的观点，一股脑全都倾吐了出来。他把他带到马奈的《奥林匹亚》面前，颇为戏剧性地说道：

"除了委拉斯开兹、伦勃朗和弗美尔①以外，我愿意拿所有古典大师的作品来换取这副杰作。"

"弗美尔是谁？"海沃德问道。

"哦，我亲爱的伙计，你连弗美尔都不知道吗？那你简直算不得一个文明人了。连他都不知道，那岂不是白活了？他是位古典大师，画得却像是个现代人。"

他把海沃德从卢森堡美术馆里硬拖了出来，催着他赶紧再去卢浮宫。

"可这里不是还有很多画可看吗？"海沃德问道，他也有一般

---

① 弗美尔（Jan Vermeer，1632—1675），荷兰风俗画家，亦作肖像和风景画，以善用色彩表现空间感及光的效果著称，主要作品有《倒牛奶的女人》《花边女工》《情书》《站在维吉那琴前的少妇》等。

游客的那种求全心理。

"其余的全都不值一提。你可以带着你的旅行指南自己再来看。"

等他们到了卢浮宫，菲利普领着他的朋友直奔长廊而去。

"我想去看那幅《乔康达夫人》[①]。"海沃德道。

"哦，我亲爱的伙计，那只是文人的雕章琢句。"菲利普回答道。

最后，在一个小房间里，菲利普在代尔夫特[②]的弗美尔的《花边女工》面前停了下来。

"瞧，这就是卢浮宫里最好的画作了。简直就像是一幅马奈的作品。"

菲利普跷起一只极富表现力的大拇指，对于这幅画的种种迷人之处一一细说端详。张口闭口都是画室里的行话、术语，真是振聋发聩、雄辩滔滔。

"我真不敢说我能看得出像你说的这么多奇妙之处。"海沃德道。

"当然啦，这是真正画家的作品，"菲利普道，"我完全相信，一个门外汉是看不出多少门道的。"

"一个什么?"海沃德道。

"一个门外汉。"

正如大部分艺术爱好者，海沃德非常想证明自己真理在握。

---

① 《乔康达夫人》(*La Gioconda*)，《蒙娜·丽莎》(*Mona Lisa*) 的别名。

② 代尔夫特 (Delft)，荷兰城市，著名的瓷都，弗美尔的出生地，弗美尔习惯上被称为"代尔夫特的弗美尔"(Vermeer van Delft)。

如果碰上那些不太敢坚持自己意见的人，他就会变得非常自以为是，而对方如果说一不二，他反倒会变得低首下心。他被菲利普的自信给镇住了，并谦卑地接受了菲利普的言外之意：唯有画家才有资格对画作的优劣做出评判，而这种评判不管是多么鲁莽武断，门外汉都得俯首帖耳、言听计从。

一两天后，菲利普和劳森就举行了他们的庆祝聚会。克朗肖也专门为此而破了例，答应过来尝尝他们都有些什么好吃的；而查利斯小姐也毛遂自荐，前来为他们做菜。她对自己的同性毫无兴趣，断然拒绝了他们为了她的缘故而再邀别的女客的建议。出席这次庆祝聚会的还有克拉顿、弗拉纳根、波特和另外两位男客。他们连基本的家具都没有，于是供模特儿站立的高台就权且充作餐桌，客人们若是高兴，就在旅行皮箱上就座，若是不高兴，就干脆席地而坐。宴会的肴馔有查利斯小姐做的pot-au-feu[1]，有从街角的餐馆里订购的烤羊腿，拿上来的时候保证还是热腾腾、香喷喷的（查利斯小姐已经把作为配菜的土豆烧好了，画室里还弥漫着一股子油煎胡萝卜的香味，这可是查利斯小姐的拿手菜）；后面还有一道甜点poires flambées[2]：火烧白兰地梨子，是克朗肖自告奋勇要露一手的。宴会的最后一道菜将是一块巨大的fromage de Brie[3]，就放在窗口，为已经满是各种饭菜香气的画室又增添了一

---

① 法语：蔬菜牛肉浓汤。
② 法语：火焰梨子。
③ 法语：布里奶酪。布里奶酪是由其产地法国的布里来命名的柔皮白霉奶酪，素有"奶酪中的皇后"之称，曾作为贡品专供法国王室。

股浓香。克朗肖占了首席，端坐在一只格拉斯顿旅行包上，盘起了两条腿，活像个土耳其的帕夏①，面向围绕在他周围的年轻人满脸和蔼、纵容的笑容。尽管这小小的画室里生着火，热得很，出于习惯的力量他仍旧穿着长大衣，衣领照样往上翻起，戴着他那顶常礼帽。他心满意足地望着在他面前一字排开的那四个巨大的基安蒂酒②的fiaschi③，两两并在一起，中间还夹着一瓶威士忌；他说这让他觉得就像四个大腹便便的太监护卫着一位苗条、漂亮的切尔克斯女人④。海沃德为了不让大家感到拘束，特意穿了身粗花呢套装，系了条三一学院的领带⑤。他看上去英国气十足，跟周围真是格格不入。别的人对他都格外地彬彬有礼，在喝汤的时候席间谈论的话题无非天气和政治。等羊腿上桌的时候，出现了片刻的冷场，查利斯小姐干脆点起了一支香烟。

"长发公主，长发公主，把你的头发放下来吧⑥。"她冷不丁冒出这么一句。

以一个优雅的姿势，她解开了一条丝带，一头长长的秀发一下子披散在肩膀上面。她又摆了摆头。

以她那双棕色的大眼睛，那瘦削、禁欲的面庞，那苍白的肤色，还有宽阔的前额，她简直就像是从伯恩-琼斯的画里走出来的

---

① 帕夏（pasha或bashaw），旧时奥斯曼帝国和北非高级文武官员的称号。

② 基安蒂酒（Chianti），产于意大利托斯卡纳基安蒂地区的一种世界驰名的红葡萄酒。

③ 意大利语：酒瓶子。

④ 切尔克斯人（Circassian），高加索人的一支。

⑤ 牛津、剑桥的各学院都有专属标志和花色的围巾、领带等饰物。

⑥ 典出格林童话《长发公主》（*Rapunzel*）。

一样。她的手纤长、优美，手指被尼古丁熏成了深黄色。她穿了件曳地的长裙，淡紫和绿色相间，洋溢着一股肯辛顿高街[1]特有的浪漫气息。她风流怡荡，却又禀性善良随和，真称得上人间尤物；而且她的做作矫情也只是表面现象。这时候有人敲门，大家全都齐声欢呼起来。查利斯小姐款款起身，把门打开。她接过那条羊腿，把它高高举过头顶，就仿佛盛在大浅盘里的是施洗约翰的头；嘴里面仍旧叼着支香烟，她迈着庄严、神圣的步伐向大家走来。

"万岁，希罗底的女儿[2]。"克朗肖叫道。

大家都起劲地大啃羊腿，那位面色苍白的淑女尤其胃口大开，看了真让人大开眼界。克拉顿和波特分坐在她两侧，而大家都明白，对这两个男人，她都是绝不会故作忸怩之态的[3]。对绝大部分人，不出六个礼拜她就感到厌倦了，但她很知道事后该如何对待那些曾将自己年轻的心奉献到她脚下的绅士们。她虽然不再爱他们了，对他们却也并无任何敌意，她仍旧拿他们当朋友一样对待，

---

[1]　当时伦敦文学艺术界的活动中心。

[2]　典出《圣经》，希罗底的女儿是撒罗米（又译莎乐美），《圣经·新约·马太福音》第十四章第三至十一节："原来，希律为他兄弟腓力的妻子希罗底的缘故，把约翰抓住绑了，关进监狱，因为约翰曾对他说：'你占有这妇人是不合法的。'希律就想要杀他，可是怕民众，因为他们认为约翰是先知。到了希律的生日，希罗底的女儿在众人面前跳舞，使希律欢喜，于是希律发誓许诺随她所求的给她。女儿被母亲指使，就说：'请把施洗约翰的头放在盘子里，拿来给我。'王就忧愁，然而因他所发的誓，又因同席的人，就下令给她；于是打发人去，在监狱里斩了约翰，把头放在盘子里，拿来给那女孩，她拿去给她母亲。"（和合本修订版）王尔德所著独幕剧《莎乐美》中，希律追求莎乐美，而莎乐美追求施洗约翰，遭到约翰拒绝，莎乐美假希律之手杀死约翰，捧吻约翰的人头。

[3]　言下之意，是这两个男人都曾做过她的情人。

她接过那条羊腿，把它高高举过头顶……

只是不再亲密无间。这会儿，她时不时地就以忧郁的目光瞧劳森一眼。那道poires flambées大获成功，部分是因为那白兰地，部分也是因为查利斯小姐坚持要大家配着奶酪一起吃。

"我都不太说得上来，这玩意儿到底是无比美味呢，还是令人作呕。"她在充分品尝了这道杂拌儿以后道。

咖啡和干邑白兰地赶紧就端了上来，以免发生任何不幸的后果[①]，大家也都坐下来舒舒服服地抽上一根饭后烟。鲁思·查利斯举手投足间无不故意要显示出浓厚的艺术风范，她以优雅的姿态紧挨在克朗肖身旁，却仅把她那优美的头颅倚在他的肩头。她以满怀忧思的目光凝望着眼前的虚空，仿佛要窥破时间那黑暗的深渊，而时不时地又朝劳森投去长长的、沉思默想的一瞥，同时伴以一声深沉的叹息。

转眼间夏天就到了，这些年轻人都坐不住了。蔚蓝的天空诱引着他们奔向大海，怡人的微风在林荫大道上的法桐枝叶间叹息不止，招引着他们去往乡间。每个人都计划着离开巴黎：他们讨论着该随身携带多大尺幅的画布才最合适，他们都备足了写生用的油画板，他们争论着布列塔尼各个消暑地点的具体优劣。弗拉纳根和波特去了孔卡诺[②]；奥特太太和她母亲因为天性喜欢一览无

---

① 意思是以免查利斯小姐当真呕吐起来。
② 孔卡诺（Concarneau），法国布列塔尼大区菲尼斯泰尔省的一个小市镇，海滨游憩胜地。

余的自然风光，去了蓬塔旺①；菲利普和劳森决定去枫丹白露②森林，而且查利斯小姐知道莫雷③那里有一家非常不错的旅馆，还有很多东西很值得一画；再者说，那里距离巴黎又近，不管是菲利普还是劳森，对火车票钱都还是有点在乎的。因为鲁思·查利斯也会去那儿，劳森已经想好了要在户外为她画一幅肖像。那时候，巴黎美术展览会上正挂满了这样的肖像：人们在花园里，在阳光下，眼睛被太阳照得眯缝起来，阳光将树叶的绿影投射到他们脸上。他们邀请克拉顿一同前往，但克拉顿宁肯一个人度过这个夏天。他又刚刚发现了塞尚④，一心想去普罗旺斯；他想望着那低沉的天空，那热辣辣的蓝色就要像汗珠一样从那上面滴落下来，还有那宽阔的尘土飞扬的白色道路，那已经被太阳晒脱了色的苍白的屋顶，以及被热浪烤成灰色的橄榄树。

在准备动身的前一天，上午的课上完以后，菲利普一边归置自己的画具，一边跟范妮·普赖斯说话。

"明天我就走啦。"他高高兴兴地道。

"去哪儿？"她赶紧问道，"你不是要离开这儿吧？"她的脸沉了下来。

---

① 蓬塔旺（Pont-Aven），亦为菲尼斯泰尔省的一个小市镇。
② 枫丹白露（Fontainebleau），法国北部塞纳-马恩省城镇，在巴黎东南六十五公里处，位于塞纳河左岸约三公里处的枫丹白露森林中，镇东南著名的别墅为法国国王修建的最大行宫之一，枫丹白露国家森林是法国景色最优美的林地之一，面积达一万七千公顷。
③ 卢万河畔莫雷（Moret-sur-Loing），塞纳-马恩省的小城镇，北邻枫丹白露。
④ 塞尚（Paul Cézanne，1839—1906），法国画家，后印象画派代表，认为自然物体均与简洁的几何体相似，对运用色彩和造型有新的创造，代表作有《玩纸牌者》《圣维克图瓦山》等。

"我是要离开巴黎去消夏。你不走吗？"

"不走，我要留在巴黎。我原以为你也会留下呢。我还指望着……"

她把后半句话咽了下去，耸了耸肩膀。

"可是夏天这儿不是热得吓人吗？这对你的身体可很不好。"

"对我的身体很不好？说得跟真的似的。你打算去哪儿？"

"莫雷。"

"查利斯也要去那儿。你不会是跟她一起去吧？"

"我和劳森要去那儿，她也要去那儿。我也不知道我们是不是一起走。"

她喉咙里咕噜了一声，那张大脸整个儿紫涨起来。

"真龌龊！我还以为你是个正经人，以为你是这里唯一的正经人呢。她跟过克拉顿、波特和弗拉纳根，就连老富瓦内都跟过——这也就是为什么他肯为她那么费心劳神——现在又搭上了你们俩，你和劳森。这真叫我恶心。"

"哦，你胡说些什么！她为人很正经的。大家都只把她当男人看待。"

"哦，别跟我说这个，别跟我说这个。"

"可是这跟你又有什么关系？"菲利普问道，"我去哪儿消夏完全不关你的事。"

"我一直都非常期盼着这个机会的，"她喘着粗气，几乎就像是在跟自己说话，"我原以为你没这个闲钱出去呢，到时候这儿就再没别的什么人，我们俩就能一起画画，一起去看画了。"然后她的思绪又转回到鲁思·查利斯身上。"那个下流的贱货，"她叫道，"连跟她说句话我都觉得恶心。"

菲利普看着她，心直往下沉。他并不是那种认为姑娘们都会爱上自己的人；恰恰相反，他对自己的残疾过于敏感，在女人面前总觉得有些拙手笨脚、举止失措；但他不知道她的这种发作除此以外还能有什么别的意思。站在他面前的范妮·普赖斯，身上还是那身脏兮兮的棕色衣裙，蓬乱的头发披散在脸上，邋里邋遢，衣衫不整，而且愤怒的泪水从面颊上滚落。她可真是让人反感。菲利普忍不住朝门口瞥了一眼，巴不得有什么人正好进来，好赶紧结束这难堪的一幕。

"我真是非常抱歉。"他说。

"你跟他们全都是一路货色。把能捞到手的全都捞走，连个谢字都不说。你现在知道的这点东西全都是我教给你的。除了我以外，没有一个人肯为你费一点心。富瓦内为你操过一点心吗？我就把话跟你挑明了吧——你就算是在这儿学上一千年，也不会有一丁点儿出息的。你没有一点天分，你没有一点创意。这可不光是我——他们全都是这么说的。你这辈子都休想成为一个画家。"

"这也不关你的事，对不对？"菲利普说，脸涨得通红。

"哦，你以为这不过是我在说气话。你去问问克拉顿，去问问劳森，问问查利斯。你永远，永远，永远都是痴心妄想。你根本就不是这块料。"

菲利普耸了耸肩膀，走出了画室。她冲着他的背影大声喊叫：

　　"你永远，永远，永远都是痴心妄想！"

　　那时候莫雷还是个只有一条街道的老式小镇，就挨在枫丹白露森林的边上，"金盾"是家仍保留着Ancien Régime[①]遗风的旧式旅馆。旅馆正对着蜿蜒曲折的卢万河，查利斯小姐的房间带一个俯瞰河面的小露台，河上的古桥以及筑有堡垒的桥口通道尽在眼底，风景绝佳。吃过晚饭后，他们就坐在这里，喝着咖啡、抽着烟卷，讨论艺术。不远处有条汇入卢万河的小运河，河面很窄，夹岸是高高的白杨树，每天画完画以后他们经常去运河边散步。白天的时间他们都用来画画。受那一时代的时风影响，他们对于富有诗情画意的风景避之唯恐不及[②]，他们对于小镇上的优美景色完全视而不见，偏去寻找那些欠缺他们所鄙夷的优美特色的景物作为自己描绘的对象。西斯莱和莫奈都曾画过这条白杨树夹岸的运河，他们也都很想在这典型的法兰西风光上一试身手；但他们又害怕这种"正常"之美，于是就煞费苦心地避免陷入这一"窠臼"。查利斯小姐灵心慧性，为了不落俗套，画了一幅特意把树顶给略去的风景，尽管劳森一向瞧不上女性的艺术作品，这一回也

────────────

① 　法语：旧制度，前政权，指帝政时期。
② 　"诗情画意"（picturesque）这个术语用于描绘一种主要表现在绘画和园艺中的自然风景，与单纯的"美丽"（beautiful，在画出来以后会显得呆板或者单调）的不同之处在于，"诗情画意"之美是以不甚规则、高低不平的质地以及光与影的变幻为特征的。诗情画意风格的绘画和园艺在十八世纪末和十九世纪初风靡一时，在经过印象主义洗礼的当时，这种风格显然已经成为唯新务求的年轻一代画家避之唯恐不及的老古董了。

不得不对她的匠心独具大为叹服；而他自己则是另辟蹊径，在前景上添加了一块巨大的"梅尼尔巧克力"的蓝色广告牌，以强调他对俗丽风格的深恶痛绝。

　　菲利普开始学着画油画了。当他第一次使用这一令人愉快的创作材料时，内心不禁涌起一阵兴奋的战栗。早上，他带着自己的小画箱跟劳森一起出去，坐在他旁边，在油画板上涂抹；这让他无比地心满意足，他都意识不到他只不过是在依样摹写而已；而且他完全处于他这位朋友的影响下，就连两眼望去也都是通过他的眼睛在观察世界。劳森作画喜用极深的色调，在他们眼里，绿宝石般的草地就像是深色的天鹅绒，而光闪闪的晴空在他们手里就成了阴沉沉的天青色。整个七月，每天都是响晴的天；天气非常炎热，而这种酷热也把菲利普的内心给烤焦了，他浑身上下无比倦怠慵懒；他没办法再工作，他脑子里有一千种想法在奔腾翻涌。他经常就躲在运河边白杨树的浓荫下，念几行诗，胡思乱想上半个钟头，一个上午就这么过去了。有时候他会租上一辆破自行车，沿着尘土飞扬的小路骑到森林里去，找块林中空地躺下来，任由自己沉浸在罗曼蒂克的幻想中。华托[①]画中的那些淑女，无忧无虑、漫不经心，在她们护花使者的陪伴下似乎就正在那些参天大树间踽踽蹀躞，相互悄声诉说着轻倩迷人的趣事，然而同时却又像是受到某种无名恐惧的迫压。

---

① 华托（Jean-Antoine Watteau，1684—1721），法国洛可可绘画的代表人物，画风柔媚纤细、抒情风流，具有现实主义倾向，代表作有油画《发舟西苔岛》《哲尔桑古董店》《丑角纪勒》等。

除了他们仨以外，旅馆的住客就只有一位胖胖的中年法国女人，颇似拉伯雷[①]笔下的人物，动辄发出洪亮、淫荡的大笑。她白天通常在河边耐心地垂钓，尽管一条鱼都没钓到过，菲利普有时候也到河边却去跟她聊上几句。他发现她过去是干那种行当的——那一行里最出名的人物在我们这一代就属华伦太太[②]了，在赚够了足以维持舒适生活的钱财以后，她就弃贱从良，已经过上了bourgeoise[③]的清闲生活。她跟菲利普讲了不少猥亵下流的故事。

　　"你一定得去一趟塞维利亚[④]，"她说——她能讲几句蹩脚的英语，"那儿有全世界最漂亮的女人。"

　　她抛了个媚眼，又点了点头。她那三层下巴、她那便便大腹，随着她那闷声闷气的笑声一起抖颤起来。

　　天气实在是太热了，夜里几乎没法睡觉。酷热就像一种有形的物质，在树底下流连不散。他们都不愿离开那星光灿烂的夜晚，三个人都坐在鲁思·查利斯的房间附带的那个小露台上，默不作声，一个钟头接一个钟头，倦得都不想再交谈，尽情地享受那夏夜的静谧。他们聆听着河水的呢喃。一直到教堂的大钟敲了一下、两下，有时甚至是三下以后，他们才扎挣着起身，硬拖着疲惫的

---

① 拉伯雷（François Rabelais，约1494—1553），法国作家、人文主义者，代表作为长篇小说《巨人传》，充满粗野的幽默和尖刻的讽刺。
② 典出萧伯纳的名剧《华伦太太的职业》，华伦太太是开妓院的。
③ 法语：布尔乔亚，中产阶级。
④ 塞维利亚（Seville），西班牙南部港市，塞维利亚省省会。

身躯上床睡觉。突然间，菲利普一下子醒悟到鲁思·查利斯和劳森原来是一对情侣。他是从姑娘凝视年轻画家的眼神以及后者那着了魔样的神情中恍然大悟的；而且他跟他们坐在一起的时候，他都能感觉到就像有种电磁波在他们之间流动，甚至感觉空气都因为带上了某种奇怪的元素而变得沉重起来。这一发现真像是电光石火，把他给震得不轻。他一直都把查利斯小姐当作一个很好的伙伴来看待，很喜欢跟她随意交谈，但他似乎从没想到可以跟她建立一种更亲昵的关系。有个礼拜天，他们仨带着茶点篮子一起进了森林，选择了一处风景怡人的林间空地坐下来，查利斯小姐因为那里极具田园风味，就执意把鞋袜都脱了下来。这原本应该是件迷人的雅事，惜乎她的脚实在太大了一点，而且两只脚的第三个脚趾上各长了一个大鸡眼。菲利普觉得这让她行走起来显得有点可笑。可现在，他看待她的眼光就大为不同了：她那双大眼睛和橄榄色的皮肤上都显出一种温柔的女性光彩；他觉得自己真是个大傻瓜，居然没有看出她那么有魅力。他感觉在她的态度中有了一丝对于他的蔑视，因为他居然这么有眼无珠，竟对她的存在视而不见，在劳森的态度中他也像是觉察出了一丝居高临下的神气。他嫉妒劳森，不过他嫉妒的倒并非劳森这个人，而是他的爱情。他多想站在劳森鞋子里的那个人是他，他多想用自己的内心去感受劳森的爱情。他心烦意乱，他害怕爱情会就这样子从他身边悄悄溜走。他希望能有一种强烈的激情一下子把他攫住，他希望有一股无比强大的激流把他连根拔起，将他裹挟而去，他愿意听凭这股激流的摆布，不论被卷到哪里他都不在乎。查利斯小姐和劳森如今在他看来似乎都显得有些异样了，而总是跟他们摽在一起，又让他觉得有些坐立难安。他对自己很不满意。他想要的东西，生活总是不给，而且他有了一种心神不宁的感觉，觉得自己一直都在虚掷光阴。

那位肥胖的法国女人很快就猜出了这对青年男女之间的关系，而且跟菲利普谈起来的时候完全直言不讳。

"那你呢，"她道，面带靠同胞们的欲望养肥了自己的那种人所特有的宽容的微笑，"你有 petite amie① 了吗？"

"没有。"菲利普说，脸红了。

"为什么没有呢？ C'est de votre âge.②"

他耸了耸肩膀。他手里握着一卷魏尔兰的诗集，信步走开了。他想读读诗，但心头的欲望太强烈了。他想起弗拉纳根讲给他听的那些寻花问柳的艳遇：偷偷摸摸地探访 cul-de-sac③ 里的暗门子，装饰着乌德勒支④ 天鹅绒的会客厅，还有那些涂脂抹粉的女人专事卖笑的做派。他打了个哆嗦。他往草地上一躺，像一头刚从睡梦中醒来的幼兽那样伸展着四肢；那潺潺的流水，那在微风中轻轻抖颤的白杨树，那碧蓝的天空，简直都让他难以忍受了。他爱上了爱情。在幻想中他感觉到温暖的嘴唇在吻他的唇，温柔的手在抚摸他的颈项。他想象着自己躺在鲁思·查利斯的怀里，想到她

---

① 法语：女朋友。
② 法语：你正当（谈情说爱的）年（纪）啊。
③ 法语：死巷，断头巷。
④ 乌德勒支（Utrecht），荷兰中部城市，乌德勒支省的省会，曾是重要的纺织业中心。

那双乌黑的眼眸，想到她那无比美妙的皮肤肌理；他居然让这样美妙的艳遇白白从手指缝里溜走，他简直是发了疯！劳森既然做得到，凭什么他就做不到？但这只是在他见不到她，在他夜里睡不着觉，白天在运河边漫无目的地遐思冥想的时候的想法；在见到她的时候，他的感觉就又突然间大不相同了：他不再渴望把她拥在怀里，也无法想象自己去亲吻她了。这岂非咄咄怪事！她不在眼前时，他但觉她天生丽质，美眷如花，只想到她秋水般的眼眸和凝脂般的苍白肤色；可是跟她在一起的时候，他却又只看到她胸部平平，看到她那已经有些腐坏的牙齿，而且还忘不了她脚趾上的鸡眼。他简直搞不懂自己。难道就因为他生就了一双挑剔的眼睛，只会去放大那些负面的特征，所以导致他只有在背着人的时候才能去爱，一旦直面相对，反倒只会越趄不前吗？

当天气的改变宣告炎炎长夏已经确定结束，赶着他们全都返回巴黎的时候，他内心深处并不为此感到遗憾。

四十八

　　菲利普在回到阿米特拉诺以后，发现范妮·普赖斯已经不在那儿学画了，她存物柜的钥匙也都交还了学校。他问奥特太太她知不知道她现在的情况，奥特太太耸耸肩膀，回答说她可能已经回英国去了。菲利普不禁长出了一口气，她那个臭脾气实在是让他烦不胜烦。尤有甚者，他在作画的时候她总执意要对他指指点点，只要是他不言听计从，她就认为她这是受到了轻慢，她怎么都不会理解，他早就不再是刚来时那个一窍不通的傻小子了。他很快就把她忘得一干二净。他现在已经开始学着画油画，正是豪情万丈、满腔热情的时候。他希望到明年美术展览会的时候，他就已经有足够分量的作品可以送去参展了。劳森正在为查利斯小姐画肖像。她很有可画性，每一位成为她魅力的俘虏的年轻人，都曾为她画过肖像。她天然一幅慵倦的神态，再加上热衷于摆出各种具有诗情画意的姿态，这使她成为一个绝佳的模特儿；而且她还有足够的专业知识，可以提供一些中肯的批评建议。由于她对于艺术的热情主要就在于满怀热情地去过一种艺术家的生活，就算是荒废了自己的画艺，她也并不怎么放在心上。她喜欢画室里那热烈的气氛，喜欢在那儿可以不断抽烟的自由；她用低沉而又悦耳的声音不断谈论着对艺术的爱和爱的艺术。在这两者之间，她并没有做出明确的区分。

劳森一直在埋头苦干，干到几乎一连几天都寸步不离画架的程度，然后却又把他画好的部分全都刮掉了。也就幸好是鲁思·查利斯，换了任何人，耐心早就被他给耗尽了。最后，他那块画布已经成了一团糟，再也没法补救了。

"我只需要换一块画布，从新开始，"他说，"我已经完全知道该怎么做了，这次就不需要花很长时间了。"

菲利普当时也在场，查利斯小姐就对他说：

"你干吗不也画一幅呢？你通过观摩劳森先生作画，应该也已经学到不少东西了。"

"我当然很想一试，如果劳森不介意的话。"

"我才不在乎呢！"劳森道。

这是菲利普第一次动手画人像，他一方面战战兢兢，一方面也非常骄傲。他就坐在劳森旁边，一边看他画，一边自己画。有劳森的一笔一画作为范例，又有劳森和查利斯小姐知无不言给出的建议，菲利普实在是获益匪浅。最后，劳森终于大功告成，特邀克拉顿来批评指正。克拉顿刚刚回到巴黎。从普罗旺斯，他又继续南下去了西班牙，急于看看马德里收藏的委拉斯开兹的作品，从那儿他又去了托莱多。他在那儿待了足足有三个月，带回来一个对这些年轻人来说都很陌生的名字：他对一个叫艾尔·格列柯[①]的画家赞不绝口，貌似想要研究他的画作，就只有去托莱多。

"哦，是呀，我知道有这么个人。"劳森道，"他是个古典大师，但他不同一般的地方就在于，他画得就跟现代人一样糟糕。"

克拉顿现在比以往更加寡言少语，并没有搭腔，但他满怀嘲讽地看了劳森一眼。

"你打算让我们看看你从西班牙带回来的大作吗？"菲利普问道。

"我在西班牙并没有画画，我太忙了。"

"那你都在干吗？"

"我把问题都想清楚了。我相信我已经跟印象派一刀两断了；我有个观点：不出几年，他们就会显得非常空泛、肤浅了。我想把我迄今之所学尽数抛弃，一切重新开始。我回来以后，已经把过去画的东西全都销毁了。现在我的画室里，就只剩下一个画架、我的颜料和几块干净的画布了。"

"那你打算要怎么做？"

"我还不知道。对于我真正想要的东西我还只有一点模糊的概念。"

---

① 艾尔·格列柯（El Greco，约1541—1614），西班牙画家，原籍希腊，出生于克里特岛，原名 Doménikos Theotokópoulos，他是在威尼斯学的画，其通用名 El Greco 即意大利语"希腊人"之意。他一五七七年来到西班牙，先到马德里，两年后移居旧都托莱多，以后就一直居住在那里。其作品多为宗教画与肖像画，受风格主义影响，色彩偏冷，人物造型奇异修长，以阴冷色调渲染超现实气氛，代表作有《奥尔加斯伯爵的葬仪》《尼诺·德盖瓦拉肖像》《托莱多风景》等。

他话讲得慢吞吞的，态度有点怪怪的，仿佛是在竖起耳朵留神倾听某种只能勉强听到的声音。在他身上好像有一种他自己都不甚了然的神秘的力量，却又暗暗地在努力寻觅一个出口。他那种隐然的力量真让你刮目相看。劳森对克拉顿的批评是既想听又怕听，于是就装出一副对他的任何意见概不放在心上的架势，以此来缓冲他觉得可能遭受的抨击对自己的影响；但菲利普心知肚明，再没有比克拉顿的几句表扬更能让他感到高兴的了。克拉顿默不作声地看了那幅肖像不短的时间，然后又瞥了一眼菲利普的那幅画，也正竖在旁边的画架上。

"那是什么？"他问。

"哦，我也在尝试着画画人像。"

"不过是照猫画虎。"他嘟囔道。

他再次转向劳森的画作。菲利普脸一红，但没说什么。

"哎，你倒是说说，你到底觉得怎么样啊？"劳森终于忍不住了。

"画像的立体感好极了，"克拉顿道，"我觉得画得非常好。"

"你觉得明暗的对比、浓淡的关系处理得还行吗？"

"相当不错。"

劳森喜笑颜开。他就像条想把身体甩干的落水狗一样，在衣服里面抖动个不停。

"我说，你喜欢这幅画，我可真是太高兴了。"

"我不喜欢。我认为它完全无足轻重。"

劳森的脸耷拉了下来，他惊愕地望着克拉顿，完全不知道他葫芦里卖的到底什么药。克拉顿天生的不善辞令，说起话来给人的感觉相当费劲。他的表述不清不楚、磕磕巴巴，还啰唆冗赘；不过菲利普在他冗长含糊的东拉西扯中倒是大体能体会到他想表达的意思。克拉顿是个从不看书的人，这套说法最初是从克朗肖那儿听来的；尽管当时并没觉得有什么了不得，却一直留在了记忆里；最近，它又突然冒了出来，他感觉就像是发现了一个新大陆一样：一位优秀的画家有两个主要的描绘对象——人及其灵魂的意图。印象派画家汲汲于其他的问题，他们描绘的人令人叹为观止，但他们就像十八世纪的英国肖像画家一样，绝少去费心考虑灵魂的意图问题。

"可是你要是真朝着这个方向努力的话，你岂不是又在以文代画了吗？"劳森忍不住打断他的话道，"还是让我们像马奈那样去画人吧，让他灵魂的意图见鬼去吧！"

"你要是真能在马奈擅长的领域还能胜他一筹，那当然是再好不过了，可你连比较接近他的水平都达不到。你不可能依靠前天的食粮来喂养你自己，那地里已经是光秃秃的一片，再也没有收成了。你必须继续往前回溯。直到我看到格列柯的作品，我才感觉到你从他的肖像画里得到的，比我们从所有已知的作品中能够学到的都要多。"

"你这只是又回到罗斯金的老路上去啦。"劳森叫道。

"不——你是知道的，他追求的是道德性，我才不在乎他那一套呢。教化啦，伦理啦等等那套玩意儿根本就没用，只有激情和情感才是最重要的。那些最伟大的肖像画家是两者都要画的：

人及其灵魂的意图，就像是伦勃朗和艾尔·格列柯；只有那些二流画家才只去画人。幽谷百合就算是没有清香，也兀自动人，但因为它香气袭人，那就更加迷人了。那张画，"——他指着劳森的那幅人像——"嗯，构图不错，立体感也不错，但也不过就是老调重弹，无功无过；而无论是构图还是呈现，都应该让人一看便知画里的这位姑娘是个风骚荡妇才是。下笔准确固然是很好，可是艾尔·格列柯却把他的人物画得足有八英尺高①，因为非如此就不足以表达他真正想表达的东西。"

"去他娘的艾尔·格列柯，"劳森道，"我们连这个人的作品都没见到过，你却在这儿开口闭口地格列柯如何如何，又有什么鸟用？"

克拉顿耸了耸肩，默默地抽了根香烟，就这么走了。菲利普和劳森面面相觑。

"他的话里是有些道理的。"菲利普道。

劳森愤愤然盯着自己的画作。

"你除了把看到的东西精确无误地画下来以外，还有什么别的办法去表现他娘的灵魂的意图呢？"

大约在这个时候，菲利普交了个新朋友。礼拜一的上午，模特儿照例会到学校来应选，被选中的就可以留下来工作一周，有一回有个小伙子被选中了，可他明显并不是个职业模特儿。菲利

----

① 近两米四四。

普不由得被他在模特儿台上保持的那种姿态给吸引住了：他站上台以后，两条腿稳稳地站好，身材魁梧，双拳紧攥，头部傲然地前伸；那姿势突显出他那健美的体形：他身体的脂肪含量极低，突起的肌肉就像钢浇铁铸的一样。他头发剪得很短，头型很漂亮，留着短短的胡须；一双黑色的大眼睛，两道浓眉。他摆出的那个姿态一连保持了好几个钟头，没有现出任何疲态。而他的神态，则是羞惭和果决参半。他这种激情洋溢、活力十足的样子，颇激起了菲利普罗曼蒂克的想象，而等到工作完毕，他穿上衣服以后，在菲利普看来他简直就像个裹在破衣烂衫里的君王。他不爱说话，不过一两天以后奥特太太告诉菲利普，这位模特儿是个西班牙人，以前从没做过这个行当。

"我想他是为饥寒所迫吧。"菲利普道。

"你注意过他的衣服吗？相当整洁和体面，对不对？"

事有凑巧，在阿米特拉诺学画的一个美国人波特，要去意大利待一两个月，愿意把画室提供给菲利普使用。菲利普正求之不得。他对劳森那种说一不二的教导已经有点不耐烦了，很想能一个人独住。那个礼拜结束的时候，他来到那个模特儿面前，借口自己的画还没完成，问他愿不愿意去他那儿再加一天班。

"我不是模特儿，"那西班牙人道，"下周我还有别的事要做。"

"跟我一起去吃个午饭吧，咱们可以边吃边商量。"菲利普道。见对方还在犹豫，他又微笑道："跟我吃个午饭对你又没什么害处。"

那模特儿把肩一耸，就答应了，他们就一起去了一家crémerie①。那西班牙人的法语讲得很蹩脚：很流利，但很难听懂。菲利普加意小心，两个人谈得还算投机。那西班牙人原来是个作家，跑到巴黎来原是为了写小说的，但为了维持生计，尝试过一个穷光蛋可能采取的所有权宜之计：他给人上课，做所有能够揽到手的翻译活儿，主要是商业文件，到了最后，被逼无奈只能靠自己健美的身材来赚钱了。做模特儿收入颇丰，他这个礼拜赚到的钱够他下两个礼拜花的了；他跟菲利普说，一天只要两个法郎他就能过得很轻松，这让菲利普大为惊讶。但为了赚钱而不得不裸露自己的身体，这却让他羞愧难当，他把做模特儿看作一种堕落，只有在为饥饿所迫不得不做的时候才勉强说得过去。菲利普解释说，他并不想画他的裸体，只想画他的头部；他希望为他画一幅头像，争取能送去下一届美术展览会展出。

"可你为什么想画我呢？"那西班牙人问道。

菲利普回答说他的头型面部让他颇感兴趣，他觉得能画出一幅不错的肖像来。

"我浪费不起这个时间。从我的写作中榨取的每一分钟，我都深恶痛绝。"

"但那只是占用你下午的时间。上午我还得在学校画画。不管怎么说，给我做模特儿也总比你去翻译那些法律文本要强一些吧？"

① 法语：小饭店。

407

曾经有过一段时间，拉丁区里来自不同国家的学生都能和睦相处、亲密无间，至今犹传为美谈，但那已经是很久以前的老皇历了，而现在，不同国籍的学生都彼此隔绝，各过各的，几乎就像个东方的城市一样。在朱利安画室和美术学院，一个法国学生如果跟外国人交往的话，会被他的同胞侧目而视的，而一个英国人要想与这个城市的当地居民有所深交，也的确是桩难事。的确，有许多学生在巴黎住了五年以后，学到的法语也只够在商店、饭馆里派点用场，而且仍旧过着典型的英国人的生活，就跟在南肯辛顿工作没什么两样。

　　菲利普素来不乏罗曼蒂克的热情，非常高兴现在有了这个跟西班牙人接触的机会，所以他不惜费尽唇舌，但求打消对方的一切顾虑。

　　"依我说不如这么办吧，"那西班牙人最后道，"我可以给你当模特儿，但不是为钱，是我自己高兴这么做。"

　　菲利普百般劝说他接受一点报酬，但西班牙人执意不肯，最后他们终于商定，他下周一下午一点钟到菲利普的画室里来。他给了菲利普一张名片，上面印着他的名字：米格尔·阿胡里亚。

　　从此以后米格尔就定期来给菲利普做模特儿，虽然他拒绝接受报酬，但时不时地就会向他借个五十法郎。这比菲利普照常规付他费用的花销还要更高一点，但这给西班牙人的感觉就好多了，他会认为他并非在以一种有辱人格的方式赚钱谋生。他的国籍使得菲利普将他当作了浪漫的代表，向他问起塞维利亚和格拉纳达①，委拉斯开兹和卡尔德隆②。可是米格尔对他祖国往昔的辉煌并没什么兴致。对他而言，正如对他的许多同胞而言一样，法国才是一个有识之士唯一的祖国，巴黎才是这个世界的中心。

"西班牙已经死了，"他叫道，"它没有作家，它没有艺术，它什么都没有。"

渐渐地，以他的种族所特有的那种热情洋溢而又浮夸华丽的辞藻，他揭示了自己的雄心抱负。他正在写一部他希望能使他一举成名的长篇小说。他的创作观深受左拉的影响，而且把小说的场景设置在巴黎。他详详细细地向菲利普讲述了小说的情节。在菲利普看来，那真是既粗疏又愚蠢；那种天真的淫猥——c'est la vie, mon cher, c'est la vie③，他叫道——那种天真的淫猥所起的作用只不过更加突显了小说的陈腐和老套。他已经在令人难以置信的艰难困苦中孜孜矻矻地写了足足两年，摈弃了所有当初吸引他来到巴黎的人生乐趣，为了艺术与饥饿搏斗，下定了任何东西都无法阻止他获得伟大成就的决心。他这种努力的精神实在是富有英雄气概。

"但你为什么不写西班牙呢？"菲利普叫道，"那会有趣得多的。你熟悉那种生活啊。"

---

① 格拉纳达（Granada），西班牙南部城市，格拉纳达省省会，有十三至十四世纪时的摩尔人阿尔汗布拉宫古迹。
② 卡尔德隆（Pedro Calderón de la Barca，1600—1681），西班牙剧作家、诗人，共创作较著名的喜剧、宗教剧、哲理剧等约一百二十部，代表作为《人生是梦》等。
③ 法语：这就是生活，我亲爱的，这就是生活。

"但巴黎才是唯一值得写的地方。巴黎才是生活。"

有一天，他带来了部分手稿，朗读了好几段，他是随口翻译成法语的，读得无比激动，加上他的法语又那么拙劣，菲利普几乎听不太懂。那小说写得真是让人扼腕叹息。菲利普大惑不解地看着他正在画的那幅肖像：那宽阔的额头后面隐藏的思想竟是那么琐碎无聊，那双熠熠生辉、热情洋溢的眼睛看到的竟只是生活中肤浅的表相。菲利普对自己画的这幅肖像很不满意，每一次面对模特儿作画结束以后，他几乎总要把刚刚完成的部分全部刮掉。力图展现出灵魂的意图，这种说法固然是很动听，可是当人们本身就像是一大堆矛盾的综合体时，谁又能讲得清他那灵魂的意图到底是什么呢？他喜欢米格尔，在认清了他那艰苦卓绝的奋斗只不过是枉费工夫后，他深为痛心疾首：他具备了成为一个优秀作家的一切条件，就单单缺少了才华。菲利普也不禁反观自己的作品。谁又能说得清这里面是真有某种独特的东西呢，还是他只不过是在浪费时间？唯一清楚的一点是，那种不达目的誓不罢休的意志其实并帮不了你什么忙，你对自己的坚定信心也完全于事无补。菲利普不禁想起了范妮·普赖斯：她对自己的才华可说是坚信不疑，她那坚不可摧的意志力也绝对是非比寻常。

"如果我自知难成大器的话，我宁可放弃绘画事业。"菲利普说，"在我看来，做个二流画家是没有任何益处的。"

有天上午他正要出去的时候，concierge 叫住他，说有一封他的信。平时除了路易莎伯母，间或还有海沃德以外，是没有人给

410

他写什么信的，而且信封上的笔迹他也并不认得。信的内容如下：

> 见信后请速来我处。我再也受不了了。请务必亲自前来。
> 除了你以外，我绝不让任何人碰我。我把一切都留给你。
>
> 范·普赖斯
>
> 我已经三天没吃任何东西了。

菲利普像是一下子掉进了冰窟窿里，简直魂飞魄散。他急匆匆赶往她的住处。让他大为惊讶的是，她居然还待在巴黎。他已经有好几个月没见到她，还以为她早就回英国去了呢。他一到她的住处就问concierge她是不是在家。

"在吧，我有两天没见她出门了。"

菲利普飞奔上楼，敲她的房门。没人应门。他喊她的名字。门锁着，他俯身一看，发现钥匙插在里面的锁孔里。

"哦，我的上帝，但愿她没自寻短见。"他失声大叫。

他跑下楼，跟门房说她肯定是在房间里。他收到她写给他的一封信，担心会出什么可怕的意外。他建议破门而入。门房本来绷着一张脸，不想听他的话的，这下也慌了神；他付不起破门而入的责任，必须去找commissaire de police①。他们一起去了bureau②，然后又找了个锁匠。菲利普了解到普赖斯小姐上个季度

---

① 法语：警察局长。
② 法语：(警察) 局。

的房租就没付，新年那一天也没给concierge礼物，而依照旧俗，他们认为那一天从住户那儿得到件把礼物是他们分所应得的权利。他们四个一起上了楼，又敲了敲门，还是没人应门。锁匠就开始撬锁，他们终于进入了那个房间。菲利普大叫一声，本能地用手捂住了眼睛。那可怜的女人已经悬梁自尽了，绳子就挂在天花板上前一任房客用来悬挂床帏的那个钩子上。她是把自己的小床挪到了一边，先站在一把椅子上，然后又把椅子蹬开的。那把椅子就侧倒在地上。他们割断绳索，把她放下来。她的身体已经凉透了。

四十九

由不同方面了解到的情况拼凑起来的范妮·普赖斯的景况，是非常可怕的。女同学们对她的不满，其中有一项是她从不参加她们在餐馆里举行的快乐的聚餐，而原因其实非常简单：她迹近赤贫，根本没这个闲钱。他想起初来巴黎时跟她一起吃过的那顿午饭，想起她那让他无比厌恶的饿死鬼一样的贪馋吃相：他现在才明白过来，她并不是贪吃，她只是饿极了。那concierge告诉他她平常都吃些什么：每天给她留一瓶牛奶，她自己买一整个面包回来；中午从学校回来以后吃半块面包，喝半瓶牛奶，剩下的留到晚上吃。日复一日，天天如此。想到她都经历了些什么，菲利普感到万分难过。她从不让人知道她比他们都穷，她显然已经陷入了山穷水尽的地步，最后再也没有钱继续去画室学画了。她那间斗室里几乎什么家具都没有，除了她一直穿着的那身破旧的棕色衣裙以外，她再无别的衣物了。菲利普翻检她的遗物，想找到某个可以联系上的亲友的地址。他发现了一张纸，她在上面写了二十多遍他的名字。这让他大为震惊。他想，她是真的爱上他了；

他想到那个骨瘦如柴的身体，裹在那身棕色的衣裙里，从天花板上的钩子上挂下来，他忍不住打了个寒战。可如果她当真喜欢他的话，她又为什么不让他帮她呢？他会非常高兴地竭尽所能来帮她的。他感到悔恨不已，因为他明明感觉到她对自己有特殊的感情却又故意视而不见，而现在她信上的那句话显得是多么可悲可叹：**除了你以外，我绝不让任何人碰我。**她是被活活饿死的。

菲利普终于找到了一封落款为"爱你的哥哥：艾伯特"的信件。写信的日期是两三个礼拜前，地址是瑟比顿①的某条街道，信里拒绝了她商借五英镑的请求。信上说他有家室之累，得为妻儿老小着想，他认为自己没有正当权利随意出借金钱，他的建议是范妮应该回到伦敦，设法谋个差事。菲利普给艾伯特·普赖斯发了份电报，回电很快就来了：

悲痛欲绝。业务繁忙，不克分身。非来不可吗？普赖斯。

菲利普又发了份简短的回电，请他务必前来，第二天上午，一个陌生人来到了他的画室门前。

"在下普赖斯。"菲利普打开门后他自我介绍道。

他是个有些俗气的人，一身黑衣，圆顶礼帽上系了条黑带子；他那粗手笨脚的样子跟范妮有点像，嘴唇上留了撮硬硬的短

---

① 瑟比顿（Surbiton），伦敦西南郊区泰晤士河畔皇家金斯顿自治市（Royal Borough of Kinston upon Thames）的一个地区。

须，一口的伦敦土腔。菲利普请他进去。菲利普在详细地跟他讲述出事的经过以及他已经做了什么时，他不时溜着眼四处打量他的画室。

"我不需要再去看她的遗体了，是不是？"艾伯特·普赖斯问道，"我的神经不太强健，很容易受到刺激。"

他开始放言纵谈起来。他是个橡胶商，有妻子和三个孩子。范妮原是个家庭教师，他也不明白她为什么干得好好的，突然就跑到巴黎学画来了。

"我和普赖斯太太都跟她说，巴黎可不是一个姑娘家该来的地方。再者说，画画又赚不到钱——历来如此嘛。"

显然他跟他妹妹的关系不怎么融洽，对她自寻短见也非常不满，认为这是她对他造成的最后的伤害。他不太喜欢她是迫于贫困而自杀的这种说法，因为这似乎有辱门楣。他突发奇想，她出此下策说不定有更为体面的动机呢。

"我猜想她是不是跟哪个男人有什么瓜葛呢？你知道我的意思，巴黎嘛，这种事也不稀奇。她有可能是为了保全自己的名节才这么干的吧？"

菲利普觉得自己脸上发烧，心里暗骂自己没出息。普赖斯那双锐利的小眼睛似乎在怀疑他是不是跟他妹妹就有奸情。

"我相信令妹的品行是完美无瑕的，"他口气尖刻地道，"她自寻短见是因为她就快要饿死了。"

"喔，这对她的家人来说可是非常难堪呢，凯里先生。她只需要给我写封信，我是不会坐视自己的亲妹妹缺吃少穿的。"

菲利普就是在他拒绝借钱的信里才找到他的地址的，但他只是耸了耸肩，揭穿他、指责他又有什么用呢？他很讨厌这个小男人，只想尽快跟他一拍两散。艾伯特·普赖斯也希望快点把必要的事务办完，好早点赶回伦敦。他们来到可怜的范妮生前居住的那间斗室。艾伯特·普赖斯看了看屋里的那些画和家具。

"在艺术上我不想假充内行，"他说，"我想这些画还能卖几个钱的，是不是？"

"一钱不值。"菲利普道。

"这些家具值不上十个先令。"

艾伯特·普赖斯法语是一句都不懂，菲利普不得不代办所有的事情。要想使那具可怜的尸体入土为安，看来还得经过一长串冗杂的手续：证书要从这个地方开出，要到另一个地方去签署，还得去面见相关部门的官员。一连三天，菲利普为了这件事从早忙到晚。最后总算是功德圆满，他跟艾伯特·普赖斯一起跟在柩车后面，朝蒙帕纳斯公墓走去。

"我想把这件事办得体体面面的，"艾伯特·普赖斯道，"可也没必要浪费钱。"

在那个寒冷、灰色的早晨，那简短的仪式真是无比凄凉。范妮·普赖斯在画室的五六个同学出席了葬礼：奥特太太来是因为她是**女司库**，觉得这是她职责所系；鲁思·查利斯来是因为她心地善良；此外还有劳森、克拉顿和弗拉纳根。在她生前他们全都不喜欢她。菲利普极目望去，但见公墓里碑石林立，挤挤挨挨，有的寒素、简单，其余的则粗俗、炫示而又丑陋，他不禁打了个寒战。真是一片悲惨世界，真令人怵目惊心。从公墓出来以后，艾伯特·普赖斯请菲利普跟他共进午餐。菲利普已经非常讨厌他了，又加上疲惫不堪；这几天他一直都卧不安枕，因为他总是梦见范妮·普赖斯穿着那身破旧的棕色衣裙，吊在天花板的那个钩子上；但他又想不出个推托的借口。

"你带我去个讲究点儿的馆子，咱们一起吃顿像样的午饭。这一切真是糟透了，我的神经实在吃不消了。"

"拉弗纽算是附近最好的馆子了。"菲利普回答道。

艾伯特·普赖斯在一把天鹅绒座椅上坐好，长出了一口气。他点了一桌丰盛的午餐，外加一瓶红酒。

"喔，真高兴总算是完事了。"他说。

他抛出几个颇有技巧的问题，菲利普看得出他是很想听听巴黎这帮画家的私生活。他口口声声说这种生活糟糕透顶，其实巴不得能了解到他想象中的这种放荡纵欲生活的细枝末节。他狡黠地眨眨眼，谨慎地窃笑两声，表示他知道得很清楚，实际情况远非菲利普坦白供认得那么简单。他是个见过世面的人，这种事情他还是略知一二的。他问菲利普是否去过蒙马特尔的那些风月场所，这些地方从圣殿关①到伦敦交易所可都是大大地有名。他要是能跟人说他去过红磨坊的话该有多好。这顿午餐真是好极了，酒也是好酒。酒足饭饱之余，艾伯特·普赖斯的兴致就更高了。

———————
① 圣殿关（Temple Bar），伦敦金融城和威斯敏斯特市的分界，其东是金融城的舰队街，其西是威斯敏斯特的斯特兰德大街，在一八七八年之前，这里矗立着克里斯托弗·雷恩（Sir Christopher Wren，1632—1723）设计的石制门坊，即圣殿关。

"咱们再来点白兰地吧，"咖啡端上来以后他又说，"偶尔挥霍一下又何妨！"

他搓着两只手。

"你知道，我三心二意地还想今晚再待一夜，明天再回去呢。不如咱们一起度过这个晚上，你意下如何？"

"如果你是想让我今晚带你去逛蒙马特尔，那还是去你的吧。"菲利普道。

"我想那并不是我确切的意思。"

这个回答是那么一本正经，菲利普倒被他给逗乐了。

"再者说，这对你的神经也很不好。"他庄严肃穆地道。

艾伯特·普赖斯决定他最好还是搭乘四点钟的火车返回伦敦，不一会儿，他就跟菲利普正式道别了。

"那好，咱们就再见了，老弟。"他说，"我跟你这么说吧，等过些日子我还要设法再到巴黎来一趟，到时候我来拜访你。到时候咱们要不好好地乐上一乐，誓不罢休。"

菲利普那天下午实在是心绪不宁，根本没法工作，他索性跳上一辆公交车，过河去迪朗·吕埃尔的画廊看看有什么可看的新画。随后，他就沿着大街信步溜达。天很冷，而且风很大。路上的行人都步履匆匆，裹紧了大衣，缩着脖子，想以此抵挡寒气的侵袭，人人看起来都病快快的，满脸忧虑之色。在蒙马特尔公墓那些白色墓碑的地下，一定是冷彻骨髓。他突然觉得在这个世界上是如此孤单，异乎寻常地涌起了思乡之情。他好想能有个伴儿。可是这个时候克朗肖应该正在工作，克拉顿从来就不欢迎客人到访；劳森正在画另一幅鲁思·查利斯的肖像，肯定不高兴被打扰。他于是决定去找弗拉纳根。他发现他正在画画，但很高兴暂时丢下画笔跟人聊聊天。弗拉纳根的画室里很舒适，因为这个美国人比他们大多数人都有钱，而且很暖和；弗拉纳根又忙着准备茶点。菲利普看着那两幅打算送交美展的头像。

"我居然要把画送去展出，真是有点厚脸皮。"弗拉纳根道，"可管他呢，我就是要送。你觉得它们很糟吗？"

"倒并不像我预想的那么糟。"菲利普道。

事实上，这两幅画展现出来的慧心巧思真令人拍案叫绝。所有难以处理的地方都被巧妙地规避了过去，色彩的运用极为大胆，其效果非但出人意表，甚至极有魅力。弗拉纳根虽然在绘画的知识和技术上均乏善可陈，他画起来却像个毕生从事画艺的斫轮老手那样轻松自如、信笔挥洒。

"如果把欣赏每幅画的时间限定在三十秒内，那你肯定就能成为一位大师了，弗拉纳根。"菲利普微笑道。

这帮年轻人中间平常倒并没有言过其实、相互吹捧的习惯。

"在我们美国时间可紧得很，看任何一幅画都不可能超过三十秒钟。"弗拉纳根呵呵笑道。

弗拉纳根虽说是世上最三心二意、心不在焉的人，可他心地良善，这既有些出人意表，又真是可亲可爱。不管是谁生了病，他都会自告奋勇地充当看护。他那开朗的天性也比任何药石都更管用。跟他的很多同胞一样，他不像英国人那样牢牢控制住自己的情感，生怕担上感情用事的名号；正相反，他觉得感情的自然流露本就是人的天性，他那无比充沛的同情总能让身处困境的朋友们感激不尽。他看到菲利普因为这几天的经历而情绪低沉，出于本能的好心故意有说有笑，一心想让他高兴起来。他有意加重他的美国口音，他知道这总能让英国人忍俊不禁；他滔滔不绝、上气不接下气地说个没完，异想天开，兴致勃勃，无比快活。到了饭点儿，他们一起出去吃了饭，然后又去了蒙帕纳斯游乐场，那是弗拉纳根最喜欢的娱乐场所。到入夜时分，他的情绪就更高了，真称得上兴会淋漓。他已经喝了不少酒，但如果说他当真有点醉了的话，那更多的是由于他天性的活泼，而并非酒精所致。他提议他们再去比利耶舞厅，菲利普累过了头，反而睡不着，也就欣然同意了。他们在舞池边上的平台上拣了张桌子坐下，那平台比舞池的地板稍高一点，他们可以舒舒服服看着大家跳舞，再喝上一杯德国黑啤酒。刚坐下没多久，弗拉纳根就看到了一位朋友，他大喊一声，纵身越过旁边的栏杆，跳进了舞池里。菲利普打量着周围的人群。比利耶并非什么时髦的去处。那是个礼拜四的夜晚，这里面人满为患。有一些是来自各个学院的大学生，但大多数男客是小职员和店员；仍旧是日常的穿着打扮，粗花呢成衣或古怪的燕尾服，还都戴着帽子，因为既然已经戴进了舞厅，跳舞的时候又没地方可放，也就只能继续留在脑袋上了。有些女人看着像是女仆，有些是浓妆艳抹的荡妇，但大部分女客还是女店员。她们的穿着很寒碜，是对塞纳河右岸各种时尚的廉价模仿。那些荡妇则打扮得像是歌舞杂耍剧场的女艺人，或者名噪一时的女舞者；她们的眼睛都涂得乌黑，两颊都抹得通红。舞厅里是用

弗拉纳根……大喊一声，纵身越过旁边的栏杆

白色的大灯照明的，挂得很低，更突显出人们脸上的阴影；所有的线条在这种光照之下都显得无比僵硬，所有的色彩都显得粗鲁不堪。真是一派丑恶污浊的景象。菲利普趴在栏杆上，盯视下面的舞池，他耳朵里已经听不到音乐声了。他们跳得无比狂热。他们缓缓地绕着舞池跳着，很少说话，全神贯注在跳舞中。房间里热得很，他们的脸上都闪耀着汗水。在菲利普看来，他们已经把平常出于防备心理而戴着的那层安分守己、循规蹈矩的假面具都撕掉了，他看到的都是他们的真面目。在那个放浪无羁的时刻，他们居然都更像是某种兽类，真让人不可思议：有的像狐狸，有的像狼；其余的则长着一张愚蠢的长脸，就像是羊。他们因为生活方式不健康，吃的食物无比粗劣，都一脸的菜色。他们因为志趣庸俗、生活粗鄙而显得五官呆钝，一双小眼睛却又无比诡诈、精明。他们的举止没有丝毫高贵之处，你能感觉得出，他们的生活无非就是一连串琐碎的关切和卑污的念头。舞厅里的空气中充满了从人的身上散发出来的酸臭体味。可是他们跳得无比狂热，仿佛是受到他们体内某种神秘力量的推动，而在菲利普看来，驱使他们的就是一种追求享乐的热狂。他们一心只想逃避这个恐怖的现实世界。克朗肖所说的那种追求快乐的欲望就是驱策着他们盲目地进行各种人类行为的唯一动机，而似乎正是这种无比强烈的欲望本身，剥夺了这些人类行为中的所有乐趣。他们就像被一阵狂风裹挟而去，他们完全无能为力，既不知道所为何来，又不知道要去往何处。命运之神似乎高踞于他们头顶，他们盲目地舞动，永恒的黑暗仿佛就在他们脚下。他们的缄默简直令人惊恐。

就仿佛生活本身把他们都吓破了胆，剥夺了他们的发言权，所以他们内心的尖叫到了喉咙口却突然变哑了。他们的眼神狂乱而又阴森；但尽管兽欲使他们失却了人形，尽管他们神情猥琐、面目狰狞，尽管罪魁祸首还是他们的愚昧呆蠢，然而那一双双无比固执的眼睛里流露出来的极度痛苦，还是使得所有这些人显得既可怕又可怜。菲利普厌恶他们，同时又因为满怀的无限同情而为他们感到无比心痛。

他从衣帽间里取出外套，来到了外面苦寒的夜色中。

五十

　　菲利普的脑子里怎么也没办法摆脱掉这桩不幸的事件。他最感到苦恼的是范妮无论如何努力，结果终归徒劳这一事实。再没有人比她更为刻苦、更为心诚的了；她全心全意地相信自己；但显然，自信是基本上没什么用处的，他所有的朋友都很自信，而在其他人当中，米格尔·阿胡里亚也很自信；这个西班牙人付出的是英雄般的努力，而他努力去从事的东西却又如此浅薄无聊，其间的反差简直令人瞠目结舌。菲利普早年间不幸的学校生活，已经培养出了他自我分析的能力；而这一癖好，就像吸毒一样潜移默化，在他身上已经根深蒂固，所以他现在也就特别急切地要对自己的情感做出一番深入的剖析。他不得不承认，艺术对他的感染作用是跟别人大为不同的。一幅出色的画作能马上就让劳森怦然心动，他的欣赏是发自本能的。就连弗拉纳根也能感受到某些特定的东西，而这些东西他菲利普是唯有经过一番刻意思考方能把握的。他对艺术的欣赏是理性的、智力的。他忍不住暗想，如果他身上真有什么艺术气质的话（他讨厌这个术语，但又找不到别的说法），他就能像他们一样，单凭情感、未假思索地感受到美了。他开始怀疑，自己除了手上的那点肤浅的小机灵，能够准确地临摹对象以外，是否还有更大的才能。因为那点本事实在是不算什么。他现在也依样学样，不把技巧的熟练放在眼里了。重要的是以颜料和油彩的语汇来感受。劳森以某种特定的方式来作画，是因为这是他的天性使然，尽管身为学徒，他对每一种影响都很敏感，但透过这些刻意的模仿，他的个性仍旧如锥处囊中，脱颖而出。菲利普看着自己画的那幅鲁思·查利斯的肖像，已经过去三个月了，直到现在他才意识到，那不过是对劳森风格的恭顺模仿而已。他觉得自己真是碌碌无能、一无所长。他是使用头脑来作画的，而他其实知道得很清楚，真正有点价值的作品无一不是用心灵画成的。

他没几个钱，总共还不到一千六百镑，他必须得撙节用度、厉行节俭。这十年里头，他甭指望挣到一个子儿。绘画史上，一分钱都挣不到的画家可是比比皆是。他必须甘受贫困，矢志不渝。当然啦，他要是真能创作出不朽的作品那倒也值了；但他最怕的就是他最多只能成为一个二流画家。牺牲了自己的青春，舍弃了人生的乐趣，错失了重重的机缘，就为了这个，值吗？他对那些侨居巴黎的外国画家的生存状况已有了足够的了解，很清楚他们过的那种生活非常狭窄、闭塞。他知道有些画家为了扬名立万，苦苦跋涉了二十多年却一事无成，终至落入落魄潦倒和酗酒贪杯的深渊。范妮的自杀勾起了菲利普很多的记忆，他听到过这个或者那个画家为了脱离绝境而不惜自寻短见的悲惨遭遇。他想起那位画师给予范妮的那含讥带讽的建议：她要是当真听了他的话，断然放弃这毫无希望的努力的话，倒不至于落到这样的下场了。

菲利普完成了米格尔·阿胡里亚的肖像，决定把它送交美展。弗拉纳根也打算送两幅画去，而他觉得他能画得跟弗拉纳根一样好。他在这幅肖像上花了那么多的心血，他忍不住觉得它肯定有其可取之处。诚然，他在审视这幅画的时候确实也觉得有什么地方不对头，尽管说不清到底是哪里出了问题，但只要它不在眼前，他的情绪就又上来了，也就不再有不满意的感觉了。他把它送交美展，但被拒绝了。他也并没有太放在心上，因为他已经事先就竭尽所能做好了心理建设，让自己相信入选的可能本来就微乎其微，直到几天后弗拉纳根兴冲冲地跑了来，告诉劳森和菲利普他的一幅画作入选了美展。他面无表情地表示了祝贺，而弗拉纳根只顾为自己感到庆幸，也没注意到菲利普的话语中不由自主流露出来的讥诮口吻。劳森的眼里却不揉沙子，马上就觉察到了，不由好奇地看了菲利普一眼。他自己的画是没什么问题的，一两天前他就知道了，他对菲利普的态度隐隐感到有些不悦。但是等那个美国人一走，菲利普就突然向他提出的那个问题却又让他吃了一惊。

"你要是处在我的位置的话，会不会就彻底扔掉不干了？"

"你这话**到底**什么意思？"

"我很怀疑做个二流画匠是不是值得。你知道，在其他行当，比如说行医或者经商，如果你才仅中人也并没什么关系。你只要能养家糊口，凑合着过也就了了。可是一辈子只能画些二流的画作又有什么用呢?"

劳森挺喜欢菲利普的,一想到他肯定是为自己的作品落选而大为沮丧,以至于萌生了退意,于是就马上尽力地安慰他。大家都知道,有多少被巴黎美展拒之门外的作品后来都成了画坛的名作;这是菲利普首次呈送作品,他肯定也料到大概率会吃闭门羹;弗拉纳根能成功入选也是可以理解的,他的画是浮华炫技的肤浅之作,而暮气沉沉的评审团看重的恰恰就是这种作品。菲利普则是越听越不耐烦:劳森怎么就不明白他是从根本上对自己的能力产生了怀疑,而并不是因为这么一点小挫折就灰心丧气呢?真也未免把他给看扁了。

近些日子以来,克拉顿有点故意疏远那些同在格拉维耶餐馆共同进餐的伙伴们,过起了孤家寡人的生活。弗拉纳根说他肯定是爱上了哪位姑娘,但克拉顿那苦行僧一样的面容却一点都不像是为情所困的样子;菲利普觉得他之所以脱离自己的旧友,更有可能是想理清他内心中萌生的那些新的想法。不过那天傍晚,在其他人全都离开餐馆去看一出戏,菲利普正一人独坐的时候,克拉顿倒是走了进来,要了一份晚饭。两人攀谈了几句以后,菲利普发现克拉顿比平时更加健谈,话里也没那么多冷嘲热讽,于是就决定趁他今天心情好,认真地向他讨个主意。

"我说,我希望你能来看看我的画,"他说,"我很想能听听你的意见。"

"不,这个我不干。"

"为什么?"菲利普问道,脸红了。

这种要求在他们这个圈子里是相互间经常提出的，谁都不会想到可以一口回绝的。克拉顿耸了耸肩。

"大家嘴上说是请你批评，其实只想听你的赞美。再说了，批评到底有什么用呢？你画得好也罢，歹也罢，又有什么大不了的呢？"

"这对我可是大有关系。"

"不然。一个人所以要画的唯一原因就是他非画不可。这就是一种人体的机能，就像其他的机能一样，只不过唯有极少数人才有这种机能罢了。人都是只为自己而画的：你要是不让他画，他会宁肯自杀的。你就想想吧，为了能把某种东西在画布上表现出来，天知道你花费了多长时间，付出了多少心血，那结果又如何呢？你的画十有八九会被美展拒之门外；就算是被接受了，大家从它面前经过时也不过随便瞟上一眼，时间不会超过十秒钟；就算你真的运气好，画被某个无知的傻瓜买了去挂在他家的墙上，他也会像是对家里的餐桌一样，难得看它一眼。批评向来是跟艺术家扯不上关系的。批评是一种客观的评判，而凡属客观之物，都跟艺术家浑不相干。"

克拉顿干脆用手把眼睛捂上，好把心思完全集中在他想表达的意思上。

"当画家从他看到的事物中获得了某种独特的感受以后，就身不由己一定要把它表现出来，他也不知道这是为了什么，他只能用线条和色彩来表达他的感受。这跟音乐家的情况是一样的；他读上一两行文字，内心中就会浮现出某种音符的组合：他也不知道这几个词和那几个词为什么就会唤起这样和那样的音符；反正就是这样的一个过程。我还可以告诉你另外一个理由，为什么说批评是毫无意义的：一位伟大的画家总会迫使世人以他的眼光来观看自然，但到了下一代，另一位画家却又是以另外一种方式来看这个世界的，而此时的公众却仍旧以他的前辈而非他自己观看世界的方式来评判他。所以，是巴比松画派[①]教会了我们的父辈用一种特别的方式来看树木，而当莫奈出现并以不同的方式来画以后，大家就会说：但树木看起来不是那个样子的。他们就从来没有想到，画家选择怎么来看它们，树木就会是什么样的。我们画画是从内往外的——如果我们能迫使世人接受我们看待事物的眼光，世人就把我们称作伟大的画家；如果我们做不到，世人就会忽视我们的存在；但**我们**还是同样的我们。伟大也好，渺小也罢，对我们来说都没什么意义。我们的作品在完成后会有什么样的遭遇是无关紧要的，我们在创作它的过程中已经获得了从中能够得到的一切。"

在克拉顿无比贪馋地把摆上桌的晚餐一扫光的时候，有一阵冷场。菲利普抽着廉价的雪茄，细细地观察着他。他那凹凸不同的头颅看起来像是由一块顽石雕成，而就连雕塑家的凿子都没办法把它磨光刨平，一头粗糙的鬃毛般的黑发，巨大的鼻子，再加上巨大的下颌骨，在在都表明这是个强有力的汉子；然而菲利普

---

① 巴比松画派（Barbizon school），法国十九世纪中、下叶自然主义风景画派，因其代表人物卢梭、米勒、柯罗和杜比尼等都住在巴黎附近枫丹白露森林边缘的巴比松村，故名。

却又忍不住怀疑，在这强悍的面具下面，是否有可能隐藏着某种不同寻常的软弱呢？克拉顿拒绝展示他的作品也许纯是虚荣心作祟：一想到可能受到任何人的批评，他就受不了，他也不愿意去承担他的作品被美展拒收的风险；他希望大家都把他当大师对待，又不愿冒险把作品拿出来跟人家的比较，唯恐相形之下对自己的声誉不利。在菲利普认识克拉顿的这十八个月的时间内，他显见的是变得越来越苛刻和刻薄了；他一方面不愿意站出来光明正大地跟他的伙伴们一较高下，另一方面又对他们貌似轻易取得的成功愤愤不平。他不能容忍劳森，他们俩已经不再像菲利普刚认识他们的时候那么关系亲密了。

"劳森是没什么问题了，"他满怀轻蔑地道，"他会回到英国，成为一个时髦的肖像画家，一年挣上一万镑，四十岁前就成为皇家艺术学院的准会员。为贵族和士绅手工精制肖像！"

菲利普也同样瞻望了一下未来，他看到二十年后的克拉顿：尖刻、孤独、易怒、默默无闻；仍旧待在巴黎，因为这里的生活已经深入了他的骨髓，用他那条毒舌统治着一个小小的 cénacle①，永远跟他自己以及这个世界过不去，越来越狂热地追求那个他根本无法达到的完美境地，实际上又拿不出什么真正的作品；可能最终难逃沦为醉鬼的下场。近来，菲利普迷上了这样一个观念：既然每个人只能活一次，那就要尽可能活得成功，不过他并不认为只有发财致富、功成名就才算成功；到底怎么才能算他所谓的，

---

① 法语：(作家、艺术家的) 小团体，文艺社团。

这个成功，他自己也不是很清楚，也许就是丰富多样的人生体验和最大可能地施展自己的才能吧。可不管怎么说，克拉顿的人生看来注定是个失败了。唯一的补救就是他当真能画出几幅不朽的杰作出来。他又想起克朗肖那有关波斯地毯的古怪隐喻，之前他也经常想到它，但克朗肖的禀性像农牧神一样藏头露尾、莫测高深，就是不肯把他的意思挑明，他只重复说：除非是由你自己找出答案，否则便意义全无了。归根结底，也正是这种尽可能活得成功的热望，才使得菲利普在是否继续自己的艺术生涯这个问题上首鼠两端的。不过这时候克拉顿又再度开腔了。

"你还记得我跟你说起过的那个我在布列塔尼碰到的伙计吗？几天前我在这儿又见到了他。他正要动身去塔希提岛①。他真是一文不名了。他本是个brasseur d'affaires②，我想在英语里就叫股票经纪人吧；他有家有口，收入也颇丰。他为了成为一个画家，突然之间就把这些全都抛掉了。他就这么离家出走，在布列塔尼安顿下来，开始画起了画。他是一个钱都没有了，也就仅止于没有饿死。"

"那他的老婆孩子怎么样了呢？"菲利普问道。

"哦，他把他们都撇下了。他就由着他们饿死拉倒。"

"这事儿做得也太下作了吧？"

---

① 塔希提岛（Tahiti），南太平洋岛屿，法属波利尼西亚的经济活动中心。一八九〇年后，高更日益厌倦文明社会，塔希提岛就成了他的最终归宿，他最重要的代表作也均完成于这个地老天荒的小岛之上。具体情节可参看《月亮与六便士》。

② 法语：处理大量（财政或贸易）事务的人。

"哦，我亲爱的伙计，你要是想做个绅士的话，你就万万不要再想做个艺术家了。这两者之间是一点关系都搭不上的。你听说过有人为了赡养高龄老母而去粗制滥造些画作赚钱——喔，这只能表明他们是孝顺的好儿子，却绝不能成为他们低劣作品的借口。他们只能算是生意人。真正的艺术家是会把老母亲往济贫院里送的。我认识这儿的一个作家，他跟我说他老婆死于难产。他很爱她，他为此而悲痛欲绝，可是当他坐在床边眼看着他老婆咽气的时候，他发现自己竟然在心里暗暗记下她这时候的面部表情、她都说了些什么以及他自己的内心感受。这很绅士，是不是？"

"但你那位朋友是个好画家吗？"菲利普问道。

"不，还算不上，他画得就像是毕沙罗。他还没有真正发现他自己，不过他对于色彩和装饰颇有感觉。但这都不是问题之所在。重要的是那种感觉，而他就有这种感觉。他对待老婆孩子就像个十足的无赖；他对待那些帮助过他的人——有时候他是全仗着朋友们的好心周济才免于饿死的——简直就像个畜生。可他恰恰是个伟大的艺术家。"

菲利普陷入了沉思。这个人甘愿牺牲一切：舒适的生活、家庭、金钱、爱情、名誉和职责，就为了能用颜料将这个世界赋予他的情感在画布上呈现出来。这真是了不起，可他却没有这么大的勇气。

说起克朗肖，他不禁想起自己已经有一个礼拜的时间没有见过他了，所以在克拉顿走后，他就信步朝那家肯定能找到这位作家的咖啡馆走去。在刚到巴黎的那头几个月里，菲利普简直是把克朗肖说的每一句话都奉为金科玉律，不过时间一久，历来讲求实际的菲利普也就慢慢地对他那些只说不做的空头理论不怎么买账了。克朗肖那一束薄薄的诗稿，似乎也算不上他那悲惨一生的丰硕成果。菲利普出身于中产阶级，他没办法把自己天性中中产阶级的本能驱除干净；克朗肖的一贫如洗，他为了勉强糊口而从事的那种雇佣文人的勾当，他那么就蜷缩在腌臜邋遢的阁楼上，要么就醉倒在咖啡桌旁的单调的生活状态，在在都与正经体面的中产阶级标准扞格不入。克朗肖有足够的睿智，知道这个年轻人对他是颇不以为然的，他对菲利普那平庸市侩的中产阶级习气也经常加以抨击，有时候是半开玩笑的，更多的时候则是相当尖锐的。

"你是个生意人，"他跟菲利普这么说，"你想把你的人生投资在统一公债上，每年都能稳稳地到手三分利息。我却是个败家子，我把自己的老本儿都败光了。我要在心跳最后一下的时候把最后一个子儿花掉。"

这种比喻让菲利普非常恼火，因为这等于是为说这番话的人平添了一种浪漫主义的人生态度，而对菲利普所持的立场则是一种诋毁。菲利普对自己所持的立场原本是有更多可以说道说道的地方的，但一时间又想不出明确的辩解之词。

不过今天晚上菲利普由于举棋不定，很想跟克朗肖谈一谈自己。幸运的是天色已晚，克朗肖桌子上的茶托已经摞得老高了（每个茶托都代表他喝掉的一杯酒），这表明他已经准备好就人生世事发表自己独到的见解了。

"不知道你肯不肯给我一点忠告。"菲利普开门见山。

"就算是我肯，你也是不会接受的，不是吗？"

菲利普不耐烦地耸了耸肩。

"我越来越相信我在绘画上是不会有大出息了。当个二流画家，我又觉得没什么意思。我打算洗手不干了。"

"那干吗不这样做呢？"

菲利普犹豫了片刻。

"我想是因为我喜欢这样的生活。"

克朗肖那张原本温和平静的大圆脸神情突变。两个嘴角骤然耷拉了下来，眼睛深深地眍䁖了进去，变得黯然无光；说也奇怪，他像是一下子就变得腰弯背驼、老态龙钟了。

"这个吗？"他叫道，环顾了一下他们所在的这个咖啡馆。他的声音都确确实实有些发抖了。

"你要是还能够退步抽身的话，那就赶紧趁早吧。"

菲利普瞪大眼睛，吃惊地望着他，但这种真情的外露总是让他觉得有些不好意思，他又垂下了目光。他知道，他现在观看的就正是一出人生失败的悲剧。一阵沉默。菲利普觉得克朗肖应该正在回顾自己的一生；也许他想到了自己那充满了灿烂希望的青春，想到了各种失意是如何淹没了那希望的光芒；想到了如今只剩下的那点醺然一醉的可怜而又单调的乐趣，还有那漆黑、惨淡的未来。菲利普的目光停留在那一摞茶托上，而且他知道，克朗肖的目光看的也是它们。

五十一

两个月转眼就过去了。

菲利普在经过一番深思熟虑以后，认识到了这样一个道理：在那些真正的画家、作家和音乐家身上，似乎有那么一种力量驱使他们全身心地投入到他们的作品中，这样一来，他们的人生将完全从属于艺术也就在所难免了。由于屈从于一种他们从来都浑然不觉的影响之下，他们只不过沦为了完全掌控了他们的本能的傀儡，而生活就这样从他们的指缝间溜走，他们的一辈子都像是没有活过一样。但他觉得，人生就该踏踏实实地去过，而不是仅仅成为描绘的对象，他想要去觅取人生所能提供的各种不同的经验，他想要榨尽每一瞬间所能提供的所有激情。他终于打定主意要迈出决定性的一步，并坦然承受这样做的后果。决心已下，他决定立刻付诸实施。幸运的是次日上午就是富瓦内来校授课的日子，他决定就直截了当地问问他，这画自己还值不值得继续学下去。这位画师对范妮·普赖斯所提的那残酷的建议，他一直都未能忘怀。那的确是忠告。菲利普怎么也没办法把范妮完全从头脑中排除出去。没有了她，画室都显得有些异样了，时不时地，班上哪位女学员的一举手、一开口，都会把他吓一跳，让他想起她来：她死了反倒比她活着的时候更让人感觉到她的存在；他夜里做梦的时候也经常会梦到她，经常惊叫一声被吓醒过来。一想到她生前一定经受过的所有那些苦痛煎熬，他简直是不寒而栗。

菲利普知道，富瓦内每次来画室上课，总是在奥德萨路上的一家小餐馆吃午饭，他匆匆吃完自己的饭，就来到那家小餐馆门外等着这位画家出来。菲利普在这条拥挤的街道上来回踱着步，终于看到富瓦内先生出来了，他低着头朝他这个方向走来；菲利普非常紧张，但还是硬着头皮走上前去。

"Pardon, monsieur①，我想耽搁您几分钟时间，跟您说几句话。"

富瓦内飞快地瞥了他一眼，认出了他，但并没有微笑着跟他打招呼。

"讲吧。"他说。

"我来到这儿，在您的指导下学画已有将近两年的时间了。我很想请您坦率地告诉我，您觉得我是否还值得继续学下去？"

菲利普的声音有点哆嗦。富瓦内头也不抬地继续往前走。菲利普观察了一下他的脸色，他脸上看不出有任何表情。

"我不明白你的意思。"

"我很穷。如果我并没有这个天分的话，我还是及早改行

---

① 法语：对不起，先生。

的好。"

"你有没有这个天分，难道你自己不知道吗？"

"我所有的朋友都知道自己很有天分，但我意识到，有些人其实是缺少自知之明。"

富瓦内那尖刻的嘴角微微一撇，显出一丝笑容的影子，他接着问道：

"你住得离这儿近吗？"

菲利普把自己画室的地址告诉了他。富瓦内向他转过身来。

"那咱们就去吧。你得让我看看你的作品。"

"现在吗？"菲利普叫道。

"为什么不？"

菲利普反倒无言以对了。他默不作声地走在这位画师身旁，内心感觉非常紧张难受。他从没想到富瓦内此时此刻就要看他的作品；他本来是打算问问他愿不愿意在将来的某一天过来看看他的作品，或者让他把画拿到富瓦内的画室里给他看看，这样的话他就有时间做好心理准备了。他焦虑紧张得都哆嗦起来了。他心里面是巴不得富瓦内在看了他的画作以后，脸上会绽放出那极为罕见的笑容，而且握住他的手说："Pas mal①。继续下去吧，小伙子。你有天分，真正的天分。"一想到这里，菲利普的心都高兴得膨胀了起来。那将是多大的安慰！何等的欣喜！从此以后他就可以满怀信心地勇往直前了；只要他最终能抵达成功的彼岸，艰难

---

① 法语：不错，不坏。

苦痛、贫困和失意又都算得了什么？一直以来他都工作得十分努力，如果他所有的勤勉付出到头来都是一场徒劳，那真是太残酷了。接着他又猛然一惊，想起他听范妮·普赖斯就说过几乎一模一样的话。这时他们已经走到了他的住处，菲利普的心里真是万分恐惧。他要是有这个胆量的话，他就会请富瓦内走开了。他真不想知道真相。他们走进大门，往里走的时候，concierge递给菲利普一封信。他瞥了一眼信封，认出那是他伯父的笔迹。富瓦内跟着他上了楼。菲利普想不出任何该说的话，富瓦内也一言不发，这种沉默对他的神经真是种折磨。教授在他的画室坐下来，菲利普什么话也没说，只是把他那幅被美展拒绝的画摆在他面前；富瓦内点点头，仍旧没有作声；然后菲利普就向他展示了他画的两幅鲁思·查利斯的肖像，两三幅他在莫雷画的风景，另外还有几幅素描。

"就这些了。"过了一会儿他说，紧张不安地干笑了一声。

富瓦内先生为自己卷了一支烟，把烟点上。

"你私人收入很少吗？"他终于问道。

"很少，"菲利普回答道，心里突然凉了半截，"还不足以维持生计。"

"再也没有比要不断地为生计操心更有辱人格的了。对那些鄙视金钱的人，我是最看不起的。他们不是伪君子就是傻瓜蛋。金钱就好比是人的第六感，没有了它，你就休想完全发挥出其他那五感的作用。没有足够的收入，生活的可能性就有一半跟你无缘了。唯一需要小心的是，万不可为了挣得一个先令反而付出高于一个先令的代价。你会听到人们说，贫穷对艺术家而言是最好的鞭策。唱这种高调的人都是从来都没有亲身品尝过贫穷的滋味的。他们不知道那会让你变得何等卑贱。贫穷会使你蒙受无止境的羞辱，会生生折断你灵魂的羽翼，会像癌症一样啃噬你的灵魂。一个人冀求的并不是财富，而只是一种足够的保障，有了它你才能维持自己的尊严，才可以心无挂碍地工作，才可以做一个慷慨、率真而又独立自主的人。我打心底里可怜那些完全依靠自己的艺术糊口的艺术家，不管他是写作还是画画的。"

菲利普悄没声地把他拿出来展示的那些画都收了起来。

"听您的话，恐怕您觉得我是没多大机会的。"

富瓦内先生微微耸了耸肩。

"你手上的功夫还是不错的。只要不辞劳苦并且持之以恒，你没有道理成不了一个勤勤恳恳、还算称职的画家。你会发现有成百上千的人画得还没你好，还有成百上千的人跟你不相上下。我在你给我看的所有那些习作里没有看到任何天赋的闪光。我只看到了勤勉和头脑。你永远都仅能是个才只中人的画家。"

菲利普要强作镇定，方能回答得不至于失态。

"给您添了这么多麻烦，我真是感激不尽。再怎么感谢您都不为过。"

富瓦内先生站起身，作势要走了，但又改了主意，他站住，把一只手搭在菲利普的肩膀上。

"如果你真想听听我的建议的话，我得说：鼓足勇气，当断则断，去别的行当里碰碰运气吧。尽管话不中听，我还是要直言相告：假如当初我在你这个年纪的时候也有人给我这样的忠告，而且我还接受了的话，我是宁肯拿我在这世上所有的一切去交换的。"

菲利普抬起头，惊讶地看着他。这位画师勉强在唇边挤出一丝笑颜，但他的眼神却仍那么严峻和伤感。

"在为时已晚的时候才发现自己才只中人，这才真叫残酷呢。这又怎么能让人心平气和！"

他说出最后几个字的时候，不禁发出一声苦笑，然后快步走出了菲利普的画室。

菲利普机械地拿起大伯写来的信。大伯的笔迹让他颇觉忐忑不安，因为一直都是他伯母给他写信的。她已经病了有三个月的时间，他曾提出要回英国去看她，但她怕这会影响他的学业，一直不肯让他回去。她不愿意给他带来任何不便，她说还是等到八月份再说吧，到了那时她希望他能回去并在牧师公馆里住上两三个礼拜。万一她的病情加重了，她会让他知道的，因为她总希望在临终前还能跟他再见上一面。既然信是他大伯写来的，那说明她一定是病得都没法执笔了。菲利普拆开了那封信。信上这样写道：

我亲爱的菲利普：

非常遗憾地告知你这一噩耗，你亲爱的伯母已于今天一早溘然长逝。她走得很突然，但也很安详。由于病势急转直下，竟来不及唤你来见最后一面。她对自己的大去之日早有

440

充分之准备，安然步入最后之憩息，完全相信自己将在天堂中复活，绝对信从我主耶稣基督之神圣意志。你伯母是希望你能出席她的葬礼的，所以我相信你一定会尽快赶回来。不消说，有一大堆工作都压在了我的肩头，而我又中心悲戚，心乱如麻。我相信你一定能够尽一切努力来帮助我的。

爱你的大伯

威廉·凯里

五十二

第二天，菲利普就赶回了黑马厩镇。自从母亲去世，他就再没失去过任何至亲。伯母的去世不仅让他大为震惊，而且还使他心里充满了一种无名的恐惧：他有生以来第一次感到，他自己也是终有一死的。他无法想象，在失去那个爱他、照顾他四十年如一日的人生伴侣之后，他大伯将如何生活下去。他料想大伯肯定是悲痛欲绝，整个人都垮了。他很怕伯母去世后他跟大伯的这首次见面：他知道他是说不出一句真正顶用的话来的。他暗暗念叨着好几段得体的悼慰之词。

他从边门进入牧师公馆，来到了餐厅。威廉大伯正在看报。

"你的火车晚点了。"他说着，抬起头来。

菲利普已经准备好要宣泄一下自己的情感的，谁知他大伯接待他的方式竟是这么就事论事，他不由得大吃了一惊。他大伯神情抑郁但也非常平静，随手把报纸递给了他。

"《黑马厩时报》上有一小段写到了她，还是写得相当不错的。"

菲利普机械地看了看。

"你想上去看看她吗?"

菲利普点点头,他们一起来到楼上。路易莎伯母躺在那张大床的中央,周围鲜花环绕。

"你想做个简短的祈祷吗?"牧师问道。

他跪下来,因为期望他也照做,菲利普也便跟着跪下来。他看着那张干瘪的小脸。他心里就只有一种感触:真是白白浪掷的一生!过了一会儿,凯里先生咳嗽了一声,站了起来。他指了指床脚的一个花圈。

"这是乡绅①送的。"他说。他讲话声音低沉,就像在教堂讲道一样,不过你会觉得,身为一个牧师,他自我感觉是很安闲自在的。"我想茶点应该已经准备好了。"

他们下楼回到餐厅。百叶窗都拉了下来,气氛相当悲戚。牧师坐在桌头他妻子一直坐的那个位置,礼仪周全地负责倒茶。菲利普本能地觉得这种时候他们俩应该是什么食物都咽不下才对,可是当他看到他大伯的胃口丝毫不曾受到影响的时候,他也就像平常那样大吃了起来。一度他们谁都没有说话。菲利普专心致志地吃着一块美味的蛋糕,却一脸的悲戚,因为他觉得这才像话。

"自打我当上副牧师以后,世风已经发生了很大的变化。"过了一会儿,牧师道,"在我年轻那会儿,吊丧的都能获赠一副黑手套和蒙在帽子上的黑绸料。可怜的路易莎就常用这些绸料做成衣

---

① 乡绅(the Squire),特指一个乡村或者地区最大的地主。

服。她总说，十二回葬礼就够她做一件新衣服。"

然后他又告诉菲利普都有谁送了花圈，现在已经有二十四个了；罗林森太太——费尔尼的牧师太太——去世的时候，曾收到过三十二个，不过明天可能还会有更多花圈送了来；葬礼将于十一点钟从牧师公馆正式开始，他们轻易就能把罗林森太太比下去。路易莎从来就没喜欢过罗林森太太。

"我会亲自主持葬礼。我答应过路易莎，绝不让别的任何人来埋葬她。"

在牧师拿起第二块蛋糕的时候，菲利普不以为然地看了他一眼。在这种情况下，他忍不住觉得这未免也有点太贪馋了。

"玛丽·安做蛋糕可真叫一绝。这么好吃的蛋糕恐怕再没有人能做得出来了。"

"她不走吗？"菲利普叫道，有些吃惊。

玛丽·安自打他记事起就在牧师公馆帮佣了。她没忘过他一次生日，而且每一次生日都会送他一样微不足道甚至有点可笑的礼物，却又非常感人。他是打心底里深爱着她。

"她要走的，"凯里先生回答道，"我想，一个单身女人留在这儿总归是不大妥当的。"

"可是天哪，她肯定已经四十多了。"

"是啊，我想是的。但她最近已经让人相当讨厌了，她太自以为是，管得太宽了，我想这也正是个打发她走的好机会。"

"这机会倒的确是时不再来的。"菲利普道。

他取出一支香烟，但他大伯没让他点上。

"等举行过葬礼以后再抽吧，菲利普。"他柔声道。

"好吧。"菲利普道。

"只要你可怜的路易莎伯母还在楼上，在这幢房子里抽烟总显得不够尊重她。"

乔赛亚·格雷夫斯——堂区俗人委员兼银行经理——在葬礼结束后又回到牧师公馆来用餐。百叶窗已经拉起来了，而菲利普居然违心地体验到一种奇怪的如释重负的感觉。之前那停放在房子里的遗体使他感觉颇不自在：这可怜的女人生前是那么温柔又善良，然而当她冰凉而僵直地躺在楼上她卧室里的时候，她却似乎成了一种能对幸存者产生邪恶影响的存在。这想法真把菲利普吓得够呛。

有一两分钟的时间，餐厅里就只有他和堂区俗人委员两个人。

"希望你能再跟你大伯待上一段时间，"他说，"我觉得目前还不该撇下他孤身一个人。"

"我现在还没有任何计划，"菲利普回答道，"他要是需要的话，我非常愿意留下来陪陪他。"

为了让刚刚丧偶的丈夫高兴一下，堂区俗人委员在席间谈起了黑马厩镇最近发生的一场火灾，卫斯理宗的教堂被部分烧毁了。

"我听说他们并没有保过险。"他说，面露一丝微笑。

"那也不会有什么两样，"牧师道，"反正需要重建的时候，他们需要多少钱就能募集到多少。这些非国教的信徒总是时刻都准备慷慨解囊的。"

"我看到霍尔登也送了个花圈。"

霍尔登是非国教的牧师，尽管看在为了他们两造而牺牲的耶稣的分上，凯里先生在街上会对他颔首致意，但从没跟他说过一句话。

"我觉得这次的风头是够劲的啦，"他评论道，"一共收到四十一个花圈。你的那个非常漂亮。菲利普和我都赞赏不已。"

"不值一提。"银行家道。

他深为满意地注意到他送的花圈比别人送的都大，看上去也很有气派。他们开始讨论起参加葬礼的那些人来。商店都为此而暂时关门歇业了，堂区俗人委员从兜里掏出一张通告来，上面印着：**兹因为凯里太太举行葬礼，本店在下午一点前暂停营业。**

"这是我的主意。"他说。

"他们肯临时闭店，也真够难为他们了，"牧师道，"可怜的路易莎在天有灵，也会心怀感激的。"

菲利普顾自吃饭。玛丽·安把那天当成礼拜天对待，他们吃上了烤鸡和醋栗甜馅饼。

"我想你还没考虑过墓碑的事儿吧?"堂区俗人委员道。

"不，我考虑过了。我是想就立一个朴素的石头十字架。路易莎一直都反对炫耀卖弄。"

"我觉得再没有比一个十字架更好的了。你要是正在考虑碑文的话，你觉得这一句怎么样：**与基督同在，这是好得无比的**[1]?"

---

[1]　出自《圣经·新约·腓立比书》第一章第二十三节，完整的文句是"我情愿离世与基督同在，因为这是好得无比的"。(和合本修订版)

牧师撇了撇嘴。这种做派真像是俾斯麦，什么事他都想拿主意。他不喜欢那句经文，那简直像是往自己脸上抹黑。

"我不太想用这一句。我更喜欢：**赏赐的是耶和华，收取的也是耶和华**[①]。"

"哦，是吗？我总觉得这一句显得有那么点儿漠不关心。"

牧师颇有些尖刻地回敬了一句，而格雷夫斯先生答话时的口气，在这位鲽夫听来又未免过于独断专行，很不合乎分寸。要是他连自己妻子墓碑上的文字都不能做主的话，那可真是岂有此理了！经过一段冷场后，谈话才又转到了教区的日常事务上。菲利普来到花园里抽他的烟斗。他在一条长凳上坐下，突然间歇斯底里地大笑了起来。

几天以后，他大伯表示希望他能在黑马厩镇再住几个礼拜。

"好呀，我也正有此意。"菲利普道。

"我想，你到九月份再回巴黎应该是没什么问题的。"

菲利普没有搭腔。他一直都在思考富瓦内对他说的那番话，但因为仍旧没有拿定主意，所以他很不愿意多谈未来的打算。现在就知难而退，放弃从事艺术的打算，这固然不失为明智之举，因为他确信在这方面自己并无过人之才，是没办法出人头地的；但不幸的是，这似乎只是他单方面的想法：在别人眼里他这就等于是认输，而以他的个性，他又是个最不肯服输的。他

[①] 出自《圣经·旧约·约伯记》第一章第二十一节，和合本修订版译文。

是个犟头，如果怀疑自己在某个方面缺少才能的话，反倒会激发他逆势而为，非要在那个方面闯出点名头来不可。他最受不了的就是遭到朋友们的耻笑。这一点原本应该会阻止他采取断然的步骤，完全放弃学画的，但环境的变化却又使得他看待问题的方式也突然间发生了变化。他也跟别的很多人一样，发现一越过英吉利海峡，原本无比重要的事情骤然间变得微不足道了。那原本感觉如此迷人、须臾都离开不得的生活，如今却显得有点不合时宜了；对那些咖啡馆，对那些饭菜无比拙劣的餐馆，对他们大家伙儿无一例外的那种寒酸的生活方式，他突然生出了一种反感。他那帮朋友会怎么看他，他也根本就不再放在心上了：不管是虚辞华藻的克朗肖，还是体面可敬的奥特太太；也不管是装腔作势的鲁思·查利斯，还是争吵不休的劳森和克拉顿，这些人统统都让他无比厌恶。他给劳森写了封信，请他把自己留在巴黎的私人物品都帮他寄过来。一星期以后就都寄到了。他在把自己的画作一一取出的时候，发现自己居然能够完全不带情感色彩地去审视自己的作品了。这个事实不禁让他觉得饶有趣味。他大伯倒是急于想看看他都画了些什么。尽管他曾无比激烈地反对菲利普一心想前往巴黎去学画，事到如今，他倒是非常平静地接受了这一既成事实。他对巴黎的学画生涯竟然还颇感兴趣，一个劲儿地向他问这问那的。事实上他对自己的侄子成了个画家，还是颇有几分感到骄傲的；有客人在场的时候，他总想方设法引他开口说话。他兴致勃勃地看着菲利普拿给他看的那几幅模特儿的写生习作。菲利普特意向他展示了他画的那幅米格尔·阿胡里亚的肖像。

"你为什么要画他？"

"哦，我需要一个模特儿，而他的头型让我很感兴趣。"

"既然你在这儿也没什么事一定要做的，你干吗不给我画一幅肖像呢？"

"你做模特儿会觉得厌烦的。"

"我想我应该会喜欢的。"

"咱们从长计议吧。"

他大伯的虚荣让菲利普觉得有些好笑。很明显，他是巴不得菲利普能给他画幅肖像呢。这种不用花费一个子儿就能得到的好处，是绝不能放过的。接下来的两三天里，他时不时地抛出各种小小的暗示。他责备菲利普太懒散，问他打算什么时候开始工作，后来终于到了逢人就说菲利普打算给他画像的地步了。最后，碰到一个下雨天，吃过早饭以后，凯里先生就对菲利普说：

"我说，你今天上午就正式开始给我画像如何？"菲利普放下手里正在看的书，往椅背上一靠。

"我已经放弃画画了。"他说。

"为什么？"他大伯吃惊地问。

"我觉得做个二流画家实在没多大意思，而我又已经确定我绝不是个大画家的料。"

"你可真让我意外。你在去巴黎之前，可是认定了自己是个天才的。"

"我搞错了。"菲利普道。

"我原以为你既然已经选定了一个行业，你就会有坚持到底的这点骨气呢。在我看来，你所欠缺的就是坚持不懈。"

菲利普有点气恼的是，他大伯居然看不出他这种壮士断腕的决心具有何等英勇的气概。

"俗话说'滚石不生苔'。"牧师继续道。菲利普最讨厌这句谚语，在他看来，这话完全没有意义。早在他决意离开会计事务所前，他大伯在跟他争论的时候嘴上就经常挂着这句谚语。显然，他的监护人又想起了当时的情形。

"你已经不是个孩子了，你要知道；你必须开始专心一志把你的人生道路确定下来了。一开始你坚持要当个特许会计师，后来你又厌烦了那一行，又想当个画家。而现在，凭着一时的高兴，你又改了主意。这就说明你……"

他迟疑了一下，想了想这到底说明了一个人性格上的何种缺陷，而菲利普却接过了话头，一口气帮他完成了这篇控状。

"优柔寡断、碌碌无能，毫无远见、缺乏决心。"

牧师抬起头来，飞快地看了他侄子一眼，看看他是不是在嘲弄自己。菲利普的脸色是一本正经的，但他那双眼睛却在一闪一闪的，这让他大为恼火。菲利普真该更加正经一点才是。他觉得是该好好敲打敲打他了。

"现如今，你金钱方面的事务是跟我毫无关系了。你是你自己的主人啦；但我觉得你应该记住一点：你的钱并不是多得花不完，而且你不幸又身有残疾，要想挣钱养活自己可不是那么容易的事。"

菲利普如今已经知道，不管是什么人，只要是生了他的气，首先想到的就是要提一下他的畸形足。极少有人真能抵抗这样的诱惑，而他对于人类这个种族的估价就是由这样一个事实来决定的。但他已经把自己训练得老练多了：即使有人有意要伤害他，他也能做到丝毫不露声色。他甚至已经能够完全控制自己，不会动辄就脸红了，而在他小时候这真是一个令他无比痛苦的根源。

　　"您说得一点都没错，"他回答道，"我金钱方面的事务的确是跟您没有任何关系了，我确实是我自己的主人了。"

　　"不管怎么说，你现在总该承认，当初你执意要去学画，我的反对是对的了吧？"

　　"这也不尽然。我敢说，一个人凭自己的力量去闯荡，哪怕是犯了些错误，也比只知道对别人言听计从、规行矩步，得到的教益更大。我已经恣意放纵过了，而现在我不反对专心一意地选个职业安身立命了。"

　　"你打算干哪一行呢？"

　　菲利普对这个问题还没有做好准备，因为事实上他也并没有拿定主意。对于各种各样的职业，他认真盘算过的不下十几种。

　　"对你来说，最合适的还是莫过于干你父亲的老本行，当个医生。"

　　"说来也真够怪的，我也正是这么打算的。"

　　在其他的各个行业中，他之所以想到行医这一行，主要还是因为这个职业貌似可以给他大量的个人自由，而他过去在会计师事务所的那段经历已经使他痛下决心，绝不再跟任何事务所有任何瓜葛了。他回答牧师的那番话几乎是在无意中脱口而出的，从性质上讲不过是种巧言机变。但他很高兴，居然就以这种偶然的方式拿定了主意；他即刻决定，等到秋凉就进入他父亲当初行医的医院去读医科。

"如此说来，你在巴黎的这两年时间就算是白白浪费了？"

"我不知道该不该这么说。这两年我过得很开心，而且还学到了一两招。"

"怎么说？"

菲利普沉吟了片刻，他的回答却也不无几分故意要逗逗他大伯的意思。

"我学到了怎么观察人的两只手，这是我以前从来都没注意到的。还有，我不再只是孤立地去观察房屋和树木，我学会了以天空作为背景来观看它们。我还懂得了阴影并不是黑色的，而是彩色的。"

"我想你大概自以为很聪明吧。我反正觉得你这番大言欺世的轻狂之论愚蠢得很。"

五十三

　　凯里先生拿着报纸退回到他的书房里去了。菲利普换坐到他大伯刚才坐的那把椅子上（那是整个房间里唯一舒服的一把椅子），望着窗外瓢泼的大雨。就算在这样阴郁的天气里，那一直伸展到天际的绿色田野仍有一种宁静怡人的气息。在这片景色中，自有一种在此之前他像是从未注意到的亲切温馨的魅力。在法国的这两年学艺生涯擦亮了他的眼睛，让他认识到了他自己的家乡之美。

　　想起他大伯对他的评论，他不禁微微一笑。倒幸亏他的天性是倾向于轻狂一路的！他已经开始意识到父母双亡给他造成的损失到底有多大了。这就是他的人生中的一大不同之处，这使得他无法以跟其他人同样的方式来看待事物。唯有父母对子女的爱才真算得上是慷慨无私的。置身于一群陌生人中，他总算是尽其可能地长大成人了，但他还是很不惯于耐心或是宽忍。他颇为自己的自控力感到自豪，而这是在同伴们的嘲笑声中硬生生捶打出来的。到头来他们又反而说他愤世嫉俗和麻木不仁。他已经养成了举止镇定的习惯，在绝大多数情况下都能做到喜怒不形于色，习惯成自然以后，他几乎都难能表露自己的情感了。人家都说他这人铁石心肠、冷面冷心，其实他知道自己最容易受到情感的支配：别人不经意的一点善意的表露就会使他深受感动，有时候甚至都不敢贸然开口，以免暴露出自己连声音都已经颤抖的真情。他永远都不会忘记他求学生涯中那些无比痛苦的经历，他不得不忍受的那种种屈辱，不会忘记同学们对他的逗乐取笑，这养成了他生怕自己出乖露丑的病态的恐惧心理。他也永远不会忘记自打他面对这个世界以来就感觉到的那种孤独无依，那种由于他活跃的想象所许诺给他的美好愿景与现实生活的残酷无情之间的反差所造成的幻灭和失望之情。不过尽管如此，他仍旧能够从外部来客观地观照自己，并能愉悦地付之一笑。

"我的老天，我要不是生性轻狂，我早就上了吊啦。"他有点苦中作乐地暗自想道。

他的思绪又回到了刚才他大伯问他在巴黎都学到些什么的时候他所给出的答案。他学到的当然远不止他说的这些。跟克朗肖之间的那次谈话一直都卡在他的记忆里，他说过的一个警句，尽管也很稀松平常，却引起了他的深思。

"我亲爱的伙计，"克朗肖当时这么说，"世上根本就没有诸如抽象道德这样的东西。"

当初，菲利普在放弃了自己对基督教的信仰的时候，他感觉就像是从肩头卸下了一大重负；因为在此之前，正是这种宗教信仰为他的一举一动都附加了一份责任，使之对于他不朽灵魂的能否最终得救全都具有了至关重要的意义，在卸下了这份沉重的责任后，他体会到了一种无比美妙的自由感觉。但他现在知道了，这不过是种幻觉而已。当他将他从小就浸淫于其间的宗教信仰抛弃在一边的时候，他却把宗教那重要组成部分的道德完好无损地保留了下来。由此，他下定决心，一切都要依靠自己来思考清楚。他决定不再受到偏见的摆布。他把有关德行与罪恶的陈腐观念，把善与恶的既定律法都从自己的头脑中清除出去，同时一心想为自己找到生活的准则。他并不知道人生在世是否一定要有准则不可。这也是他想弄明白的一个问题。显然，有那么多貌似合理的准则之所以有此貌似，只是因为他从小人家就是这样灌输给他的。他已经读过不少书，但这些书对他也并没有多大帮助，因为它们也全都是建基于基督教的道德观之上的；即便是那些口口声声并不信仰基督教义的作者，也一定要构想出一套与登山宝训①相一致的道德体系来方肯罢休。一部皇皇巨著，如果你读下来的结果无非是教导你要跟每个人一样谨言慎行，那也确乎不值得去阅读了。菲利普想要弄明白的是自己究竟该如何为人处世，而且他自以为能够把握住自己，不受周围所谓公论的影响。但与此同时，他又必须得继续生活下去，于是在他形成一套确定的行为理论之前，他先为自己制定了一条临时性的规则。

---

① 登山宝训（Sermon on the Mount），指的是《圣经·新约·马太福音》第五章到第七章中耶稣基督在山上所讲的那番话，最著名的是八种"有福了"，这一段话被认为是基督徒言行的准则。耶稣基督把天国里的法则说给他的门徒听，是为要叫每一个基督徒都作天国之子。

"尽可随心所欲，同时留心街角的警察即可。"

　　他认为他在巴黎赢得的最宝贵的东西就是精神上完全的自由，他感觉自己终于是绝对自由了。他已经散漫地披阅过大量的哲学著作，眼下他欣悦地展望着未来那几个月的闲暇。他开始兴之所至地随意披阅浏览。他怀着些许的兴奋和激动探究每一种理论体系，期望从中找到能够指引自己的行为准则；他觉得自己就像个在未知国度里探险的游客，在披荆斩棘、奋勇向前的同时，也深为自己的进取心和意志力而心醉神迷；他读得激情澎湃，就像人家阅读纯文学作品一样，而他一旦在那些正言谠论中发现了某种他曾模糊地感觉到的东西，他的心就会激动得怦怦直跳。他的思维习惯于具体有形的事物，一到了抽象观念的领域就难免举步维艰；不过，即使他没法完全跟得上那推理的过程，然而在跟随着作者那迂回曲折的思路，机敏巧妙地穿行于不可知的边缘的过程中，他也颇能领会到某种奇妙的乐趣。有时候，就连伟大的哲学家们对他也像是无话可说，而有时候他又在他们身上认出了一种让他备感亲切的灵魂面容。他就是个深入中非腹地的探险家，骤然登上了一片开阔的高地，面前铺展开一块块如茵的草地和一株株参天巨树，简直可以就当自己是来到了一个英国的公园里。他深喜托马斯·霍布斯①那强健的常识，而对斯宾诺

---

① 托马斯·霍布斯（Thomas Hobbes，1588—1679），英国政治哲学家、机械唯物主义者，认为哲学对象是物体，排除神学，拥护君主专制，提出社会契约说，主要著作有《利维坦》《论物体》等。

莎①他则满怀敬畏，此前他还从未接触过如此高贵、严厉和难以接近的心灵，这不仅让他想起他无比敬仰的罗丹②的那尊《青铜时代》的雕塑。还有休谟③：这位迷人的哲学家所秉持的怀疑主义也拨动了菲利普的心弦，使他引为同调；而且他沉迷于休谟那清澈明晰的风格，像是无论多么复杂的思想都能用简洁的话语表达出来，而且音调悦耳、节奏铿锵，让他读起来就像是在阅读一本小说一样，唇角总挂着一抹愉悦的微笑。但在所有这些著作中，他都没有找到他真正需要的东西。他在某一本书里曾看到过这样的说法：你到底是个柏拉图主义者还是个亚里士多德主义者，是个禁欲主义者还是个享乐主义者，都是生来就注定了的；而乔治·亨利·刘易斯④的人生经历（除了告诉你哲学不过是一堆骗人的空话大话以外）也证明了这样一个事实：每一位哲学家的思想都是跟他这个人密不可分的。只要你知道了他是个什么样的人，就能在很大程度上猜到他会秉持什么样的哲学。这样看起来的话，那就好像你并不是因为以某种方式进行思考，所以才以某种方式

① 斯宾诺莎（Baruch Spinoza，1632—1677），荷兰哲学家，唯物论的代表之一，从"实体"即自然界出发，提出"自因说"，认为只有凭借理性认识才能得到可靠的知识，著有《神学政治论》《伦理学》等。
② 罗丹（François Auguste Rodin，1840—1917），法国雕塑家，善用多种绘画性手法塑造生动的艺术形象，主要作品有《青铜时代》《加莱义民》《思想者》《雨果》等。
③ 休谟（David Hume，1711—1776），英国哲学家、经济学家、历史学家，不可知论的代表人物，主要著作有《人性论》《人类理智研究》等。
④ 乔治·亨利·刘易斯（George Henry Lewes，1817—1878），英国哲学家、文学评论家和科学家，以其实证主义的形而上学发展理论闻名，著有《歌德的生平与著作》《海滨研究》《生活与思想问题》等。

来行动的，反倒更像是你之所以以某种方式来思考，恰恰是因为你是以某种方式造就的。真理与此毫不相干，根本就没有真理这种东西。每个人都是他自己的哲学家，那些昔日的伟人殚精竭虑炮制出来的各种体系，也唯有对作者本人才有效罢了。

现在的问题便成了先要弄清楚你是个什么样的人，这之后，属于你的哲学体系也就水到渠成了。在菲利普看来，有三桩事情需要搞清楚：人与其生活于其中的这个世界的关系，人与其生活于其间的其他人的关系，以及最后，人与自身的关系。他精心制订了一个研究计划。

生活在国外的好处就在于：你能接触到你生活于其间的那些人的风俗习惯，而你又是作为局外人来观察的，你会看得出来，这些风俗习惯并没有那些实际践行的人所坚信不疑的那种必要性。你也绝不会注意不到这样一个事实，即那些在你看来是不证自明的观念和信仰，在外国人看来却是荒诞不经的。在德国的一年居留，在巴黎更长时间的学画，已经为菲利普接受怀疑主义学说做好了准备，现在一经实际接触，他不觉顿感如鱼得水般的快慰。他看到，世间万物无所谓善也无所谓恶，无非是为了适应某一种目的而存在的。他读了《物种起源》，这似乎为很多让他备感困扰的问题提供了解释。他现在像是这样的一个探险家：他推论出后面必定会呈现出某种特定的自然地貌，乘船溯大河而上，不出所料，果然发现了一条支流，发现了土地肥沃、有人居住的平原，平原尽头则是环抱的群山。每当有了某种重大的发现，世人事后总会感到奇怪：为何这一发现当初没有被立刻接受呢？又为何即使对那些承认其真实性的人，也并没有产生重大的影响？《物种起源》的第一批读者，尽管在理性上接受了该书的观点，但他们的情感却并未受到触动，而情感才是个人行为的基础。菲利普出生的时候，距这部巨著的出版已经隔了整整一代人的时间，很多曾使上一代人不胜骇然的内容已渐为他们这代人所习以为常，所以他也就能够心情愉悦地接受这部大著了。他被蔚为壮观的生存竞争深深打动了，而且这其中所暗含的道德准则似乎也颇为符合他原有的思想倾向。他心下暗道：真是强权即公理啊！一方是社会，它也是个有其生长和自我保存法则的有机体，而个人则居于另一方。举凡有利于社会的行为都会被赞为善举，而所有不利于社会的行为则统统被斥为恶行。所谓善与恶，无非就是这个意思。而所谓的罪恶感，实在是一个自由人应该摆脱的一种偏见。社会在与个人的角力中有三个武器可资使用，那就是法律、民意和良心。前两者可以用诡诈来对付：诡诈是弱者对付强者的唯一武器。当民意和公论宣称存在于某一行为中的罪恶已经被发现以后，它的任务也就仅此而已了，但良心却是家门之内的叛徒：它在每个人的心中为了社会而战，最终导致个人为了他的敌人——社会的繁荣昌盛而献身，这是多么荒唐的牺牲！因为很明显，这两者是势不两立的，国家和个人各自对此都心知肚明。**前者**为了自己的目的而利用个人，如果他反对，就把他踩在脚下，如果他忠实地为它服务，它就用奖章、津贴和荣誉来奖赏他；而**后者**则唯有在独立的时候才真有力量，为了图自己的方便在国家的统治下闯出一条生路，用金钱或服务换取某些福利，但没有丝毫的责任感，而且对奖赏也漠不关心，但求不要受到打扰。他是个旅游散客，为了省事才用了库克旅行社①的车票，对那些自愿组团的团客只会投以好性儿的鄙薄眼神。自由人永远都不会错。他做的都是自己喜欢的——只要做得到。他的能力是他道德的唯一尺度。他承认国家的律法，同时又能做到违反它们而毫无负罪感，不过如果他受到了律法的惩罚，他也毫无怨愤地坦然接受。社会是有它的权力的。

但如果对个人而言并不存在是非对错的话，那么在菲利普看来，良心也就失去了它的力量。他发出一声胜利的欢呼，一把揪住这个吃里扒外的无赖，把它从自己的胸膛里狠狠地扔了出去。但他也并没有比在此之前更加接近人生的真意。这个世界是因何而存在的，人之为人又所为何来？仍旧像之前一样令人费解。肯定而且一定是有原因的。他想起了克朗肖那个波斯地毯的比喻。他将其当作这个谜题的解答而且还神乎其神地说明：除非是你自己找出答案，否则也就等于根本没有答案了。

"鬼知道他葫芦里到底卖的什么药。"菲利普微微一笑。

于是乎，在九月份的最后一天，急于将他所有这些人生哲学的新理论付诸实施的菲利普，带着他的一千六百镑遗产和一只畸形足，第二次出发前往伦敦，这是他人生旅途上的第三个开端。

---

① 库克旅行社（Thomas Cook and Son）是创立于十九世纪的英国著名旅行社。

五十四

当初菲利普在申请成为特许会计师的见习生的时候就曾考过一次试，这个资格也便足够他进入一所医科学校就读了。他选择了圣路加医院，因为他父亲当初就是在那儿学的医。在夏季学期结束前，他曾抽出一天的时间专程去了趟伦敦，见了一下学校的秘书。他从秘书那儿拿到一份宿舍一览表，在一幢阴暗邋遢的房子里找定了一个住处，住在那儿有个好处，两分钟之内就能走到医院。

"你还得准备好供解剖用的部分人体，"秘书告诉他，"最好先从大腿开始，大家通常都是这么做的，他们似乎觉得人腿比较容易上手。"

菲利普发现自己要上的第一堂课就是解剖学，十一点开始。大约十点半的时候，他一瘸一拐地穿过马路，朝医学院走去，心里面还是有点小小的忐忑的。一进大门，就看见布告栏里挂着几份告示，都是课程表、足球赛之类的，他漫不经心地浏览了一遍，尽力做出一副安闲自在的样子。年轻人和半大小子三三两两地走进来，在架子上翻找信件，有一搭没一搭地闲聊上几句，然后下楼往地下室走去，学生的阅览室就设在那里。菲利普看到也有好几个学生在四下里闲逛，一副茫无头绪的羞怯神情，想来他们也跟自己一样，是头一遭来到这里。把那些告示都浏览了一遍以后，他看到有扇玻璃门，里面明显是个陈列室，既然还有二十分钟的时间要消磨，他也就信步走了进去。里面陈列着各种人体的病理标本。不一会儿，一个十八岁左右的小伙子走了上来。

"我说，你是一年级的吧？"他搭讪道。

"是的。"菲利普回答道。

"你知道教室在哪儿吗？就快十一点了。"

"咱们这就去找找看吧。"

他们从陈列室出来，走进一条又暗又长的走廊，两边的墙壁漆成了深浅不同的两种红色。其他的年轻人也正朝前走，说明他们的方向没有错。他们来到一扇写有"解剖学讲堂"的门前，菲利普发现里面已经有不少人了。座位是一排排阶梯式的，菲利普刚进去，就有个校役走了进来，把一杯水放在最前面的讲台上，然后又拿进来一个骨盆和一左一右两块股骨。又有更多的人走进来，在座位上坐好，到十一点的时候，整个教室已经是满登登的了。大约共有六十名学生，多半都比菲利普年轻好几岁，是些嘴上无毛的十八岁半大小子，不过也有几个比他大的：他注意到一个大高个儿，蓄着浓密的红色八字胡，看样子已经有三十了；另有个黑头发的小个子，也只比前者小个一两岁；还有一个戴眼镜的，胡子都已经花白了。

讲师卡梅伦先生走了进来，他眉清目秀、仪表堂堂，一头白发。他先点了一遍名，然后做了个简短的开场白。他讲起话来嗓音悦耳，用词字斟句酌，似乎颇为自己的这番谨严的措辞而隐隐得意。他推荐了一两种专业书，建议大家买来参考，还建议大家要去购置一具人体骨架。他讲起解剖学来满腔热情：这对于研习外科至关重要，具备了解剖学的常识以后还有助于提高你的艺术鉴赏力。菲利普不禁竖起了耳朵。他后来还听说，卡梅伦先生也同样给皇家艺术学院的学生上课。他还曾在日本侨居多年，在东京大学担任过教职，他颇为自许对优美事物的欣赏能力。

"你们将不得不学习很多沉闷乏味的东西，"他在结束自己的开场白时这么说道，挂着一丝宽容的微笑，"那些东西你在通过结业考试的那一刻就会忘得一干二净，但是解剖学不同，你即便是学过了又丢掉了，也总比从来没有学过要好。"

他拿起桌子上的那个骨盆，开始讲解起来。他讲得条理清楚、头头是道。

那个在病理陈列室里跟菲利普搭讪过的小伙子，上课时就坐在他身边，下课后，他建议他们应该先去解剖室打探一下。菲利普跟他又沿着那条走廊往下走，一位校役跟他们说了解剖室该怎么走。一走进去，菲利普就明白之前在过道里闻到的那股子刺鼻的气味是打哪儿来的了。他把烟斗点了起来。校役咯咯一笑。

"这个气味您很快就会习惯的。我已经根本就注意不到了。"

他问了菲利普的姓名，看了看布告板上的名单。

"您是分到了一条腿——四号。"

菲利普看到还有另外一个名字跟他的名字打在一个括号里。

"这是什么意思？"他问道。

"眼下我们的尸体严重短缺。每一部分人体只能安排两个人共同解剖。"

解剖室是个很大的房间，墙壁漆成和走廊一样的颜色，上半部分是鲜艳的橙红色，护墙板是深暗的赤褐色。房间纵向的两头垂直于墙壁，每隔一段距离就平放着一块铁板，铁板像是盛肉的盘子一样做成了凹槽形，上面各放着一具尸体。大部分是男尸。由于长期浸泡在防腐剂里，颜色都发黑了，皮肤看上去几乎就像皮革一样。尸体都瘦骨嶙峋，形销骨立。校役把菲利普领到一块铁板跟前。有个年轻人正站在那儿。

"你是凯里吗？"他问道。

"是的。"

"哦，那这条大腿就归咱们共有了。还好是个男的，你说是吧？"

"为什么这么说？"菲利普问道。

"他们一般都比较喜欢解剖男尸，"那校役道，"女的往往都会有不少脂肪。"

菲利普看着那具尸体。胳膊和腿瘦得都脱了形，肋骨鼓突出来，上面的皮肤绷得紧紧的。那是个四十五岁左右的男人，留着稀疏的灰色胡须，脑袋上稀稀拉拉地长了几根颜色暗淡的头发，双目紧闭，下颌凹陷。菲利普简直无法想象这曾经也是个大活人，这么一排死尸横陈在这里，真有一种阴森恐怖的气氛。

"我想两点钟开始动手。"那个分配来跟菲利普一起解剖的年轻人说。

"好的，我会在那个时候到的。"

前一天，他已经买好了那套需用的解剖器械，现在分配到了一个储物柜。他看了一眼那个跟他一起来到解剖室里的小伙子，但见他脸色煞白。

"觉得很难受吧?"菲利普问他。

"我这是头一次见到死人。"

他们沿着走廊一直来到学校的入口。菲利普想起了范妮·普赖斯。她是他见到的第一个死人，他还记得当时那给了他何其诡异的感受。在活人和死人之间横亘着无法计量的距离，他们似乎都不属于同一个物种，想想也真是奇怪，就在一小会儿以前，他们还都在说话、走动，吃饭、嬉笑呢。死人身上有着某种可怖的东西，也难怪你会觉得他们可能真会对活人施加某种邪恶的影响呢。

"咱们去吃点东西，你觉得怎么样?"菲利普的这位新朋友对他说。

他们来到了地下室，那里有个昏暗的房间布置成了一个餐厅，外面一般的面包店里供应的食品，这儿也都能吃到。吃东西的时候（菲利普要了个奶油司康饼和一杯热可可），他知道了他这位伙伴叫邓斯福特。他是个面色鲜亮的小伙子，一双愉快的蓝眼睛、一头黑色的鬈发，手长脚大，说话和举止都慢条斯理的。他刚从克利夫顿①来到伦敦。

"你读的是联合课程②吧?"他问菲利普。

"是的,我想尽快取得医师资格。"

"我读的也是,不过这之后我想加入皇家外科医师学会。我打算当个外科医生。"

大部分学生读的都是外科和内科医师学会的联合委员会规定的课程,更有雄心或更为勤奋的学生除此以外还会攻读更多的课程,这样就能拿到伦敦大学的学位。菲利普进入圣路加的时候,他们刚刚修改了章程,由一八九二年秋季学期前实行的四年制改成了五年制。邓斯福特对他的学习计划已经烂熟于心,于是就把通常的课程安排讲给菲利普听。第一轮联合课程考试包括生物学、解剖学和化学三门学科,不过可以拆分开来参加考试,大部分学生都是在入学三个月后就考生物学的。这门学科是新近加进必修课程的,不过只要略知道点皮毛也就够了。

菲利普回到解剖室的时候迟到了几分钟,因为他忘了买解剖时防护衬衣的袖套,他发现有几个人已经开始干起来了。他的搭档准时开工,正忙于把表皮神经解剖出来。另外两个人在解剖另一条腿,还有些人在解剖胳膊。

"我已经动手了,你不会介意吧?"

"没有关系,继续干吧。"菲利普道。

---

① 克利夫顿(Clifton),英格兰西南部港市布里斯托尔的一个郊区城镇。
② 指英国内科和外科医师学会的联合委员会所规定的医学课程,内外科兼修。

他拿起课本，已经翻到了绘有腿部解剖图的那一页，看了看他们在解剖中应该都找到哪些东西。

"这方面你还真是个高手。"菲利普道。

"哦，我已经做过很多解剖实验了，动物解剖，你知道，我在读预科的时候。"

解剖台上有不少的闲谈，有谈工作的，有预测这个足球赛季前景的，也有谈论解剖示范老师和各种讲座的。菲利普感觉自己比他们大了好多岁，他们都还是些毛孩子。但年龄大小并不说明什么问题，更重要的还是你肚子里学问的大小；纽森，跟他搭档解剖的这个活跃的年轻人，上起这门课来真像是如鱼得水。他也许并不觉得显摆一下有什么难为情的，不厌其烦地向菲利普讲解他一步步是怎么干的。菲利普尽管是博古通今，也只能是洗耳恭听。随后，菲利普便拿起手术刀和镊子，实际动起手来，纽森则在一旁观瞧。

"碰上这么个瘦皮猴可真是运气，"纽森一边擦手一边道，"这家伙一定是足足有一个月都捞不着一点东西吃了。"

"真不知道他是怎么死的。"菲利普喃喃道。

"哦，这我可不知道，老家伙嘛，十有八九都是饿死的，我琢磨着……哎，我说，仔细着点儿，别把那根动脉切断了。"

"说起来倒是轻巧，'别把那根动脉切断了'，"正在解剖另一条腿的一个人忍不住议论道，"可是这个老傻瓜有一根动脉长错地方了。"

"动脉是总长错地方的，"纽森道，"所谓'标准'，就是你实际上永远都找不到的东西。否则也就不叫'标准'了。"

"别再说这种俏皮话了，"菲利普道，"要不然我都要割破手了。"

"你要是割破了哪儿，"见多识广的纽森回答道，"得赶紧用消毒剂来清洗。这一点万万不可大意。去年咱们这儿有个伙计只是不小心把自己给扎破了，他也没往心里去，结果就得了败血症。"

"他后来好了吗?"

"哦，没有，不到一个礼拜就死了。我还特意去验尸房里看了看他。"

到了下午茶的钟点，菲利普已经累得腰酸背痛，他中饭又只吃了那么一点儿，他是很想吃点东西了。他手上一股子当天上午在走廊里第一次注意到的那种怪味儿，他想他的松饼吃起来恐怕也有这个味儿了。

"哦，你会习惯的，"纽森道，"到了你闻不到解剖室里那可爱的熟悉臭味的时候，你还会觉得很寂寞呢。"

"我可不想让它坏了我的胃口。"菲利普道，他刚把松饼吃完，又拿起了一块蛋糕。

五十五

菲利普对于医科学生所形成的概念，就像他对一般公众的概念一样，原本都是建立在查尔斯·狄更斯于十九世纪中期所描绘的社会画面之上的。不过他很快也就发现，鲍勃·索耶[①]如果确曾存在过的话，那也已经跟当下的医科学生没有半点相似之处了。

投身于医学这一行的人员也是鱼龙混杂，什么人都有，自然有一部分是懒骨头和冒失鬼。他们觉得这是份轻省活儿，可以吊儿郎当地混上个几年；到头来，或是因为教育经费已经耗尽，或者因为怒火中烧的父母亲大人拒绝继续供养他们，也就只得一个个离开了医学院。另有一些发现考试实在太难：一次又一次的考场失利把他们吓破了胆；万分恐慌之下，只要一踏进那幢令人生畏的联合委员会的大楼，本来已经记得滚瓜烂熟的内容顷刻间就会忘个一干二净。年复一年，他们都是年轻学生们嘲弄打趣的对

---

① 鲍勃·索耶（Bob Sawyer），狄更斯在《匹克威克外传》中塑造的一个医科学生的典型形象。

象：有一些跌跌撞撞总算是通过了药剂师会堂①的考试；另外的则什么正式资格都拿不到，只能给其他的医生充当助手，朝不保夕，完全要看雇主的眼色，他们的命运就只有贫穷加酗酒，还有天知道的什么结局了。不过就大部分而言，医科学生都是些勤奋刻苦的年轻人，出身于中产阶级，有足够的零用钱可以让他们维持早已习惯成自然的体面的生活方式。有很多父辈就是医生，已经颇有些专业人士的派头；他们的职业蓝图也早就规划好了：一旦取得医师资格，便在某个医院里申请个职位，效力一段时间以后（也可能是申请个随船医生的职位，先到远东去跑一趟），就回到家乡，加入父亲的诊所挂牌行医，安度余生。至于那一两位公认为出乎其类拔乎其萃的，每年所开放的各式奖励和奖学金自然都非他们莫属，毕业后受聘于医院，步步高升，成为业务骨干，最后在哈利街②开设一家私人诊所，成为某一领域的专家，飞黄腾达，出人头地，最后还会获封爵士荣衔。

医疗行业是唯一一个你在任何年龄段都有机会进入并赖以谋生的行当。在菲利普那个年级里，就有三四个学生已经过了青春年少的时期了：有一个当过海军，据说是因为醉酒而被解除了军职；他已经年过三十，一张大红脸，一个大嗓门，举止粗鲁。另有一位已经成了家，有两个孩子，因为打官司摊上一个玩忽职守的律师把钱都赔光了；他整个人弯腰驼背的，好像已经不堪生

———————————
① 药剂师会堂（Apothecaries Hall），伦敦金融城内最古老的同业公会会堂之一。
② 哈利街（Harley Street），位于伦敦市中心的哈利街及其周边至今仍是最好的内外科诊所和医疗保健机构的集中地。

活的重负；他一声不响地埋头于他的学业，显然也知道到了他这把年纪再想把功课都牢记在心已经是大为不易了。他脑筋转得很慢，看到他这么一门心思地死用功，真让人觉得难受。

菲利普在他那套小小的房间里感觉挺自在的。他把自己的书摆摆好，把自己手头的一些画作和素描在墙上挂好。他楼顶上是拥有客厅的那一层，住了个五年级的学生，叫格里菲思，但菲利普很少能见到他，部分原因是他大部分时间都待在医院的病房里，部分原因则是由于他上过牛津大学。那些曾经上过大学的学生经常都混在一起：他们采用对年轻人来说是自然而然的各种手段故意给那些没那么走运的同学们脸色看，让他们有这个自知之明，认识到自己低他们一等；其他的学生对他们那副高高在上、目空一切的派头也实在是觉得消受不起。格里菲思是个大高个儿，一头浓密的红色鬈发，一双碧蓝的眼睛，皮肤白皙，嘴唇鲜红；他是那种人见人爱的幸运儿，因为他整天都兴致高昂、喜笑颜开。他能随手在钢琴上弹几首曲子，兴致勃勃地唱几首滑稽小调；几乎每个晚上，当菲利普单影只地在屋里看书的时候，都能听到楼上传来格里菲思的那帮朋友们欢笑喧闹。他不禁想起在巴黎度过的那些愉快的夜晚：他跟劳森、弗拉纳根和克拉顿在画室里高谈阔论、挥斥方遒，一起讨论艺术与道德、品鉴眼前的风流韵事、展望将来的立万扬名。他的内心好不难受。他发现，做出某种英勇的姿态并不难，难的是承担由此而导致的后果。最糟的是，目前所学的东西让他觉得无比腻烦。他已经不习惯被做解剖示范的老师揪出来提问了，听课的时候他的注意力老是在开小差。解剖学是门枯燥沉闷的学科，无非是要你牢记大量的事实，解剖实验也让他感到厌烦；他实在搞不懂辛辛苦苦地一一把那些神经和动脉解剖出来到底有什么用，你明明可以从书上的图解和病理陈列室的标本上了解得清清楚楚，这岂不省事多了！

他交朋友纯靠碰巧，也都是泛泛之交，因为在同伴面前他像是并没有任何特别想说的话。当他对他们关心的东西也尽量表示出兴趣的时候，他也感觉到人家会发现他不过是在屈尊俯就。他又不是那种只管一个劲儿地讲自己感兴趣的话题，不管听的人会不会厌烦的人。有个人听说他在巴黎学过画，就自以为跟他情趣相投，于是拉着他想跟他讨论艺术；但菲利普对自己不认同的观点历来就缺乏耐心，而且他很快就发现此人的观点无非是老生常谈，便只是嗯嗯啊啊地懒得多开口了。菲利普很想能讨大家喜欢，但又不愿意主动去接近人家。因为害怕遭到拒绝而不敢主动示好，他的羞怯仍旧根深蒂固，他只是将其隐藏在了冷若冰雪的沉默寡言之下。当初在国王公学里的经验他像是重又经历了一遍，不过，幸好这儿医科学生的生活还是很自由的，他尽可以独来独往，独善其身。

他跟邓斯福特成为朋友，并没有经过他这方面的任何努力，也就是他在开学那天认识的那个面色鲜亮、身板壮实的小伙子。而邓斯福特之所以老喜欢跟菲利普混在一起，也无非是因为他是自己在圣路加医院认识的第一个人。他在伦敦没有一个朋友，他跟菲利普也形成了习惯，每逢礼拜六晚上就一起前往歌舞杂耍剧场的正厅后排看表演，或是去戏院的顶层楼座上看戏。他人很蠢，但他性子好，从不着急上火；他总说些显而易见的事，但菲利普笑话他的时候他只是微微一笑，他的笑容非常甜美。尽管菲利普总拿他当作取笑的靶子，心里还是挺喜欢他的；他那直率的性格让他觉得饶有趣味，他随和的天性让他很是高兴：邓斯福特所具有的魅力，正是他深感自己付之阙如的。

他们经常去国会街上的一家店里吃茶点，因为邓斯福特喜欢上了店里的一个年轻的女招待。菲利普没看出她身上有任何吸引人的地方：她人长得又高又瘦，窄窄的屁股，胸部平坦得像个男孩儿。

"要是在巴黎的话，没有一个人会看她一眼的。"菲利普鄙夷地道。

"她那张脸长得多好。"邓斯福特道。

"脸有什么要紧的?"

她五官生得小巧端正，蓝色的眼睛，宽而又低的眉骨——莱顿勋爵[①]、阿尔玛–塔德玛[②]以及上百位维多利亚时代的画家都硬要世人相信，这样的前额乃是一种典型的希腊美。她头发像是非常浓密：经过精心梳理，特意在前额垂下几缕她称之为"亚历山德拉刘海"的发丝。她贫血得很厉害，她削薄的嘴唇非常苍白，皮肤非常细嫩，微微发青，就连脸颊上也没有一点血色。她有一口

---

① 莱顿勋爵（Frederick Leighton，1830—1896），英国学院派画家、皇家美术学院院长，其作品《契马布埃的圣母》被维多利亚女王购藏，被封为男爵。

② 阿尔玛–塔德玛（Sir Lawrence Alma-Tadema，1836—1912），英籍荷兰画家，作品描绘田园史诗，后多取材于希腊和罗马古迹，英国皇家艺术学院会员，被封为爵士。

很好的牙齿，她煞费苦心，唯恐自己的工作损害了自己的那双手，她的手很小、很瘦、很白。她履行自己的职责时，总是一副厌烦的神情。

邓斯福特在女性面前异常腼腆，一直都不曾跟她搭上话，他央求菲利普帮他一把。

"我只需要个引子，"他说，"然后我自己就能对付了。"

为了让他高兴，菲利普故意跟她搭讪个一两句，可她只是嗯嗯啊啊地根本不想接他这个茬儿。她已经掂量过他们的分量了，他们不过是些毛孩子，她估摸着他们还都在念书。他们对她没什么用。邓斯福特注意到有个浅棕色头发、蓄着一撮浓密的小胡子的男人，看着像个德国人，深得她的青睐，每次到店里来，她都殷勤招待；而他们却非得招呼她两三趟，她才会不情不愿地过来帮他们点单。对那些素不相识的顾客，她冷若冰雪、傲慢无礼，要是碰上她正跟某个朋友说话的当儿，那些有急事的顾客不管叫她多少遍她都完全置之不理。对于那些急于前来用茶点的女客她也自有一套应付的艺术：既放肆无礼地故意激怒她们，又拿捏好分寸，不给她们抓到可用以向店方投诉她的口实。有一天，邓斯福特告诉他，她名叫米尔德丽德，他是听店里另一个女招待这么叫过她。

"多让人讨厌的名字。"菲利普道。

"为什么？"邓斯福特问道，"我就很喜欢。"

"这名字也太做作了。"

碰巧那天那个德国人没有来，她把茶点端上来的时候，菲利普面带微笑跟她搭讪道：

"你的朋友今天没有来哦。"

"我不明白你这话什么意思。"她冷冷地道。

"我说的是那位留浅褐色小胡子的贵人。他丢下你找别人去啦？"

"某些人还是不要管人家的闲事为好。"她回嘴道。

她扭头就走，由于这会子也没有任何客人需要招待，她就坐下来翻看一份顾客没有带走的晚报。

"你可真傻，怎么把她给惹恼了。"邓斯福特道。

"她恼不恼我才不在乎呢。"菲利普回答道。

话虽这么说，他还是挺气的。他气恼的是，他本来是想对一个女人示好的，结果反倒得罪了人家。他在结账的时候，又不揣冒昧搭讪了一句，无非是想要打破僵局。

"咱们这以后连话都不再讲了吗？"他微笑道。

"我在这儿的工作是招待客人，为客人点单服务的。对他们，我没有任何要讲的话，也不想听他们对我讲任何的话。"

她把一张标出了应付款额的账单往桌子上一放，就昂首走回她刚才坐着的那张桌子去了。菲利普气得脸都红了。

"她这可是对你的迎头痛击啊，凯里。"他们从店里出来以后，邓斯福特道。

"没规没矩的婊子，"菲利普道，"我再也不到这儿来了。"

他对邓斯福特拥有足够强大的影响力，他们以后也就到别的地方吃茶点去了，而且邓斯福特很快也便找到了另一个谈情说爱的姑娘。但那个女招待对他的怠慢却一直让他耿耿于怀。她要是待他礼貌周全的话，他反倒根本不会把她这样的女人放在心上了；但她显然是非常不喜欢他，这可让他的自尊心大受伤害了。他抑制不住要对她进行报复、跟她算账的冲动。自己居然如此心胸狭窄，这也让他挺生自己的气的。但硬撑了三四天不去那家茶点店以后，这种一心想要报复的欲望却丝毫没有被压下去；他于是得出结论：倒还是再去见她一面是最为省事的，只要是再见上这么一面，他也就一劳永逸，再也不会去想她了。一天下午，他托词有约，丢下邓斯福特直奔那家他发誓再也不会光顾的茶点店而去，因为他对自己的软弱还是感到非常羞愧的。他一进门就看到了那个女招待，于是拣了张归她照应的桌子坐下。他原本还期望她会提一句怎么有一个礼拜都不来之类的话，但她走过来等着他点单的时候什么话都没说。而刚才他还听她这么招呼别的顾客来着：

"您还是头一回光临小店呢！"

她丝毫都没露出以前曾见过他的表示。为了看看她是不是真把自己给忘了，等她把茶点端上来的时候他问了一句：

"今晚你见过我的朋友吗？"

"没有，他已经有些日子不到这儿来了。"

他本想以此为开端，再多聊上几句的，但奇怪的是他突然紧张起来，什么该说的话都想不出来了。她也并没有给他任何机会，而是扭头就走了。一直等到他要买单的时候，才又有了个说话的机会。

"多糟糕的天气，是不是？"他说。

憋了半天居然就挤出这么句说辞来，也真够让人无地自容的。他真搞不懂，就她这么个女招待，怎么会搞得他如此窘迫难堪。

"整天都得待在这么个地方，天气好也罢坏也罢，对我来说都没多大区别。"

她语气里的那股子傲慢无礼特别让他感到恼火。一句挖苦话已经冲到了嘴边，但他又硬咽了下去。

"我还真巴不得她说出句什么特别厚颜无耻的话呢，"他怒不可遏地心下暗道，"这样的话我就可以投诉她，让店里把她给炒了。她那才真算是罪有应得呢。"

五十六

　　他总是没办法把她忘怀。对自己的蠢行，他感到又可气又好笑：居然在乎一个贫血的小女招待对他说了些什么，这也太荒唐了。但奇怪的是，他就是觉得像是蒙受了什么奇耻大辱一样。这件事虽说只有邓斯福特一个人知道，而且他肯定也早就忘得一干二净了，但菲利普却觉得，这层耻辱他一天洗刷不掉，心里就一天都得不到安宁。他左思右想自己到底该怎么办。最后他决定这以后他每天都要去那家店：显然他已经给她留下了不好的印象，但他觉得他还是有本事把这一印象给根除的；他会万分小心，不再说一句有可能冒犯到最敏感多疑的人的话。这些他都做到了，但并没有任何效果。当他走进店里，跟她道一声晚上好的时候，她也依样回一句晚上好，但有一次他故意没说，想看看她会不会主动跟他打招呼，结果她什么都没说。他心里暗自嘀咕了一句，那种表达虽非常适宜加诸女性同胞身上，但在文雅的社会阶层则是不太常用的；不过他仍旧面不改色地点了茶点。他下定决心再不说一个字，离开时连平常的那个晚安都没道。他发誓再也不去那儿了，但第二天到了吃茶点的时候他又变得坐立不安了。他尽力去想别的事情，但就是控制不住自己的思绪。最后，他不顾一切地对自己说：

"想去就去吧，反正也没有一定不能去的道理。"

跟自己的斗争持续了很长的时间，等他最后走进那家店的时候都快七点钟了。

"我还以为你不来了呢。"他坐下来的时候，那姑娘对他说。

他的心怦怦直跳，他觉得自己脸都红了。"我给耽搁了，没办法早来。"

"是一帮人一起胡闹了吧？"

"没那么糟糕。"

"你还是个学生吧，对不对？"

"是的。"

这就像是已经满足了她的好奇。她走开以后，因为时候不早了，归她照管的那几张桌子并没有任何其他顾客，她就埋头看起小说来了。这时候还是在低廉的翻版小说流行之前，专有一帮子无良的雇佣文人特为那些受教育程度不高的读者定期炮制廉价的低俗小说。菲利普不禁得意扬扬：她已经主动跟他打招呼了，他感觉他的时机就快到了，到时他会把自己对她的真实看法一股脑全端给她。要是能把自己对她的一腔轻蔑之情统统发泄出来，那才真叫痛快呢。他定睛看着她。她的侧影确实很美，说来也真够奇怪的，像她这个阶层的英国姑娘，居然如此经常地拥有这么完美无瑕的轮廓线条，简直能让你叹为观止；但同时却又像大理石一样冰冷，而且她细嫩的皮肤中透出的那隐隐的青色，也给人一种有些病态的印象。所有的女招待都是一个打扮：简单的黑裙子，配上白围裙、白袖口，戴一顶小帽。用他口袋里剩的半张白纸，趁她坐在那儿俯身看书的当儿（她嘴唇翕动，把一个个字句都默念出来），菲利普为她画了幅速写，走的时候把它留在了桌子上。这一招堪称妙计，因为第二天他一进门，她就冲他嫣然一笑。

"我还不知道你会画画呢。"她说道。

"我在巴黎学过两年美术。"

"我把昨晚你留在桌上的那幅画拿给我们经理看了，她竟然**惊呆**了。那画的是我吧？"

"是你。"菲利普道。

她去为他端他的茶点时，店里另外的一个女招待特意走上前来。

"我看到了你为罗杰斯小姐画的那幅画。画得可真像啊。"她说。

这是他头一次听到她的姓氏，他在结账的时候就直接用这个来称呼她了。

"看来你已经知道我的名字了。"她走上前来的时候说道。

"你的朋友跟我说起那幅画的时候，提到了你的芳名。"

"她是想让你也给她画一幅呢，你可别给她画。你要是开了这个头，后面可就没完没了了，她们人人都会想让你给她们画一幅的。"然后她就没有任何停顿，完全没有来由地突然又说："过去经常跟你一块儿来的那个小伙子哪儿去了？他不在这儿了？"

"我还不知道你会画画呢。"她说道。

"没想到你还记得他。"菲利普道。

"小伙子长得挺好看的。"

菲利普心里涌起一股怪兮兮的感觉，他也说不清那到底是怎么回事。邓斯福特一头讨人喜欢的鬈发，一张肤色鲜亮的面孔，甜甜的笑容好看得很。菲利普颇有些妒意地想到他的这些优势。

"哦，他忙着谈恋爱呢。"菲利普说，短促地一笑。

菲利普在一瘸一拐回家的路上，把两人之间说过的每一个字又依次回味了一遍。她现在已经对他相当友好了。等以后有机会，他会主动提出再为她画一幅完成度更高的素描，他有把握她一定会喜欢的；她的脸挺引人关注的，侧脸的轮廓很可爱，她那发青贫血的面色也自有某种奇特的迷人之处。这颜色到底是像什么呢？他先是想到了豌豆汤，但马上气哼哼地把这种想法给赶跑了，然后他想到了黄玫瑰花蕾的花瓣——在它绽放前就被人撕碎了的花苞。现在，他对她已经是不怀任何敌意了。

"她也还不错。"他喃喃道。

就因为她之前说过的那几句话而耿耿于怀，也真够傻的；而且那无疑也是他自己的错，她又不是有意要显得性情乖张的。他初次跟人见面的时候总是会给人留下不好的印象，这一点他现在也真该习以为常了。他为自己那幅画的成功而暗自得意，她在发现他还有这么一手以后，对他的态度是明显更感兴趣了。第二天他又坐立不安起来。他想干脆去她们的茶点店吃午饭，但又知道那个时候那里的人肯定很多，米尔德丽德就没有工夫跟他说话了。他早就已经设法避免跟邓斯福特共进茶点了，于是，一到四点半

（他已经看了十几次手表了），他就准时踏进了那家茶点店。

米尔德丽德正背对着他。她一边坐下来，一边不住嘴地跟那个德国人说话。前些日子菲利普几乎天天都见到这个人，不过最近这两个礼拜他一直都没再出现过。那德国人不知道说了句什么，引得她咯咯直笑。菲利普觉得她的笑声很粗俗，不禁打了个寒战。他叫了她一声，但她根本没理会；他又叫了她一声，然后心头火起，用手杖砰砰地把桌子敲得山响。她沉着个脸走上前来。

"你好。"他招呼道。

"你好像着急得不得了。"

她傲慢无礼地居高临下看着他，这种态度他是再熟悉不过了。

"我说，你到底怎么了？"他问道。

"如果你想点什么，我自会给你端上来。但要我一晚上都不停地说话，我可受不了。"

"请来一份茶和烤小圆面包。"菲利普要言不烦。

他对她大为恼火。他带了份《星报》[①]，她把茶端来的时候，他故意装出专心看报的样子。

"你要是现在就把账单开给我的话，我就不需要再麻烦你一趟了。"他冷冰冰地道。

她开出账单，往桌子上一放，便又去找那个德国人了。很快，她就又跟他谈笑风生了。那人中等身材，长着个他那个民族特有

---

① 《星报》（*The Star*），创立于一七八八年的一份伦敦晚报，初名《星与广告晚报》（*Star and Evening Advertiser*），是世界上第一份每日出版的晚报。

的圆脑袋，面色焦黄，巨大的八字胡粗硬浓密，身穿燕尾服和灰裤子，胸前挂着根很粗的金表链。菲利普感觉店里其他的女招待这会儿肯定正来回打量着他和桌边的那一对，一边还交换几个意味深长的眼神。他觉得她们一定都在嘲笑他，他真是怒火中烧，他对米尔德丽德简直是恨之入骨。他也知道最好的办法就是再也不要到这家茶点店里来了，但一想到他在这件事上居然一败涂地，又实在咽不下这口气，他于是想出了个主意，要向她表示他根本就没把她放在眼里。第二天，他特意换了张桌子坐，找另外一个女招待给他点单。米尔德丽德的朋友也在店里，她只顾和他说话，根本就没注意到他。所以他特意在她非得从他桌边经过的时候起身离开：两人擦身而过的时候他看了看她，就像是根本不认识她似的。这办法他一连尝试了三四天。他期待着她很快就会找个机会跟他搭个话，他想当然地觉得她会问他如今为什么不到归她照应的桌边就座了，而他也早就准备好了答话，要将自己对她的厌恶之情统统一吐为快。他也知道他这是庸人自扰，但他就是控制不住自己。他又一次败给了她。那德国人突然间就不来了，但菲利普仍旧拣别的桌子就座。而她则压根儿对他置之不理。突然间他意识到，他所做的这一切，她是完完全全漠不关心的；他可以继续这么硬撑下去，一直到世界末日，而根本就不会有任何效果。

"这事儿还没完呢！"他心下暗道。

第二天，他又坐回来到老位子上来了，她走上前来的时候，他跟她道了个晚上好，就仿佛这一个礼拜他根本就没有故意不去理她。他脸色很平静，心却扑通扑通狂跳个不停。那时候，音乐喜剧刚刚时兴起来，颇受公众的青睐，他相信米尔德丽德肯定会很高兴去看一场演出的。

"我说，"他突然跟她说，"不知道你愿不愿意哪天晚上跟我一起吃个饭，然后去看一场《纽约美女》？我可以搞到两张正厅前排的戏票。"

最后那一句是他特意加上去诱她上钩的。他知道她们这些做女招待的去看戏的时候一般都只能坐在正厅的后排，就算有男朋友带她们去，也极少有机会坐到比楼厅后座更贵的座位。米尔德丽德那苍白的脸上并没有任何表情的变化。

"我不介意。"她说。

"你哪一天有空呢？"

"周四我下班早一点。"

他们就做好了安排。米尔德丽德跟一位姑妈一起住在赫恩山①，戏八点开演，所以他们得在七点钟吃晚饭，她建议到时候他们在维多利亚火车站的二等车候车室碰头。她没有任何高兴的表示，她接受这个邀请反倒像是屈尊赏光一样。菲利普隐隐地有些气恼。

---

① 赫恩山（Herne Hill），伦敦南部的一个区。

五十七

菲利普比米尔德丽德指定的时间提早大约半个钟头来到维多利亚火车站，在二等车候车室坐下。他左等右等，她却一直都没来。他着急起来，走进车站，望着那一班班从郊区驶来的列车；说好的时间已经过去了，还是没有看到她的影子。菲利普焦躁起来。他走进其他候车室，在候车的人中查看。突然，他的心猛地一跳。

"你在这儿呢。我还以为你不来了呢。"

"你明明让我等了这么长时间，还好意思说这种话。我都已经有点想要回家去了。"

"可你说的是在二等车候车室碰头的呀。"

"我没说过这样的话。我既然可以坐在头等车候车室，那干吗还要在二等车候车室等呢？"

尽管菲利普确信自己并没有听错，他还是什么话也没说，他们一起上了一辆出租马车。

"我们去哪儿吃饭？"她问道。

"我是想去阿德尔菲饭店。你觉得合适吗？"

"去哪儿吃我都无所谓。"

她很不客气地说。她因为等了好半天，有些窝火，面对菲利普想跟她搭话的尝试，只是嗯嗯啊啊地应付一下。她披了件深色粗料子的斗篷，头上裹了条钩针编织的披巾。他们来到饭店，在桌旁就座。她满意地环顾了一下四周：桌上罩着红色灯罩的烛灯、金光灿灿的装饰和一面面大镜子为这家餐厅增添了奢华的气氛。

"我还从没来过这儿。"

她冲菲利普嫣然一笑。她已经把斗篷脱掉了，他见她穿了条淡蓝色的长裙，领口开成方形，头发也比平常更为精心地梳理过了。他已经点了香槟酒，酒送上来的时候，她的眼睛一下子发出了亮光。

"你也有点太过了。"她说道。

"就因为点了起泡酒？"他满不在乎地反问道，就好像他从来就不喝别的酒一样。

"你请我去看戏的时候，我**真**有点意外呢。"

谈话进行得不很顺畅，因为她像是真没什么好说的，而菲利普又有些紧张地意识到，她跟他在一起并不感到高兴。她漫不经心地听着他的话，眼睛却尽在看别的食客，而且丝毫都不假装她对他感兴趣。他开了一两个小玩笑，她却把玩笑话都当成了真话。只有在他说起她们店里的其他女招待的时候，她才终于算是活跃了起来；她很受不了她们的女经理，详详细细地跟他数落她的种种不是。

"我无论如何也受不了她，还有她那一套装腔作势。有时候我真忍不住要把她的老底给揭出来，她还以为我不知道呢。"

"是怎么回事？"菲利普问道。

"喔，我碰巧知道她时不时地会跟一个男人去伊斯特本①度个周末。我们店里的一个姑娘有个已经出嫁的姐姐，有一次跟她丈夫去那儿的时候见到过她。她们住在同一幢膳宿公寓里，她居然戴了枚结婚戒指，而我明明知道她根本就没有结婚。"

菲利普把她的酒杯斟满，希望香槟能让她变得更友善一点，他是巴不得这次小小的出游能够获得成功。他注意到她拿餐刀的样子就像是握着根笔杆，喝酒的时候跷着兰花指。他起了好几个话头，但都引不出她几句话来，而他明明记得眼见着她跟那个德国人是如何喋喋不休而且笑个不停的，这真让他着恼。他们吃完饭后去了剧院。菲利普是个很有教养的年轻人，是很瞧不上音乐喜剧的。他觉得剧里的那些噱头粗鄙浅陋，音乐的旋律也了无新意；他认为同样的形式，法国的轻歌剧就要做得好多了。但米尔德丽德却看得无比尽兴，她笑得肚子都疼了，看到开心的地方还时不时地看菲利普一眼，跟他交换一个高兴的眼神，欣喜若狂地拼命鼓掌。

"这是我第七次来这儿了，"第一幕结束以后她说道，"再来七

---

① 伊斯特本（Eastbourne），英格兰东南部港市，海滨度假区。

次我也不介意。"

她对正厅前排坐的其他女人非常感兴趣。她向菲利普指出哪些是化过妆的,哪些又是戴着假发的。

"这些西区①的女人真是太可怕了,"她说,"我都不知道她们怎么能这么做。"她把手放在自己的头发上,"我的可都是我自己的,每一根都是。"

剧场里没有一个人是她看得上的,不管是说起什么人来,都要讲几句不中听的话。这让菲利普很不舒服。他猜想,第二天她就会告诉店里的姑娘们他约她出去过了,结果却把她烦得要命。他不喜欢她,可是不知道为什么,他就是想跟她在一起。在回家的路上,他问道:

"今天晚上你玩得还开心吧,我希望?"

"当然啦。"

"哪天晚上我们再一起出来,好吗?"

"我不介意。"

他再也得不到比这更热情一点的表达方式了。她那冷淡的态度都快把他给气疯了。

"听起来,来不来的,你像是并不怎么在乎。"

"哦,你要是不约我出来,自有别的小伙子约我。我可是从来都不缺带我去看戏的男人的。"

菲利普默然了。他们来到车站,他朝售票处走去。

---

① 参见第三十七章注。

"我有月票的。"她说。

"天很晚了，我是想把你送回家，如果你不介意的话。"

"哦，要是你高兴这样的话，我不介意。"

他为她买了张单程的头等车票，给自己买了张往返票。

"我说，你为人倒是一点都不小气，这我得替你说句公道话。"他为她打开车厢门的时候，她说道。

这正是别的乘客进入车厢，他们不可能再说话的时候，菲利普都不知道他到底是感到高兴还是遗憾。他们在赫恩山下了车，他陪她走到她住的那条街道的街角。

"就到这儿吧，晚安。"她说着，伸出手来，"你最好不要送到家门口了。你也知道人都是怎么回事，我可不想听到任何人嚼舌头。"

她道了声晚安后就快步走开了。黑暗中他能看到她那白色的披巾。他本以为她会回一次头的，但她并没有。菲利普看到了她走进了哪幢房子，过了一会儿，他特意走上前去看了看。那是幢普普通通的黄砖小房子，挺整洁的，就跟这条街上其他的小房子一模一样。他在外面站了有几分钟，不久，顶楼的那扇窗户就黑了下来。菲利普信步返回车站。这一晚过得可真是不如人意。他感到气恼、焦躁而又悲哀。

他躺在床上的时候，似乎仍旧能看到她坐在车厢的角落里，头上裹着那条钩针编织的披巾。他不知道在他的眼睛重新见到她真人之前的这些个钟点，到底该如何打发才好。他昏昏欲睡地想着她那张瘦脸，她那纤巧的五官，还有她那有点发青的苍白肤色。

跟她在一起并不快乐，但离开她以后就更不快乐了。他想坐在她身边看着她，他想抚摸她，他想……这个念头刚刚冒出来，还没来得及真正想清楚，他一下子完全清醒了过来……他想要亲吻她那苍白的小嘴和那薄薄的嘴唇。真相终于向他昭示了出来：他爱上了她。这真是令人难以置信。

他经常想象坠入爱河的情形，有一个场景是他头脑中为自己描画过一遍又一遍的。他看到自己进入一个舞厅，目光停留在一小群正在交谈的男女身上，其中一个女人转过身来。她的目光落在了他身上，而他知道那哽住他喉头的喘息也同样哽住了她的咽喉。他站在那里，无法挪动自己的脚步。她高高的、黑黑的、非常美，一双眼睛像黑夜一样黑，她一身白色舞衣，乌黑的秀发上闪着钻石的光芒。他们相互凝视着对方，忘掉了周围所有的人。他径直走到她面前，她也朝他迎前两步。两个人都觉得正式的介绍纯属多余。他先对她开了口。

"我这辈子都在找寻你。"他说。

"你终于出现了。"她喃喃道。

"愿意跟我跳个舞吗？"

她投入他张开的双臂，他们跳起舞来。（菲利普总是假装他并不瘸。）她跳得美若天仙。

"我还从没跟像你跳得这么好的人跳过舞呢。"她说。

她撕掉了她的约舞单，他们一起跳了一整晚。

"我真庆幸一直都在等你，"他对她说，"我就知道最终我一定会遇见你。"

舞厅里的人全都大眼瞪小眼。他们浑不在意。他们丝毫不想掩饰自己的激情。最后，他们一起步入花园。他把一袭轻薄的斗篷披在她肩上，扶她登上一辆正在等候的马车。他们赶午夜的火车前往巴黎，穿过那宁静的星光璀璨的夜色朝未知的远方疾驰而去。

他想起他这个昔日的浪漫幻想，而他居然会爱上米尔德丽德·罗杰斯，这似乎是绝无可能的。这么个古怪可笑的名字。他根本就不认为她漂亮，他厌恶她那瘦削的身体，就在那天晚上他还注意到，穿上晚礼服以后她的胸骨是如何突出来的。他对她的五官逐一进行了一番检点：他不喜欢她的嘴，那病态的肤色也隐隐让他反感。她太平庸了。她的谈吐是那么贫乏无味，颠来倒去就那几句话，说明她的内心是何等地空虚。他又想起那音乐喜剧里的噱头引得她发出怎样粗俗的傻笑，想起她把酒杯端起来喝香槟时是如何小心翼翼地跷着那小兰花指的，她的举止就跟她的谈吐一样矫揉造作、可憎可厌。他又想起她那副傲慢无礼的做派，有时候他真恨不得抽她两个耳刮子；可是突然间，他也不知道是为什么，也许是因为想到了要抽她，或者想起了她那一对又小又漂亮的耳朵，内心突然涌起一股情感的冲动。他对她生出一种渴望。他想把她，把她那瘦小、脆弱的身体搂在怀里，吻她那苍白的嘴唇，他想用手指抚遍她那微微发青的面颊。他想要她。

他曾把爱情想象成一种把你整个人完全攫住的狂喜，一旦坠入爱河，整个世界就会变得像春天一样，他一直都在期待这种令人心醉神迷的幸福；但这却并不是幸福，是一种心灵的饥渴，是一种痛苦的渴望，是一种刻骨的苦痛，这是他此前完全不知道的。他竭力去回想这个苗头到底是什么时候开始出现的。他搞不清楚。他只记得每次他进入那家茶点店的时候——在一开始的两三次之后——他心里总会涌起一种隐隐作痛的感觉；而且他记得，每当她跟他说话的时候，他就莫名其妙地觉得喉头发紧，喘不过气来。每当她离开他的时候，他就感觉万般不幸，而每当她再次来到他身边的时候，那感觉又是深深的绝望。

他就像只狗一样在床上伸展着四肢。他不知道自己该如何忍受这无休无止的心灵的痛楚。

五十八

菲利普第二天早上醒得很早，首先想到的就是米尔德丽德。他突发奇想：何不去维多利亚火车站接她，然后陪她一起走到茶点店？他赶紧刮了脸，匆忙穿好衣服，跳上一辆开往火车站的公共汽车。他七点四十来到车站，注意看着一班班进站的列车。拥挤的人流从车上拥出来，挤满了站台，都是些要上早班的职员和店员：他们急匆匆地赶路，有两个人一起的，也有三五成群的姑娘们，但多数都是踽踽独行。这一大早的，他们大都面色苍白，形容丑陋，而且一副魂不守舍的样子；年轻的步履轻快，就像站台上的水泥地踩起来挺开心似的，但其余的则像是由一台机器驱动的一般，机械地迈着步子，眉头紧锁，满面愁容。

菲利普终于看到了米尔德丽德，他急切地迎上前去。

"早上好，"他说，"我想还是来看看你，昨天出来这一趟后今天感觉怎么样。"

她穿了件旧的棕色乌尔斯特大衣①，戴一顶水手帽。很显然，她并不高兴见到他。

"哦，我挺好的。我可没有太多的时间可以浪费。"

"我陪你沿维多利亚街走一程，你不介意吧?"

"时间已经不早了。我真得走快一点了。"她回答道，低头看了一眼菲利普的畸形足。

他脸涨得通红。

"那对不起，我就不耽搁你了。"

"你请便吧。"

她继续朝前走，而他则心情沉重地打道回府吃早饭去了。他恨她。他知道为了她而操心简直愚不可及；像她这种女人，是根本就不会把他放在心上的，而且她肯定对他的残疾相当反感。他下定决心当天下午绝不再去她那儿用茶点了，但结果还是去了，心里直恨自己不争气。他进门的时候，她冲他点了点头，而且还嫣然一笑。

"我想今天早上我对你是有些怠慢了，"她说，"你知道，我根本没想到会见到你，对我来说这就像个突然袭击。"

"哦，一点关系都没有。"

他感觉千斤的重担突然从身上卸了下来。只要有一句亲切的话语，就足以让他感激涕零了。

---

① 乌尔斯特大衣 (ulster)，一种有腰带、宽而长、用起绒粗呢或其他厚衣料制成的大衣。

"你干吗不坐下来呢？"他问道，"现在也没人要你照应。"

"我不介意坐一会儿。"

他望着她，但想不出什么可说的话；他绞尽脑汁，急于想找个能把她留下来的话题；他想告诉她，她对他有多么重要的意义，但他虽然真心诚意地爱上了她，却又不知道该如何表达这种爱意。

"你那位留着漂亮小胡子的朋友哪儿去了？近来一直都没见到他。"

"哦，他回伯明翰去了。他在那儿做生意。只是偶尔才到伦敦来走一趟。"

"他爱上你了吗？"

"那你最好问他去，"她笑道，"就算他爱上了我，我不知道这跟你又有什么关系。"

一句尖刻的回答已经溜到了嘴边，但他已经学会了自我克制。

"真不知道你为什么要说这种话。"他只允许自己这么说道。

她用自己那副冷漠的眼神看了看他。

"看起来你并不怎么把我放在心上。"他补充道。

"我为什么要把你放在心上？"

"确实没有任何理由。"

他伸手去拿自己的报纸。

"你脾气也是够急的，"看到他的举动后她说，"还真是动不动就生气呢。"

他微微一笑，带几分恳求的神气望着她。

"你肯为我做件事吗？"他问。

"那要看是什么。"

"让我今晚送你去火车站。"

"我不介意。"

用完茶点以后，他从店里回到自己那套小小的房间，不过到八点钟茶点店关门的时候，他已经又候在外面了。

"你也真够好笑的，"她从店里出来后说道，"我真是搞不懂你。"

"我自觉没那么难搞懂的。"他有些苦涩地道。

"我们店里的姑娘有人看到你在等我吗？"

"我不知道，我也不在乎。"

"她们都在笑话你，你知道。她们说你对我是一往情深呢。"

"好像你有多在乎似的。"他嘟囔道。

"得啦，你这个得理不饶人的。"

到了火车站，他买了张票，说要把她送到家。

"你好像闲得很。"她说。

"我想，我自己的时间爱怎么打发都不关别人的事。"

他们似乎总是随时都要吵起来。事实是他恨自己怎么就爱上了她。她似乎不断地在羞辱他，他忍受的每一次冷落，都成为对她的一次积怨。不过那天晚上她的心情倒是不错，也比平常更爱说话。她跟他说她双亲都已经过世了，她想让他明白她出来工作可不是为了谋生，而是因为自己高兴。

"我姑妈不愿意我出来工作，伺候人。在家里我要什么有什么。我不想让你觉得我是迫不得已才出来工作的。"

497

菲利普知道她说的不是真话。她那个阶层就喜欢打肿脸充胖子，她觉得自己挣钱糊口是件丢脸的事，所以才编出这套说辞来遮掩的。

"我们家的亲戚也都是非常体面的人家。"她又说。

菲利普微微一笑，被她注意到了。

"你在笑什么？"她马上就问道，"你不相信我说的是实话？"

"我当然相信。"他回答道。

她满怀狐疑地望着他，不过没过多久，她又忍不住诱惑，想要炫耀一下她们家当初有多显赫。

"我父亲常备着一辆轻便双轮马车，我们有三个用人呢。我们有一个厨师、一个女仆，还有一个杂工。我们种的玫瑰花可漂亮了。经常有人在我们家门口停下来，打听这是谁家的房子，称赞那玫瑰有多漂亮。当然了，我跟店里的那些姑娘们混在一起是不大体面，那可不是我习惯于交往的那个阶层，有时候我真想就为了这个原因洗手不干了。店里的工作我倒是不介意，你别这么想；我介意的是不得不跟她们那个阶层的人混在一起。"

在车厢里他们是面对面坐着的，菲利普颇为同情地听着她絮叨，心里相当高兴。她的naïveté^①他不禁觉得有趣，还有点受到触动。她两颊泛起了微微的红晕。他忍不住想，要是能亲一下她的下巴颏那该有多美。

"你一进我们店里，我就看出你是个地地道道的绅士。你父亲

---

① 法语：天真，幼稚。

是个专业人士吧?"

"他是个医生。"

"一个专业人士你总能看得出来。他们身上总有些与众不同的地方。具体是什么我也说不清楚,但打眼一看就能看得出来。"

他们一起从车站走出来。

"我说,我想请你再跟我去看场戏。"他说道。

"我不介意。"她说。

"你就不能说一句'我很想去'吗?"

"为什么要这么说?"

"没什么。咱们就定个日子吧。礼拜六晚上可以吗?"

"可以的。"

他们又做了进一步的安排,然后就发现他们已经来到了她住的那条街道的街角了。她向他伸出手来,他握住了她的手。

"我说,我真想就叫你米尔德丽德①。"

"你要高兴就这么叫呗,我无所谓。"

"你也可以叫我菲利普,好不好?"

"要是我能想得起来我就这么叫你。不过叫你凯里先生像是更自然一点。"

他轻轻把她往自己身边拉了一下,但她却往后一仰。

"你要干吗?"

---

① 在比较注重礼节的中上阶层,只称呼对方教名,而非以姓氏称呼对方某某小姐或先生,是一种关系亲昵的表现。

"你不想吻我一下跟我道晚安吗？"他悄声道。

"厚颜无耻！"她说。

她猛地把手抽回，匆匆朝家里走去。

菲利普买好了礼拜六晚上的戏票。那天不是她早下班的日子，所以就没时间再回家换衣服了；不过她打算早上上班的时候就带一条礼服裙过来，下了班在店里很快地换一下。如果女经理心情好的话，会让她七点钟就下班的。菲利普同意七点一刻开始在店外等她。他心急如焚地盼着这次出行的机会，因为他觉得在从剧院到火车站的出租马车里，她会让他吻她的。这种交通工具为男人伸出胳膊搂住一个姑娘的腰肢提供了种种便利条件（这是出租马车胜过当今的出租汽车的一个优势所在），光是这一点乐趣就抵得了一晚上娱乐的开销了。

可是在礼拜六下午，当他走进店里去用茶点，想进一步确认一下晚上的安排的时候，却正碰见那个留金黄色小胡子的男人从店里出来。他现在已经知道他叫米勒了。他是个已经归化了的德国人，他的姓氏也英国化了，在英国已定居多年。菲利普曾听到过他讲话，他的英语虽然说得流利而又自然，腔调跟土生土长的英国人还是有点不太一样。菲利普知道他正在跟米尔德丽德调情，对他嫉妒得要命；他觉得幸好米尔德丽德生性冷淡，要是换了种更热情的天性，他还不定有多难过呢；想到她这人反正是不容易动情，他觉得这位情敌的境遇也并不比他本人更好。可是他的心还是沉了下来，因为他首先就想到，米勒的突然露面有可能影响到他盼望已久的这次出行的安排。他走进店里，忧思满怀。米尔德丽德走上前来，为他点了单，很快就把茶点端了上来。

"真是非常抱歉，"她说，脸上倒是当真有几分难过的神情。"今天晚上我实在是来不了了。"

"为什么？"菲利普问道。

"别这么正言厉色的，"她笑道，"这不是我的错。我姑妈昨晚上病倒了，今晚又碰到女仆休假，所以我必须留在家里照顾她。总不能把她一个人抛下吧，你说是不是？"

"没关系。那我就送你回家吧。"

"可你已经买了票了呀。浪费了多可惜。"

他把戏票从口袋里掏出来，刻意地当她的面撕碎了。

"你这是干吗？"

"你不会以为我会想一个人去看这种烂污音乐喜剧吧？我完全是为了你才勉强坐在剧院里的。"

"如果你是想送我回家的话，我不让你送。"

"你是已经另有约会了吧？"

"我不知道你这话是什么意思，你就跟别的男人一样自私。你只想着你自己，我姑妈身子不舒服又不是我的错。"

她飞快地开出账单，扭头就走了。菲利普对女人的了解还是太少，否则的话他就该知道，哪怕是最明显不过的谎话，他也该装聋作哑。他下定决心，非要守在店门口，看看米尔德丽德是不是当真会跟那个德国人一起出去。他有一种凡事较真的禀性，其实这只会让他自己不好过。七点钟的时候，他已经守在了茶点店对面的人行道上。他四处找寻米勒的身影，但并没有看到他。十分钟不到，她从店里走了出来，已经换上了上次他带她去沙夫茨伯里剧院时穿戴的斗篷和披巾。很明显她并不是要回家。他还没来得及躲避就被她看到了。微微一怔以后，她径直来到他跟前。

"你在这儿干吗？"她说。

"出来透透气。"他回答道。

"你是在暗中监视我，你这个卑鄙小人。我还以为你是个绅士呢。"

"你以为一位绅士会对你这样的人有任何兴趣吗？"他喃喃道。

他内心有个魔鬼，逼得他把事情越弄越糟。他想像她伤害他一样狠狠地伤害她。

"我想，只要我高兴，我随时都可以改变主意。我又不是非得跟你一起出去不可。告诉你，我这就回家去了，我不许你跟踪我，盯我的梢。"

"今天你见过米勒吗？"

"这不关你的事。事实上我并没有见过他，所以你又错了。"

"今天下午我见到他了。我进门的时候他刚巧从你们店里出来。"

"喔，那又怎么样？只要我愿意，我完全可以跟他一起出去，不是吗？我不知道对此你有什么好说的。"

"他让你久等了吧？"

"哼，我是宁肯等他，也不稀罕你等我。你自己好好咂摸咂摸吧。现在，也许你最好还是回家去，操心一下你自己的未来吧。"

他的情绪由气愤一变而为绝望，他说话的时候声音都抖了起来。

"我说，别对我这么赶尽杀绝呀，米尔德丽德。你知道我有多么喜欢你。我想我是全心全意爱着你。你真的不肯回心转意吗？对今天晚上的安排我是多么衷心地企盼。你看，他并没有来，他对你根本就没有半毛钱的在意。跟我一起去吃饭好吗？我可以再去买两张票，你高兴去哪儿咱们就去哪儿。"

"实话告诉你吧，我不愿意。你再说也没有用。我已经打定了主意，而我一旦打定了主意，就不会再变了。"

他怔怔地看了她一会儿。他无比痛苦，心如刀割。人行道上的行人匆匆从他们身边走过，马车和公共汽车轰隆隆地驶过。他看到米尔德丽德的眼神在左顾右盼，她是害怕错过了人群中的米勒。

"我不能再这样继续下去了，"菲利普呻吟道，"这太可耻、太丢脸了。现在我如果走了，就永远都不会来了。除非你今晚跟我一起走，否则你就再也见不到我了。"

"你好像觉得这对我有多可怕似的。对此我只有一句话：什么宝货，眼不见心不烦！"

"那好，告辞了。"

他点了下头，一瘸一拐地走了，他特意放慢了脚步，满心希望她能把他叫回去。来到下一根路灯杆前，他停下脚步，扭头偷看。他以为她也许会向他招手的——他愿意把一切都忘记，他预备含垢忍辱——但她早就转身离开了，她显然已经完全都不把他放在心上了。他意识到，能把他彻底甩掉，她真是高兴还来不及呢。

五十九

菲利普那一夜过得非常凄惨。他已经跟房东太太说过晚上不回来吃饭了,所以根本没给他准备吃的,他只得去加蒂餐馆吃了顿饭。饭后他回到自己的房间,但楼上的格里菲思正在搞一个聚会,那快乐的喧嚣使得他自己的痛苦更加难以忍受了。他于是去了一家歌舞杂耍剧场,但因为是礼拜六的晚上,就只剩下站票了。百无聊赖地看了半个钟头,他的腿也站酸了,还是离场回了家。他想看一会儿书,但注意力却集中不起来;他是有必要用用功了,因为再过半个来月就要考生物了。功课虽说简单,但他近来学业荒疏,他也知道自己是一问三不知。好在只是口试,这半个月里临时抱抱佛脚,混个及格他自觉还是有把握的。他对自己的睿智聪明还是有信心的。他把书往一边一扔,一门心思考虑起那桩抛舍不下的伤心事来。

他对自己那晚的行为深为自责。他干吗要让她只能二选一:要么跟他一起去吃饭,要么就一刀两断呢?她当然会断然拒绝的。他应该考虑到她的自尊心才是。他这就等于破釜沉舟,自断后路。

要是他能觉得她如今也正在伤心难过，他心里可能还会好受一些，但他实在太了解她了：她对他完全是漠不关心。他要是稍微聪明一点的话，当时就该假装相信她那番说辞；他应该有那种自制力，把他的失望掩藏起来，控制住自己的脾气。他真想不通他为什么会爱上她。他在书里曾读到过爱情会让人盲目，情人眼里会出西施，但他明明把她给看得无比清楚。她既不风趣，又不聪明，精神又非常平庸；她身上还有一股子庸俗、精明的市侩气，尤其令人反感；她是既不文雅，也不温柔。正如她自己标榜的那样，她惯喜"损人利己"。最能赢得她的赞赏的是戏耍一个没有戒心的老实人，让人"上当受骗"最能让她心满意足。一想到她的那附庸风雅和她吃饭时的扭捏作态，菲利普都能笑出眼泪来；她一句粗话都忍受不了，尽管词汇贫乏，偏爱使用委词婉语；她的避讳特别多，处处都觉得这也不好，那也不对。她从来都不说"裤子"，而是说"下装"，她觉得擤鼻子有伤大雅，每次擤鼻子的时候总是一副不以为然的架势。她严重贫血，也就自然深受消化不良之苦。菲利普很反感她那扁平的胸和狭窄的臀，他痛恨她那俗里俗气的发式，他为爱上这么个女人而厌恶并鄙视自己。

可事实是他又完全无能为力。他的感受就像当初在学校里有时候受大孩子霸凌时的感觉一模一样。他是在跟一种更为强大的力量殊死斗争，直到全身的力气使尽为止，再也无力反抗——他还记得四肢体验到的那种特别的疲软感，简直就像是瘫痪了一般——结果他是完全地无能为力了。真像是死了一样。现在他又有了那种同样的虚弱感。他爱上这个女人以后才知道他以前根本就没有真正爱上过谁。他不在乎她人品和性格上的缺陷，他觉得连这些缺陷他都爱：不管怎么说这些缺陷对他来说完全算不了什么。这件事似乎都并不与他个人有什么相干，他觉得他是被一种奇怪的力量攫住了，这种力量驱使他违反自己的意志、违背自己的利益；而由于他生性热爱自由，他对绑缚他的这种锁链就尤其恨之入骨。想到过去他曾多少次渴望着亲身体验这种压倒一切的激情，现在真忍不住哑然失笑。他诅咒自己，因为他已经向它屈服了。他想到这件事的开头，要是当初他没有和邓斯福特一起走进那家茶点店的话，这一切就都不会发生了。这全都是自己的错。要是没有他那可笑的虚荣心，他也就不会跟这个粗鄙的荡妇扯上关系，自寻烦恼了。

不管怎么说，那天晚上的事件也已经把这段情缘给一了百了了。除非他已经把羞耻心完全丧尽，他是不可能再退回去了。他无比热切地想摆脱的这一让他沉迷于其中的爱情羁绊，这是可耻而又可恨的。他必须强迫自己不再去想她。过不了多久，他所遭受的苦痛肯定会慢慢减轻的。他的思绪又回到了从前。他很想知道艾米莉·威尔金森和范妮·普赖斯是否也曾为了他的缘故忍受过与此类似的折磨。他不由得生出一股悔恨之情。

"当时我还不知道爱是怎么一回事。"他自语道。

他睡得很不好。第二天是礼拜天，他温习生物。他坐在那儿，书放在面前，为了集中精力他把一个个字都默念出来，但什么都记不住。他发现他的思绪每时每刻都会回到米尔德丽德身上去，他又把昨天两人口角时说的每一句话都重复了一遍。他必须强迫自己，才能把注意力重新拉回到书本上。他干脆出去散了个步。泰晤士河南岸的那几条街道，平时就够邋邋昏昧的，可至少还有一种活力，往来的行人车辆赋予了它们一种鄙陋的生气；可一到了礼拜天，所有的店铺都关了门，马路上也没有了车辆，沉寂而又压抑，真有一种难以名状的沉闷凄凉。菲利普觉得那一天漫长得就像没有个尽头一样。不过他也真是太累了，夜里睡得很沉，当礼拜一来临的时候，他毅然决然地开始了新的生活。圣诞节就快到了，很多同学都到乡下度冬季学期中间这个短短的假期，但菲利普拒绝了他大伯让他回黑马厩镇过圣诞的邀请。他以即将到来的考试作为借口，但事实上他是不愿意离开伦敦和米尔德丽德。他的学业已经荒疏得厉害，现在他只有半个月的时间，需要把三个月的课程给补回来。他开始认真地用起功来。他发现不再去想米尔德丽德，每天都比前一天要更容易做得到了。他庆幸自己还有这么一点子骨气。他内心的痛苦已不再像从前那样难以忍受，而是成为一种酸痛，就像是你从马背上摔下来，尽管没有伤筋动骨，却也遍体鳞伤，大为震恐。菲利普发现他已经能够带着某种好奇来审视过去几个礼拜自己的生存状况。他颇有兴味地分析自己的情感，觉得自己真是有点儿好笑。让他深有感触的一点是：处在这种情况下，一个人的所思所想是多么无足轻重；他那一套精心结撰、让他大为满意的为人处世的哲学体系，到头来对他居然一点用都没有。他为此而大为不解。

　　不过有时候，他在街上看到一个长得很像米尔德丽德的姑娘时，他的心就会像是骤然停止了跳动；然后他便会情不自禁地赶紧追上去，情急而又热切，结果发现只是个十足的陌生人。去乡下度假的同学都回来了，他跟邓斯福特一起去一家ABC面包店吃茶点。女招待那熟悉的制服他一见之下感到无比难过，一时间竟说不出话来。他突发奇想：说不定她已经转到她服务的这家公司其他的店面工作了，那他就有可能突然间发现自己又跟她面对面了。这个念头令他大为恐慌，他都害怕邓斯福特会看出他有什么不对劲的地方。他想不出任何可说的话，只能假装在倾听邓斯福特说话。可对方絮絮的话语又让他难以忍受，费尽全力他才强忍着没有冲邓斯福特嚷起来：看在上天的分上，给我闭嘴吧！

考试的那一天终于到来了。轮到菲利普的时候，他成竹在胸地朝主考的桌子走去。他回答了三四个问题。然后他们拿出各种标本让他看，他根本就没上过几堂课，一旦被问到书本上没有的内容，他就张口结舌了。他竭尽所能掩饰自己的无知，主考倒也并不刨根问底，十分钟的口试时间很快就过去了。他很有把握自己是可以及格的，但第二天他去考试大楼观看张贴在大门上的考试结果时，却非常震惊地发现考试及格的名单里并没有自己的学号。他大为惊讶地把那份名单看了足足有三遍，邓斯福特当时就在他身边。

"我说，你考试没过，我感到万分遗憾。"他说。

他刚已经问过菲利普的学号。菲利普回过头来，见他容光焕发的样子就知道他肯定是通过了。

"哦，一点关系都没有。"菲利普道，"我很高兴你已经考过了。七月份我再来考一次就是了。"

他急于装出并不在意的样子，在沿泰晤士河堤回去的路上，故意谈些无关紧要的话题。邓斯福特出于好心，想跟他讨论一下考试失利的原因，菲利普却固执地摆出一副漠不关心的样子。其实他私心引为奇耻大辱，而就连邓斯福特这个在他眼里讨人喜欢却也相当愚蠢的伙计都已经通过了考试，这一事实让自己的铩羽而归倍加难以忍受。他一向颇为自己的才智自许，而如今他却绝望地扪心自问，他对自己的这个评价是否大错而特错了。十月份入学的这批新生，在这为期三个月的冬季学期里已经自然而然地分成了好几个组群，哪些学生才华过人，哪些聪明绝顶或者勤奋好学，而哪一些又是"窝囊废"，早已经是清清楚楚、壁垒分明了。菲利普也意识到，他这次考试失利也唯有他自己才觉得意外。现在正是吃茶点的时候，他知道很多同学都在医学院的地下室里用茶点：那些顺利通过考试的自然是欣喜若狂，那些不喜欢他的会幸灾乐祸地看着他，而那些同样考试不及格的可怜虫则会向他表示同情，无非也是为了换取他的同情而已。出于本能，他是肯定会一星期之内都不踏进医学院的大门，等这件事情已经被人淡忘以后再作打算的，可正因为他眼下是那么痛恨在学校里照面，他偏偏就赶着这时候去了：他就是想惩罚自己，让自己痛苦不堪。这时候他就把自己人生的座右铭给忘了：尽可随心所欲，只须留心街角的警察。抑或，如果他正是照此准则行事的话，那他的天性中一定是有着某种奇怪的病态因素：专以折磨自己为乐。

后来，当他终于受够了他强加于自己的折磨以后，他从吸烟室里闹哄哄的闲言碎语中出来，来到了外面的夜色里，一阵彻骨的孤独骤然袭上心头。他自觉既荒唐无稽又徒劳无益。他迫切地需要安慰，想要见到米尔德丽德的诱惑简直势不可挡。他心酸地想到，自己能从她那儿得到安慰的可能性少之又少，但他还是想见到她，哪怕一句话都不跟她说也无所谓。她毕竟是个女招待，他只要上门她总得招呼他。她是这个世界上他唯一在乎的那个人。向自己隐藏这个事实是没有用的。当然了，假装什么事都没发生一样再回到那个店里，实在是够丢人现眼的，不过他的自尊心本来也所剩无几了。虽说他不肯向自己承认这一点，他其实每天都盼着她会写信给他，她知道只要把信寄到医院里来，他就能够收到的，但她一个字都没写过：显然，能不能再见到他，她一点都不在乎。他不断地向自己重复这句话：

"我必须见到她。我必须见到她。"

这欲望是如此强烈，他连马上走过去都嫌太慢，急不可耐地跳上一辆出租马车。他一向生活节俭，若非迫不得已，是从不舍得如此破费的。他在那家茶点店外面站了一两分钟。他突然想到她也许已经离开这里了，一惊之下，他急忙走了进去。他一眼就看到了她。他坐下来，她来到他跟前。

"请来一杯茶和一个松饼。"他点单道。

他几乎都说不出话来。一时间他真怕自己会哭起来。

"我几乎都以为你已经死翘翘了呢。"她说。

她面带微笑。在微笑！她像是已经把上次口角的事情忘得一干二净了，而那次两人之间的唇枪舌剑菲利普已经在内心里重复了一百遍了。

"我本以为，如果你想见我的话，你会写信给我的。"他回答道。

"我有那么多事要操心，哪有工夫写信？"

看来她是不会说出一句亲切的话语的。菲利普诅咒那倒霉的命运，居然把他和这么个女人绑到了一起。她去给他端他点的茶点了。

"愿意我坐下来陪你一两分钟吗？"把茶点端来以后，她说。

"愿意。"

"这段时间你去哪儿了？"

"我一直都在伦敦。"

"我还当你度假去了呢。那你干吗不上这儿来？"

菲利普用那双憔悴不堪又热情似火的眼睛望着她。

"你不记得我说过，我再也不见你了吗？"

"那你这是在干吗呢？"

她像是迫不及待地要让他喝干这杯耻辱的苦酒，但他对她有足够的了解，知道她只是随口这么一说罢了；她伤透了他的心，但又从来都不是有意要伤他。他没有搭腔。

"你对我耍的是多么肮脏的伎俩，居然在暗中监视我。我还一直都当你是个彻头彻尾、货真价实的绅士呢。"

"别对我这么赶尽杀绝，米尔德丽德。我受不了。"

"你可真是个怪人。我真摸不透你。"

"事情很简单：我是个该死的大傻瓜，明知道你根本就不在乎我，我还是全心全意地爱上了你。"

"你要真是个绅士的话，第二天就该跑了来正式向我道歉的。"

她真是铁石心肠。他看着她的脖子，恨不得用那把切松饼的小刀捅她一刀。他学过解剖学，一刀捅开她的颈动脉完全不成问题。可同时他又想用自己的吻，盖满她那张苍白的瘦脸。

"我要是能让你明白我有多爱你就好了。"

"你还没正式向我道歉呢。"

他脸色变得煞白。她感觉在上次的口角中她一点错都没有。她想现在就让他低声下气、认赌服输。他的为人一向是很高傲的，一时间他真想跟她说，让她见鬼去吧，可是他不敢。情欲让他卑躬屈膝。只要能见到她，无论是什么他都甘愿忍受。

"我很抱歉，米尔德丽德。我请求你的原谅。"

他从牙齿缝里硬挤出这几个字。真是吃奶的劲儿都使上了。

"既然你已经认错了，那我不妨告诉你，我真后悔那天晚上没跟你一起出去呢。我原以为米勒是个绅士，但现在我已经发现我错看了他。我很快就打发他该干吗干吗去了。"

菲利普轻叹了一声。

"米尔德丽德，今晚你愿意跟我一起出去吗？咱们找个地方一起吃饭吧。"

"哦，那可不行。我姑妈等着我回家呢。"

"我会给她发个电报。你就说你店里有事脱不了身，反正她也搞不清楚的。哦，你就答应了吧，看在上帝的分上。我已经有这么久没见到你了，我有好多话要跟你说呢。"

她低头看了看自己的衣服。

"这个你不用担心。咱们就去个穿什么都无所谓的地方。吃完饭以后咱们就去个歌舞杂耍剧场。你就答应了吧，这会让我高兴坏了的。"

她犹豫了一会儿，他用乞求的眼光可怜巴巴地望着她。

"好吧，去就去吧，我不介意。我都不记得有多久没出去逛逛了。"

他费了九牛二虎之力才强忍住自己的冲动，没有当场便抓住她的手，把它吻个遍。

六十

　　他们在索霍①吃的饭。菲利普兴奋得都有些战栗了。他们用餐的地方并不是囊中羞涩的体面人士喜欢光顾的那种生意兴隆的廉价餐馆，因为那种地方既富有波希米亚风情又可以确保经济实惠。那是家店面很寒碜的小馆子，由来自鲁昂②的一对老实巴交的法国夫妇经营，是菲利普无意中发现的。当时他是被它那高卢式的橱窗给吸引住了，里面通常都放一份未经烹饪的生牛排，两侧各摆着一盘新鲜蔬菜。店里只有一位衣衫褴褛的法国侍应，一心想在这儿学几句英语，可听来听去，店里的顾客讲的都是法语。店里的常客中有几位生性放荡的女士，一两户在这儿包饭的法国侨民，有自备的餐巾存放在店里，还有就是几个闯进来胡乱吃顿俭省快餐的怪人。

　　米尔德丽德和菲利普在这儿可以单独占据一张餐桌。菲利普

---

① 索霍（Soho），伦敦威斯敏斯特市一街区，外国移民聚居区，以夜总会和异国风味的餐馆著称。

② 鲁昂（Rouen），法国北部港市。

让那个侍应去附近的酒馆里买一瓶勃艮第葡萄酒，他们点了一客potage aux herbes①、一客橱窗里陈列的招牌牛排aux pommes②，还有一客omelette au kirsch③。这个地方和这顿饭颇有点儿浪漫风情。米尔德丽德一开始还有点不以为然——"我从来就不怎么信得过这些外国人的地方，你从来都不知道这些乱七八糟的盘子里面装的到底是什么货色。"——不知不觉间也被感化了。

"我喜欢这个地方，菲利普。"她说，"你感觉你可以把胳膊肘随便往桌子上搁，你说是不是？"

一个高个子走了进来，一头鬃毛一样的灰白头发、蓬乱又稀疏的胡子。他身披一件破烂不堪的斗篷，头戴一顶宽边低顶的软毡帽。他朝菲利普点了点头，两人之前在这儿打过照面。

"他像个无政府主义者。"米尔德丽德说。

"他可是欧洲最危险的人物之一。欧陆上所有的监狱他都蹲过，他暗杀的人比任何一个上绞架的杀人魔王都要多。他平常无论到哪儿，兜里总揣着颗炸弹，当然，你跟他说话的时候就得留点儿神了，因为只要一言不合，他就会把炸弹掏出来，砰地往桌子上一放。"

她又惊讶又恐惧地看着那人，然后又有些怀疑地瞟了菲利普一眼，发现他眼中漾出了笑意。她眉头微微一蹙。

"你这是在作弄我呢。"

---

① 法语：青菜浓汤。
② 法语：加土豆。
③ 法语：樱桃酒煎蛋卷。

他发出短促的欢呼声，他太高兴了。可米尔德丽德却不喜欢被人取笑。

"我看不出信口雌黄有什么好笑的。"

"别生气呀。"

他握住她放在桌子上的那只手，轻轻地捏了捏。

"你真可爱，就连你踩过的地面我都愿意亲吻。"他说。

她那略有些发青的皮肤使他无比陶醉，她那薄薄的苍白的嘴唇令人无比着迷。她的贫血使得她的呼吸有点短促，她的嘴巴微微地张开。这些反倒像是为她的脸庞平添了一种魅力。

"你确实有点喜欢我的，对不对？"他问道。

"呃，如果我不喜欢的话我也就不会到这儿来了，是不是？你是个地地道道的绅士呢，我得为你说句公道话。"

他们已经吃罢了饭，正在喝咖啡。菲利普把量入为出的计较都抛到了一边去，抽起了一支价值三便士的雪茄。

"你想象不出，就这么坐在你对面，望着你，能给我带来多大的快乐。你不知道我是多么想念你，多么想见到你。"

米尔德丽德微微一笑，脸稍稍有些发红。平常她一吃完饭总是马上就会闹消化不良，这次倒并没有。她对菲利普也比平常更有好感，她目光中那异乎寻常的款款柔情真让他满心欢喜。他凭本能就知道，把自己毫无保留地全都交到她手里是殊为不智的蠢行，他唯一的机会全在于漫不经心地对待她，绝不能让她看出他心中沸腾的那股无法驯服的激情。否则她就只会利用他的弱点，把他玩弄于股掌之上。但他现在情急之下，已经顾不得了：他向她倾诉衷肠，告诉她跟她分开的这段时间他都经受了怎样的苦痛，告诉她他跟自己做过怎样的斗争，他是如何竭尽全力想战胜自己的欲情，一度还以为已经成功了，结果却发现它反倒比以往更加强烈了。他知道他其实从来都没有真正想战胜这一欲情。他是那么爱她，苦痛和折磨对他又算得了什么！他愿意把自己的这颗心都掏出来给她。他把自己所有的弱点全都呈现在她面前，而且还颇以为豪。

对菲利普来说，再没有比坐在这家舒适而又寒酸的餐馆里更让他感到高兴的了，但他知道米尔德丽德是喜欢娱乐消遣的。她这人静不下来，不管她在哪里，待不了多久就想去别的地方。他可不敢冒这个险，轻易惹得她厌烦。

"我说，咱们这就去歌舞杂耍剧场如何？"他主动说道。

他心里飞快地转了个念头：她要是当真在乎他的话，就会说她更喜欢待在这里的。

"我也正在想呢，咱们要是真打算去的话，也该动身了。"她回答道。

"那就走吧。"

菲利普耐着性子，终于熬到了演出终场。他已经打定主意下一步该怎么做了，等他们刚在出租马车里坐好，他就伸出手来，像是出于无意地搂住了她的腰肢。但他轻叫了一声，马上又把手缩了回来。他的手不知被什么扎了一下。她咯咯一笑。

"你瞧，谁让你的手不老实，尽往不该放的地方乱伸。"她说，"男人什么时候想伸出手来搂我的腰，都别想逃过我的眼睛。我这

518

枚别针总能扎到他们的。"

"我会更加小心一点。"

他再次搂住她的腰。她并没有反对。

"这感觉太舒服了。"他幸福地叹息道。

"只要你开心就好。"她回嘴道。

他们沿圣詹姆斯街进入海德公园,菲利普很快地吻了她一下。他有些奇怪地很怕她,他真是鼓足了所有的勇气才敢这么做的。她将嘴唇转向他,什么话都没说。她看起来既不介意,也不喜欢。

"你要是知道我想这么做有多久了就好了。"他喃喃道。

他想再吻她一次,可她把头扭开了。

"一次就够了。"她说。

为了找机会再吻她一次,他一直陪她来到了赫恩山,在她住的那条马路的路口,他问她:

"你能再给我一个吻吗?"

她漠不关心地看了看他,然后往马路上扫了一眼,看到路上确实没什么人。

"我不介意。"

他把她搂在怀里,热烈地吻她,但她把他给推开了。

"小心我的帽子,傻子。你可真是笨手笨脚的。"她说。

六十一

打那以后，他天天都跟她见面。他午饭都打算要在她们那里吃了，但米尔德丽德制止了他，说这会让店里的姑娘们说闲话的，所以他也就只得满足于在那儿用茶点。不过他总是守在门外等她下班，陪她一起走到火车站，每周有一两次一起外出用餐。他送给她一些小礼物：一只金手镯、手套、手帕之类的。他开销日繁，已经是入不敷出，但他舍此又别无他法：只有在送她东西的时候，她才表露出一点点热情。她知道每样东西的价格，她表示感激的程度是完全依照礼物价值的多少而确定的。他也不在乎。她主动吻他的时候，他就高兴得忘乎所以，也顾不得他是花了多大代价才赢得她这点亲热的表示的。他发现她礼拜天待在家里其实很无聊，他就一大早赶到赫恩山，在她住的那条马路尽头跟她会面，陪她一起去教堂做礼拜。

"我总喜欢快点去教堂，"她说，"里面挺有气派的，是不是？"

然后她就回去吃饭，而他则在一家旅馆里随便凑合一顿，到了下午，他们便一起去罗克韦尔公园散步。他们俩话不投机，并没有多少可谈的，而菲利普又生怕她会感到厌烦（她很容易厌烦），只能搜索枯肠、绞尽脑汁、没话找话地跟她生拉硬扯。他也意识到了这种散步对他们俩来说都算不得赏心乐事，但一离开她他又感觉受不了，所以就竭尽所能拉长他们散步的时间，一直等到她走得累了，开始发脾气了为止。他也知道她并不喜欢他，他的理智告诉他，她生性冰冷，根本不知道情爱为何物，他却又偏偏要从她这儿硬榨出爱情来。他明知自己并无权向她提出什么要求，可又身不由己地对她求全责备。由于他们现在更加亲密了，他发现他反倒更不容易控制自己的脾气了，他经常怒不可遏，忍不住说出些尖酸刻薄的话来。他们经常争吵，然后她就有一段时间不跟他讲话，结果又总是他不得不低声下气、跪地讨饶。他真恨自己竟然这么没有骨气。要是看到她在店里跟任何男人讲话，他就会妒火中烧，而他一旦嫉妒起来，就会忘乎所以、无法自持：他会故意找碴，对她大肆辱骂。拂袖而去以后他又会悔恨交加，在床上辗转反侧，彻夜难眠，第二天又会巴巴地跑到店里去求她原谅。

"别生我的气了吧，"他会说，"我实在是太喜欢你了，我控制不住自己。"

"总有一天你会闹到不可收拾的。"她回答道。

他很想能到她家里去，因为这就等于跟她确立了更亲密的关系，如此一来，相比于她在工作时间偶然认识的那些男性朋友，他就能稳占上风了。但她就是不让他去。

"我姑妈会觉得莫名其妙的。"她说。

他疑心她不许他上门，无非是不想让他见到她姑妈罢了。在米尔德丽德嘴里，她姑妈是位专业人士的未亡人（这也就是她对"身份""体面"的标准认识了），而她自己心里有数，她那位好亲戚是很难称得上"体面""尊贵"的，为此她一直都心神难安。据菲利普揣测，她充其量也不过是个小商人的寡妇罢了。他知道米尔德丽德是个势利鬼，但又觉得实在没办法把话向她挑明：她这位姑妈的身份无论是多么寒微，他都是根本不会在乎的。

他们最激烈的一次争吵发生在一天晚上他们一起吃饭的时候，她告诉菲利普，说有个男人请她跟他一起去看一出戏。菲利普面色苍白，神色变得无比冷峻和严厉。

"你不会去吧？"他说。

"干吗不去？他是个很绅士很亲切的人呢。"

"你高兴去哪儿，我都可以带你去。"

"可这不是一码事。我不能总是跟你一起出去呀。再者说，他是让我自己定个日子的，我在不跟你一起出去的时候才会跟他出去一个晚上。这对你是不会有任何妨碍的。"

"你要是还有一点点羞恶之心，还有一点点感激之情，你就说什么都不会去了。"

"我不知道你说的'感激之情'是什么意思。如果你指的是你给我的那些东西，你可以全都拿回去。我一点都不稀罕！"

她话语里带上了泼妇骂街的调调，她有时候是有这种做派的。

"老是跟你出去是挺没劲的。总是一个劲儿地追问'你爱我吗，你爱我吗'，我都快被你腻味死了。"

（他也知道总这么问她是很不理智的，但他就是控制不住自己。

"哦，我挺喜欢你的。"她会这么回答。

"仅止于此吗？我可是全心全意爱着你呢。"

"我不是那种人，我不会整天亲呀爱的挂在嘴边上。"

"你要是知道，说出那个字眼会让我多么幸福就好了！"

"喔，我还是那句话：我一直都是这个样子，人们最好是接受我的本来面目，要是不喜欢的话，那就只有请他们多多包涵啦。"

可有时候，她的话说得还要更直白浅露，当他问这个问题的时候，她会直接回答：

"哦，别再跟我来这一套了。"

然后他就闷闷不乐，也不再吱声了。他心里恨死她了。）

这一次他是这么说的：

"哦，既然如此，我就不知道你干吗还要屈尊跟我一起出去了。"

"可不是我要跟你出去的，这一点你心里最清楚，是你硬逼着我这么做的。"

他的自尊心被大大地刺伤了，他不顾一切地回嘴道：

"你觉得我只配在没有别的人请你吃饭看戏的时候当个替补，在有人出现的时候，我就可以见鬼去了。多谢你了，我才不高兴做这样的冤大头呢！"

"我再也不想听任何人跟我这么说话了。我这就让你看看我有多么稀罕你这该死的臭饭！"

她站起来，把外套往身上一披，快步走出了那家餐馆。菲利普还继续坐在那儿。他决定这次不再追出去了，可是十分钟以后，他跳上一辆出租马车，还是追她去了。他猜想她会乘公共汽车去维多利亚火车站，所以他们大概能在同时来到那里。他看到她在站台上，躲过她的注意，他跟她乘同一班火车去了赫恩山。他打算一直等到她走上回家那段路、再也没法躲避他的时候再跟她说话。

她刚从灯光明亮、人声嘈杂的大街拐出来，他就追上了她。

"米尔德丽德。"他叫道。

她继续往前走，既不看他，也不理他。他又叫了她一声，她这才停下来看着他。

"你到底想干什么？我看到你在维多利亚车站上瞎晃荡了。你就不能让我消停一会儿吗？"

"我真是太抱歉了。咱们讲和吧？"

"不。我受够了你那臭脾气和瞎吃醋了。我根本就不喜欢你，我从来就没喜欢过你，我也从来就不会喜欢上你。我再也不想跟你有任何关系了。"

她继续疾步往前走，他得加快脚步才能跟得上她。

"你从来都不体谅我的苦衷，"他说，"当你对任何人都漠不关心的时候，要做到快快乐乐、友善可亲那自然算不得什么难事。你要是像我爱得那么深的话，可就难了。可怜可怜我吧。你喜不喜欢我，我都不在乎，毕竟那也是勉强不来的。我但求你让我爱你就行了。"

她继续往前走，拒不开口，菲利普苦恼地看到，距离她的家门也就只有几百码可走了。他再也顾不得体面，低声下气、语无伦次地倾吐起他内心的爱情和愧悔来。

"只要你再原谅我这一次，我保证你以后就再也不会有什么可抱怨的了。你高兴跟谁，就跟谁一起出去。你只要在没有更好的事可做的时候肯陪我出去一次，我就已经再高兴不过了。"

她再次停住了脚步，因为他们已经来到了那个平常总在那儿分手的街角处。

"现在你可以走了。我不会让你一直走到我的家门口的。"

"你说了你原谅我以后我才走。"

"对这一切我已经厌烦透了。"

他犹豫了一会儿，因为凭本能他知道他能说出些打动她的话，但这些话实在难以启齿，连他自己都觉得有些恶心。

"造化是多么残酷，我得忍受多少的痛苦。你不知道身为一个瘸子是种什么样的滋味。当然了，你怎么可能喜欢我呢？我压根儿都不敢指望。"

"菲利普，我可没那个意思，"她赶紧回答道，话音里突然带出了几分怜悯，"你知道并不是这么回事。"

他现在索性假戏真做了，他的声音沙哑而又低沉。

"哦，我已经感觉到了。"他说。

她握住他的手，望着他，她的眼里盈满了泪水。

"我向你保证，这对我根本就没有什么不同。除了最初的一两天，我都再也没有想到过。”

他继续保持着一种忧伤、惨痛的沉默。他想让她以为他是激情奔涌、情难自已了。

"你知道我是非常喜欢你的，菲利普。只不过你有时候实在是太难缠了。咱们讲和吧。"

她仰起头，把嘴唇凑向他，他长出了一口气，吻了她。

"这下你高兴了吧?"她问道。

"高兴死了。"

她向他道了晚安，快步沿马路朝家里走去。第二天，他送了她一块小巧的怀表，表链上带有一枚胸针，可以别在衣服上。她一直都想拥有这样一件礼物。

可是三四天后，米尔德丽德给他把茶点端来的时候，对他说：

"你还记得那天晚上你答应我的事吗? 你说话是算数的吧?"

"是的。"

他很知道她这话是什么意思，对她下面的话也有了思想准备。

"上次不是跟你说过吗，我今晚就要跟那位绅士一起出去一趟了。"

"那好呀。希望你能玩得开心。"

"你不介意的，是不是?"

这一次他完美地控制住了自己。

"我当然不会喜欢了，"他微笑道，"但我会尽力而为，不让自己变得更讨人厌。"

她很为这次约会感到兴奋，不由自主地说了不少。菲利普也不知道她这么做到底是有意让他感到痛苦呢，还是只不过因为她生性麻木不仁。他已经习惯于以她的愚蠢为她的残忍开脱了。她根本就没这个脑子，完全看不出她正在伤他的心。

"爱上一个既没有想象力又没有幽默感的姑娘，实在是没什么乐趣。"他一边听，一边想道。

但也正是由于她缺少这两样禀赋，成了可以原谅她的借口。他觉得如果不是认识到了这一点，他是绝不会原谅她给他带来的痛苦的。

"他已经订好了蒂沃利剧院的票，"她说，"他让我来挑，我就挑了这一家。而且我们还要去皇家咖啡馆吃饭。他说这可是伦敦最昂贵的地方[①]。"

"他还真是个货真价实的绅士。"菲利普暗想，不过他咬紧牙关，一声都没吭。

菲利普特意去了蒂沃利剧院，看到米尔德丽德跟她的男伴坐在正厅座位的第二排，那是个脸上没毛的年轻人，头发油光可鉴，打扮得齐整漂亮，样子像个旅行推销员。米尔德丽德戴了一顶黑色的阔边帽，上面插了几根鸵鸟羽毛，倒是真挺适合她。她正面带漠然的微笑听她的东道主讲话，这种笑容菲利普非常熟悉：她这人历来就欠缺生动的表情，非得是那种最粗放的闹剧才能引得她笑出声来；但菲利普看得出来，她对那年轻人的话兴致颇高，

---

① 参见第十七章注。

心情也很是愉快。他不禁满怀苦涩地暗想，她这位男伴衣着光鲜、性情快活，跟她倒是般配得很。她生性鲁钝，这使她特别欣赏那些吵吵嚷嚷的俗丽之辈。菲利普很喜欢跟别人探讨各种问题，却并不擅长东拉西扯的闲聊。他的朋友中有那种谈笑风生的诙谐大师，比如说劳森，让他非常羡慕，而他的那种自卑感却使得他既腼腆又笨拙。他感兴趣的东西只会让米尔德丽德感到厌烦；她希望听到男人谈论足球和赛马，而他偏偏对这两样都一无所知。能引得姑娘们嫣然一笑的那些流行语和时髦话，他偏偏一窍不通。

菲利普一贯迷信印刷品和出版物，现在，为了让自己变得更加有趣一点，他孜孜矻矻地研读起了《体育时报》。